フォークナー短編小説集

The Short Stories of
William Faulkner

依藤道夫 訳

ウィリアム・フォークナー

（J.R. コフィールド・スタジオにて撮影［1962年］。
ウィリアム・ブーザー・コレクションより提供さる）

To Fred, Joel, Raymond and Hiroh

目次

紅い葉(あかいは)　3
ウォッシュ　49
待ち伏せ　73
納屋が燃える　115
ビジョザクラのかおり　149
あの夕日　205
裂け目(クレヴァス)　241
エミリーのバラ　255
乾燥した九月　273
猟犬　297
デルタの秋　321
滅せず　365
訳者解説　387
あとがき　397
参考図書目録　399

フォークナー短編小説集

紅(あか)い葉(は)

一

　二人のインディアンが、農園を横切って、奴隷地区へ行った。漆喰(しっくい)を塗(ぬ)った小ぎれいで、半焼き煉瓦(れんが)造りの二列の家々が並び、そこには、そのインディアン一族に属する奴隷たちが住んでいた。小道のやわらかな日陰で互いに向き合った家々で、その道は、裸足(はだし)の跡やほこりの中に散らばった無言の二、三のお手製のおもちゃで際立(きわだ)っていた。生(せい)の兆候は、まるでなかった。

「俺には何が見つかるか分かってるよ」と一人目のインディアンが言った。

「見つからないものは」と二人目のインディアンが言った。正午だったけれども、路地はがらがらで、小屋のドアのところは、空(から)で、静かだった。割れ目をふさぎ漆喰(しっくい)を塗(ぬ)った煙突から、料理の煙は全く立ち昇ってはいなかった。

「そうなんだ。今の長(おさ)の彼の父が死んだ時、こんな風なことが起こったんだよ」

「あんたの言うのは、長（おさ）だった彼のことなんだな」

「そうだよ」

一人目のインディアンの名前は、スリー・バスケットと言った。彼は恐らく六十才だった。彼らは二人とも、ずんぐりした男たちで、ややがっしりしていて市民らしく、太鼓腹が出ていて、頭は大きくある種のぼやけた穏やかさを帯びた大きな幅広い、ほこりっぽい色の顔をしていて、まるで霧の中から浮かび出たシャム（タイ国の旧名）かスマトラ（今日のインドネシアの一部の島）の壊（こわ）れた壁の上に刻（きざ）まれた頭部のようだった。太陽のなせるわざ、厳しい太陽、厳しい日陰のなせるわざだった。彼らの髪は、焼き払われた大地の上のスゲ草のように見えた。片方の耳を通して、スリー・バスケットが、琺瑯（ほうろう）びきのカギタバコ入れをつけていた。

「俺がいつも言ったんだ、こりゃあいいやり方じゃあないぞ。昔は、こういう地域はなかった。一人の黒人もいなかったんだ。人の時間は、当時は、自分だけのものだったぞ。人は自分の時間を持っていた。今じゃあ、人はほとんどの時間を、骨折ってするのを好む者たちのための仕事を見つけるのに使ってるんだ」

「彼らは馬や犬のようだな」

「この賢（かしこ）い世の中じゃあ、彼らは無のようだ。連中を満足させるものは、汗だけだな。連中は、白人より悪いぞ」

「それは、まるで長(おさ)自身が、連中がする仕事を見つけなきゃあならなかったというかのようだが、それはいかん」

「そうだな。俺は奴隷制度は好かん。いいやり方じゃあない。昔はいいやり方があったが、今はないな」

「あんたは昔のやり方も覚えてはおらんだろう」

「覚えている者たちの話を聞いたんだ。そして俺は、このやり方を試(ため)してみたんだ。人は汗をかくようにはできていなかった」

「そうだな。彼らの肉体に何が起こったかを見てみろ」

「そうだ。黒うなった。いやな味もするぞ」

「それを食べたのかい」

「一度だけさ。当時、俺は若かった。そして今よりもずっと食いけがあったんだ。今の俺は違う」

「そうだな。今じゃあ、貴重過ぎて食べられん」

「俺は、苦(にが)い味のする肉は好かんぞ」

「あれらは、ともかく高過ぎて、食べられん。白人たちがあれらの替(かわ)りに馬を与えてくれる時はな」

二人は、小道に入った。無言の貧弱なおもちゃ——物神(ぶっしん)の形をしたもので、木やぼろ布や羽で作られていた——が、古びた戸口の上り段のあたりで、ほこりのなかに、骨や壊(こわ)れたひょうたんのお椀(わん)の間に置かれていた。だが、どの小屋からも全く音はせず、どのドアのところにも顔は一つとして見当たらなかった。イセティベッハが死亡した昨日以来、そうだった。しかし、二人には、既に何を見ることになるかが分かっていた。

　中央の小屋でのことであり、それはほかのより少々大きい小屋だった。そこに、月の一定の段階で、黒人たちが集まり、日の暮れたあと小川(クリーク)の低地に移ってゆく前に、儀式を始めるのである。そこには太鼓も置いてあった。そこの部屋に、彼らは、ささやかな装飾品を保持していて、それは秘密の装飾品であり、儀式の記録で、象徴(シンボル)として赤粘土を塗(ぬ)った何本もの棒から成っていた。床の中心、屋根に空(あ)いた穴の下に、暖炉があり、そこには少々の冷たい、木を燃やした灰と吊した鉄なべがあった。窓のよろい戸は閉めてあった。二人のインディアンが入った時、まごつくことのない陽光をあとにしたばかりの彼らは、目で何も見分けがつかず、ただ分かるのは動きや影ばかりで、そこからは目玉がぐるぐる回っているので、それで、その場が黒人たちでいっぱいになっているように見えた。二人のインディアンは、戸口のところに立っていた。

「そうだ」とバスケットが言った。「俺はこれはいいやり方じゃあないと言ったんだ」

「ここにはいたくはないよ」と二人目が言った。

「におうのは黒人の恐怖だな。我々のとは違うにおいだ」

「ここにはおりたくはないよ」

「あんたの恐れにも、においはあるぞ」

「多分今におうのはイセティベッハだな」

「そうだな。彼には分かってるぞ。我々がここで見つけるものが何だか、彼には分かってるぞ。死んだ時、彼には我々が今日ここで見つけるものが何だか、分かっていたんだ」部屋の鼻を突く薄明かりの中、黒人たちの目玉が、においが二人の周りでぐるぐる回った。「俺はスリー・バスケットだ、お前たちは知ってるだろう」とバスケットが、部屋の中に向かって言った。「我々は長のところから来た。我々が探している男はいないのか」黒人たちは、何も言わなかった。彼らの、彼らの身体のにおいは、動きのない暑い空気の中で引いたり、流れたりした。彼らは何か遠くの、不可解なものについて思いをめぐらせているように見えた。彼らは、一匹のタコのようだった。むき出しの巨木の根っこのようだった。明かりのない、怒りに満ちた生命のねじれて分厚い、悪臭の漂うもつれ状態の上に束の間砕け散った大地のようだった。「さあ」とバスケットが言った。「お前たちには我々の用向きが分かっているな。我々が探している男は逃げたのかい」

「連中は何かを考えてるな」と二人目のが言った。「ここにはいたくないな」

「連中は何かが分かり始めているぞ」とバスケットが言った。

「連中は男を隠してると思うかい」

「いいや。あいつは行ってしまったんだ。昨夜からいないんだ。前にもこんなことがあったんだ。あれは、今の長（おさ）である彼の祖父が死んだ時だ。そいつをつかまえるのに三日掛かったんだ。三日の間、ドゥームは地面の上に横たわり、言っていた。「わしの馬と犬が見える。だが、わしの奴隷が見えない。お前たちは彼をどうしたんだ、わしに静かに横たわるのを許さないとは」

「連中は死にたくないんだ」

「そうだな。連中は執着（しゅうちゃく）するんだ。それで我々は困るんだ。いつもそうだ。誇りも礼節もない連中だ。いつも厄介者だ」

「ここはそれが好かん」

「俺もそうだ。しかし、それなら、連中は野蛮人だ。連中にはしきたりを尊重することなど望めないな。それが、俺がこのやり方は悪いやり方だと言っている理由なんだ」

「そうだな。連中は執着（しゅうちゃく）するんだ。主人とともに土に入るよりも、むしろ太陽の下で働こうとさえするんだ。でも、彼は行ってしまった」

黒人たちは何も言わなかった。音も全く立てなかった。白い眼玉が、荒々しく、また、抑制されて、ぐるぐる回った。においはひどく、激しかった。「そうだ、連中は恐れてるんだ」と二人目の者が言った。「我々はこれからどうしようか」

「行って、長（おさ）と話そう」

「モケテュッベは、耳を傾けるだろうか」

「彼に何ができるかな。彼はやりたくはないだろう。でも、もう、長なんだ」

「そうだよ。彼は長なんだ。今や、赤い踵のついた靴をいつもはけるんだ」二人は振り向いて、外へ出た。ドアの枠の中にはドアがなかった。どの小屋にもドアはなかった。

「彼は、ともかくも、そうしたんだ」とバスケットが言った。

「イセティベッハの背中の陰でだ。だが、今は、靴は彼のものだ。なぜなら彼が長だからだ」

「そうだな。イセティベッハはそれが好きじゃあなかった。俺は聞いてるんだ。彼がモケテュッべに言ったことは分かっている。『お前が長になった時、靴はお前のものだ。しかし、その時までは、わしの靴だ』とな。だが、今やモケテュッベが長なんだ。彼がそれをはけるんだ」

「そうだな」と二人目が言った。「彼が、今、長なんだ。彼はイセティベッハに隠れて、よくその靴をはいたもんだ。そして、イセティベッハがそのことを知っていたのかどうかは、分かっていなかった。それから、イセティベッハは死んだ。そんなに年じゃあなかったな。そして靴はモケテュッベのものになった。なぜなら、彼は今や長なのだから。このことをどう思うかい」

「そんなことについては、考えてないよ」とバスケットが言った。「あんたはどうなんだよ」

「考えてないぞ」と二人目が言った。

「それがいい」とバスケットが言った。「あんたは利口だよ」

二

その家は小山の上に立っていて、樫(かし)の木立(こだち)に囲まれていた。その正面は一階の高さで、蒸気船の上甲板室でできていて、その船は、陸に乗り上げたものであり、イセティベッハの父であるドゥームが、彼の奴隷たちとともに、解体して、イトスギの転(ころ)に載(の)せて陸上を十二マイル引っ張ってきたものだった。五ヶ月も掛けてである。彼の家は、その時、煉瓦(れんが)の壁でできていた。彼は蒸気船の舷(げん)側(そく)をその壁にくっつけた。が、今ではそこに見受けられるのは、板すだれのある扉の上の、かつての船の特別室の名前をしるした金メッキが施(ほどこ)してある文字の上にわずかに豪華な色合いを残す、アーチ型のロココ風軒蛇腹(のきじゃばら)の削(けず)れてはがれた、滑空(かっくう)するような名残(なごり)だけだった。

ドゥームは、単なる副酋長として、ミンゴー族（イロコイ系のインディアン部族。米国東中南部にいた）の類(たぐい)として生まれていて、一族の母方の十三人の子の一人だった。彼は旅をした――当時は若者で、ニューオーリンズ（米国南部ルイジアナ州のミシシッピー河口に近い都市）はヨーロッパ風の町だった――彼は、ミシシッピー（米国南部の一州。フォークナーの故郷、かつ作品の舞台）北部から運搬用平底船でそのニューオーリンズへ行き、そこで、シュヴァリエ・スール・ブロンド・ドゥ・ヴィトリ（フランス人。フォークナーは『ポータブル・フォークナー』［補遺］でヴィトリが少し早く生まれていたら、ナポレオンの元帥になれたと言っている）に出合ったが、この人物は、その社会的地位は、一見したところでは、ドゥームのそれと同じぐらいにいかがわしいものだった。ニューオーリンズで、河岸の賭博師(とばくし)や人殺したちの中で、ドゥームは、彼の保護者の後見の下(もと)、酋長、長(おさ)、一族の男系のほうに属する筈の土地の相続権のある所有者として過ごした。彼をデュ・オム（フランス語で人間の意）と呼んだのが、シュヴァリエ・ドゥ・ヴィトリだった。それゆえ、ドゥームなのである。

二人は、いつも一緒に見受けられた——無遠慮で謎めいた、下品な顔のずんぐりしたインディアンと亡命者で、カロンデレ（ヘクトール、一七四八—一八〇七、男爵、新大陸のスペイン総督。ニューオーリンズに運河を造った。米国にも対抗した）の友人ということであり、またウィルキンソン将軍と懇意な人物というパリジャンの二人である。そして、二人は消えた。二人共で、彼らのはっきりしないたまり場からいなくなり、ドゥームが勝ち取ったと信じられていた金額の伝説と若い女に関（かか）わるいくぶんかの物語をあとに残した。その女は、西インド諸島（中央アメリカの東方海上の諸島）のかなり裕福な家族の娘で、彼女の息子と兄弟が、ドゥームの消えたあとしばらくの間、拳銃を持って、彼の古いたまり場のあたりで彼を探していたというのだった。

六ヶ月後、その若い女自身も消えた。彼女はセントルイス（ミズリー州のミシシッピー川沿いの都市）行きの郵便船に乗り、その船は、一夜、北部ミシシッピーの木製の荷揚げ場に寄港した。そこでは、黒人のメイドに伴われて下船した。四人のインディアンが馬と荷馬車で出迎え、彼らは、三日掛けて、ゆっくり旅をしたが、それは彼女が既に赤ん坊を孕（はら）んで、おなかが大きかったからであり、農園に行って、そこで彼女はドゥームがもう酋長になっていることを知ったのである。彼は、どのようにしてそれを成し遂げたかは、彼女に全く話さなかったが、ただ、おじといとこが急に亡くなったということだけは話した。その当時、家は怠惰な奴隷たちによって作られた煉瓦（れんが）の壁でできていて、それを支えに藁（わら）

ぶきの差し掛け小屋が建てられており、そこはいくつもの部屋に区切られていて、骨やがらくたが散らばっているのだった。それは、鹿が家畜のように草をはむ一万エーカーもの無類の猟園のような森の中央部に建てられているのだった。ドゥームと女は、イセティベッハが生まれる少し前に、そこで結婚した。結婚式の牧師は、その鞍に綿製の傘と三ガロン入りのウィスキーの大ビンをくくりつけたラバに乗ってやって来た巡回牧師兼奴隷商人だった。その後、ドゥームは、白人たちがやったように、奴隷をもっと手に入れ、彼の土地のいくらかを耕し始めた。しかし、彼は、奴隷たちが耕すに十分な広さを持つことは、決してなかった。全くの怠け癖で、奴隷たちの大多数は、アフリカのジャングルからそのまま移植された生活を送っていた。ただ、例外と言えば、客をもてなすために、ドゥームが犬に彼らを追わせる時だった。

ドゥームが亡くなった時、息子のイセティベッハは、十九才だった。彼は、土地と全く必要のない五倍になった黒人の群れの所有者となった。長の称号は彼に残ったが、いとこやおじたちの支配層があり、彼らは一族を支配し、更に、黒人問題でしゃがんで行なう秘密会議に最終的に集まり、蒸気船の扉の上の金色の名前の下で深く考えをめぐらせながら、座り込むのだった。

「我々は連中を食らうことはできない」と一人が言った。

「なぜだい」

「数が多過ぎるよ」

「それは本当だな」と三人目が言った。「一度始めたら、全部を食らわなきゃあならんぞ。そして、そんなに多くの肉食は、人間にとってよくない」

「多分、それは鹿肉みたいなもんだろう。あんたらに害があるわけじゃあないぞ」

「我々は連中の二、三人を殺して、しかも食わなきゃあいい」とイセティベッハが言った。

みなは、しばらくの間、彼を見つめた。「何のために」と一人が言った。

「そうだな」と二人目が言った。「それはできない。彼らは貴重だ。彼らが我々に与えたあらゆる悩みの種を思い起こしてみてくれ。彼らがやることを見つけてやったりと。我々は、白人がやるようにやらにゃあならん」

「どうやって」とイセティベッハが言った。

「もっと多くの土地を切り開いて、トウモロコシを作って、彼らを食べさせることにより、もっと黒人を育て、そして売るんだ。我々は、土地を開き、食料を植え、黒人を育てて、白人たちに売って金を得るんだ」

「しかし、我々は、その金をどうするんだい」三人目が言った。

彼らは、しばらくの間、考えた。

「考えてみよう」と一人目が言った。彼らは、深く厳粛な面持ち(おもも)ちで、しゃがみこんだ。

「仕事だな」と三人目が言った。

「黒人たちに仕事をさせよう」と一人目が言った。

「そうだな。させよう。汗をかくことはよくないがな。湿っぽいし、毛穴を開く」

「それに夜の大気が入ってくる」

「そうだな。黒人たちに仕事をさせよう。連中は、汗をかくのが好きなようだな」

そこでインディアンたちは、黒人とともに土地を切り開き、穀粒(こくりゅう)を植えた。その時までは、黒人奴隷たちは、一つの隅に差し掛け小屋の屋根をつけた、豚小屋のような巨大な囲いの中で暮らしていた。しかし、今や、インディアンたちは、宿所、小屋を建(た)て始めて、若い黒人たちをそうした小屋に二人一組で連れ添わせて住まわせた。五年後、イセティベッハは、四十人をメンフィスの商人に売った。彼は、その金を取って、それで外国に行った。ニューオーリンズから来た彼の母方のおじが、その旅を差配した。その頃、シュヴァリエ・スール・ブロンド・ドゥ・ヴィトリは老人になっており、パリにいた。小カツラをつけ、コルセットを着(ちゃく)し、用心深げな歯のない老顔で、いつもいぶかしげな、ひどく悲劇的なしかめ面(つら)をしていた。彼は、イセティベッハから三百ドル借りていて、お返しに、彼をあるサークルに紹介していた。一年後、イセティベッハは、金色のベッドと一対の飾り燭台、その明かりでポンパドール夫人（一七二一—六四、ルイ十五世の愛妾。芸術サロンも開いた）が髪を整え、その間、ルイ王（フランス王ルイ十五世、在位一七一五—七四）が、鏡に映った彼の顔に彼女のおしろいをつけた肩越しににやにや笑いかけたと言われた燭台、それに一対の赤い踵(かかと)のついた上靴(うわぐつ)を携(たずさ)えて帰郷してきた。その靴(くつ)は、彼には小さ過ぎた。というのは、彼は、海外渡航の途次、ニューオーリンズに着くまで、靴は全くはいていなかったからである。

彼は、その上靴を薄葉紙に包んで持ち帰り、ヒマラヤスギの削りくずでいっぱいの、一対の鞍袋の残りのポケットに入れておいた。ただ、彼が時々、息子のモケテュッベと一緒に遊ぶ時だけは、その上靴を取り出すのだった。三才の時、モケテュッベは、幅広い、平らなモンゴル系の顔をしていたが、その顔は全く計り知れない無気力に包まれているように見えた。でも、それは、例の上靴に出合うまでのことだった。

モケテュッベの母親は、顔立ちのよい娘でイセティベッハは、ある日、彼女がメロン畑でワンピース姿で働いているところを見かけていた。彼は立ち止まって、しばしの間、彼女を見つめた――幅広のがっしりしたもも、健康的な背中、穏やかな顔をである。彼は、その日、小川に魚釣りに行く途中だったが、それから先へは行かなかった。恐らく、そこに立って、その見知らぬ娘を見つめている間に、自分自身の母親を思い出したのかも知れない。彼の母親は、町の女で、扇子と組みひもと黒人の血、それにあの悲しい経緯のあらゆる安っぽくてけばけばしいみすぼらしさに包まれた避難民だったのである。その年のうちにモケテュッベが生まれた。三才になってさえ、彼は足をあの上靴に入れられなかった。静かな暑い午後、こんな筈じゃあないぞとばかりに上靴と格闘しているモケテュッベを見つめながら、イセティベッハは、そっと自らに笑いかけるのだった。彼は、モケテュッベとその靴を、数年にわたって笑ってきた。なぜなら、モケテュッベは、十六才になるまで、その靴をはこうとあきらめずに試み続けたからだった。それから彼は止めた。或いは、イセティベッハが息子は止めたと思ったのである。しかし、息子は、ただ、イセティベッハのいるところでは止めていたに過ぎなかった。イセティベッハの一番新しい妻が、モケテュッベがその新しい靴を盗んで隠したと彼に話した。イセティベッハは、その時、笑うのを止めた。そして、その女を追い出し、その結果、一人になった。「そうだ」と彼は言った。「わしも生きているのが好きなようだな」彼はモケテュッベを迎えにやらせた。「わしはそれをお前にやるよ」と彼は言った。

モケテュッベは、その時、二十五才だった。独身だった。イセティベッハは、背が高くなかったが、それでも息子より六インチ高く、またほとんど百ポンド軽かった。モケテュッベは、既に肉体の病にかかっていて、青白い、幅広の生気のない顔をしていて、手足は水腫にかかっていた。「みなもうお前のものだ」とイセティベッハは、彼を見つめながら言った。モケテュッベは、彼が入ってきた時、一度見ていた。短く、慎重な、それとはなしの一瞥だった。

「有難う」とモケテュッベは言った。

イセティベッハは彼を見た。モケテュッベに何か見えたか、彼が何かを見たかどうか、イセティベッハには分からなかった。「わしが上靴をお前に与えても、同じことだろうが」

「有難う」とモケテュッベは言った。イセティベッハは、その頃、カギタバコを用いていた。白人が彼に唇への粉の入れ方、ゴムかムクゲの小枝でのその歯へのこすりつけ方をやって見せていた。

「さて」とイセティベッハは言った。「人は永遠には生きられない」彼は息子を見た。次いで、その凝視は空ろになり、見えておらず、そして、一瞬考え込んだ。彼が何を考えているのかは分からなかった。ただ、彼は、抑えた声で言った。「そうだ。しかしドゥームのおじは、赤い踵のついた靴など持ってなかった」彼は、太って、動きの鈍い息子を再び眺めた。「ともあれ、人は何かをしようと考えるが、それが分かった時は、もう遅過ぎるんだ」彼は鹿皮のひもで吊された籐の編みイスに座っていた。「息子はその上靴をはくことさえできない。息子とわしは二人とも、彼がまとっている同じ肥大した肉にうんざりしている。彼は靴をはくことさえできないよ。でも、それはわしのせいだろうか」

イセティベッハは更に五年長く生き、そして亡くなった。彼は、ある夜、具合が悪くなり、スカンク皮のチョッキを着た医者が来て、木切れを燃やしたけれども、昼前に死亡した。

それは昨日のことである。墓が掘られた。そして、もう十二時間も、部族の人々が荷馬車や馬車で、また馬に乗り、或いは歩いてやって来ており、焼いた犬やサッコタシ（豆料理）や灰の中で料理したヤムイモなどを食べて、葬儀に参列するのだった。

三

「三日は掛かるだろう」とバスケットは、彼やほかのインディアンが家に帰る時、言った。「三日は掛かるだろうが、食べ物は十分じゃあないな。前にもそういうのを見たことがあるから」

二人目のインディアンの名前は、ルイ・ベリーだった。「イセティベッハの遺体も、この天候ではにおうだろうな」

「そうだな。連中は悩みの種、心配事以外の何ものでもないな」

「多分、三日は掛からないだろう」

「連中は遠距離を走るんだ。そうなんだ。我々は、この長が土の中に入る前に、そのにおいをかぐことになるだろう。俺の言う通りでないか、見ていてくれよな」

彼らは、家に近付いた。

「彼はもう靴をはけるよ」とベリーが言った。

「彼は人の前で靴をはくことができるよ」

「まだしばらくは、はけないよ」とバスケットが言った。ベリーは、彼を見た。「彼は狩り（奴隷探し）を先導するだろう」

「モケテュッベが」とベリーが言った。「あんたはそう思うのかい。話しかけることさえ面倒な男だよ」

「ほかに彼に何ができるかい。まもなくにおい始めるのが、自分の父親なんだぞ」

「それはそうだ」とベリーが言った。「まだ彼が靴代金として支払わなきゃあならない代価があるぞ。そうだ。彼は、実際、靴を買ったんだ。あんたはどう思うかい」

「あんたはどう思うんだい」

「そっちはどうなんだ」

「俺は何も思わんさ」

「俺もだよ。イセティベッハは、もう靴を必要としないんだ。モケテュッベにやればいい。イセティベッハは気にしないよ」

「そうだな。人は死ぬもんだ」

「そうだよ。死なせりゃあいい。まだ長はいる」

玄関の樹皮の屋根は、皮をむいたイトスギの柱で支えられていて、蒸気船の上甲板室を上回る高さにあり、床板が張ってない歩道を覆っていた。そこには、踏みつけられた土の上に、ラバや馬が、天気の悪い時につながれているのだった。蒸気船の甲板の前方部の端に、一人の老人と二人の女が座っていた。女の一人は、鶏肉を下ごしらえしており、もう一人は、トウモロコシの皮を取り除いていた。老人は、話をしていた。裸足であり、長いリンネル製のフロック・コートを着て、ビーバーの帽子をかぶっていた。

「この世は、堕落しつつある」と彼は言った。「白人によって台無しにされている。何年も何年も、我々は、何とかやって来た。白人どもが黒人を我々に押しつける前はだ。昔は、老人は日陰に座り、とろ火で煮た鹿肉やトウモロコシを食べ、タバコをふかし、名誉や大切な事柄(ことがら)を語り合ったものだ。今、我々は何をしている。年寄りさえもが、汗をかかんばかりに黒人の世話をして、疲れ果てながら墓場に行くんだ」バスケットとベリーが甲板を横切った時、老人は話を止(や)めて、彼らを見上げた。その目は、不満げで、かすんでいた。顔には、無数の小じわがあった。「あれも逃げたんだ」と彼は言った。

「そうだ」とベリーが言った。「あいつは行っちまった」

「わしにゃあそれが分かっていた。彼らにそう言ったんだ。三週間は掛かるだろう。ドゥームが亡くなった時のようにな。見てりゃあ分かるさ」

「あれは三日だったよ。三週間じゃあない」とベリーが言った。

「あんたはそこにいたんかい」

「いいや」とベリーが言った。「でも、聞いたんだ」

「でも、わしはそこにいたんだぞ」と老人が言った。「まるまる三週間だ。沼地やイバラを潜(くぐ)ってな――」二人は進み続け、老人をしゃべらせたままにしておいた。

蒸気船の広間だったところは、今は、骨組みに過ぎず、ゆっくりと朽ちていた。磨かれたマホガニー材の彫り物は、束の間きらめき、また、秘儀的で深遠な人の姿を通して色褪せているのだった。ひどく壊れた窓は、白内障にかかった目のようだった。そこにあったのは、二、三袋の種或いは穀物や四輪馬車の動く歯車装置の前の部分だった。四輪馬車の車軸には、二個のC形のバネが優雅な曲線を描いて、錆びていたが、何も支えているわけではなかった。ある隅では、子狐が一匹、柳の檻で音も立てずに、絶えず走り回っていた。三匹のやせた闘鶏が、ほこりの中を動いており、その場はその乾いた糞であばた状になっていた。

　彼らは煉瓦の壁のところを通過し、つなぎ目をふさいだ丸太の部屋へと入っていった。そこには、四輪馬車のうしろの部分があり、そのわきに、すべてを取り外された身体が横たえられていた。窓は柳の細枝でふさがれ、それを通してずっと多くの猟鳥の頭、穏やかでビーズのような怒った目、そして乾燥したとさかが突き出していた。床は押し固められた粘土で張られ、一隅には、粗末な鋤と二本の手製の船の櫂が立てかけてあった。天井からは、四本の鹿皮のひもで、金色のベッドが吊されていたが、それは、イセティベッハがパリから持ち帰ったものだった。それには、敷布団もバネもなく、その枠は小ぎれいな皮ひもで縦横に床張りされていた。

　イセティベッハは、彼の若い、最も新しい妻をそのベッドで眠らせようとしていた。彼自身、生来、息切れするたちであり、夜を籐の編みイスに半ばもたれて、過ごすのだった。彼は彼女をベッドまで見送ったものだった。そしてあとで、一晩に三、四時間のみそうしたように眠りつつ、目覚めては、暗闇に座り、眠ったふりをし、そして彼女が金色のリボンで飾ったベッドからそおーっと忍び出て、夜明け直前まで床のキルト製の粗末なベッドの上に横になるのを耳にしたものだった。次いで彼女は、再び静かにベッドに入り、今度は彼女のほうが、眠ったふりをし、その間、闇の中で、彼女の傍らで、イセティベッハが穏やかに笑い、更に笑ったのだった。

飾り燭台は、十ガロン入りのウィスキーの樽も置いてある隅に、もたせかけられた二本の棒に、皮ひもで結びつけられていた。粘土製の暖炉があった。それに相対して、編みイスにモケテュッベが座っていた。彼は、多分、五フィート一インチの背丈だった。そして二百五十ポンドの重さがあった。彼は、広幅生地の黒ラシャの上着を着、シャツはなく、その丸く、滑らかな銅色の風船のようなおなかは、一そろいのリンネル製の下ズボンの上にふくらんでいた。彼の足は、赤い踵のついた上靴をはいていた。彼のイスの背後には、房飾りのついた紙でできた大うちわのような扇を持った若者が立っていた。モケテュッベは、座ったまま動かず、幅広い黄色の顔をして、両目を閉じ、鼻孔は平らだったし、水かきのような両腕は、ぐぅーっと伸びているのだった。顔には深みのある、悲劇的で、生気のない表情が浮かんでいた。バスケットとベリーが入ってきた時、彼は目を開かなかった。

「彼は夜明けからそれをはいてるのかい」とバスケットが言った。

「夜明けから」と若者が言った。扇は止まらなかった。「分かるだろう」

「そうだな」とバスケットが言った。「我々には分かる」モケテュッペは、動かなかった。彼は彫像のように見えた。まるでフロック・コートを着て、ズボン下をつけ、胸ははだけて、どうということもない緋色の踵の靴をはいたマレーの神さまのようだった。

「俺はあの人の邪魔をしないだろう。もし俺があんただったらな」と若者が言った。

「しやしないよ。もし俺がお前だったらな」とバスケットが言った。彼とベリーは、しゃがんでいた。若者は絶えず扇を動かしていた。「おお、長よ」とバスケットが言った。「聞いてくれ」モケテュッペは、動かなかった。「やつは逃げちまった」とバスケットが言った。

「俺がそう言っただろ」と若者が言った。「やつが逃げるのは分かってたんだ。俺はあんたにそう言っただろ」

「そうだな」とバスケットが言った。「お前は、我々が前もって知っておくべきだったことを、結局、我々に教えちゃあくれなかったな。なぜお前たちの誰か、気を利かせた男たちが、これを防ぐために昨日何か手を打たなかったんだい」

「やつは死にたくはないんだ」とベリーが言った。

「何でやつはそれを望まないのかい」とバスケットが言った。

「あいつがいつか死ななきゃあならないからというのは、全く理由にならないぞ」と若者が言った。「そんなのじゃあ、俺を納得させられやしないぞ、ご老人」

「口をつつしむんだ」とベリーが言った。

「二十年の間」とバスケットが言った。「やつの部族のほかの者たちが畑で汗をかいている間、やつは日陰で長に仕えていたんだ。やつが汗をかきたくないからといって、何でやつが死にたくないと言えるんだい」

「それもすぐにだろう」とベリーが言った。「そんなに長くは掛からんのに」

「あいつをつかまえて、そう言ってくれ」と若者が言った。

「しぃーっ」とベリーが言った。みなは、しゃがんで、モケテュッベの顔を見つめた。彼は自ら死んでしまっていたかのようだった。あたかも彼が生きたまま箱に入れられたので、呼吸さえもがその内部のとても深いところで生じたので、表にあらわれなかったかのようだった。

「聞いてもらいたい、おお、長よ」とバスケットが言った。「イセティベッハは死んだ。彼は待っている。彼の犬と馬は、我々のところにあるが、しかし、彼の奴隷は逃げてしまった。彼のために壺を持った男、彼の食べ物をその皿から食べた男は、逃げてしまった。イセティベッハは待ってるぞ」

「そうだな」とベリーが言った。

「これが最初じゃあない」とバスケットが言った。「あんたの祖父のドゥームが地面の入り口で横たわって待っている時に、こんなことが起こっちまったんだ。彼は三日間横たわって、待っていたんだ。『わしの黒人はどこだ』と言いながらだ。そしてあんたの父のイセティベッハはこう答えた。わしがやつを見つけるよ。安らいで下され。あんたがあの世への旅を始められるように、わしがやつをあんたのもとに連れてくるよ」

「そうだな」とベリーが言った。

モケテュッベは、動いていなかった。目を開けてはいなかった。

「三日間、イセティベッハは低地で探し求めたんだ」とバスケットが言った。「彼は食べ物を求めて家に帰ることさえせず、遂に黒人をつかまえたんだ。そして、彼は、父のドゥームに言った。『ここにあんたの犬と馬と黒人がいる。安心して眠りなされ』昨日亡くなったイセティベッハは、そう言った。そして今や、イセティベッハの黒人は逃亡していて、彼の馬と犬は、彼とともに待っているが、黒人は逃げ出している」

「そうだな」とベリーが言った。

モケテュッベは、動いていなかった。彼の目は閉じられていた。彼の仰向けになった異様な姿の上には、驚くべき惰性、深々と静止した何か、肉体を超越し、肉体には通じない何かが漂っていた。彼らはしゃがんだまま、彼の顔を見つめていた。

「あんたの父が新たに長になった時、こんなことが起こったんだ」とバスケットが言った。「そして、その奴隷を彼の父が土の中に入るために待っているところへ連れてきたのは、イセティベッハだったんだ」モケテュッベの顔は、動いていなかった。彼の目も動いていなかった。しばらくして、バスケットが言った。「靴を脱がせな」

若者が靴を脱がせた。モケテュッベは、あえぎ始め、彼の裸の胸は深々と動き、それはまるで、彼がその計り知れない肉体を越えたところから、水や海からのように、生の世界へ立ち上がって戻ってくるかのようだった。だが、その目は、まだ開いてはいなかった。

ベリーが言った。「彼が狩りを指揮するだろうよ」

「そうだな」バスケットが言った。「彼は長だ。長が狩りを差配するんだよ」

四

その日一日中、イセティベッハのおつきの召使たる黒人は、納屋に隠れて、彼の死ぬのを見守っていた。彼は四十才で、ギニア（西アフリカの一地域。奴隷貿易の一大拠点でもあった）人だった。低い鼻、かちっとした小さな頭の男で、両眼の内側の隅が少しばかり赤く、突き出た歯茎は、がっしりした幅広の歯の上で、青白みがかった赤色を見せていた。彼は、十四才の時に、貿易商人によってカメルーン（アフリカの中西部ギニア湾に面した地域。イギリス領だった）から連れてこられており、それは彼の歯が磨がれる前のことだった。彼は、二十三年間、イセティベッハのおつきの召使だった。

前の日、イセティベッハが病気で横たわった日、彼は、たそがれ時に、その黒人地区に戻ってきた。そのゆったりした時間帯、料理の火の出す煙が、戸から戸へと通りをよぎってゆっくりと流れて、反対側の通りへ同じ肉やパンのにおいを運び込むのだった。女たちは、料理に従事し、男たちは小道の先端のところに集まって、彼が家から坂を下ってくるのを見守っていた。彼の裸足の足は、奇妙なたそがれの中で、用心深く踏み下ろされていた。待っている人たちに対して、彼の目玉は、少々光って輝いていた。

「イセティベッハはまだ死んじゃあいないぞ」と頭が言った。

「死んじゃいないと」と召使が言った。「誰が死んでないって」

たそがれの中で、みなは彼のような顔をしていた。年齢はさまざまで、いろいろな考えは、猿のデスマスクのような顔の背後に封印されていて、計り知ることができなかった。火のにおい、料理のにおいが、その奇妙なたそがれをよぎって鋭く、ゆっくりと流れ、それはまるで別世界から来たもののようで、小道やほこりの中の裸の子供たちの上に漂っていた。

「もし彼が日没後も生きていたら、夜明けまで生きているだろう」と一人が言った。

「誰がそう言ってるんだい」

「そういう話だ」

「そうだな。そういう話だ。俺たちに一つのことだけは分かっているんだ」彼らは、彼らの間に立っている召使を見たが、その両目は、少々光り輝いていた。召使は、ゆっくりと深く呼吸していた。彼の胸は、あらわだった。少し汗をかいていた。「彼にゃあ分かってる。彼にゃあ分かってるよ」

「太鼓に語らせよう」

「そうだな。太鼓に語らせよう」

太鼓が、日が暮れてから、始まった。彼らは、それらを小川の低地に隠していた。太鼓は、空洞のイトスギの節の部分でできていた。そして黒人たちは、それらを隠していた。なぜかは、誰にも分からなかった。太鼓は沼地の土手の泥の中に埋められていた。十四才の若者がそれらを守っていた。若者は小柄で、唖だった。彼は、終日、そこの泥の中にしゃがんでいた。蚊に覆われ、蚊に対して身体を塗り込めた泥以外は裸で、首の周りには布袋を下げて、その中には、肉の黒い断片がまだくっついている豚のあばら骨や二個の針金についたうろこ状の樹皮が入っているのだった。彼は、つかんでいる膝の上に、よだれを垂らしていた。時々、インディアンたちが、彼の背後の藪から音を立てずにやって来て、そこに立ち、しばらく彼を眺めてから、立ち去った。しかも、彼は、それに気付かなかった。

暗くなるまで、そしてそのあとも、横たわって隠れていた馬屋の屋根裏から、黒人は太鼓の音を聞くことができた。三マイル離れていたが、彼はそれを聞くことができた。まるでそれらが、彼のいるその馬屋のある納屋自体の下のほうにあって、ズシン、ズシンと鳴っているようだった。あたかも彼が火も見ることができるかのようであり、黒い手足が銅色のきらめきの中の炎の中に入ったり出てきたりしているかのように思えた。ただ、そこには、火は燃えていないだろう。そこには、彼がほこりだらけの屋根裏に横たわっていて、暖かい、昔の斧で四角にした垂木（たるき）に沿ってネズミの足が立てるささやくようなアルペッジョ（イタリア語の音楽用語。分散和音）の響きを伴っているこの場所と同様明かりはないだろう。そこの唯一の火は、蚊を防ぐいぶし煙だろう。そこには子供をお守（も）りする女たちがうずくまっていて、その重たい、ゆるやかな胸の乳首はふくらんで、なめらかに子たちの口に含ませており、瞑想（めいそう）し、また太鼓の響きを忘れてしまう、なぜなら火は生命を意味するからであろう。

　蒸気船には火があって、そこでは、イセティベッハがひもで結び付けた飾り燭台や吊したベッドの下で妻たちの間に横たわって死んでゆく。黒人は煙を見ることができたし、日没直前には、医者がスカンクの皮でできたベストを着て、やって来て、船の甲板の舳先（へさき）で二本の粘土を塗（ぬ）りつけた棒に火をつけるのも見ることができた。「だから、彼はまだ死んじゃあいないんだ」と黒人は、屋根裏のささやくような感じのする暗がりの中に向かって、自らに答えながら、言った。彼は、自分と自分自身の二つの声を聞くことができた。

「誰が死んでないって」

「お前は死んでいる」

「そうだな。俺は死んでる」と彼は落ち着いて言った。彼は太鼓のあるところにいたかった。彼は、自分が藪から飛び出して、彼のむき出しの、やせて脂で滑りがちな目に見えない手足で太鼓の間を飛び回るのを想像した。けれども、彼は、それができなかった。なぜならば、人間は、生命を飛び越えて、死のあるところに入ってゆくからである。彼は死の中に突進し、しかも死ななかった。なぜなら、死が人間をとらえた時、それは、ただ、生の終わりのこちら側をとらえたに過ぎないからである。それは、死が、まだ生きているのに、背後から人間をとらえた時だった。ネズミの足の小さなささやき声は、垂木沿いの弱まりゆく流れの中で消えた。かつて、彼は、ネズミを食べたことがある。彼は、当時少年で、アメリカに来たばかりだった。彼らは、熱帯の緯度で、三フィートの高さの甲板の間で九十日暮らし、上甲板から酔っぱらったニューイングランド（米国東北部で最初にイギリス人が植民、開拓を行なった地方）の船長が本の行を大声で吟唱するのを聞いたのだが、彼がそれは聖書だと気付いたのは、十年後のことだった。馬屋でそのようにうずくまって、ネズミを見つめていたが、それは、手足や目の生まれつきの器用さを奪われた人間との関わりによって、教化されていた。彼は、ほとんど手を動かすことなく難なくネズミをつかまえると、ともかくネズミたちが、かくも長い間、いかにして逃れていたんだろうといぶかりながら、ゆっくりとそれを食べた。その時、彼は、ユニテリアン派（三位一体を認めないプロテスタントの新宗派）教会の執事だった貿易商人から与えられた唯一の白い服をまだ着ており、当時は、自分の母国語だけを話していた。

黒人は、今は裸で、ただ、インディアンに白人から買ってもらった一着のダンガリー（インド産の粗製綿布）製ズボンをはいているのみであり、お尻のあたりに皮ひもでお守り（まも）を吊していた。そのお守り（まも）は、イセティベッハがパリから買ってきた青貝の鼻眼鏡の片側と沼マムシの頭蓋骨（ずがいこつ）からできていた。彼は自分で蛇を殺して、毒のある頭だけを除いて食べたのだった。彼は、屋根裏に横になり、家や蒸気船を見つめ、太鼓の音を聞き、太鼓の間にいる自分を想（おも）ってみた。

黒人は、一晩中、そこに横になっていた。その翌朝、彼は、スカンク皮のベストを着た医者が出てきて、ラバに乗り、去ってゆくのを見た。そして彼は、すっかり落ち着き、ラバの繊細（せんさい）な足の下から出る最後のほこりが消えてゆくのを見守った。それから、彼には、自分がまだ空気を吸い、まだ空気を必要としていることが不思議に思えた。それから、彼は、横たわって静かに見守り、動くのを待ち、両の目玉は少々光り輝いていたが穏やかな光を帯びており、呼吸は軽く、規則正しかった。彼は、ルイ・ベリーが出てきて、空を見るのを眺（なが）めていた。その時、ほどよい明かるさで、既に五人のインディアンが、晴れ着を着て、蒸気船の甲板にしゃがんでいた。正午までには、そこに二十五人が集まっていた。その午後、彼らは、肉が焼かれる窪（くぼ）みを掘った。ヤムイモもだ。その頃までには、ほとんど百人もの客が来た——ヨーロッパ式の華美な衣装や装飾品をぎこちなく身に着けて、上品で落ち着いていて、忍耐強かった。そして黒人は、ベリーがイセティベッハの雌馬を馬小屋から引っ張ってきて、木につなぐのを見た。次いで彼は、ベリーが、イセティベッハのイスの傍(かたわ)らに横たわっていた老いた猟犬を連れて、家から出てくるのを見守った。ベリーは、猟犬も木につないだ。猟犬はそこに座り、周りの顔々を重々しく見回すのだった。次いで犬は吠え始めた。黒人が納屋の裏手の壁を這(は)い降(お)りて、既にたそがれに包まれた泉の分流に入った時、犬はまだ日没に向かって吠えていた。それから彼は、走り始めた。彼は背後で猟犬が吠えているのを聞くことができた。そして、泉の近くで、既に走りながら、別の黒人を通り過ぎた。二人の男、一人は動いておらず、もう一人は走っていたが、二つの異なる世界の間の実際の境界線を越えるかのように、一瞬、お互いを見合った。彼は、真っ暗な闇の中に走り込んだが、口を閉じ、こぶしを握り締め、幅広の鼻孔は、絶えず音を響かせていた。

　黒人は、暗闇の中を、走り続けた。彼はその土地をよく知っていた。なぜならば、彼は、イセティベッハと、そこでしばしば狩りをしていたからである。ラバに乗り、イセティベッハの雌馬のそばで、狐や山猫の通り道を追っかけたものだった。彼は、自分を追うであろう男たちと同じぐらいによくこの土地を知っていた。彼が彼らを初めて見たのは、二日目の日没の少しばかり前のことだった。その時彼は、急にあと戻りする前に、小川(クリーク)の低地を上がって、三十マイルを走っていた。ポーポーノキの茂みの中に横たわりながら、彼は初めてその追跡を見た。シャツを着て、麦藁帽子(むぎわらぼうし)をかぶった二人の男がいて、腕に抱えて小ぎれいに巻いたズボンを携(たずさ)え、武器は持っていなかった。彼らは中年で、太鼓腹であり、ともかくそんなに速くは動けなかっただろう。あと十二時間は、彼らは、彼が横たわって、彼らを見張っているところに戻ってはこれないだろう。「だから、俺は真夜中まで休まにゃあならんのだ」と彼は言った。黒人は料理の火のにおいをかぐに十分なほど、農園に近付いていた。そして俺の腹は減ってる筈だがなあ、と考えていた。なぜなら、彼は、三十時間何も食べていなかったからである。「だが、休むことがもっと大事だな」と自らに言い聞かせた。彼は、ポーポーノキの茂みの中に横たわりながら、そう自らに言い聞かせ続けた。なぜならば、休む努力や休む必要性と急ぎ休まねばという気持ちが、走ることがそうさせたと同じように、彼の心臓をドキドキさせていたからである。それは、まるで、彼が休み方を忘れてしまったかのようであり、六時間では休むに十分ではない、休み方を再び思い出すのに十分ではないかのようだった。

暗闇がくるや否や、黒人は、再び、移動し始めた。夜中ずっと、絶えず、静かに進み続けようと思い定めていた。というのは、彼にはどこにも行くところがなかったからである。しかし、彼は動き出すや否や、最速で走り始め、行き詰まり打ちかかるような闇を通って、胸部はあえぎ、鼻孔は広がるもなお突き進むのだった。彼は一時間走り、その時までには迷ってしまい、方向を見失い、突然立ち止まった。そしてしばらくすると、ドキドキと動悸を打つ心臓が、太鼓の音から分離した。その音から彼らは、二マイルと離れてはいなかった。彼は音を追って、遂にいぶし煙をかぎ、鼻を突くような煙を味わうことができた。彼がその中に立った時、太鼓は止まなかった。ただ、頭が彼のところに来たが、そこで、彼は、漂う煙の中で、立って、あえぎ、鼻孔は広がって脈動し、肺に動かされているのだけれど、その泥まみれの顔に埋もれた絶え間なく動く目玉はやわらいだ、ぎらぎらする光を放っていた。

「我々は、お前を待っていた」と頭が言った。「さあ、行きな」

「行くって？」

「食べて、行きな。死者は、生者と交わらない。お前にゃあそれが分かってる筈だ」

「うん。俺にゃあ分かってる」彼らはお互いを見なかった。太鼓は止んでいなかった。

「食べるかい」と頭が言った。

「おなかは空いてない。今日午後、ウサギをつかまえて、隠れて横になっている間に、食べたさ」

「それじゃあ、料理した肉を持って行きな」

黒人は葉に包んである料理した肉を受け取ると、再び小川の低地に入った。しばらくして、太鼓の音は止んだ。彼は夜明けまで着実に歩いた。「十二時間ある」と彼は言った。「多分それ以上だ。なぜなら、道は夜の間に辿ったからな」彼はしゃがんで、肉を食べ、両手を腿でぬぐった。それから立ち上がって、ダンガリー製のズボンを脱ぎ、沼地のそばにしゃがんで、泥を自分に塗りたくった――顔、腕、身体、足に――そして再びしゃがみ込み、膝を抱き、頭を下げた。十分明かるくなって、物が見えるようになった時、彼は沼地に戻り、再びしゃがみ込んで、そのまま眠った。夢は全く見なかった。彼が移動したのはよかった。というのは、広やかな昼の明かりと高い太陽の下を突然歩いてゆくと、二人のインディアンを見た。彼らは、まだ、小ぎれいに巻いたズボンを持っていた。彼らは、彼が隠れて横になっているところの反対側に立った。太鼓腹をしていて、太っていて、柔和な感じで、麦藁帽子をかぶり、シャツを垂らしていて、少々滑稽に見えた。

「こりゃあ、うんざりする仕事だぜ」と一人が言った。

「俺は、できたら、家に日陰にいたいな」と他の一人が言った。しかし、地下への入口に長が待ってるんだ」

「そうだな」彼らは静かにあたりを見回した。屈みながら、彼らの一人が自分のシャツの端からオナモミの固まりを取り除いた。「あの黒人野郎めが」と彼は言った。

「そうだな。俺たちにとって連中が苦労や心配の種でなかったことが今までにあったかい」

午後早く、木のてっぺんから、黒人は農園を見下ろしていた。彼は、二本の木の間に吊したハンモックに、イセティベッハの身体を見ることができた。そこには、馬と犬がつながれていて、蒸気船の周りの広場は、荷馬車や馬、ラバ、それに二輪馬車や鞍つき馬でいっぱいだった。他方、明かるい木立には、女たちやより小さい子供たちや老人たちが、バーベキューの肉から出る煙がゆっくりと分厚く流れている長い窪地のあたりにうずくまっているのだった。男たちや大きい少年たちは、すべて、下方の、彼の背後の小川（クリーク）の低地の道の上にいるのだろう。その彼らの晴れ着は、注意深くしっかり巻かれて、木の股（また）の中に押し込まれていた。だが、家の、蒸気船の広間（サロン）への入口の近くには、男たちの群れがいて、彼は彼らを見つめた。しばらくして、彼は、彼らがモケテュッベを、鹿皮と柿の棒でできた蓮台（れんだい）に載（の）せて、運んでくるのを見た。高所の葉で隠された場所から狩猟目標たるその黒人は、くつがえることのない運命（ドゥーム）をモケテュッベ自身のそれと同じぐらいに深遠な表情で、静かに見下ろしていた。「そうだな」と彼は落ち着いて言った。「それで、彼は行くんだな。その身体（ボディ）が十五年間ほとんど死んでいたあの男が、彼も行くんだな」

午後の半ば、黒人は一人のインディアンと向き合った。彼らは、二人とも、沼地を横切る丸太の上にいた。黒人は、やせこけて、貧弱で、厳しく、疲れを知らず、絶望的であり、インディアンのほうは、太って、やわらかく見え、究極の、この上ない怠惰とものぐさの明白な具現物だった。インディアンは全く動かず、全く音も立てなかった。インディアンは丸太の上に立って、黒人が沼地に飛び込み、泳いで陸地に上がり、下生え（したば）の中に音を立てて突っ込んでゆくのを見た。

日没直前に、黒人は倒れた丸太の背後に横たわっていた。丸太を上へとゆっくりと行列を成して、蟻（あり）が一列に移動していた。彼は、それをつかまえて、皿から塩味のナッツを食べる夕食の客（ゲスト）のそれのような一種の孤立感をもって、ゆっくりと食べた。それも塩味がして、あらゆる釣り合いを欠いた唾液反応を生んだ。彼は、蟻（あり）をゆっくりと食べながら、切れない蟻（あり）の列が、丸太を上がって着実な、恐るべき非逸脱性（ひいつだつせい）をもって、忘却の宿命の中へと入ってゆくのを見つめていた。終日、ほかのものは何も食べなかった。こびりついた泥マスクの中で、目玉が、赤くなった縁取りの中でぎょろついていた。日没時、小川（クリーク）の土手に沿って、這（は）いながら、彼が蛙を見つけた場所へと進んでいた時、毒蛇が突然彼の前腕をよぎって、その腕を強い、ゆるやかな一撃をもってさっと切った。蛇は不器用に当たって、彼の腕に、二本のカミソリの切り傷のような長い傷跡を残した。そして、それ自身の勢いと怒りの余り半ば身を伸ばしながら、蛇は、一瞬、それ自身の無様（ぶざま）さと胆汁質（たんじゅうしつ）の怒りでもって、まるっきりお手上げ状態に見えた。「オーレ、じいさん」と黒人は言った。彼は蛇の頭に触（さわ）り、そしてそれが、強い、熊手で掻（か）くようなぎこちない打撃をもって、腕をよぎってまた切るのを見た。「死にたくないな」と彼は言った。そしてまた言った——「死にたくないなあ」——穏やかな調子で、ゆったりと低調な驚きをもって言った。あたかも、それは、言葉自体が自（おの）ずから発するまで、彼は知らず、あるいは自分の望みの深さや広がりを知らなかったというような感じだった。

五

モケテュッベは、その上靴(うわぐつ)を持っていた。彼は、動いている間は、それを長くははけなかった。彼がその上に置かれて、もたれている蓮台(れんだい)においてさえ、そうだった。それで、上靴(うわぐつ)は、彼の膝の上の四角い子鹿の皮の上に休んでいた――ひび割れてもろくなった上靴(うわぐつ)は、今や形もくずれ気味で、エナメル皮(がわ)の表面はうろこ状になっており、その前皮(まえがわ)には締め金がなく、緋色(ひいろ)の踵(かかと)がついていたが、やっと生きているに過ぎない、仰向けになった肥えた身体(からだ)の上に載(の)っていた。彼の身体(からだ)は、手配された男たちのいきな中継によって、沼地やイバラの茂みを経(へ)て運ばれているのだった。その代わる代わるの新手(あらて)の男たちは、殺害(「殉死」用い(けにえのこと))の用向きで、終日常にその罪とその対象物たるモケテュッベをしっかりと運んでいたのである。モケテュッベにとって、それはあたかも、彼自身は不滅でも、生きている時は彼の災難をもくろみ、死んだら、その破滅への忘れっぽいパートナーとなる宿命的な霊魂によって、地獄を経(へ)て、急速に運ばれているかのようだったに違いない。

しばし休んだあと、その間、蓮台(れんだい)は、しゃがんだ輪の中心に置かれて、その中のモケテュッベは、動くことなく、両目は閉じて、顔はちょっとの間穏やかでもあり、避(さ)けようもなく先を見通している風情(ふぜい)に満ちていたが、彼は、しばらく上靴(うわぐつ)をはくことができた。若者がモケテュッベの上に靴を置いて、彼の大きく、やわらかな、水腫にかかった足を靴の中に押し込んだ。すると、彼の顔に再び悲劇的で受け身な、とても注意深い表情が戻ってきたが、それは、消化不良の人特有のものだった。そしてみなは、進んでいった。モケテュッベは、全く動かず、音も立てず、律動的な蓮台の中にあって、ある種の元来のものぐさ、或いは、勇気や不屈といったある種の王らしい美徳などに由来する惰性のようなものを帯びているのだった。しばらくして、彼らは、蓮台を下ろし、偶像のそれのような、汗の玉で飾られた彼の黄色い顔を見た。その時、スリー・バスケット或いはハッド・トゥー・ファーザーズは言うだろう。「靴を脱がせよ。名誉は示された」彼らは靴を取り除くだろう。モケテュッベの顔は変わることなく、その時のみ彼の呼吸が感知できるようになり、それは彼の青白い唇から、かすかなあーあーあーという音を発して、出たり入ったりするだろう。そして彼らは、急使や走者がやってくる間、再びしゃがんでいるのだ。

「まだかい」

「まだだよ。あいつは東へ向かっている。日没までには、ティッパ郡（ミシシッピー州最北部のフォークナーの先祖のいた町リップレーはこの郡にある）の入口に到達するだろう。それから彼は引き返すだろう。我々は、明日には彼をつかまえられるだろうよ」

「そう願いたい。それで早過ぎることはないだろう」

「そうだな。もう三日も経った」

「ドゥームが死んだ時、三日で済んだぞ」

「でも、あの時は老人だった。今度のは若いんだぞ」

「そうだな。いいレースだ。もしあいつが明日つかまれば、俺は馬を一頭もらえるだろう」

「あんたがそれをもらえますように」

「そうだな。この仕事は、愉快じゃあないな」

それは食物が農園で不足した日のことだった。客たちは家に帰り、その翌日、もっと多くの食物を持って戻ってきた。更にもう一週間のためにも、十分な量だった。その日、イセティベッハは、においを出し始めた。昼頃暑くなり、風が吹いた時、彼らは、低地を上下する長い道程で、彼のにおいをかぐことができた。しかし、彼らは、その日は、黒人をつかまえなかった。翌日もそうだった。蓮台のところに急使がやって来たのは、六日目のたそがれ時の頃だった。彼らは、血を見つけていた。「やつは自分で怪我をしてるぞ」

「悪くないと思うよ」とバスケットが言った。「我々は、イセティベッハに、役に立たない者を添えることはできないな」

「イセティベッハ自身が手当てをしたり、世話をしたりしなきゃあならない者も、駄目だな」とベリーが言った。

「俺たちにゃあ分からない」と急使は言った。「やつは自分で隠れてしまったんだ。沼地に這い戻ってしまったんだ。俺たちは見張りを残しておいたが」

みなは、今や、蓮台とともに速足で進んだ。黒人が沼地に這い込んだところは、一時間の距離、離れていた。急ぎと興奮のうちに、彼らは、モケテュッベがまだ上靴をはいていることを、忘れてしまっていた。彼らがその場所に着いた時、モケテュッベが気を失った。彼らは上靴を脱がせ、彼を蘇生させた。

暗くなると、彼らは、沼地のあたりに輪を作った。彼らは、しゃがみ込んでいたが、ブヨや蚊が群がっていた。夕べの星が西方に低く、間近に燃えていた。そして星座が、頭上を回り始めた。

「我々は彼に時間を与えてやろう」と彼らは言った。「明日は今日の別名に過ぎないんだ」

「そうだな。あいつに時間をやろう」それから彼らは、話を止めて、一つになって横たわる沼地の闇に見入った。しばらくして、音が止み、ほどなく急使が、暗闇から現れた。

「やつは脱出しようとした」

「だが、お前が、あいつを追い返したのかい」

「やつは、引き返した。我々は、一瞬、怖かったよ。三人とも。我々は、やつが闇の中を這っているにおいをかいだ。ほかにもにおいがした。何のにおいか、分からなかったがな。それが我々が恐れた理由だ。やつが我々に話すまではな。やつは、そこで自分を殺すようにと言った。なぜなら、暗くなって、闇の顔が現れた時にそれを見る必要がなくなるだろうからだ。だが、我々がかいだのは、それじゃあなかった。やつは、それが何かを、話した。蛇がやつを襲っていた。二日前のことだ。腕がはれた。そこが悪いにおいを出したんだ。しかし、我々がその時かいだのは、そのにおいじゃあなかったんだ。なぜならば、はれは治まって、やつの腕は子供のそれ同然の大きさとなったからだ。やつは見せた。我々は、その腕に触ってみた。我々みながそうした。子供の腕と同じ大きさだった。彼は、腕を切り離せるように、手斧をくれと言った。しかし、明日は今日でもある」

「そうだな。明日は今日だな」

「我々は、しばらく、不安だった。それから、やつは沼地に戻っていった」

「それはいい」

「そうだな。我々は不安だった。長に話そうか」

「俺が話そう」とバスケットが言った。彼は立ち去った。急使はしゃがんで、また黒人のことを話し始めた。バスケットが戻ってきた。「長がそれでよろしいと言ってる。お前の任務に戻りな」

急使はそっと出て行った。彼らは、蓮台の周りにしゃがみ込んだ。そして、時々眠った。真夜中過ぎになって、黒人が彼らを起こした。彼は叫び始め、独り言を言った。彼の声が、暗闇から鋭く、突然に出てきた。次いで、彼は静かになった。夜明けになった。白い鶴が淡黄色の空をゆっくりと飛んだ。バスケットが目覚めた。「さあ、ゆこう」と彼は言った。「今日になったぞ」

　二人のインディアンは、沼地に入った。彼らの動きは慌しかった。彼らは、黒人のところに到着する前に、止まった。なぜなら、黒人が歌い始めたからである。彼らには、彼が裸で、泥まみれになって、歌いながら丸太に腰かけているのが見えた。彼らは、彼が歌い終えるまで、ちょっと離れたまま、黙ってしゃがんでいた。彼は、昇る太陽に向かって顔を上げながら、自分自身の言葉で何か歌っていた。その声は、明瞭で、熱が籠もっており、荒々しさと哀しさを共にした特質を帯びていた。「彼に時間をやろう」と彼らインディアンたちは、しゃがみ込み、忍耐強く待ちながら、言った。黒人は歌を止め、彼らは近付いた。彼は振り返り、ひび割れた泥マスクの顔を通して、彼らを見上げた。彼の両目は、血走っていて、唇は四角い短い歯の上でひび割れていた。泥の面は、顔面からゆるんでいるように見え、それはまるで彼が、それをそこに乗せたので、肉を失ってしまったかのようだった。彼は、左腕を胸にくっつけていた。肘から下は、黒い泥にまみれ、形を失っていた。彼らは彼のにおいをかぐことができた。ひどいにおいだった。彼は、一人が彼の腕に触るまで、静かに彼らを見つめていた。「さあ」とそのインディアンが言った。「お前はよく走った。恥じることはないぞ」

六

明かるく染まった朝の中、彼らが農園に近付いた時、黒人の両目は、馬のそれのように、少し回り始めた。調理場からの煙が地面を、庭のあたりで、蒸気船の甲板の上で、しゃがんで待っている客たち、晴れやかで、ぎこちない、どぎつい正装をした客たちの上を低く流れていた。女や子供、老人たちがいた。人々は、使者たちを低地沿いに送っていた。別の使いも、先立って、そうしていた。そして、イセティベッハの身体（からだ）は、馬や犬と一緒に、墓の待つところに既に移されていた。ただ、彼らは、イセティベッハが生前住んでいた家のあたりに、死した彼のにおいをまだかぐことができた。客たちは、モケテュッベの蓮台（れんだい）の運び手たちが坂を上がってきた時、墓のほうへ移動し始めていた。

黒人は、そこでは一番背が高かった。彼の高い、緻密（ちみつ）な泥まみれの頭は、人々の上にぼんやりと大きく浮かんで見えた。彼は、荒い息をしていた。それは、まるで、六日間の宙ぶらりんの絶望的な努力が、一度に彼に向かって撃（う）ち出されたかのようだった。みなゆっくり歩いたが、彼の裸の傷（きず）跡（あと）のついた胸は、ぐっと固まった左腕の上で上下していた。彼は絶えずこちらを見、あちらを見していたが、それはまるで何も見ていないかのようであり、あたかも視覚が見ることに全く追いつついていないかのようだった。彼の口は、大きな白い歯の上で少し開いていた。彼はあえぎ始めた。既に移動していた客たちは止まった。休止し、振り返り、何人かは手に肉片を携えていたが、その間、黒人は、荒々しい抑えた、落ち着かない目で、人々の顔を見回していた。

「まず何か食べるかい」とバスケットが言った。

「うん」と黒人は言った。「そうだ。食べたい」

群衆は、中央部に押し返し始めていた。その言葉が一番外側に通っていった。「彼はまず食べるぞ」

彼らは蒸気船に着いた。「座りな」とバスケットが言った。黒人は甲板の端に腰を下ろした。彼はまだあえいでおり、胸は上下し、白い眼玉が絶えず休むことのない頭部は、左右に振れていた。それはあたかも見る能力の欠如が、彼の内部から、絶望から来ているのであって、視覚の欠如からではないということであるかのようだった。彼らは、食べ物を持って来て、彼がそれを食べようとしている時、じっと見守っていた。彼は食べ物を口に入れ、かんだ。しかし、かみながら、半ばかんでいたものが、口の隅から出て来始めて、彼のあごをよだれのように垂れて、胸に落ちた。しばらくして、彼は、かむのを止め、そこに座ったが、裸のままで、乾いた泥に覆われ、皿を膝の上に乗せていた。その口は、沢山のかんだ食べ物でいっぱいで、開いており、両目は広がり、絶えず動いていて、あえぎあえぎしていた。みなは、そうした彼をじっと見守っていたが、忍耐強く、頑固で、待ち続けれるのだった。

「さあ」とバスケットが言った。

「水が欲しい」と黒人が言った。「水を飲みたいんだ」

井戸は奴隷地区へと向かう坂の少々下ったところにあった。その坂は、正午の、あの平穏な時間の諸々の影で、まだら模様になっていた。そうした時間には、イセティベッハがイスでまどろみ、昼食と眠るための長い午後を待っており、召使の黒人のほうは、ひまになったものだった。そんな時、彼は台所のドアのところに座り、食べ物の用意をする女たちと語り合ったものである。台所の向こうでは、奴隷地区の間の小道が静かで平和で、女たちが小道をよぎって互いに話しかけ、夕餉の火の煙が、ほこりの中の黒檀の玩具のような黒人の子供たちの上に流れたものである。

「さあ」とバスケットが言った。

黒人はみなの間を歩いたが、誰よりも背が高かった。客たちは、イセティベッハと馬と犬が待つところへと、移動していた。黒人は、自身の高く、絶え間なく動く頭とあえいでいる胸部とともに歩いた。「さあ」とバスケットが言った。「お前は水が欲しいんだな」

「うん」と黒人は言った。「うん」彼は振り返って例の家を見、次いで奴隷地区のほうを見下ろした。そこには、今日は火が燃えておらず、どのドアにも顔が見えず、ほこりの中の子供も、一人もおらず、そして彼は、あえいでいた。「俺は腕のここをひっかかれたんだ。一度、二度、三度と。

俺は言った。『オーレ、じいさん』」

「さあ、もう」とバスケットが言った。黒人はまだ歩きの動きで進んでいた。膝を高く、頭を上げて、まるで彼が足踏み水車の上にいるかのようだった。彼の目玉は、野性的な、抑え気味のどぎつい光を帯びていて、馬の目玉のようだった。「お前は、水が欲しかったんだな」とバスケットが言った。「さあ、ここにあるぞ」

井戸には、ひょうたんがあった。彼らは、それを水に浸けて、いっぱいにし、黒人に与えた。彼らは、彼がそれを飲もうとするのを見つめていた。彼が、泥まみれの顔にひょうたんをゆっくりと傾けた時、両目は動きを止めていなかった。彼らは、彼の喉が、動いているのを、そして、光が当たって輝いている水がひょうたんの両側から滝のように落ちて、彼のあごや胸に下ってゆくのを見ることができた。そして、水は止まった。「さあ」とバスケットが言った。

「待って」と黒人が言った。彼はひょうたんをまた浸して、それを顔に、その絶え間なく動く目の下に傾けた。再び彼らは、彼の喉が動くのを、また飲み込めなかった水が割れて、無数に分かれて、あごを覆って下り、泥だらけの胸に注ぎ込むのを見つめていた。彼らは、忍耐強く、重々しく、品を保って、頑固に待った。一族が、客が、親族が――そして水が止まったが、それでもまだ空のひょうたんは、より高く、高く傾き、まだ彼の黒い喉も、不満げに飲もうとする空しい動きをまねていた。水でゆるんだ泥の一片が、彼の胸からもがれて、泥だらけの足のところで壊れた。そして空のひょうたんの中に、彼らは「あーあーあー」という彼の息を聞くことができた。

「さあ」とバスケットが言った。ひょうたんを黒人から取り上げ、それを井戸に戻して、吊しながら。

ウォッシュ

サトペンは、母子が横たわっている藁布団の上に、立ちはだかっていた。しなびた板張りの間に、朝日が、鉛筆書きのような細い光の筋となって差し込み、彼の広げて立った両足と手にした乗馬鞭の上で砕け、母親の動かぬ体に流れていた。母親は、動かぬ探るような、むっつりしてすねたような目でサトペンを見上げ、傍らの子供は、汚れているようで清潔な一枚の布にくるまれていた。彼らのうしろには、黒人の老女が、火が細々といぶっている粗造りの暖炉のそばに、しゃがんでいるのだった。

「さて、ミリー」とサトペンは言った。「お前が雌馬でなくて、まず過ぎたな。雌馬だったら、馬屋に、ちゃんとした仕切り間を与えてやれたにな」

藁布団の娘は、まだ動かなかった。彼女は、ただ、無表情のまま、サトペンを見上げ続けていた。それは終わったばかりのお産の苦しみからまだ青白い顔、若く、むっつりとして謎めいた顔だった。サトペンは動いて、分散した鉛筆書きのような、幾筋もの太陽光線の中に、六十男の顔を持ち込んだ。彼はうずくまっている黒人女に、静かに言った。「グリセルダが、今朝（けさ）、子馬を生んだぞ」

「雄で、それとも雌で」と黒人は言った。

「雄だ、とても素晴らしい子馬だ…こいつは何だ」彼は鞭を持った手で、藁布団（わらぶとん）を指（さ）した。

「雌だと思いますだ」

「はあ」とサトペンは言った。「とても素晴らしい子馬だ。一八六一年にわしが北部に乗っていった時のあの老ロッブ・ロイ（サトペンの馬の名前だが、ウォルター・スコットの小説の題名でも。もともとスコットランドの十七—十八世紀の独立戦争の英雄の名前）そっくりになるだろう。覚えておるかな」

「はい、旦那様」

「はあ」彼は、藁布団（わらぶとん）のほうに、ちらっと一瞥（いちべつ）をくれた。娘がまだ彼を見ているかどうか、誰にも分からなかっただろう。再び彼の鞭を持った手が、藁布団（わらぶとん）を指（さ）した。「やってやらねばならんことで必要なことは、何でもしてやれ」彼は、がたぴしする戸口を通って外へ出て、茂った雑草の中へと降りて行った（そこには、三ヶ月前にウォッシュが雑草を切り払うためにサトペンから借りていた大鎌が、玄関の角（かど）のところに、さびたままでまだ立てかけられていた）。降りていったところには、サトペンの馬が待っており、そこにはウォッシュが、手綱を持って立っていた。

サトペン大佐が北部人（ヤンキー）と戦うために、馬に乗って出ていった時、ウォッシュは行かなかった。

「俺は、大佐の地所と黒人野郎どもの面倒を見てるんだ」と彼に尋ねた者すべてに、また尋ねない者たちにも話したものである。やせこけて、マラリヤに取り付かれた男で、青白く、問い質すような目をしていて、三十五才ぐらいに見えたが、娘ばかりか八才の孫娘までもまた持っていることが知られていた。ウォッシュの言うのは、いつわりだった。ウォッシュがそのことを話した者たちの大部分——十八才から五十才の間のわずかに居残った者たち——その者たちの大部分は、知っていたのである。何人かは、ウォッシュ自身が自分の言うことを本当に信じているんだと信じていたけれども、その彼らさえも、ウォッシュがその言っていることをサトペン夫人やサトペン家の奴隷たちに試してみるような野暮なことはしないぐらいの分別は持っていると信じていたのである。もっと分かっているから或いはただものぐさ過ぎ、ぐうたら過ぎてそうしないのか、と彼らは言ったが、それも、ウォッシュのサトペン農園との唯一の関係は、これまで長年の間サトペン大佐が彼にサトペン農園の川べりの低地にある湿地のがたがたの小屋に住むことを許してきたという事実のみにあったということを承知していたからである。その小屋は、サトペンが独身時代に釣り小屋として建てたもので、使用しないのでそれ以来荒廃してしまい、それは、今や、死に際に水を飲もうとしてその場にひどい格好で腹這った老いて病気の獣のように見えるのだった。

　サトペンの奴隷たち自身は、ウォッシュのこのような言葉を聞いていた。彼らは笑った。彼らが彼を笑い、彼のことを白人の屑と陰口したのは、これが最初ではなかった。湿地と釣り小屋から登ってくるぼんやりかすんだ道でウォッシュに出会うと、集団をなした奴隷たちは、彼に尋ね始めた。

「白人さんよ、あんたは何で戦争に行ってないんだい」

彼は立ち止まって、その背後に嘲りの潜む黒い顔と白い目や歯の輪を見回したものである。「俺にゃあ養わにゃあならん娘や家族があるからだよ」と彼は言った。「黒人野郎め、道を開けろ」

「黒人野郎だと？」黒人たちは繰り返した。「黒人野郎だと？」今度は笑いながら言った。「おらたちを黒人野郎と呼ぶそいつは誰だい」

「そうだぞ」とウォッシュは言った。「俺にゃあ、俺が行っちまったら、俺の家族の面倒を見る黒人野郎なんていやせんからな」

「大佐が俺たち誰にもひど過ぎて住まわせねえあの向こうの小屋しかねえからな」

すると今度は、ウォッシュが、黒人たちに悪態をついた。時には彼は、地面から棒切れをひっつかんで、彼らに向かって突進した。その間、奴隷たちは、彼の前で散らばったが、依然として嘲るような、つかまえどころのない、逃れようのないあの笑いを浮かべて、彼を取り巻いているように見えた。ウォッシュは、あえぎ、なすところなく、怒り狂うばかりだった。かつて、お屋敷のまさにその裏庭で、生じたことがある。それは、テネシー（米国南部の一州。ミシシッピー州の北隣）の山々やヴィックスバーグ（ミシシッピー河畔の都市。交通の要衝で、南北戦争の激戦地。ミシシッピー州）から悪い便りが来て、シャーマン将軍（ウィリアム・テクムシュ、一八二〇―九一、北軍の将軍。シャイローの戦いを経て、アトランタを攻略）が農園を通過し、大かたの黒人たちが彼について行ってしまったあとのことだった。ほかのほとんどすべてのものが北部連邦軍について行ってしまい、サトペン夫人は、ウォッシュに言伝てをやって、裏庭のあずまやに熟したブドウを取ってよい、と言った。今回は、その使いは家の召使で、居残った数少ない黒人の一人だった。その黒人女は、台所の階段を上がって退かねばならず、彼女はそこで振り向いた。「そこで止まんな、白人さん。いまおるところで止まんな。大佐がここにおる間、あんたはこの階段を通ることは一度もなかったし、今もそうしちゃあなんねえ」

これは本当のことだった。だが、ウォッシュには、そうしたある種のプライドがあった。彼は、決して、大きい屋敷に入ろうとしなかった。たとえ彼が入ろうとすれば、サトペンは受け入れたであろうし、それを許したであろうと信じていたとしても。「だけど、俺は、黒人野郎の誰にも、俺がどこへも行っちゃあならねえ、などと言わせる積もりはねえ」と彼は独り言ちた。「俺は大佐に、俺のために黒人野郎をののしらせる積もりもねえ」こういうことだったが、彼とサトペンは、家に客がいないまれな日曜日、一度ならず午後を共に過ごしたのだった。多分彼は、サトペンがほかにやることがなく、自分自身の仲間を持てない男なのだからと、分かっていたのだろう。それでも、二人が、ブドウ棚で午後いっぱい過ごし、サトペンはハンモックにおり、ウォッシュは、柱の一本を背にしてうずくまり、間に水桶を置いて、同じ細口の大ビンから互いに杯を重ねたという事実は、残るのである。一方、平日には、ウォッシュは、サトペンの見事な姿を目にするのだった——

二人は、一日も違わないぐらいの同い年であり、どちらも、恐らく、ウォッシュには孫がいて、他方、サトペンの息子は学生だったのだが、どちらも同い年だとは思っていなかった——ともかく、黒い種馬に乗って農園を駆けめぐる主人の見事な姿を目にするのだった。そうした瞬間、ウォッシュの心は穏やかで、誇り高かっただろう。彼には、こう思えただろう。即ち、聖書が彼に教えた黒人、神によって白い肌のすべての人たちにとって、野蛮で奴隷的に創られ、呪われている黒人が、彼や彼の孫娘よりもいいなりをして、いい家に住まい、いい服さえ着ているその世界、彼が周りに黒い笑いの嘲りのこだまするのを絶えず感じているその世界は、夢や幻想に過ぎず、現実の世界は、彼自身の孤独な崇拝対象、神が黒いサラブレッドに乗って疾駆する世界であり、彼ウォッシュが考えるに、聖書もまた、すべての人は神の姿で創られており、それゆえ、すべての人は、少なくとも神の目には、同じ姿をしているのだと教えているのである。それゆえ、彼ウォッシュは、あたかも自分自身を語るかのように、こう言えただろう。「素晴らしい誇り高いお人だ。もし神自身が降りてきて、大地を馬で駆けるとしたら、それがまさに、神がかくありたいと目指しただろうものだったんだ」

サトペンは、一八六五年に、黒い種馬に乗って、帰ってきた。彼は、十年も年取ったように見えた。彼の息子も、妻が死んだ同じ冬に、戦闘中に殺されていた。彼サトペンは、勇敢な行為に対して、リー将軍（ロバート・E、一八〇七—七〇、米国の将軍。南軍の総帥）から直接与えられた感状を持って、農園に戻ってきた。そこでは、この一年間、彼の娘が、彼が十五年前に毀(こわ)れそうな釣り小屋に住まうことを許したあの男のわずかな恵みにいくぶんかは依存しつつ、生きてこれたのだった。もっとも、その存在そのものを、その当時、彼は忘れてしまってはいた。ウォッシュは、そこにいて、彼を迎えたが、何も変わっていなかった。依然やせていて、老いることもなく、青白い疑うような眼差(まなざ)しをしていて、その態度は、おずおずとしていて、やや卑屈で、しかも多少なれなれしかった。

「ところで、大佐、」とウォッシュは言った。「やつらは、俺たちを殺したけれども、まだ俺たちを屈服させちゃあいねえんですよな」

それが次の五年間の二人の会話の進む方向だった。今彼らが二人で炻器(せっき)から飲むウィスキーは、質の劣ったものだったし、そこはブドウ棚(だな)でもなかった。それは、サトペンが街道に構えようとしていた小さな店の背後だった。それは木製の棚をつけた部屋で、そこで彼は、ウォッシュを店員兼運び手として使いながら、灯油や主要食料品、古くなったけばけばしいキャンディ、安物のガラス玉やリボンなどを黒人やウォッシュのような類(たぐい)の貧乏白人(プアー・ホワイト)たちを相手に商(あきな)っているのだった。そうした連中は、歩いて或いはやせこけたラバに乗って、やって来て、たかが十セント貨や二十五セント貨をめぐって、だらだらと争い合う、しかもその相手たるや、かつては黒い種馬にまたがって(その馬は今も存命で、その嫉妬深い子孫が住んでいた馬屋は、主人自身が住まう家よりももっと手入れが行き届いていたのだが)、その黒馬にまたがって、自分自身の肥沃な土地を十五マイルも疾駆した男で、戦闘で部隊を勇ましく率いもしていたのである。ともあれ、そのサトペン、言い争いの果てに腹を立てて、人々を出して店を空け、ドアを閉めて内から鍵をかけてしまうのだった。それから、彼とウォッシュは、裏の酒壺のところに行くのである。しかし、それで会話は静かにはならず、それはちょうど、サトペンがハンモックに横たわって傲慢な独り言を言う一方、ウォッシュが柱を背にげらげら笑いながら、うずくまっている時のようだった。二人はそろって座り、サトペンがたった一つのイスに座る一方、ウォッシュは、手近にある箱であれ何であれ、イスとして用いるのだった。そしてこういうことも、ほんの一時の間だった。なぜなら、サトペンは、やがてあの無気力ながらも猛り立った不敗の域に達して立ち上がり、身を揺らし、突き進んでは、拳銃を取って、黒い種馬にまたがって単騎ワシントンに乗り込み、もう死んでいる筈のリンカーン（アブラハム、一八〇九―六五、米国の第十六代大統領。南北戦争に勝利、奴隷解放宣言を出す）ともう一介の市民となっている筈のシャーマンを殺してやるとまたまた断言するのだった。「やつらを殺せ！」と彼は叫んだものだ。「やつらを虫けらのように撃ち殺してしまえ」

「そうだ、大佐、その通りだ、大佐」と、ウォッシュは、倒れ込みそうになるサトペンをつかまえながら、言ったものである。それからウォッシュは、最初に通りかかった馬車を徴発し、もし馬車がいなければ、一番近い隣家に一マイル歩いて行って、一台借りて戻ってきては、サトペンを家まで運んでゆくのだった。今やウォッシュは、屋敷に入るのだった。彼は、長い間、そうして来ていた。借りたどんな馬車だろうと、乗せて連れ帰り、まるで馬であるかのように、サトペン自身種馬であるかのように、うまくささやきかけるように話して、動かせたのだった。娘が彼らを出迎え、無言でドアを開けて、抑えているのだった。ウォッシュは、その重荷を、かつては白く形式ばった入り口を通って、運び込むのだった。入り口の上の扇窓はヨーロッパから部材ごとに輸入されたもので、今はなくなった窓ガラスのところには、板が釘で打ち付けられている。その重荷を、今やここからすべてのまどろみが消え果てたビロードのじゅうたんの上を運んでゆき、今ではただペンキの色褪せた二本の筋の間に渡されたしなびた亡霊のようなむき出しの板の重なりとおぼしき形式ばった階段を上げて、寝室の中へと入れるのだった。その頃はもうたそがれ時となっていて、ウォッシュは、重荷の主人を手足を伸ばしてベッドに寝かせ、着物を脱がせたあと、彼は傍らのイスに静かに座ったものである。しばらくして、娘がドアのところにやってくる。「俺たちゃあ、もう大丈夫ですぜ」と彼は、彼女に言うのだった。「ジューディスさん、何も心配することたありませんぜ」

それから暗くなり、しばらくすると、ウォッシュは、ベッドのそばの床上に横になるのだったが、それは眠るためではなかった。なぜなら、やがて——真夜中の少し前頃——ベッド上の男が動き出し、うめき、次いで「ウォッシュ」と言い出すのだった。

「おれはここにおりますよ、大佐。眠りなせえ。俺たちはまだ負かされちゃあいませんぜ。俺もあんたも、まだやり遂げられますぜ」

その時でさえ、彼は既に、孫娘の腰の周りの飾りひもを目にしていたのである。彼女は今十五才だった。彼女のようなタイプの、早熟のありようによくあるように、もう大人びていた。ウォッシュは、その飾りひもの出所を知っていた。彼は、それやそれと似たようなものを、三年間、毎日見てきていた。たとえ彼女が、大胆でむっつりとすねた風情（ふぜい）で、同時に恐れはばかりながら、飾りひもの入手先についてうそをついていた——実際はついていなかったのだが——としても、彼には分っていたのである。

「いいよ」と彼は言った。「大佐がそれをお前にやりたいというんなら、お前は、有難く思うようにしてもらいたい」

孫娘が、彼に、大佐の娘ジューディス嬢がドレスを作るのを手伝ってくれたと話した時、彼女のひそやかな挑（いど）むような、おびえた顔を見ながらそのドレスを目にした折でさえも、彼の心は穏やかだった。しかし、ウォッシュがその日の午後店を閉めて、サトペンについて裏手へ回ったあと、彼に近づいた時、ウォッシュの心はとても重たかった。

「酒壺（さかつぼ）を持ってこい」サトペンは指示した。

「待って下され」とウォッシュは言った。「ちょっと待って下され」

サトペンは、ドレスのことを否定しなかった。「それがどうした」と彼は言った。

だが、ウォッシュは、彼の尊大な眼差しを見返した。彼は、静かに話した。「俺はあんたを、ほとんど二十年間知っている。俺は、あんたがしろと言ったことを断ったことは、これまで一度もねえです。それに、俺はもう六十になろうとする男です。そしてあの孫娘は、たかが十五才の小娘に過ぎねえです」

「わしが小娘を傷つけた、とでも言うのかい。お前と同じような年のこのわしが」

「もしあんたがほかの男だったら、俺はあんたの手から渡ったあのドレスやほかの何であろうとも、あの孫娘に持たせておきゃあしません。でも、あんたは別だ」

「どう別なんだ」しかしウォッシュは、青白い、問い質すような真剣な目で、サトペンを見つめるばかりだった。「そうか、それでお前は、わしを不安に思っておるんだな」

最早ウォッシュの眼差しは、問い質してはいなかった。その目は落ち着いて、穏やかだった。「わしは不安に思っちゃあいねえです。なぜならあんたは勇敢だから。あんたがその人生のある瞬間、或いはある一日に勇者であって、リー将軍から感状をもらったからというのではねえ。そうじゃあなくて、あんたが生きて呼吸をしておるのと同じように勇敢だからだ。そこが別なんです。俺にそのことを告げるのに、誰かの保証なんぞ要りゃあしません。そして俺には、あんたが扱ったり触ったりするものは、それが人間の連隊だろうが、無知な小娘だろうが、ただの猟犬に過ぎなかろうが、あんたは間違いなくやるということが、俺には分かっとります」

今度はサトペンが、突然、ぶっきらぼうに振り向いて、目をそらす番だった。「酒壺を持て」と彼は鋭く言った。

「承知だ、大佐」とウォッシュは言った。

そして二年後のあの日曜日の明け方、ウォッシュは、黒人の産婆が（彼が三マイルも歩いて、連れに行ってきたわけだが）、彼女ががたがたのドアを開けて入り、その向こうには孫娘が横たわって、泣いていたのに、彼の心は、不安がってはいてもまだ穏やかだった。ウォッシュは、彼らが何を言っているか知っていた。ここの土地の小屋に住まう黒人たちや店のあたりを日がな一日うろうろしている白人たちのことである。彼らは、三人をじっと見つめていたのである。サトペン、ウォッシュ自身、そして身体が日ごとに明白になるにつれて厚かましくまたひるみがちな挑戦的態度を取る彼の孫娘の三人、まるで舞台上を行き来する三名の俳優のようだった。「俺にゃあやつらがお互いに何を話し合っておるか、分かっとるぞ」と彼は思った。「俺にゃあ、ほとんどこう聞こえるんだ。ウォッシュ・ジョーンズは遂に老いたサトペンを仕留めたぞ。二十年も掛かったが、遂にやり遂げたぞ」

まではあるが、ほどなく夜明けだろう。湾曲した戸枠の背後で、ランプの明かりがぼんやりと灯る家から孫娘の声が、まるで時計に操られているかのように、絶えず聞こえていた。他方、思考はゆっくりと、しかも凄(すさ)まじく進んで、手探(てさぐ)りし、どういうわけか疾駆する蹄(ひづめ)の音と入りまじり、遂には疾駆するさ中に、突如として解(と)き放(はな)たれて、見事な誇り高い雄馬にまたがった見事な誇り高い男の姿が現れて、疾駆する。すると思考が手探りしていたものも解(と)き放(はな)たれて、極めて明瞭となるが、それは弁明ということではなく、説明ということでさえなくて、神格化されたものとして孤独で説明し得るものであり、人間の手によるあらゆる汚れを超越したものだったのである。「あの方は、あの方の息子や妻を殺し、その奴隷たちを奪い、その所有する土地を破滅させたすべての北部人(ヤンキー)どもよりも大きく、彼が守ろうとして戦ったこれこのいまいましい国、彼を拒(こば)んで、小さな鄙(ひな)びた店の主(ぬし)に追い込んだこのくそいまいましい国よりも大きいんだ。あの方は、この国が聖書に出てくる苦(にが)い盃(さかずき)のように、彼の唇にあてがったあの拒(こば)みよりも大きい方なんだ。それゆえ、二十年間もこれほどあの方の間近に暮らしてきた俺がどうしてあの方に触(ふ)れられ、変えられないままでおられようぞ。多分俺は、あの方ほど大きくないし、また多分あのような疾駆などなし得なかったのだ。もしあの方が俺にするように求めることを示したなら、俺とあの方はそれをやり遂げられようぞ」

　すると、夜明けとなった。突然ウォッシュは、その家を見ることができた。黒人の老女が、ドアのところで彼を見ていた。次いで彼は、彼の孫娘の声が止(や)んだのに気付いた。「女の子だ」と黒人が言った。「お前さん、よければ旦那のところに行って、そう伝えてくれな」彼女は、家の中に入った。

「娘だ」と彼は繰り返した。「娘だ」驚きのうちに、あの疾駆する蹄(ひづめ)の音を聞き、あの誇り高い疾駆する姿が再び現れるのを見ていた。彼には、その人物が、年数や時間の積み重ねを印(しる)す相(そう)を駆け抜けて、高みに向かって通り過ぎてゆくのを見つめているように見えた。その高みでは、その人物は、振りかざされた剣や打ち破られた旗の下を駆け、雷(いかずち)の如くに轟(とどろ)く硫黄(いおう)のような色をした空の下(もと)を突進してゆくのである。ウォッシュは、人生で初めて、多分サトペンは自分と同じような一介の老人に過ぎないのか、と初めて思った。「生まれたのは娘か」と彼は、そうした驚きの中で思った。次いで、彼は、子供のようなうれしい驚きをもって、こう思った。「俺もとうとう、ひいじいさまってやつになっちまったようだな」

彼は家に入った。爪先(つまさき)立ちで、不器用に動いた。それはまるで彼が、最早そこに住んでいないかのようであり、ちょうど呼吸を始め、明かるみの中で泣いたばかりのその子が、彼自身の血を分けた者である筈なのに、彼を突き放しているかのようだった。しかし、藁布団(わらぶとん)の上でさえも、彼には孫娘のかすんだやつれ切った顔以外は、ほとんど何も見えなかった。そして、炉辺にうずくまっている黒人女が言った。「あんた、よければ、旦那に話したほうがいいよ。もう昼間になったよ」

けれども、それは不要だった。彼が歩いて通った雑草を切り払うために三ヶ月前に借りていた大鎌が立てかけてある玄関の角(かど)を、彼が曲がるや否や、サトペンその人が、老いた種馬に乗ってやって来たのである。彼は、サトペンがどうやってその知らせを得たのかで不思議がることはなかった。ウォッシュは、このたびのことが、日曜朝のこの時間にサトペンを引っ張り出したのは、当然のことだと考えていた。彼は、相手が馬から降りる間、立っていた。そして、サトペンの手から手綱を受け取った。そのやせた顔の表情は、ほとんど呆けたようで、ある種のうっとうしい勝利感をたたえていた。彼は言った。「女の子でさあ、大佐。あんたも年取ったもので」だが、サトペンは、彼を通り過ぎて、家の中に入っていった。彼は、手綱を持ったままその場に立ち、サトペンが床を横切って、藁布団のところに行く音を聞いていた。彼にはサトペンの言ったことが聞こえ、次いで彼のうちで何かがぴたりと止まって、もう進まなくなってしまったようだった。

太陽が昇った。ミシシッピーの緯度における素早い太陽だった。そして、彼が思うに、自らが一度も登ったことのない者に降りてくる夢のようなそういう夢の中でのみ物事が慣れ親しめるような、そのように慣れ親しめる不思議な空、不思議な光景の下に立っているようだった。「俺が聞いたと思ったことを俺は聞いた筈がねえ」と彼は静かに思った。「そんな筈はねえと俺にゃあ分かる」けれども、その声、そうした言葉を言った聞きなれた声が、まだ話していた。今朝産まれたばかりの子馬のことを、黒人老女に向かって話していた。「あの人がこんなに早く起きたわけは、それだったんだ」と彼は思った。「そういうことだったんだ。俺や俺の娘のためではなかったんだ。あの人をベッドから起きさせたのは、あの人の娘でさえなかったんだ」

サトペンが、現れた。彼は、雑草の中に降りていった。その動きは、もっと若い頃には、性急さだっただろう重々しい慎重さを帯びていた。彼は、ウォッシュをまともには見ていなかった。彼は言った。「ディルシーがいて、あの娘の面倒をみるだろう。お前は——」それから彼は、面と向かってウォッシュを見たようだった。そして彼は立ち止まった。「何かまだ？」と彼は言った。

「あんたは言った——」彼自身の耳には、ウォッシュの声は、平板にアヒルのように響いた。耳の聞こえない人間の声のようだった。「あんたは、娘が雌馬だったら馬屋に立派な部屋をこさえてやれたのにと言った」

「それがどうした」とサトペンは言った。彼の両眼は、ほとんど人の拳が曲がったり閉じたりするのに似て、拡がったり狭まったりしたが、それはウォッシュが、少し身を屈めながら、彼に向かって前進し始めていたからだった。本物の驚きが、一瞬、サトペンの動きを止めた。彼は、過去二十年間、彼の乗っていた馬と同様に、命令しなければ身動きさえしないことが分かっているその男をまじまじと見つめていた。再び彼の両眼が、狭まり、そして拡がった。動くことなく、彼は、突然まっすぐに立ったように見えた。「あとへ下がれ」と彼はいきなり鋭く言った。「わしに触れるでない」

「俺はあんたに触れますぜ、大佐」とウォッシュは、穏やかな、ほとんどやわらかな声で言った。

サトペンは、乗馬鞭を持った手を上げた。老黒人女は、がたがたのドアのあたりで、疲れ切った地の精の黒い水落とし口の怪獣のような顔をして、覗いていた。「うしろへ下がれ、ウォッシュ」とサトペンは言った。次いで、彼は打った。黒人老女は、ヤギのような素早さで、雑草のところに跳び降り、飛ぶように逃げた。サトペンは、鞭でウォッシュの顔面を再び切り下げ、彼を打ちすえて、ひざまずかせた。ウォッシュが立ち上がって、もう一度前進した時、彼の手には、あの大鎌が握られていた。それは彼がサトペンから三ヶ月前に借り、サトペンが二度と必要とすることのないあの大鎌だった。

　ウォッシュが再び家に入った時、娘は藁布団の上で身を動かし、じれったそうに、彼の名を呼んだ。「あれは何だったの」と彼女は言った。

「何が何だったたって、お前」

「外の先ほどのあの騒ぎよ」

「何でもねえさ」と彼はやさしく言った。彼はひざまずいて、彼女の熱い額に不器用に触った。

「何か欲しいものがあるかい」

「水が一口飲みたいよ」と彼女は、不服そうに言った。「あたいは、長い間ここに横たわっていて、水が一口欲しかったけど、誰もあたいを気にかけてくれようとはしなかった」

「もういい」と彼は、なだめすかすように、言った。彼はぎこちなく立ち上がり、水びしゃくを取ってくると、彼女の頭を持ち上げて水を飲ませ、もとに戻して寝かせた。そしてまるっきり石のような顔で、彼女が子供のほうへ身体（からだ）を向けるのを見守った。けれども、一瞬のちには、彼は、孫娘が静かに泣いているのを見た。「まあまあ」と彼は言った。「俺は、あんなこたあせんぞ。ディルシー婆さんが、本当に素敵な子だと言っとるぞ。もう大丈夫だ。もう全部片付いた。もう泣く必要などねえんだぞ」

だが、彼女は静かに、ほとんど不機嫌なさまで、泣き続けた。そして、彼は、再び立ち上がり、しばし藁布団（わらぶとん）の上で、落ち着かない感じで立っていた。彼の思いは、彼自身の妻がそうして横たわっていた時の思いと同様だった。そして今度は、彼の娘の番である。「女たち、そりゃあ俺にゃあ謎だ。女たちゃあ、ほしがりながら、しかも手にしてしまうと、それを泣く。俺にゃあ謎だ。どの男にとってもだ」それから彼は、そこを離れると、イスを窓際に引き寄せ、それに座った。

長い、明かるい、日当たりのよいその午前中のいっぱい、彼は窓辺に座って、待っていた。時折、彼は立ち上がり、爪先立（つまさきだ）ちでそっと藁布団（わらぶとん）のところに行った。が、彼の孫娘は、もう眠っていた。彼女の顔は、むっつりとして穏やかで、疲れて見え、子供はその曲げた腕に抱かれていた。それから彼は、イスに戻ってまた座り、待ちながら、今日は日曜日だったと思い出すまで、何で彼ら白人どもは、こんなに手間取っているんだろうかと、不思議に思うのだった。彼は、そこに午後の半ばまで座っていると、まだ未成熟の白人少年が、家の角（かど）にやって来て、サトペンの死体に出くわし、詰まった叫び声を発して、見上げ、窓辺のウォッシュを一瞬暗示にかかったようににらみつけるや、振り向いて逃げ帰っていった。そこで、ウォッシュは、立ち上がって、再び忍び足で藁布団のほうへ行った。

孫娘は、今や、目覚めていた。多分、聞こえはせずとも、少年の叫び声に起こされたのである。「ミリー」とウォッシュは言った。「おなかが空いたかい」彼女は答えず、顔をそらした。彼は暖炉の火を起こし、前日持ち帰った食べ物を料理した。豚の背肉や冷たいトウモロコシパンだった。彼は、かびくさいコーヒーポットに水を注ぎ、温めた。しかし、彼女は、彼がお皿を運んでいっても、食べようとはしなかった。そこで、彼は静かに、自分一人で食べ、お皿をそのままにしておいて、窓のところに戻った。

今や、ウォッシュには、馬や銃や犬どもとともに集まりつつあるであろう男たちに気付き、感じたように思えた。好奇心と復讐心に満ちた者たち、サトペンの同類で、ウォッシュ自身がブドウ棚以上に屋敷に近付こうと努めねばならなかった時に、既にサトペンのテーブルの周りに集っていた連中、後輩たちに戦闘での戦い方も教えた連中、勇者の中の第一の者と告げる将軍からの署名入り感状もまた所持する連中、昔日、素晴らしい農園を素晴らしい馬にまたがって尊大に誇り高くめぐりもした連中——称賛と希望の象徴たち、絶望と悲嘆の道具でもある者たち。

それこそ、ウォッシュに、離れて逃げるよう期待されたであろう男たちだった。ウォッシュには、そこから逃げると同様に、寄っていかねばならぬように思えたのである。たとえ彼が、逃げ出しても、彼はただ一組の鼻持ちならない、邪悪な影たちからまさに同じような別の一組のそれに逃げてゆくことになっただろう。なぜというに、そうした連中は、彼の知る世間中にはびこる同類すべてであり、彼は余りに年老いているので、たとえ逃げ出したとしても、遠くまではいけなかったのである。彼がどれほど沢山、どれほど遠くまで逃げたとしても、連中からは決して逃げ切れなかった。六十才近い男は、そんなに遠くまで逃げられなかった。秩序や生きるルールを定めた、そのような連中の住んでいるこの世の境界線を越えて逃げ切れるに十分なほど遠くへは、行けなかった。彼には、戦後五年たって、初めて分かったように思えた。北部人であれ、存在する他のいかなる軍隊であれ、南部の彼らを、勇壮で誇り高く、勇敢な者たち、勇気や名誉、誇りを持つ彼らすべての中の最も認められ、また選ばれし者たち、そうした彼らを何とか打ち負かせたのも、うなずけることだと――多分、もし彼が連中とともに出征していたら、もっと早くに分かっていただろう。だが、たとえ彼が彼らの正体を早めに発見していたとしても、その後、自分の人生をどうできたというのだ。彼の以前の人生だったものを、五年間もどう耐えて、忘れないでいられただろうか。

今や、日没も近くなっていた。赤ん坊が泣いていた。彼が藁布団のところに行くと、孫娘が赤ん坊をお守りしているのが見えたが、彼女の顔は、まだ呆としており、むっつりしていて、心底を読み切れなかった。「もうおなかが空いたかい」と彼は言った。

「何も欲しくないわ」

「食べなきゃあいかん」

今度は、彼女は何も答えず、ただ赤ん坊を見下ろしていた。彼はイスに戻り、陽（ひ）が落ちたのを知った。「もうそんなにかかるまい」と思った。今や彼は、連中をぐっと近くに感じ取れた。好奇心にあふれた復讐心に満ちた連中だった。彼は、連中が彼について言っていることが、直接の怒りを越えて信念ともいうべき底流が、自分の耳に聞こえているように思えさえしていた。老ウォッシュ・ジョーンズ、彼はとうとうつまずいたな。彼はサトペンをものにしたと考えた。しかし、サトペンが、彼をだましたのだ。ウォッシュは、大佐を娘と結婚するか、残らず埋め合わせをするかのところに取り込めたと思った。だが、大佐は拒否した。「しかし俺は、そんなことを期待したことなどねえです、大佐！」と彼は大声で叫び、自身の声の響きにハッとして、急いで見返すと、孫娘が彼を見つめているのが分かった。

「今誰に話しかけてるの」と彼女は言った。

「何でもない。ただ考えていただけで、我知らず思いを口にしてしまっただけだ」

彼女の顔は、再び判然としなくなり、たそがれ時の薄明かりの中で、またすねたような漠とした感じになっていた。「そう思うわ。あたいはあんたが、あの向こうの屋敷で、あの人があんたの声を耳にする前に、もっと大きな声で叫ばなきゃあならないと思うわ」

「そうだよな」と彼は言った。「何も心配するんじゃあねえ」しかし既に思考は、滑らかに進んでいた。「あんたには、俺が決してしていなかったことが、分かってる筈だ。俺があんたから期待したことを除けば、どんな生きている人からも、俺は決して何も期待しなかったし、頼みもしなかった。それが必要とさえも思わなかった。俺は言った。する必要がない。ウォッシュ・ジョーンズのような人間が、リー将軍自らが君は勇敢だと手書きの感状で言っている男に問うたり疑ったりする必要が、どこにあろうか。勇敢だ」と彼は思った。「もし六五年に連中の誰一人として帰還していなかったら、ずっとよかった」また思う。もし彼のような連中や俺のような連中もまたこの地上で息をしていなかったら。俺たちの残りの者がすべてこの地表から一掃されていたら、そのほうが、もう一人のウォッシュ・ジョーンズが彼自身からその全人生がずたずたに切り裂かれ、火に投げ込まれた乾いた豆がらのようにしなびてしまうのを見るよりももっといい筈だ。

　彼はそこで止めて、静かになった。突然、はっきりと馬の動きが聞こえた。やがて彼には手提げランプや人々の動き、銃身のきらめきなどが、その移動する明かりの中で、見えた。それでも、彼は動かなかった。今や真っ暗だった。そして彼は、人々の声やその連中が家を取り囲む時に立てる下生えの音を聞いた。その手提げランプ自体がやって来た。その明かりが、雑草の中の物言わぬ人体の上に落ちて差し、止まった。馬たちは高く、影のようだった。一人の男が馬から降り、手提げランプの明かりの中で、その人体の上に屈み込んだ。拳銃を携えていた。彼は立ち上がり、家に向き合った。「ジョーンズ」と彼は言った。

「俺はここにおりますぜ」ウォッシュは、窓を通して、穏やかに答えた。「少佐ですかい」

「出てこい」

「はい」と彼は、落ち着いて言った。「俺は、ただ、孫娘の面倒を見たいだけなんだ」

「我々が見よう。外に出てこい」

「はい、少佐。ちょっくらお待ちを」

「明かりを見せろ。ランプを灯せ」

「はい。じきに」彼らには、彼の声が家の中へと退いてゆくのが、聞こえた。けれども、彼らは、ウォッシュが肉切り包丁を隠している煙突の隙間のところに素早く行く姿を見ることはできなかった。その包丁は、ウォッシュが、ずさんな人生と家の中で、その大変な鋭利さのゆえに誇らしく思っている唯一のものだった。彼は、藁布団に近づいた。孫娘の声がする。

「誰?ランプをつけて、おじいちゃん」

「明かりはいらんよ、お前。じきに済むよ」と彼は言って、ひざまずき、手探りで彼女の声のするほうへ進み、そしてささやいた。「お前はどこだい」

「ここだよ」と彼女は、いら立ち気味に言った。「あたいはどこだって……何が……」彼の手が彼女の顔に触った。「何が……おじいちゃん!お……」

「ジョーンズ!」保安官が言った。「そこから出てこい!」

「じきに、少佐」と彼は言った。次いで彼は立ち上がり、素早く動いた。彼には、暗闇の中で灯油の缶がどこにあるか、分かっていた。そのことは、その缶が満杯であることが分かっているのとまさに同じだった。というのも、彼が缶を店で満杯にし、五ガロンは重いので、そこに置いておき、馬に載せて帰ってからまだ二日も経ってはいなかったのである。炉には、まだ燃えさしが残っていた。更に、そのがたがたの家自体が、火口のようなものだった。燃えさし、炉、壁が、一つの青い光となって、爆発した。待っていた連中は、その光を背にして、大鎌を振りかざして彼らのほうに向かってくる彼を、荒々しい一瞬のうちに、目にした。そして馬たちも、うしろ足で立ち、ぐるぐる回った。彼らは、馬を抑え、光のほうへと振り向かせたが、それでもまだその光を背景に、荒々しい浮き彫りとなって、やせこけた姿が、大鎌を振りかざして、彼らのほうへと突進した。

「ジョーンズ！」保安官が叫んだ。「止まれ！止まれ、さもないと撃つぞ。ジョーンズ！ジョーンズ！」だが、それでも、そのやせこけて怒り狂った姿が、炎の光と吼え声を背にして、突進してきた。大鎌を振りかざして、彼らに向かって、馬たちの荒々しい、にらみつけるような両眼、銃身の揺れ動くきらめきを目がけて、襲いかかってきた。何らの叫び声も、何らの音も立てることなく。

待ち伏せ

一

その夏、燻製場（くんせいじょう）の裏に、リンゴーと私は、生（なま）の地図を持っていた。ヴィックスバーグは薪（まき）の山から切り出した一握りの木片に過ぎず、ミシシッピー川は押し固めた土に鍬（くわ）の先端をこすってつけた溝だったけれども、それ（川、町、そして地勢）は生き生きとして、ミニチュアとは言え、重苦しいが受動的な地形の御（ぎょ）し難（がた）さを有していた。それは、大砲にまさり、それに対しては、勝利の最高の輝かしさや敗北の最大の悲劇性も、一瞬の大きな騒音に過ぎないのである。リンゴーと私にとって、それは生きていて、たとえ太陽にさらされた土地が、我々が井戸から汲んでこれるよりももっと早く水を吸収するという事実があるにしても、まさにその闘いの舞台設定は、長引いていて、ほとんど絶望的な試練であり、そこでは、我々は、井戸屋形と戦場の間を、水の漏れるバケツを持ってあえぎ、限りなく走ったのであり、我々二人は、まず、軍隊に加わり、共通の敵、時間に対して力を出し尽くし、遂には、何度もの作りものの大勝利を我々の間に生み出し、確かなものとしたのであり、それは我々自身と現実の間の、我々と事実や宿命の間の垂れ幕、盾のようなものだった。今日の午後は、まるでそれを成就できなさそうだった。なぜというに、この三週間というもの、湿りけさえなかったからである。しかし、遂に、十分に湿り、少なくとも、湿る色合いになって、我々は、開始できたのである。我々はまさに始めようとしていた。その時、突然に、ルーシュが、我々を見つめながら、そこに立っているのだった。彼は、ジョビーの息子で、リンゴーのおじだった。彼はそこに立っていた（我々には彼がどこから来たのか分からなかった。彼が現れ、出現するのを見ていなかったのである）。それは、物凄い、ものうい早目の午後の陽光の中であり、彼の頭は、何もかぶらず、少々斜めに傾いているが、しっかりと、しかも歪んではおらず、急いで注意深くコンクリートにはめ込まれた大砲の弾のようで（似てはいた）、目は酒を飲んでいる時の黒人野郎の目がそうなるように、少々赤みがかって、リンゴーや私がヴィックスバーグと呼んでいるものを見下ろしていた。次いで、私は彼の妻フィラデルフィを、薪の山越しに見た。彼女は、身を屈めて、既に曲げた肘の中に集めている一抱えの木材を持って、ルーシュの背中を見つめていた。

「それは何だい」とルーシュは言った。

「ヴィックスバーグだよ」と私が言った。

ルーシュは笑った。彼は、大きい声ではないが、笑いながら、そこに立ち、木片の山を眺めていた。

「こっちにおいで、ルーシュ」とフィラデルフィが、薪の山から言った。彼女の声にも、興味深いものがあった——切迫した、多分、おびえた声だった。「もしあんたが何か夕食が欲しいなら、あんたは、薪をいくらかあたしに増やしてくれたほうがいいよ」だが、私には、切迫かおびえか、そのどっちだか分からなかった。私には、いぶかったり、考え込んだりする時間はなかった。なぜなら、突然、ルーシュが、リンゴーか或いは私が動けないうちに身を屈めて、手でその木片の山をさっと払って、平らにしたからである。

「そりゃあお前のヴィックスバーグだ」と彼は言った。

「ルーシュ！」とフィラデルフィが言った。しかし、ルーシュは、しゃがんで、顔にあの表情を浮かべて、私を見つめていた。私は当時十二才に過ぎなかった。私は、勝利ということを知らなかった。その言葉さえ知らなかった。

「だが、俺は、お前が知らないもう一つのヴィックスバーグを教えてやるよ」と彼は言った。「コリンス（ミシシッピー州北部の町）だ」

「コリンス？」と私は言った。フィラデルフィは薪を落とし、我々のほうに急いでやって来ていた。「そこもミシシッピーだよ。そんなに遠くはないわ。あたしは行ったことがあるよ」

「遠くたって問題ない」とルーシュが言った。今や彼は、まだ詠唱しようとするかのように、歌おうとするかのように見えた。鉄のような頭蓋に激しい、ものうい陽光を浴び、鼻を平らに斜めにして、そこにしゃがんでいたが、私もリンゴーのほうも見てはいなかった。あたかも彼の隅の赤くなった両眼が頭蓋の中でひっくり返ったかのようであり、我々が見たのは、目玉の空ろで平らな反対側だったかのようだった。「遠くは問題じゃあない。途中の問題さ！」

「途中だって。何への途中だい」

「パパに聞いてみな。ジョン旦那に聞いてみな」

「あの人は今テネシーにいて、戦っている。僕はあの人に聞けないよ」

「お前さんは、旦那がテネシーだと思うかい。もう旦那がテネシーにいる必要はないよ」すると、フィラデルフィが、彼の腕をつかんだ。

「口を閉じるんだよ、黒人野郎め！」と彼女は、あの緊張した、絶望的な声で叫んだ。「ここに来て、あたしに薪をいくらか持ってきておくれ」

そして、彼らは行ってしまった。リンゴーと私は、彼らが行くのは特に見なかった。我々は、壊されたヴィックスバーグ、もう湿った色でさえない、我々のうんざりするような、鍬の引っかき傷の上に立ち、静かにお互いを見合っていた。「何だい」とリンゴーが言った。「彼はどういう積もりなんだい」

「何でもないさ」と私は言った。私は、屈んで、再びヴィックスバーグを立て直した。「ほら、直ったぞ」

しかし、リンゴーは、動かず、ただ私を見るだけだった。「ルーシュは笑った。彼はコリンスのことも言う。彼は、コリンスも笑った。ルーシュが我々の知らないことを知ってると思うかい」

「何でもないさ」と私は言った。「父が知らないことを、ルーシュが何か知っていると思うかい」

「ジョン旦那はテネシーだ。多分ルーシュも知らないさ」

「もし北部兵(ヤンキー)たちがコリンスにいたら、彼ジョン旦那は、テネシーに遠く離れていると思うかい。もしコリンスに北部兵(ヤンキー)たちがいたら、父とヴァン・ドーン将軍（アール、一八二〇—六三、南軍の将軍。コリンスで敗れる。米墨戦争、対インディアン戦争でも奮戦）とペンバートン将軍（ジョン、一八三一—八八、南軍の将軍。ジョージア出身）の三人すべてもそこにいないだろうか」しかし、私もまた、ただ話すだけだった。私は、そのことを知っていた。なぜならば、黒人たちも知っている、彼らには分かっているんだ。何か役立つためには、言葉以上に大きな声の、もっと大きな声の何かが必要なんだ。それで、私は、屈(かが)んで、ちりを両手いっぱいに持って立ち上がった。そして、リンゴーは、まだそこに立っていて、動いてはいないが、私がそのちりを投げ捨てる時でさえ、私を見ているだけだった。「僕はペンバートン将軍だぞ」と私は叫んだ。「やーい!やーい!」屈(かが)んで、もっと多くのちりをつかんで、それをまた投げ捨てながら。それでも、まだリンゴーは動かなかった。「いいよ!」私は叫んだ。「今度はグラント（ユリシーズ・S、一八二二—八五、米国の将軍。第十八代大統領。南北戦争に北軍総司令官として勝利）だ。それじゃあな。お前がペンバートン将軍になりな」なぜなら、それほど切迫していたのである。というのは、黒人たちには分かっていたからである。結局決まったのは、私がペンバートン将軍を二度続けてやり、リンゴーがグラントをやる、それから、リンゴーがグラントになり、そして私が一度グラントにならねばならないだろう、そうすればリンゴーがペンバートン将軍になれるか、或いは彼はもう遊ばないかだ。しかし、今は、とても切迫していた。リンゴーも黒人だとしてもだ。なぜなら、リンゴーと私は、同じ月に生まれ、ずいぶん長い間、同じ乳房で育ち、ともに寝て、ともに食べたので、リンゴーは、まさに私がそうしたように、おばあちゃんを「グラニー」と呼び、遂には、多分、彼は最早黒人ではなく、或いは私も最早白人の少年ではなくて、我々二人でもなく、もはや人間でさえなくなり、ハリケーンに乗った二匹の蟻、二枚の羽根のように二つの至高の不敗のものだったのである。それで、我々は、二人して、それに対処したのである。我々は、ジョビーの妻でリンゴーの祖母のルーヴィニアが全く見えなかった。我々は、かろうじて腕の長さほどの間隔でお互いに向き合っていたが、相手にとってそれぞれが、「やつらを殺せ！やつらを殺せ！やつらを殺せ！」と叫びながら、投げられたちりの物凄(ものすご)い、ゆっくりとしたぐいとねじれたような動きの中で見えておらず、その時、彼女の声が、我々が生ぜしめたまさにそのちりを均(なら)す巨大な手のように、我々の上に襲いかかったように思えた。それで今やお互い同士見えるようになり、我々自身が目にほこり色に映り、しかもまだ投げる動作の最中だったのである。

「お前ったら、ベイヤード！お前ったら、リンゴー！」彼女は、十フィートばかり離れたところに立っており、叫んでいる口がまだ開いていた。彼女が薪を求めて台所から踏み出してきただけの時でさえ、頭の布切れの上に乗せた父の古い帽子を今はかぶっていないのに私は気がついた。「さっきの言葉は何だったかい」と彼女は言った。「私が聞いたお前の言った言葉は何だったかい」ただ、彼女は、返答を待ってはおらず、それから私は、彼女がまた走っているのを見た。「大通りをやってくるのは誰だか見てごらん！」と彼女は言った。

　我々――リンゴーと私――は、一体となって、凍りついたような不動の姿勢から半ばの歩幅で裏庭を横切り、家を回って、走ってゆき、そこではおばあちゃんが正面階段のてっぺんに立っていて、ルーシュが反対側からやって来て止まったばかりで、門のほうを見下ろしていた。春になると、いつも父が帰ってきて、リンゴーと私は車道を門のほうへ父を迎えに走り下り、戻ってきて、私は、一つの鐙に立ち、リンゴーがもう一方の鐙につかまって、馬の傍らを走るのだった。だが、今回は違った。私は階段を上がり、おばあちゃんのそばに立ち、リンゴーとルーシュがベランダの下の地面に立っていて、我々は、今は決して閉じられることのない門を黄褐色の雄馬が入ってきて、車道を上がってくるのを見守った。我々は、彼らを見つめた――大きなやせた馬で、ほとんど煙のような色で、彼らが三マイル先の浅瀬を横切ったところでその湿った皮膚に集まってこびりついたほこりよりも淡い色合いで、落ち着いた足取りで、車道を上がってきており、それは歩くというのでも走るというのでもなくて、まるでテネシーからはるばるずっと、その調子でやって来たかのようだった。なぜならば、眠りや休息を奪い去り、絶えざる無駄な休みを絶（た）たれた限界まで疾駆のようなつまらぬものに貶（おとし）めた大地を包囲する必要があったからである。そして父もその浅瀬でぬれて、長靴は黒くほこりにまみれて、使い古した灰色の上着の裾（すそ）も、その胸や背や袖（そで）よりも一層黒くなり、色褪（いろあ）せたボタンや佐官級を表すすり切れた組みひもは濁（にご）った光を放ち、軍刀（サーベル）は脇にだらりとながらしっかりと吊されていて、それはまるで上下に動くには重過ぎるか、或いは、多分、命ある腿（もも）にくっついて、彼同様に馬から動こうとしないかのようだった。彼は止（と）まった。彼は玄関（ポーチ）のおばあちゃんと私や地上のリンゴーやルーシュを見つめていた。

「やあ、ミス・ローザ」と彼は言った。「やあ、子供たち」

「ああ、ジョン」とおばあちゃんは言った。ルーシュがやって来て、ジュピターの頭を取った。

父は、ぎこちなげに馬から降り、軍刀（サーベル）が彼のぬれた長靴と足に当たって、ものうげにガチャガチャと重々しく鳴った。

「馬に櫛（くし）を掛けてくれ」と父は言った。「いい秣（まぐさ）を与えてくれ。だが、牧場にやらないで、敷地の中に置いてくれ…ルーシュと行くんだ」と、まるで子供に言うように言い、ルーシュが連れてゆく時、その横腹をたたいた。すると、ちゃんとした彼を、みなが見ることができた。父のことである。彼は大柄ではなかった。が、彼が我々に大きく見えたのは、まさに彼の成したことであり、彼がヴァージニア（米国の一州。南北戦争時、南部連邦の中心。州都リッチモンド）やテネシーでやっており、やって来たと我々に分かっていることによるのだった。事を成している、同じことを成している人たちは、彼のほかにもいたが、しかし、多分その理由は、彼が我々の知っているただ一人の人であり、我々が静かな家の中で夜中にいびきをかくのを聞いたことがあり、食べるのを見たことがあり、話すのを聞いたことがあり、眠るのがとても好きなことを、その食べたいものを、更に、いかに話し好きかについても知っている唯一の人だったからである。彼は大柄ではなかったが、なぜか、馬から離れている時よりも乗っている時のほうがずっと小柄に見えた。なぜなら、ジュピターは大きかったし、あなたが父のことを考える時、彼のことを大きいと考えもしたし、それで、あなたが父がジュピターに乗っているのを考えた時、あたかもあなたがこう言ったかのようだった。「一緒だと、彼らは大き過ぎるでしょう。あなたはそれを信じないでしょう」それで、あなたは、それを信じず、それにそうじゃあなかったのだ。彼は階段のほうに来て、上がり始め、彼の脇で軍刀（サーベル）は重く、平らだった。それから、私は、再びそのにおいをかぎ始めたが、それは彼が帰ってくるたびごとにそうだったようであり、また、私が彼の鐙（あぶみ）の一つに立って車道（くるまみち）を乗って上がったかつての春の一日のようでもあったのである——彼の衣服やあごひげ、それに肉体の中のあのにおいであり、それを私は火薬と栄光、勝利した選ばれし者のにおいと信じていたが、今ではもっと分かるのである。今では分かるのだが、ただ耐える意志に過ぎなかったのであり、我々に起ころうとしていることは、恐らく、我々が耐え得る最悪のものであり得るだろうというあの楽観主義と同類でさえない自己妄想の皮肉な、滑稽ですらある衰えに過ぎなかったのである。彼は、階段の四つを上がったが、軍刀(サーベル)（それが彼の背丈が実際にどれぐらいだったかということなのだが）が、彼が上がる時、階段の一段一段にぶつかったのであり、次いで、彼は止(と)まって、帽子を取った。そして、それこそが私の言いたいことなのである。彼がやっていることよりももっと大きなことを彼がやっているということについてである。彼は、おばあちゃんと同じ高さに立てたであろうが、彼女が彼に接吻(せっぷん)できるようにただ、少々自分の頭を傾ける必要があっただろう。しかし、彼はそうしなかった。彼が彼女の二段下で止(と)まり、頭はあらわで、額を彼女の唇が触れられるように構え、おばあちゃんが少し屈(かが)まねばならなかったという事実は、彼が少なくとも我々に対して有している丈(たけ)と幅に関する幻想から何かを奪い取るというものではなかったのである。

「待っていたわよ」とおばあちゃんは言った。

「ああ」と父は言った。そして彼は、まだ彼を見ている私を見たが、リンゴーは、階段の下にまだいたのだった。

「テネシーから馬で大変だったよね」と私は言った。

「ああ」と父はまた言った。

「テネシーでやせましたなあ」とリンゴーが言った。「ジョンの旦那、向こうでは何を食べてるんで。向こうの人は、普通食べるのと同じものを食べておりますかいな」

それで私は、彼が私を見ている間に、その顔をちゃんと見て、言った。「ルーシュは父さんがテネシーに行ってなかったと言ってるよ」

「ルーシュ」と父は言った。「ルーシュ」

「さあ、入って」とおばあちゃんが言った。「ルーヴィニアが、あなたの夕食をテーブルに並べているわよ。ただ、身体(からだ)をきれいにしてきたらどう」

二

その午後、我々は家畜の柵を作った。小川の低地深くにそれを作った。あなたは、そこでは、どこを見たらよいか分からなければ、それを見つけることはできなかっただろう。そして、密林の茂み自体を通して、その中へと作り込まれた新しい樹液のしたたる、斧で仕上げられた横木のところにくるまでは、それを見ることはできなかっただろう。我々はみな、そこにいた――父、ジョビー、それにリンゴーとルーシュと私であり――父はまだ長靴をはいているが、上着は脱いでおり、それで我々は、始めて、彼のズボンが南部連合のものではなく、北部兵(ヤンキー)のもので、新しい丈夫な青い布製で、彼ら（彼と彼の部隊）が捕獲(ほかく)したものであり、更にもう軍刀(サーベル)もつけていなかったのである。我々は素早く働き、若木を切り倒し――柳やピンオーク、沼カエデ、クリノキなどで――

更に、それらを整（ととの）えるのをほとんど待つこともなく、ラバや人手でも引いて、泥やイバラを抜けて父の待っているところへと運んだのである。そして、そういうわけでもあり、父は、至るところにいて、若木を腕に抱えて、灌木の茂みやイバラの中を、ほとんどラバよりも早く通ってゆき、横木を適切なところにはめ込んだ。他方、ジョビーとルーシュは、横木のどちらの端がどこへ納まるかでまだ言い合っているのだった。そういうことだったのだ。父が他の誰よりも早く熱心に働いたというのではなくて、たとえあなたがじっと立っていて、やっている人たちに向かって「これをやれ、あれをやれ」と言って、より一層大きく見えるとしても（十二才にとって、少なくとも、十二才の私とリンゴーにとって）であるが、ともかく、それが彼のやり方だったのだ。彼が、食堂のテーブルで、昔の場所に座って、ルーヴィニアが持ってきた脇肉や野菜、トウモロコシパン、ミルクを食し終え（そして我々は見守り、待っていて、少なくともリンゴーと私は、夜を、彼の話や語りを待っていて）、あごひげを拭（ぬぐ）い、「さあ、我々は新しい柵を作るぞ。我々は、横木も切らねばならんだろう」と言った時、彼がそう言った時、リンゴーと私は、多分、まさしく同じ思いを持っていた。そこには、我々すべてがいるだろう――ジョビーとルーシュ、そしてリンゴーと私が低地の端にいて、ある種の秩序の中に引き入れられるのだ――秩序、攻撃或いは勝利さえものためのいかなる渇望（かつぼう）や苦役（くえき）のみならず、むしろ、あのナポレオンの軍隊が感じていたに違いない受動的だがダイナミックな確認も分かち合える秩序である――そして、我々と低地の間で、我々と死んだ横木に移動しようとしている待ちながら樹液を流している幹の間で、我々に相対しながら、父が。父は、今やジュピターにまたがっていて、飾りの留め金をつけた灰色の陸軍佐官の上着を着ており、我々が見守っている間に、彼は、軍刀を抜いた。我々に向かい、最後の包み込むような広やかな一瞥を投げたあと、軍刀を抜いて、既にしっかりと制御してジュピターを回転させていて、三角帽の下で髪をなびかせており、軍刀はきらめき、輝いていた。彼は叫んだが、それは、大声ではないが、大きな声だった。「速足！駆け足！突撃！」そして、動く必要さえなしに、我々は、彼を見つめ、彼についてゆくことができた——小柄な男で（馬と絡むとまさにちょうどよい大きさで、なぜと言うに、それが彼が見えるべき大きさであり、そして——十二才の子たちにとっては——大かたの人たちがそう見られたいと思うより大きくて）煙色の小さくなってゆく雷電の上で、軍刀の孤光を成す無数のきらめきの下で、鐙に立ち、そのきらめきから切って整えられ、余分を取り除かれた選別された若木が生じて、小ぎれいな待機している柵木の列となり、あとはただ、運ばれて柵になる順番を求めるばかりだった。

　我々が柵の作業を終え、つまり、ジョビーとルーシュを最後の三枚の羽目板を取り付けるために残した時、太陽は、低地から消えたが、それでも、我々が、私が、父のうしろを、ラバの一頭に乗り、リンゴーがもう一頭に乗って、牧場を横切っていった時、まだ、牧場の坂道を明かるく照らしていた。だが、その太陽は、私が父を家に残して、馬小屋に戻った時までには、牧場からさえも消えていた。馬小屋では、リンゴーが既に雌牛に引き綱をつけていた。そこで、我々は、新しい囲いに戻っていったが、雌牛が草を一口くわえ取ろうと止まるたびにそれに鼻を押しつけ、突き押しながらついてゆく子牛や前方を小走りする雌豚と一緒だった。ゆっくり動くのが雌豚だった。のろのろ動いたのだ。雌豚は、雄牛が止まり、リンゴーが体を傾けて綱をしっかり引き、牛に叫びかけている間すらも、牛よりのろのろと動いているように見えた。それで、我々が新しい囲いに着いた時には、もうすっかり暗くなっていたのだった。しかしながら、沢山の隙間がまだあって、家畜を通すことができるのだった。だが、その時、我々は、それについて全く心配してはいなかった。

我々は、それらを、二頭のラバと雌牛と子牛それに雌豚を中に追いやった。手触(てざわ)りしながら、最後の羽目板を取り付けた。そして、家に帰った。もう真っ暗で、牧場さえそうだった。我々は、台所にランプの光が見え、窓をよぎって動く誰かの影も見ることができた。リンゴーと私が入った時、ルーヴィニアが、屋根裏から出した大きなトランクの一つをちょうど閉じているところだった。それは、我々がホークハーストで過ごした四年前のクリスマス以来、階下にはなかったものだった。あの頃は、戦争もなく、デニソンおじさんもまだ生きていた。それは大きなトランクで、空(から)でさえ、重かった。それは、我々が囲いを作るために出発した時には、台所になかった。だから、それは、午後中のいつかに、下(お)ろしてきたものだった。その間、ジョビーとルーシュは、低地におり、おばあちゃんとルーヴィニアと、そしてあとになってだが、我々がラバに乗って帰ってきたあとでは、父を除けば、誰もそれを運び下ろすものはいなかった筈だ。だから、それは、必要性と緊急性のせいでもあったということだ。屋根裏からそのトランクを下ろしたのは父だ。そして、我々が夕食に入っていった時、テーブルには銀製の代わりに、台所ナイフとフォークが置かれていた。そして食器棚は（その上には、私が思い出してみるに、銀製品が載っていて、そこには、おばあちゃんとルーヴィニアとフィラデルフィがそれを磨く各火曜日の午後を除いては、いつもあったものであり、それは全く使用されなかったものなので、ああ、おばあちゃんを除いては、誰も、多分、知らなかったのだ）、その食器棚は、空っぽだった。

食べるのに、長くはかからなかった。父は、午後早くに、一度食べていた。更に、それがリンゴーと私が待っていたことだった。というのは、夕食後は、筋肉がゆるみ、おなかもいっぱいで、お話の時間だったのだ。父がそうした時に帰ってくる春、我々は、今もそうするように、待っていたものだ。遂に彼が古いイスに座って、暖炉ではクルミの丸太がはじけて、ピシッピシッと鳴っており、リンゴーと私が、暖炉の一方の側の、マントルピースの下にしゃがんで、そのマントルピースの上には、彼が二年前にヴァージニアから持ち返った捕獲したマスケット銃が、使える形で装弾してあり、油が差してあったのである。それから、我々は、耳を傾けた。我々は聞くのだった。名前を——フォレスト（ネイサン・ベッドフォード、一八二一—七七、南軍の将軍。フォークナーの作品にその名がよく出る）、モーガン（ジョン・ハント、一八二六—六四、南軍の将軍）、バークスデイル（南軍の将軍）それにヴァン・ドーン。たとえ我々にバークスデイルはいても、我々のミシシッピーには見ないギャップやラン（峡谷や流れ）のような言葉、そして、ヴァン・ドーンも、もっとも、遂には、誰かの夫が彼を殺してしまったが。そして、ある日、フォレスト将軍が、我々のオックスフォードのサウス・ストリートを馬で通って、そこで窓ガラスを通して、若い娘が、彼を見て、ダイヤモンドの指輪でその上に自分の名前セリア・クックを刻んだものだった。

しかし、我々はたったの十二才だった。我々はそこのところは聞かなかった。リンゴーと私が聞いたのは、大砲と旗と誰か分からない人たちの叫び声だった。それが、今夜我々が聞こうとしたことだった。リンゴーは、玄関（ホール）の広間で、私を待っていた。我々は、父が、彼と黒人たちがオフィスと呼んだ部屋のイスに座って落ち着くまで、待った――父は、彼の机がここにあって、それに種綿（たねわた）や種トウモロコシを保管しており、この部屋で彼は泥だらけの長靴を脱いで、靴下をはいた足で座り、その間、長靴を暖炉の上で乾かし、そこには犬たちが怒られることなく出入りして、じゅうたんの上、火の前に横たわり、寒い夜など、そこで眠ることさえあったのである――これらのことについては、私が生まれた時に亡くなった母が死ぬ前に彼にこの特免を与えたのか、それともおばあちゃんが、あとで実施したものか、或いはおばあちゃんが、母が死んだので、自ら彼に分与したものだったのか、私には分からなかった。そして、黒人たちがオフィスと呼んだその理由は、この部屋に彼らが行かされて、巡視員（直立した固いイスの一つに座って、父の葉巻の一つを吸っているが、帽子は脱いでいる）に対面し、彼らが彼（巡視員）の言う誰でどこにいたというのに該当し得ないと誓ったからであろう——そしておばあちゃんは、そこを書斎と呼んだが、そのわけは、そこに本棚が一つあったからであり、その本棚には、リトルトン（一四二二―八一、トマス・リトルトン卿。イギリスの法律家）についてのコーク（一五五二―一六三四、エドワード・コーク（クックとも）卿。イギリスの法律家）の書、ジョゼファス（フラヴィウス、三七―九五、ユダヤの歴史家、将軍）の書、コーラン（イスラムの聖典）、一八四八年の日付のあるミシシッピー通信の一巻、ジェレミー・テイラー（一六一三―六七、イギリスの宗教者）、ナポレオン（一七六九―一八二一、フランスの天才的将軍。のち皇帝）の金言、占星術について一〇九八頁の論文、英国統計協会会員・文学修士（エジンバラ）プトレミー・ソーンダイク著イングランド、スコットランドそしてウェールズにおける狼男の歴史、ウォルター・スコット（一七七一―一八三二、スコットランドの小説家、詩人）全集、フェニモア・クーパー（ジェームズ、一七八九―一八五一、米国の小説家）全集、紙表紙のデュマ（アレクサンドル、一八〇二―七〇、フランスの小説家。『三銃士』）全集で、父がマナサス（南北戦争の激戦地の一つ。フォークナーの先祖も参戦）で（彼の言う退却中に）ポケットからなくした一巻を除いたものなどがあった。

そこで、リンゴーと私は、再びしゃがんで、静かに待ち、その間おばあちゃんは机の上のランプのそばで縫物をし、父は、昔の場所にそのままの古いイスに座って、泥だらけの靴を交差させて、寒い、空（から）っぽの暖炉の傍らの古い踵（かかと）の跡に持ち上げて、ジョビーが貸したタバコをかんでいるのだった。ジョビーは、父よりもずっと年上だった。ジョビーは、年を取り過ぎていたので、ただ戦争によってタバコが足りなくなったということはなかったのである。彼は、父と一緒に、カロライナ（米国大西洋岸の州。一七二九年に南北二州となった。一八六一年、サウス・カロライナのサムター要塞で南北戦争が始まった）からミシシッピーに来ており、リンゴーの父サイモンを育てて、自分が年を取り過ぎた時に引き継ぐ訓練をした。それは、戦争を除いてまだ数年間のことだが、彼は、そうした全期間において、父の従者だったのである。それで、サイモンが、父とともに行ったのであり、彼はまだ軍隊とともにテネシーにいるのだった。我々は、父が始めるのを待った。我々は余りに長く待ったので、音からして、ルーヴィニアが台所仕事をほとんど終えたと分かった。それで、私は、父が、ルーヴィニアが終えて、彼女も聞きにくるのを待っているんだと決め込んだ。そこで、私は言った。「山岳でどういう風に戦えるの、父さん」

そして、それこそ彼が待っていたことだった。もっとも、リンゴーと私が思っていたのとは違った風にだったけれども。なぜなら、彼はこう言った。「戦えないよ。ただ戦わねばならないだけだよ。さあ、お前たち子どもは、早くベッドに行きなさい」

我々は階段を上がった。しかし、ずうーっとではなかった。我々は止まり、最上段に座り、ちょうど玄関のランプからの明かりで、オフィスへのドアを見つめ、聞き耳を立てた。しばらくして、ルーヴィニアが、見上げることなく、玄関の間を横切り、オフィスに入った。我々は、父と彼女を聞くことができた。

「トランクの準備はできたかい」

「はい、旦那様。できましたよ」

「では、ルーシュにランタンとシャベルを持って、台所でわしを待つようにと言っとくれ」

「はい、旦那様」とルーヴィニアは言った。彼女は出てきて、階段を見上げることさえしないで、再び玄関(ホール)の間(ま)を横切ったが、その彼女は、よく我々のあとをつけて、寝室のドアのところに立ち、我々がベッドに入るまで、しかったものだった——私はベッド自体に入り、リンゴーは、そのそばの毛布にいたものである。だが、今回は、彼女は、我々のいる場所をいぶからなかったばかりか、どこにいないかについて考えさえもしなかった。

「あのトランクに何が入っているか分かるよ」とリンゴーがささやいた。「銀製品だ。どう思う——」

「しーっ」と私は言った。我々は、父の声がおばあちゃんに話しているのを聞くことができた。しばらくして、ルーヴィニアが戻って来て、また玄関(ホール)の広間を横切った。我々は、てっぺんの段に座って、父の声がおばあちゃんとルーヴィニアの両方に話しているのを聞いた。

「ヴィックスバーグが」とリンゴーがつぶやいた。我々は陰になっているところにいた。私には、彼の目玉しか見えなかった。「ヴィックスバーグが落ちたって？ミシシッピー川の中に落ちたって？ペンバートン将軍ごとに？」

「しゅううう！」と私は言った。我々は、陰で互いにくっつき合って座り、父の声に聞き入っていた。多分、それは、暗闇だった。或いは、我々は二匹の蟻、また二枚の羽だった。或いは、多分、信じやすさが確固として静かに最終的に衰えてゆく地点があるのだろう。なぜなら、突然にルーヴィニアが、我々の上に立ち、我々を揺り動かして目覚めさせたからである。彼女は、しかることさえしなかった。彼女は、階段を、我々について上がってゆき、寝室のドアのところに立ったが、ランプに明かりをつけることさえしなかった。ルーヴィニアは、たとえ彼女が我々が服を脱いでいないんじゃあないかと疑い、十分な注意を払っていたとしても、我々が脱いだかどうか分からなかっただろう。彼女は、リンゴーや私のように、我々が聞いたと思ったことを聞いていたかも知れない。だが、私には、我々が階段の上でしばらく眠ってしまったことが分かっていたように、ちょうどそのように、もっとよく分かっていたのである。私は独り言ちていた。「彼らは、もう家から持ち出してしまったんだ。彼らは、今、果樹園にいて、掘っているんだ」信じやすさが崩れる地点があるのだから、目覚めているのと眠っているのとの間のどこかで、私は果樹園の中で、リンゴの木の下で、ランタンの明かりを見たと思ったか夢見たと信じた。しかし、私は、自分がそれを見たか見なかったのかどちらなのか、分からない。なぜなら、その時は朝で、雨が降っており、父は、行ってしまっていたからである。

三

彼は、馬に乗って、雨の中立ち去ったに違いない。雨は朝食時にまだ降っており、それに、夕食の時にもそうだった。それで、我々は、家を離れる必要は全くないように見えたが、遂におばあちゃんが、縫物を止(や)めて言った。「よろしい。料理本を持ってきなさい、マレンゴー」リンゴーは、台所から料理本を取ってきて、彼と私が床の上に腹這(はらば)い、一方、おばあちゃんは本を開いた。「今日は何を読もうか」と彼女は言った。

「ケーキについて読んで」と私が言った。

「よろしい。どんなケーキだい」ただ、彼女はそう言う必要がなかった。なぜなら、リンゴーが、彼女がそういう前に、既に答えていたからである。

「ココナッツ・ケーキだよ、おばあちゃん」彼はいつもココナッツ・ケーキと言うのだった。なぜと言うに、我々は、リンゴーがココナッツ・ケーキを味わったことがあるかどうか、全く決められなかったからである。我々は、そのクリスマス時、それが始まる前にいくらか食べてしまっていたし、リンゴーは、台所で少し食べたかどうか思い出そうとしていたが、思い出すことができなかった。時折、私は、彼が決めるのを手助けしようと、どんな味だったか、どんな形だったか私に話すよう促(うなが)してみたものだが、そして、時には、彼がほとんどリスクを承知で決めようとしたこともあったが、また気が変わってしまうのだった。なぜなら、彼は、まだ味わったことがないと確かに知るよりも、むしろ、覚えていないままに、ココナッツ・ケーキを多分ただ味わってしまいたいんだと言ったからである。もし彼が間違った種類のケーキを思い描くとするならば、生きている間は、決してココナッツ・ケーキを食べることがないだろうと言ったのである。

「少し多目ぐらいが私たちの害にならないだろうと思うよ」とおばあちゃんが言った。

雨は、午後の半ばに止んだ。私が裏手のベランダに出た時、太陽が輝いており、うしろでリンゴーが既に「俺たちはどこに行くの」と言っていて、我々が私が馬小屋と小屋を見ることのできる燻製室を通り過ぎたあとも、まだそう言っているのだった。「俺たちは、今、どこに行くの」我々が馬小屋に着く前に、ジョビーとルーシュが牧場の柵の向こうに見えたが、彼らは、新しい囲いからラバを連れてきていた。「俺たちはこれから何をするの」とリンゴーが言った。

「彼をじっと見ておきな」と私は言った。

「彼をじっと見ておけって。誰をだい」私はリンゴーを見た。彼は私を見つめており、その目玉は、昨夜のように、白く穏やかだった。「君はルーシュのことを言っているな。誰が俺たちに、彼を見ておけと言ったんかい」

「誰も。ただ僕は分かってるんだ」

「ベイヤード、君はそれを夢に見たのかい」

「そうだよ。昨晩さ。それは父とルーヴィニアだった。父は、ルーシュを見守るように言った。なぜなら、彼には分かっているからだ」

「分かっている？」とリンゴーが言った。「何が分かっているって？」しかし、彼はそれを尋ねる必要はなかった。次の一呼吸で、彼は、それに自ら答え、その丸い穏やかな目で、少し瞬きしながら、私を見つめていた。「昨日。ヴィックスバーグ。ルーシュがあれを打ち壊した時。彼は、その時、そのことを知っていたんだ、既に。彼がジョン旦那がテネシーにいなかったと言った時、確かに、ジョン旦那はいなかった。続けてくれ。ほかに何をその夢は君に教えたんだい」

「それだけだよ。ルーシュを見守ること。そのことを、彼は、僕たちより先に知るだろう。父は、ルーヴィニアが彼も見守らねばならないだろう、と言った。たとえ彼が彼女の息子だとしても、彼女は、もうしばらく白人で、こちらの側に、いなくてはならないだろう、と言った。なぜならば、もし僕たちが彼をじっと見ていれば、彼がやることによっていつそれが整って起こるか僕たちに分かるだろうから」

「いつ何が、整って起こるんだい」

「分からない」リンゴーは、一度深く息をついた。

「それなら、そうだな」とリンゴーは言った。「もし誰かが君に話しても、それはうそかも知れない。しかし、もし君がそれを夢見たんなら、それはうその筈がない。それを君に話す者は誰もいないからだ。だから、俺たちは、彼をじっと見ていなきゃあならないんだ」

彼らがラバを荷車に乗せた時、我々は、ついてゆき、牧場を越えて、彼らが木を切っていたところへ降りて行った。我々は、隠れて、二日間、彼らを見守った。その時気付いたのは、ルーヴィニアが我々に対して絶えずいかに細かく視線を注いでいたか、ということである。時々、我々が隠れて、ルーシュとジョビーが荷馬車に荷を積むのを見守っている間、我々はルーヴィニアが我々に向かって叫びかけているのを聞いたものである。それで、我々は、こっそり離れて、それから、走って、別の方角から来ているのを彼女に見つけさせるようにしたものである。時々、彼女は、我々が回ってくる時間がないうちに、我々に出合いさえしたものである。そうした時、リンゴーは、私のうしろに隠れ、彼女のほうは我々をしかりつけたのだった。「何のいたずらをやらかしてんだい。何かたくらんでるな。一体、何なんだい」しかし我々は答えず、彼女のあとについて台所に行き、彼女のほうは、肩越しにしかりつけるのだった。そして、彼女が家の中に入ると、我々はそっと移動して、再び見えないところに行き、また走って隠れて、ルーシュを見張るのだった。

それで、その夜、ルーシュが出てきた時、我々は、彼とフィラデルフィの小屋の外にいた。我々は彼を追って、新しい囲いへと下ってゆき、彼が、ラバをつかまえて、乗って去るのを聞いた。我々は走ったが、道路に着いた時も、ただラバがゆるやかに駆けて、消えてゆくのを聞くのみだった。しかし、我々は、ほどよい距離を来ていたので、我々を呼んでいるルーヴィニアの声さえも、かすかに小さくしか聞こえなかったのである。我々は、星明かりの中で、道路の先を見て、ラバを目で追ってみた。「コリンスの方角だ」と私は言った。

ルーシュは、次の日、暗くなるまで戻らなかった。我々は、家の近くにいて、交代で道路を見張り、彼が帰る前に遅くなってしまった場合、ルーヴィニアを鎮められるようにした。遅くなり、ルーヴィニアは、ベッドまで我々について来ていたが、我々は、再びこっそり抜け出した。我々がちょうどジョビーの小屋を通り過ぎていたその時、ドアが開いて、ルーシュが、まさに我々のそばに、暗闇の中からまあいきなりという感じで、現れた。彼はほとんど私に触れんばかりの近くにいて、しかも、我々を全く見ていなかった。突然彼は、明かるい入り口を背にして、走っている格好のままブリキから切り取られたかのように、そこにちょうどまあ宙に浮かんでいるようであり、小屋の中にいて、ドアは再び閉じられて、我々にはほとんど何を見たのか分からなかったぐらいだった。そして、我々が再び窓を覗き込んだ時、彼は火の前に立っており、巡視員たちから隠れてひそんでいた沼や低地で破れ、泥だらけになった服を着たままだった。そしてまたあの顔の表情、酔っ払いに似ているがそうではないあの表情を浮かべていて、それはまるで、彼が長い間眠っておらず、今眠りたいわけでもないといった感じだった。そして、ジョビーとフィラデルフィは、火の明かりの中に身を傾け、彼を見つめており、フィラデルフィの口も開き、その顔には同じような表情が浮かんでいた。それから、私は、ルーヴィニアがドアのところに立っているのを見た。我々は、彼女がうしろにいる音を聞いてはいなかったが、そこに彼女はいたのであり、片手をドアのわき柱に置いてルーシュを見ており、それにまた、父の古い帽子はかぶってはいなかった。

「あんた、連中があたしたち全部を自由にしようとしていると言うのかい」とフィラデルフィが言った。

「そうだよ」とルーシュは、頭をうしろへ抛るようにしながら、大声で言った。彼は、ジョビーが「しぃーっ、ルーシュ！」と言った時、ジョビーを見てさえいなかった。「そうだよ！」とルーシュは言った。「シャーマン将軍が、地上を一掃し、人種はみんな自由になるんだ！」

それからルーヴィニアは、床を二歩で横切り、彼の息子ルーシュを平手できつくたたいた。「お前、黒人野郎の馬鹿めが！」と彼女は言った。「お前は、白人を打ち負かすに十分な北部兵が世界中にいると思うんかえ」

我々は、家に走って帰った。ルーヴィニアを待たなかった。再び我々は、彼女がうしろにいることが分からなかった。我々は部屋に走り込み、そこではおばあちゃんが、ランプのそばに座り、膝の上に聖書を開いていて、首を曲げて、眼鏡越しに我々を見ていた。「彼らがここにやってくるよ！」と私は言った。「我々を自由にしにやってくるんだ！」

「何だって」と彼女は言った。

「ルーシュが彼らを見たんだ！彼らはちょうど道路の向こうにいるんだ。シャーマン将軍だ、彼は、我々みんなを自由にしようとしてるんだ！」そして、我々は、彼女を見つめ、誰をマスケット銃を取りにやらせるか見ようとして待った――それはジョビーか、なぜなら彼は一番の年寄りだから、それともルーシュか、なぜなら彼は彼らを見ており、撃つ相手が分かるから。そして、彼女も叫び、その声は、ルーヴィニアの声のように強力で大きかった。

「お前たち、ろくでなしのサートリスめ！まだベッドにいないのかい…ルーヴィニア！」と彼女は叫んだ。ルーヴィニアが入って来た。「この子たちをベッドに連れて行って。もし、今夜、この子たちからまた声を聞いたら、私が許可し命じているから、この二人とも打ちすえてしまいなさい」

我々をベッドに行かすのに、時間はかからなかった。しかし、我々は話せなかった。なぜなら、ルーヴィニアが、玄関広間（ホール）の簡易ベッドに寝ることになったからである。そして、リンゴーが私のベッドに上がるのを怖がったので、私が彼の毛布に降りたのだった。「僕たちは、道路を見張らねばな」と私は言った。リンゴーは、めそめそと泣き声を出した。

「俺たちがしなきゃあならんようだな」と彼は言った。

「怖いかい」

「とてもというわけじゃあないよ」と彼は言った。「ただ、ジョン旦那がいてくれたらなあ」

「いや、彼はいないさ」と私は言った。「僕たちがやらねば」

我々は、杉の雑木林に横たわって、二日間、道路を見張った。時々ルーヴィニアが我々に叫びかけたが、彼女に我々のいるところを話し、別の地図を作っているんだと言い、しかも、彼女は、台所からその杉の雑木林を見ることができた。そこは涼しくて、陰が多く、静かだった。そして、リンゴーは、ほとんどいつも眠っており、私もいくらかは眠った。私は夢を見ていた——まるで我々の場所を見ているようで、そして突然に、馬や馬小屋や小屋や木立、そしてすべてが消え、私は、食器棚のように平(たい)らで空(から)っぽの場所を見ていて、一層暗く、更に暗くなり、そして急に、私はそれが見えなくなっていた。私はそこにおり――ほんの小さな人々のおびえた群れのようなものがそこを動いていた。それらは、父であり、おばあちゃん、ジョビー、ルーヴィニアであり、ルーシュ、フィラデルフィであり、リンゴーであり、私だった――そしてリンゴーが詰まったような音を出し、私は道路を見ていた。そして、そこ、その真ん中に、明かるい鹿毛(かげ)の馬に乗って、双眼鏡で家を見ている一人の北部兵(ヤンキー)がいた。

長い間、我々は、ただ、そこに横たわって、彼を見ていた。私には、我々が何を見たいと思っていたのか分からない。しかし、我々は、彼が何かは、すぐに分かった。私はこう思ったのを覚えている。「あれはただ一人の人間のように見えるぞ」それから、リンゴーと私は、お互い同士をにらみ合い、それから、我々は、いつ這(は)い出したかも思い出せぬままに、丘を下って這(は)って戻りつつあった。それから、我々は、いつ立ち上がったのかも思い出せぬままに、牧場を横切って、家のほうへと走っていた。我々は、頭は後方へ、拳(こぶし)は固く握りしめながら、永遠に走っているかのように見えたが、とうとう柵に辿り着き、柵越しにのめって転(ころ)び、家の中へと走り込んだ。おばあちゃんのイスは、彼女の縫物が置いてあるテーブルのそばにあって、誰もいなかった。

「速く!」と私は言った。「そのイスをこっちに押せ!」しかし、リンゴーは、動かなかった。彼の両眼は、ドアの把手のように見えたが、その間、私は、イスを引っ張って、その上に上がり、マスケット銃を下ろし始めた。その重さは十五ポンドぐらいあったが、重さというよりも長さが問題だった。銃が自由になり、それとイスとそしてすべてが物凄い音を立てて落下した。我々は、二階のベッドでおばあちゃんが起きて座る音を聞き、次いで彼女の声を聞いた。「誰だい」

「速く！」と私は言った。「急げ！」

「俺は、怖い」とリンゴーが言った。

「お前、ベイヤード！」とおばあちゃんが言った。…「ルーヴィニア！」

我々は、マスケット銃を二人で、丸太のように持った。「お前は自由になりたいかい」と私は言った。「自由になりたいかい」

我々は、銃をそのように、丸太のように、二人でそれぞれの端を持って、走りながら、運んだ。我々は、木立を抜けて、道路のほうへ走り、スイカズラのうしろにひょいと頭を下げて隠れたちょうどその時、その馬がカーヴを回ってきた。我々は、ほかには何も聞かなかったが、それは、多分、我々の呼吸のせいか、或いは、多分、我々がほかに何かを聞こうと思っていなかったからである。我々は、再び見なかった。銃の撃鉄を起こすのに、忙し過ぎたのである。前に実際にやってみたことがあり、おばあちゃんがいない時に一度か二度そうしていた。また、ジョビーがそれを調べに来て、接管のキャップを取り換えたものである。リンゴーが銃を持ち上げ、私が両手でその銃身の高いところを持って、身体（からだ）を引き上げ、両足を銃身の周りに閉じ、撃鉄がカチッと鳴るまでその上を滑り降りた。それが、我々がやっていたことである。見回すには忙し過ぎた。マスケット銃は、既に屈（かが）んだリンゴーの背に横たわって乗っていて、彼は両膝（りょうひざ）に両手を置いて、あえいでいた。「やつを撃（う）て！やつを撃（う）て！」そして、照星が水平になり、私は目を閉じながら、その男と明かるい色の馬が煙の中に消えてゆくのを見た。銃は、雷のように轟（とどろ）き、山火事ほどの大量の煙を出した。そして、私は、馬が高い声を発するのを聞いた。だが、ほかには、何も見なかった。リンゴーが泣きわめいていた。「大変だ、ベイヤード！ありゃあまるっきり軍隊だぞ！」

四

家はちっとも近づいたようには見えなかった。家は、ただ我々の前にぶら下がっていて、漂（ただよ）い、そのかさも増していて、夢の中のもののようだった。そして、私には、背後でリンゴーがうめき声をあげているのが聞こえた。そしてずっと後方に、叫び声と蹄（ひづめ）の音が聞こえた。だが、我々は、遂に家に着いた。ルーヴィニアが、ドアのすぐ内側におり、頭の布切れの上に父の古い帽子をかぶり、口は開いていた。でも、我々は、そのまま部屋に駆け込み、そこではおばあちゃんが、起こしたイスの傍らに立って、手を胸に当てていた。

「僕たちはやつを撃(う)った、おばあちゃん！」と私は叫んだ。「僕たちは、やつを撃(う)ってやったぞ」

「何だって」彼女は私を見たが、その顔は、ほとんど彼女の髪と同じ色であり、その眼鏡は、額(ひたい)の上の髪を背景に輝いていた。「ベイヤード・サートリス、お前は何と言ったのだい」

「僕たちは、やつを殺した、おばあちゃん！ゲートのところでだ！ただ、軍隊も丸ごといたんだ。僕たちはそれを全然見てなかったんだ。今こっちに来るよ！」

彼女は、座った。イスに落ち込み、きつそうで、手は胸に置いていた。だが、その声は、相変わらず強靭(きょうじん)だった。

「こりゃあ、一体、どういうことだい。お前、マレンゴー！お前たち、何をやらかしたんだい」

「俺たちは、やつめを撃(う)ったんだ、おばあちゃん！」とリンゴーが言った。「やつを殺してやった」

それから、ルーヴィニアもそこに来たが、口もまだ開けていて、その顔は、誰かが、彼女に、灰をぶつけた時のようだった。だが、それどころじゃあなかった。我々は、蹄(ひづめ)が土の中をぐいと動き、滑るのを聞いた。そして、彼らの一人が、叫んでいた。「何人かは、裏手に回れ！」そして、我々は、見上げて、彼らが、窓の外を馬で通り過ぎるのを見た——青い上着と銃も。次いで、我々は、長靴と拍車の音を玄関(ポーチ)に聞いた。

「おばあちゃん！」と私は言った。「おばあちゃん！」だが、我々の誰も、全く動けそうになかった。ただそこに立って、胸に手を当てているおばあちゃんを見ていなければならず、彼女の顔は、彼女が死んでしまったように見え、その声も、彼女が死んでしまったようだった。

「ルーヴィニア!これはどういうことだい。この子たちは、私に何を言おうとしているんだい」それが起こった経緯(いきさつ)だった――かつてそのマスケット銃が消えようと決めた時のようであり、のちに起ることになったすべてが全く突然にその音に飛び込んでいこうとしたのだった。私はまだその音を聞くことができた。私の耳はまだ鳴っていて、それでおばあちゃんとリンゴーと私のすべてが、ずっと遠くで話しているようだった。そして、彼女は言った。「速く!ここに!」そして、リンゴーと私は、彼女の両足を背に彼女の両側それぞれに、我々のあごを膝(ひざ)に乗せてうずくまり、イスの揺り子の固い先を我々の背中に押し付け、彼女のスカートを、テントのように、我々にかぶせて広げ、重たい足が入って、そして――ルーヴィニアがのちに我々に語ったところでは――北軍の軍曹が、マスケット銃をおばあちゃんに向かって、振り回して言った。

「さあ、ばあさんよ!あいつらはどこだ。我々は、あいつらがここに駆け込むのを見たんだぞ」

我々は見ることができなかった。ただ、一種のかすかな、灰色の光と彼女の着衣とベッドと部屋すべてが有するおばあちゃんのあのにおいの中で、うずくまっているだけだった。そして、リンゴーの目は、二皿のチョコレートのプディングのように見え、多分我々二人とも、おばあちゃんが我々の人生においてうそをつくことを除いては、何であれ、我々をせっかんしたことがなく、つかれたうそでさえなかった時でさえそうであって、ただ黙っていて、最初にせっかんしてもそのあと我々をひざまずかせて、自分自身もともにいて、我々を許したまえと神に祈ったことなどを考えていたのだった。

「あなたは間違っておられます」と彼女は言った。「この家にも、この地所にも子供は一人もおりません。ここには、私の召使と私自身と黒人住居の者たち以外は、誰もおりませんよ」

「あんたは、この銃を前に、見たことさえも否定するというのかい」

「そうです」しーんとしていた。彼女は、ちっとも動かず、背筋を伸ばしてまっすぐにしゃんとして、イスの端に座っていて、彼女のスカートを我々にかぶせて広げているのだった。「もしお疑いなら、家を探してみたらいいです」

「そうしても構わんと言うんだな。そうしよう…若い者数名を二階にやれ」と彼は言った。「もし鍵を掛けたドアを見つけたら、どうしたらいいか分かっとるな。みなに裏に出て、納屋を、更に小屋もとことん捜査するよう言ってくれ」

「鍵のかかったドアなど一つも見つかりませんよ」とおばあちゃんが言った。「少なくとも、私に尋ねさせてちょうだい」

「ばあさん、何も聞かないでくれ。じっとしてなさい。あんたがあのちびっこの悪魔どもをこの銃とともに送り出す前のささいな尋(たず)ねごとならば、よかったんだがな」

「そうかしら――」我々には、彼女の声が弱まってゆき、次いでまた話すのが聞こえた。まるで彼女が自分の声のうしろにスイッチを持っていて、しゃべらせているかのようだった。「彼は――それは――そのものは――」

「死んだかって。くそっ、そうだよ！背をやられて、撃ち殺してやらねばならなかったんだ！」

「ねばならなかった――あんたが――撃つ――」私は、仰天するような驚きを知らなかった。だが、リンゴーもおばあちゃんも、そして私も三人とも、まさしく驚きそのものだった。

「そうだ、確かに！彼を撃ち殺さねばならなかったんだ！全軍の中で、最上の馬だったんだ！連隊全部が、次の日曜日に、あの馬に賭けをしてたんだ――」彼は更に何か言ったが、我々は聞いてはいなかった。我々は息さえしておらず、灰色の薄暗がりの中で、お互いを見つめ合っていた。そして、私がほとんど叫びそうになった時、おばあちゃんが言った。

「やってなかった――あの子らはやってなかったんだ――おお、有難や！有難や！」

「俺たちがしてなかった――」とリンゴーが言った。

「しいっ！」と私は言った。なぜならば、それを言う必要がなかった。それはまるで、我々が、それと分からぬままに、長い間息を詰めていなければならなかったかのようだった。そして、今や解き放たれて、再び息をすることができた。多分、そのわけは、ほかの男が入ってきた時に、我々が、ともかくも、彼を聞いていなかったからである。それを見たのはルーヴィニアでもあった――

それは大佐であり、明かるい色の短いあごひげをはやし、厳しく、明かるい灰色の目をしており、胸に手を当てて、イスに座っているおばあちゃんを見て、帽子を脱いだ。ただ、彼は、軍曹に向かって話しかけていた。

「どうしたんだね」と彼は言った。「ハリソン君、ここで何が起こっているんだね」

「ここが、連中が走ってきたところなんです」と軍曹が言った。「今、家を捜索中です」

「ああ」と大佐は言った。彼はちっとも怒っているようには見えなかった。ただ、冷静で不愛想で、かつ愉快そうに見えた。「誰の権限によってかね」

「ええ、ここの誰かが、合衆国軍に対して発砲したんであります。私は、これが十分に権限になると思いますが」我々はただ、その音を聞くことができた。ルーヴィニアがあとで我々に話したところによると、軍曹は、マスケット銃を振って、銃身の鼻先を床にばんと当てた。

「そして、一頭の馬を殺した」と大佐が言った。

「あれは合衆国軍の馬でした。私自身が将軍の言を聞いたところでは、もし将軍が十分な数の馬を持っていたら、それに誰が乗るかどうか、いつも心配しなくて済むものを、ということであります。そして今我々がいて、道路に沿って平穏に乗り進んで、誰も煩わしちゃあいないのに、あの二人のちびっこ、悪魔めが——軍の中で一番の馬で、連隊全部で賭けをしていて——」

「ああ」と大佐は言った。「分かった。ところで、諸君は彼らを見つけたのかね」

「まだであります。しかし、これら反逆者どもは、隠れるとなると、ネズミのようで。彼女は、ここにはどんな子供もいないと言っております」

「ああ」と大佐は言った。そして、あとで、ルーヴィニアが言うところでは、大佐は、ここで、始めておばあちゃんを見たのだった。ルーヴィニアは、大佐の目がおばあちゃんの顔から彼女のスカートのふくらんでいるところまで動き、一瞬、スカートを眺め、それから顔に戻るのを見ることができた。更には、うそをついている間、おばあちゃんは、大佐にわざとらしい視線を投げていた。「奥さん、この家の中にも、周りにも子供は一切いないと理解してよろしいかね」

「一人もおりません、閣下」とおばあちゃんは言った。

ルーヴィニアは、彼が軍曹を振り向いて見たと言った。「軍曹、ここには子供は一人もいない。明らかに銃弾は、ほかのどこかから、来たものだ。部下たちを集めて、馬に乗らせなさい」

「しかし、大佐、我々は、二人の子供たちがここに走り込むのを見たんであります！我々みなが見ております！」

「君は、このご婦人が、ここには子供はいない、と言うのを聞いたばかりじゃあないのかね。君の耳は、どこについているんだね、軍曹、それとも、君は、砲兵隊が、五マイルと離れちゃあいない小川の低地を越えて、我々に追いついてくるのを本当に待ちたいとでも言うのかね」

「ええ、閣下、あなたは大佐であられます。しかし、もし私が大佐だったら――」

「さすれば、疑いもなく、私はハリソン軍曹ということになるな。その場合には、私は、孫のないご婦人のことよりも、次の日曜日の賭(か)けを守るために別の馬を得ることにもっと気を配るべきだと思うぞ」――ルーヴィニアは、彼の視線が、この時、おばあちゃんにまあちょっと触(さわ)り、ひょいと去った、と言った――「家に一人で、その家は十中八、九まで――そして、彼女の楽しみと満足を、言うも恥ずかしいが、私は願っている――私は二度と見ることはないだろうが。部下たちを騎乗させて、前進するんだ」

我々は、息もつかずに、そこにうずくまっていて、彼らが家から出てゆくのを聞いた。軍曹が納屋から部下たちを呼び出すのを聞き、馬に乗って去るのを聞いた。だが、我々は、それでも動かなかった。なぜなら、おばあちゃんの身体(からだ)がちっとも緩(ゆる)まなかったからである。それで、我々には、彼がまだしゃべらないうちから、大佐がまだそこにいることが分かったのだった。その声は、短くて、てきぱきして、しっかりしていて、裏には笑いのようなものがあった。「それで、あなたには孫たちがいないんだ。二人の少年が楽しめるこのような場所にいながら、お気の毒なことだ――運動競技(スポーツ)、釣り、そして狩猟、多分、すべてのうちで最も心躍らす競技(ゲーム)だね。そして、それにもかかわらず、家のこんな近くだ、多分、少々珍しいことだが、残念なことだな。そして、銃だ――とても頼りになる武器だね、分かるよ」ルーヴィニアは、いかに軍曹がマスケット銃を隅に立てかけ、いかに大佐がそれを見ながらしゃべったかを話したものだ。だが、今は、息をつけなかった。

「この武器があなたのものでないということは分かるが、そのほうがいいでしょう。なぜなら、もしそれがあなたのものなら――そうではないんだが――そしてあなたが二人の孫を、いや一人の孫と黒人の遊び仲間を持っていたら――そうじゃあないんだが――更には、もしこれが最初ならば――そうじゃあないんだが――次は、誰かが重傷を負うでしょうよ。だが、私は何をしているんだろうか。あなたをその落ち着かないイスに留めてあなたの忍耐を試している、その一方で、私は、時間を費やして、孫たち――或いは一人の孫と一人の黒人の仲間を持ったご婦人だけにふさわしい説教を垂(た)れている」彼はもう行こうともした。スカートの下にいても、我々には、そのことが分かった。今度はおばあちゃんの番だった。

「私が差し上げられる食べ物はほとんどありません、閣下。でも、あなたがこうして馬でこられたあとで一杯の冷たい牛乳というのはいかがでしょうか――」

ただ、長い間、大佐は全く答えなかった。ルーヴィニアは、彼はしっかりした明かるい色の目と笑いに満ちたあのしっかりした明かるい色の沈黙をもって、おばあちゃんを見るばかりだった、と言ったものである。「いや、いや」と彼は言った。「有難う。あなたは単なる丁重(ていちょう)さを越えて、自ら負担を感じながら、全くの虚勢を張っておられる」

「ルーヴィニア」とおばあちゃんは言った。「この紳士を食堂にご案内して、私たちにあるものでおもてなしをなさい」

大佐は、ここで部屋を出ていた。なぜなら、おばあちゃんが震え始め、震えに震えて、でも、まだ、やわらぐことがなかったからである。我々は、彼女があえいでいるのを聞いた。そして、我々もようやく息をついて、お互いを見合った。「僕たちは、彼を殺してなかったんだ！」と私はつぶやいた。「誰一人殺してなかったんだ！」そしておばあちゃんの身体（からだ）が、再び我々に話しかけたのだった。ただ、今回は、私は、彼が、我々がうずくまっていたおばあちゃんの広がったスカートを見ていたのを、ほとんど感じることができたのだったが、その一方で、彼は、彼女に牛乳のお礼を言い、自分の名前と連隊を告げた。

「多分、あなたに孫がいないほうがよかった」と大佐は言った。「疑いもなく、あなたは、平和に暮らしたいと思っているから。私にも三人の男の子がいる、お分かりでしょう。そして、私は、祖父になる時間を持つことさえなかった」そして、今や、彼の声の裏にどんな笑いもなかった。そして、ルーヴィニアが言ったことには、彼は、ドアのところに立っていて、濃い青色の軍服に明かるい色の真鍮（しんちゅう）記章をつけ、帽子を手にし、明かるい色のあごひげと髪を見せながら、もう笑うこともなく、おばあちゃんを見ていた。「私は、お詫（わ）びしません。愚か者たちは、風や火に向かって叫びかけるものだ。でも、私にこう言わせ、また希望させて下さい、あなたは、我々を思い出すのに、これ以上の悪いことは決して何もないだろう、ということをね」そして、彼は、去っていった。我々は、広間（ホール）、そして玄関（ポーチ）に彼の拍車の音が、次いで、馬の音が聞こえ、それは次第に弱まり、消えていった。そして、おばあちゃんは、自由になった。彼女は、手を胸に当てて、イスに戻っていった。目は閉じ、顔の汗は、大きな滴（しずく）となっていた。突然、私が、叫び始めた。「ルーヴィニア！ルーヴィニア！」しかし、おばあちゃんは、その時目を開き、私を見た。その目は、開いた時、私を見つめていた。次いで彼女は、一瞬、リンゴーを見た。だが、あえぎながら、私を見返した。

「ベイヤード」と彼女は言った。お前が使った言葉は、何だったっけ」

「言葉」と私は言った。「いつ、おばあちゃん」それから、私は思い出した。私は、彼女を見なかった。彼女は、イスでうしろにもたれて、私を見て、あえいでいた。

「それを繰り返さないで。お前はののしった。いやな言葉を使ったね、ベイヤード」

私は彼女を見なかった。私は、リンゴーの足も見ることができた。「リンゴーも使ったよ」と私は言った。彼女は答えなかった。しかし、私は、彼女が私を見ているのを感じた。私は、突然、言った。「そして、あんたもうそをついた。僕たちがここにいないと言った」

「それは分かっているよ」とおばあちゃんは言った。彼女は動いた。「私を手伝って」彼女はイスから出てきて、我々のほうにつかまって来た。我々は、彼女が何をしようとしているのか、分からなかった。我々は、ただ、そこに立っていて、多方、彼女は、我々につかまり、イスにつかまり、そのそばに自らひざまずいた。最初にひざまずいたのは、リンゴーだった。それから、私もひざまずき、その間、彼女は、うそをついた自分を許されますように、と、神に頼んだ。それから、立ち上がったが、私たちは、彼女を手助けする間もなかった。「台所へ行って、平なべ一杯の水と石けんを持っておいで」と彼女が言った。「新しい石けんだよ」

五

もう遅くなっていた。まるで、時間が、我々の上で踏み間違えたかのようであり、その間、我々は、マスケット銃の音にまだつかまり、巻き込まれているかのようで、忙し過ぎて、それに気付かなかった。太陽は、我々の顔に、ほとんど水平に差して輝き、一方、我々は、裏のベランダの端に立って、つばを吐き、ひょうたんのひしゃくで順ぐりに我々の口から石けんをすすぎ落し、太陽に向かってまっすぐにつばを吐いた。しばらくの間、ただ呼吸しながら、石けんの泡を吹くことができた。だが、まもなく、吐くだけの味になった。次いで、それさえも、消えてゆき、ただし、吐こうとする衝動だけは、なくならなかった。他方、北のほうはるかに、我々は、密雲を見ることができた。それは、基底の部分は、かすんで、青く、遠く見え、頭の部分に沿っては、銅色の陽光に染まっていた。父が春に帰ってきた時、我々は、山岳地帯について、理解しようとしたものだ。少なくとも、彼は、密雲を指摘して、山岳地帯がどう見えるか我々に話そうとした。それで、その時以来、リンゴーは、その密雲はテネシーなんだと信じていた。

「向こうに見えるあれ」と彼は、つばを吐きながら、言った。「向こうに見えるあれ。テネシーだ。あそこで、ジョン旦那は、やつらと戦っていなさるんだ。ずい分遠くに見えるな」

「まさに北部兵(ヤンキー)たちと戦いに行くには、遠過ぎるよ」と私も、つばを吐きながら、言った。でも、もう過ぎ去ったことだ――泡、ガラスのように滑らかな、重さのない、虹色の泡。その味さえもが。

納屋が燃える

治安判事が座っている店は、チーズのにおいがしていた。少年は、込み合った部屋のうしろの釘(くぎ)の小樽の上で屈(かが)んでいたが、チーズのにおいに、更にそれ以上のものに感付いていた。自分の座っているところから、硬質で中身のある、ずんぐりした力学的な形のブリキ缶(かん)がぎゅうぎゅう詰めに並んだ棚を見ることができた。そのラベルを、彼の胃が読み取ったが、それは彼の心にとり何の意味もない文字からではなく、緋色(ひいろ)の悪魔と銀色のカーヴを描く魚の絵からだった――これ、彼がにおうと分かっていたチーズと彼の腸が、他の安定したにおいの間で瞬間的に短く断続的に吹き出してくるのがにおいで分かると彼の腸が信じたよく分からない肉、そのにおいと大部分は絶望と悲しみのゆえだが、少しばかりは恐怖の感覚、あの古い、荒々しい血の影響。彼は、判事の座っているテーブルを見ることができなかった。その前では、彼の父とその敵（**僕たちの敵**だと絶望の中で彼は思った。**僕たちの！僕と父の両方の敵！彼は僕の父なんだ！**）が立っていた。しかし、彼は、彼らの、彼ら二人のことだが、その声を聞くことができた。なぜならば、彼の父は、まだ一言も話していなかったからである。

「しかし、あなたはどんな証拠をお持ちですかな、ハリスさん」

「わしは話したぞ。豚がわしのコーン畑に入り込んだんじゃ。わしはそれをつかまえて、彼のところに送り返した。彼は豚を囲う柵を作ってなかったんだ。わしは彼にそう話し、警告したんだ。次の時は、わしは豚をわしの檻に入れた。彼がそれを取りに来た時、わしは彼の檻を直すに足る針金を与えたんだ。その次の時は、わしは豚を取り込めて、そのままにした。わしは、馬で彼の家に行って、わしが与えた針金が、まだ庭の巻き枠に巻いたままであるのを見たんだ。一ドルの囲い料金を払えば、豚を返せる、とわしは彼に言った。その夕方、一人の黒人が、金を持ってやって来て、その豚を手にした。見知らぬ黒人だった。彼は、『あの人があんたに、木と干し草は燃えるよ、と話すように言ってますだ』と言った。わしは『何だと』と言った。『あんたにそう告げるようにと言ったですわ』と黒人は言った。『木と干し草は燃えるよ』と。その夜、わしの納屋が燃えたんだ。わしは、家畜は救い出したが、納屋は失ってしまった」

「その黒人はどこにいるんだね。あなたは、彼を突き止めたかね」

「知らない黒人だった。あんたに話したよ。やつがどうなったか、わしにゃあ分からん」

「しかし、それでは証拠にならん。そうならんことがあなたには分からんかね」

「あの子をここに来させてくれ。あの子が知っている」一瞬、少年は、あの人は、自分の兄のほうを言っているんだと思いもしたが、ハリスは、「彼じゃない。小さいほうだ。その子だ」と言った。そして、身を屈め、年の割に小柄で、父親のように小柄で、やせぎすながら逞しく、彼にさえ小さ過ぎるつぎはぎだらけの色褪せたジーンズをはいており、まっすぐな、解かされていない茶褐色の髪を持っており、目は灰色で嵐が走るように荒々しい。その彼は、自分とテーブルの間の男たちが、割れて険しい顔、また顔の通路となるのを見た。その突き当りに、彼は判事を見た。古ぼけた服を着た、えりなしで、白髪交じりの眼鏡をかけた男で、差し招いていた。彼は、はだしの足の下に全く床を感じなかった。彼は、振り向く厳しい顔また顔の明白な重みの下に歩いているようだった。彼の父は、裁判のためではなくて、移動するために身に着けた黒いよそゆきのコートを着ていて、堅苦しい感じだったが、彼を見さえしなかった。父は僕に、偽りを言ってもらいたいんだ、と彼は、再びあの狂わんばかりの悲しみと絶望感を抱きながら、思った。そして僕は、そうしなきゃあならないだろう。

「少年よ、お前の名前は何と言うんだい」と判事は言った。

「カーネル・サートリス・スノープス」と少年は、つぶやいた。

「えっ」と判事は言った。「大きな声で話しなさい。カーネル・サートリスだって。この国でカーネル・サートリス（ジョン・サートリス大佐。フォークナーの作品中の主要人物。作者の曾祖父ウィリアム・クラーク・フォークナー大佐［一八二五―八九］をモデルとする）と名付けられた者は誰であれ、真実を話さなきゃあならんと私は思うがね」少年は何も言わなかった。敵だ！敵だ！と彼は思った。一瞬、彼は見ることさえできなかった。彼は、判事の顔が、優しかったのを見ることができず、また判事がハリスという名の男に「あなたは、この少年に、私が問い質(ただ)すよう求めるかね」と話しかけた時、その声が困ったような感じだったことを知ることもできなかった。しかし、彼は聞くことができた。そして次のそうした長い何秒かの間、その間、その込み合った小部屋では、静かで集中した息遣(いきづか)いのほかは全く何の音もしなかったが、それはまるで、彼がブドウの蔓(つる)の端で、ブランコのように外へ飛び出し、峡谷を越えて、そしてブランコの振れのてっぺんで、ちょうど無重量となって、魅惑された重力の長引いた一瞬にとらわれたかのようだった。

「いいや!」ハリスが、激しくいきなり言った。「畜生め!彼をここから追い出してくれ!」今や、この流れるような世界は、再び少年の下(もと)を突進し、声々がチーズや密封された肉のにおいを、また恐怖や絶望、あの古い血の悲しみなどを通して再び彼のところに届いてくるのだった。

「この訴訟は、終結した。スノープスさん（フォークナーの作中で、ここから始まるのちの成り上がりの新興階級スノープス一族）、私はあんたに不利な判決を下(くだ)すことはできんが、しかしあんたに忠告することはできる。この地を離れ、二度と帰ってくるでない」

彼の父が、初めて話した。その声は冷たく、荒々しく、冷静だった。「わしもだ。こんな連中の地にいようとは思わない」彼は、印刷するに適さない、下劣なことを誰に向かってというわけでもなく、言った。

「それで結構だ」と判事は言った。「荷馬車に乗って、暗くなる前にこの土地から出てゆきなさい。訴訟はこれで終わりだ」

彼の父は振り向き、少年は、その堅苦しい黒いコートのあとを追った。そのやせて屈強な姿は、歩きが多少ぎこちなかったが、それは南部連邦の憲兵隊長の兵士のマスケット銃丸が、三十年前に、盗んだ馬に乗った彼の踵に当たったせいなのだった。少年は、今は、二つの背中を追っていたが、それは、彼の兄が群集の中のどこかから現れたからで、兄は父より決して背丈は高くはなかったが、より太っており、いつもタバコをかんでいたのである。更に彼らは、厳しい顔をした二列の男たちの間を抜け、店から出て、すり切れたベランダを経て、たるんだ階段を降り、犬たちや未成熟の少年たちの間を、穏やかな五月のほこりの中、通り過ぎていると、声が発せられた。

「納屋燃やしめ！」

再び彼は、よく見えないままに、急に向きを変えた。赤いもやの中に一つの顔があり、それは満月よりも大きかった。その持ち主は、彼の一倍半の大きさで、彼は赤いもやの中、その顔に向かって、跳びかかってゆき、彼の頭が地面に当たった時も、打撃を感じず、衝撃を感じず、もがき上がり、また跳び、今度も打撃を感じず、血も味わうことなく、這い上がってもう一人の少年がすっ飛んでいて、自らも既に飛んで追っかける体勢に入ると、父の手が彼を引き戻し、そのどぎつい冷たい声が彼の頭上で響いた。「行って、荷馬車に乗り込むんだ」

荷馬車は、ニセアカシアと桑の森の中に、道路沿いに立っていた。晴着を身につけた彼の二人の不格好な姉たちと更紗の服を着て、日よけ帽をかぶった母とその妹たちは、もう乗っていた。彼女たちは、少年でさえ覚えている十二回かそれ以上の引っ越しのあとの貧弱な残り物の上や間に座っていたが、それらは使い古したストーヴや壊れたベッドやイス、真珠層がちりばめられた時計などであり、その時計は、彼の母の嫁入り時の品だったが、失せて忘れられた日時の二時十四分頃で止まっていて、もう動きそうになかった。彼女は泣いていたが、彼を見ると袖を引いて顔を隠し、荷馬車から降り始めた。「戻れ」と父が言った。

「あの子は怪我してます。水を汲んできて、洗ってやらねば……」

「元に戻れ」と彼の父が言った。少年も後部ドア越しに乗り込んだ。彼の父は、座席に上がったが、そこには兄のほうが既に座っていて、やせたラバを皮をむいた柳の枝で、二回荒々しく打った。でも、激しくではなかった。打ちすえるのでさえなかった。それはまさしくあの同じ特質だった。その特質というのは、後年、彼の子孫たちが自動車を動かす前にエンジンをオーバーランさせてしまう原因になったもので、同じような動きの中で手綱で打って、抑えるというのに通じるものなのだった。荷馬車は進んでゆき、厳しい目で見つめる人々の静かな群れのいる店は、うしろに取り残された。道が曲がり、店は見えなくなった。永遠にと少年は思った。多分父はもう満足したんだ。今や父が…やり終えたからには。彼は自らを止めた。自らに対してさえもそれを大声で言わないで。彼の母の手が彼の肩に触った。

「痛むかい」と彼女は言った。

「いいや」と彼は言った。「痛くないよ。構わないでいいよ」

「傷口が乾く前に血を拭き取れないのかい」

「今夜洗うよ」と彼は言った。「構わないでいいよ。いいね」

荷馬車は、進んでいった。少年は、みなでどこに行くのか知らなかった。誰も、今までも知らなかったし、尋ねもしなかった。なぜなら、いつもどこかの地で、ある種の家が、一日か二日或いは三日でさえ先に、彼らを待ち受けているのだった。恐らく、父が、いつも父が…する前に別の農園で収穫する手筈を整えていたんだろう。また彼は、自らを止めなければならなかった。父はいつもそうだった。よそ者が痛感することなのだが、利益がはっきりしない時、彼の狼のような独立性や勇気にさえも、何かがあった。それはまるで、よそ者たちが、その潜在するがつがつした残忍さから自立の感覚をというよりもむしろその残忍な信念、つまり自分自身の行為の正しさに対する残忍なほどの信念が利益を共にするすべての者にとって有益であるだろうという感情をしっかり持っているかのようだった。

その夜、みなは、泉の流れる樫とブナの森で野宿した。夜はまだ少々寒く、そのため、焚火をした。その材は、近くの柵から取ってきて、一定の長さに切り分けた横木だった。小さな火で、こじんまりしたほとんど小振りの、そつのない火だった。そのような火は、父の癖で、常に習慣で、凍り付くような冬でさえそうだった。もっと少年の年が上にいっていたら、少年は、このことに言及し、なぜ大きな火でないのかといぶかしんだことだろう。戦争の空費と無駄を見たばかりでなく、その血の中に、己自身のものではないものに対する生まれつきの貪欲な浪費癖を持った男が、なぜ見えるものすべてを燃やさなかったのだろうか。そして、彼はもう一歩先へ進んで、それがその理由なんだと思ったかも知れない。即ち、そのけちな炎が、(捕獲した馬、と彼はそう呼んだが)つないだ一連の馬たちを連れて、青い軍服のであれ灰色のそれのであれ、すべての人たちから隠れて、四年間、森の中で過ごしたその夜な夜なの生きた成果だったんだということがその理由なんだということである。そして更に年令が進んでいれば、少年は、その真の理由を推測できたかも知れなかった。つまり、火の成分が彼の父の存在の何らかの深い主動力に話しかけたのだが、それは、鋼の成分か、或いは火薬の成分がほかの人たちに話しかけたのと同じようなことで、しかもそれは、正直さを守るための一つの武器としてであり、そうでなければ、息は呼吸に値しないのであり、それゆえに、その武器は敬意をもって見られ、分別をもって用いられるのだということがその理由なんだということである。

　けれども、今の少年は、こうは考えなかった。そして彼は、そうした同じようなけちな炎を、ずっと見ていたのだった。彼はただ火の傍らで夕食を食べ、そして既に鉄製の皿の上で半ば眠っていた時、父が彼を呼んだ。そして彼はもう一度、その頑とした背中を、その頑として冷たいびっこの足取りに坂を上がってついてゆき、星に照らされた道に出た。そこで彼は、振り向いて、星々を背にした父を見ることができたが、顔と深みは別だった——その姿は黒く、平らで、非情であり、まるでブリキから切り取られたようで、父のために作られたのではない鉄製のしわの刻まれたフロックコートを着ているようだった。その声は、ブリキのようにどぎつく、冷たかった。

「お前は、連中に言おうとした。お前はやつに言えただろう」彼は答えなかった。彼の父は、手の平で彼の側頭部をきつくながら冷静にたたいた。それはまさにまるで父が店で二頭のラバを打ったのと同じであり、また、馬蠅を殺すために手にした棒切れでそのどちらかを打ったであろうようにだった。父の声は、まだ熱が籠もらず、怒りもなかった。「お前は大人になりかけている。お前は学ばなきゃあいかん。お前自身の血に執着することを学ばなきゃあならんぞ。でないと、お前はお前に執着するどんな血も持てないんだぞ。お前は、連中のどれか、今朝のあそこの誰かが…連中の求めた唯一のことは、わしを見つけ出す機会だったんだ。なぜなら、わしが連中を打ちすえたことを知っていたからだ。そうだろ」後年、二十年後のことだが、少年は自分にこう言うのだった。

「もし僕が連中が真実のみを、正義を求めていたと言っていたら、父は僕を再び殴っていただろう」しかし、その時は彼は何も言わなかった。彼は泣いてはいなかった。彼はただそこに立っているだけだった。「返事をしろよ」と父は言った。

「うん」と彼は小声で言った。父は振り向いた。

「もう寝ろ。わしらは明日あそこに行くんだぞ」

そのあくる日、彼らはそこにいた。午後の早い頃、荷馬車は、ペンキの塗られていない二部屋の家の前に止(と)まった。それは、荷馬車が少年の十年の間でさえこれまで止(と)まった十二回もの他の時とほとんど同じことであり、更に他の十二回の時のように、再び、彼の母とおばが降り立って荷馬車の荷物を降(お)ろし始めたのだが、彼の二人の姉と父と兄は、動いていなかった。

「豚にも似つかわしくないみたいだわ」と姉の一人が言った。

「でも、大丈夫だよ。お前は独り占めするに決まっていて、気に入るだろうよ」と父が言った。

「イスから立って、母さんが荷を降(お)ろすのを手伝いな」

二人の姉は、大柄でのろのろとながら、安物のリボンをひらひらさせて、降(お)りた。二人のうちの一人がごちゃごちゃの荷馬車の寝台から使い古したランタンを引き出し、もう一人がすり切れた箒(ほうき)を取り出した。彼の父は、手綱を上の息子に手渡して、車輪越しにぎこちなげに上り始めた。「彼女たちが荷下ろししたら、馬たちを納屋に連れてゆき、えさをやりな」それから彼は言った。そして、最初、少年は、父はまだ兄に話しかけているのだと思った。「わしと一緒に来い」

「僕が」と彼は言った。

「そうだ」と父が言った。「お前だ」

「アブナー」と彼の母が言った。彼の父は止まって、振り返った。もじゃもじゃの、灰色になって怒りっぽいまゆ毛の下の厳しい、変化のない凝視。

「次の八ヶ月間、わしを明日中から完全に所有し始めようとする男と、一言話をしてこようと思う」

二人は、道を登って戻った。一週間前なら――或いは、つまり昨夜以前なら――彼はどこへ行くのか尋ねていただろう。だが、今はそうしなかった。昨夜以前は、父は彼を殴っていた。しかし、以前は、父は決してあとで止まって理由を説明しはしなかった。それはまるでその一撃とそれに続く穏やかで突飛な声がまだ響いていて、反響し、彼に対してただ若いという恐ろしい障害のみを、彼の数年の軽い重みのみをあらわにし、その重みは、命令されたように見えるので、彼がこの世から解き放たれて急に上昇するのを防ぐに足る重さのみであり、彼の足をそこにしっかと定めさせ、それに抗い、そうした出来事の方向を変えようとするに足る重さではなかったのである。

ほどなく、少年は、樫とレバノン杉とそのほかの花の咲く木々や灌木の森を見ることができた。そこに家がある筈だったが、家はまだ見えなかった。二人は、スイカズラやナニワイバラの密集した柵の傍らを歩いて、二本の煉瓦の柱の間で揺れて開いているゲートのところに来た。すると、今度は、彼は緩やかにカーヴした私有の車道の向こうに初めてその家を見た。その瞬間、彼は父を忘れ、恐怖と絶望の両方を忘れた。そして、彼が再び父を思い出した時でさえ（父は止まっていなかったが）恐怖と絶望は戻ってきていなかった。なぜならば、十二回も引っ越したのに、彼らは今まで、貧しい土地、小さな農場や畑、家のある土地に滞在していて、このような家はこれまで一度も見たことがなかったのである。裁判所のように大きいと彼は穏やかに思った。安心と喜びの感情が沸き上がったが、そうするには若過ぎたので、彼は、そのわけを言葉にすることはできなかっただろう。彼らは父から安全だ。その人生がこの平穏と重々しさの一部である人々は、彼の触れられないところにいて、彼などは彼らにとってぶんぶんうるさいスズメバチのようなものなのである。ちょっとの間刺すことはできるが、それだけのことである。この平穏と重々しさの魔法が、そこに属する納屋や馬小屋やまぐさ桶などさえも、彼がたくらむかも知れない弱々しい炎なんかには動じないようにしているのである……これこの、平穏と喜びは、ちょっとの間後退するのだが、それは、少年が再びそのこわばった黒い背中、そのこわばった、執念深いびっこの姿を見たからで、その姿はその邸宅によっていじけることはなく、なぜかというと、その家がどこにおいてであれ、大きく見えたことは決してなかったからなのであり、そしてまたその姿は、今は、そうした穏やかで列柱のある背景を控えてかつて以上に深みを欠く、ブリキから無慈悲に切り取られたものの持つ動じない特質を有していて、それはまるで、太陽にとっての裏通りで、いかなる影も投げかけようとはしないかのようだった。父を見守りながら、少年は、父の取った全くそれない進路に気付いたが、父のぎこちない足が、車道（くるまみち）で馬が立っていた場所にあった新しい糞（ふん）の中を、もし父が単に一歩変えていれば避けられただろう一山の糞の中をまともに下ってゆくのを見たのだった。それが退いたのはほんの一瞬だけで、彼はやはりこれを言葉にはできなかっただろうけれども、その家の魔力の中を歩き続け、それを望むことさえできたが、うらやましくはなく、悲しみもなく、彼の前を、彼にとっては未知のものながら、鉄のような黒いコートを着て歩いたあの貪欲で嫉妬深い怒りも確かに全くなかった。多分、父もそれを感じるだろう。多分それは、彼がそうならざるを得ないものから、今や、彼を変えさえするだろう。

二人は玄関を横切った。今や少年は、時計のような気まりのよさで板材の上をやってくる父のぎこちない足音を聞くことができた。その音は、その足の運ぶ身体の移動とは全く不釣り合いの音であり、その前の白いドアによって委縮させられてもいず、あたかもそれが何ものにも委縮させられない一種の邪悪で貪欲な極小点に行き着いていたかのようだった——平らで幅広の黒い帽子、かつては黒かったが、今はこすれ合ってつやが出て、古い家の蝿の体の緑色がかった色合いになってしまった黒ラシャのフォーマルなコート、持ち上げた袖は大き過ぎ、持ち上げた手は、ねじれた鉤爪のようだった。ドアがいきなり開いたので、少年は、その黒人がずうーっと自分たちを見つめていたに違いないということが分かった。年寄りで、小ぎれいな、白髪交じりの頭で、リンネルの上着を着ており、身体でドアを塞ぎながら立って、言った。「足をふいてくれ、白人さん、ここに入る前にな。少佐は、今、家にいなさらねえ」

「そこをどけろ、黒人野郎」と父は言ったが、やはり冷静で、ドアを、そしてまた黒人も押しやり、帽子をかぶったまま、入った。次いで少年は、ドアの側柱にぎこちない足跡を見た。また、足跡が、身体(ボディ)が理解した重みの二倍を運んでいる（或いは伝えている）ように思える足の機械的な慎重さの背後で、色褪(いろあ)せたじゅうたんの上に現れるのを見た。彼らの背後のどこかで、黒人が叫んでいた。

「ルーラさん！ルーラさん！」すると、少年は、まるで暖かな波に、じゅうたんを敷いた階段のゆるやかなカーヴやシャンデリアの釣り飾りの輝きと金色の額縁の無言のきらめきに押し寄せられながら、素早い足音を聞き、彼女をも見た、婦人だった――多分、彼は、これまで彼女のような女性を一度として見たことがなかった――喉(のど)の部分にレースのついた灰色の滑らかなガウンを着て、腰にエプロンをつけ、両袖は折り返して、タオルで両手からケーキとビスケットのこね粉を拭き取りながら、玄関にやって来たが、全く父を見たのではなく、薄色のじゅうたんについた足跡を疑い深い驚きの表情で見ていた。

「私は言ったんですよ」と黒人が叫んだ。「この人に言ったんですよ…」

「どうか帰って下さらない」と彼女は声を震わせて言った。「ド・スペイン少佐はおりません。どうか帰って下さいな」

父は、再びしゃべってはいなかった。彼は二度としゃべらなかった。彼は、じゅうたんの中央にただ堅苦しく立ち、帽子をかぶっていて、毛むくじゃらの鉄灰色のまゆ毛は、小石色の目の上で少々ひきつっていたが、彼は束の間の思案をもって家を吟味していた。それから、同じような慎重さをもって、振り向いた。少年は父がよいほうの足で回るのを見守り、ぎこちないほうの足を、最後の長いが薄い汚れを残しながら、ぐるりと弧を描いて引き摺るのを見た。父は全くそれを見ず、じゅうたんも一度も見なかった。黒人はドアを支えていた。それは、彼らの背後で閉まり、ヒステリー状態のわけの分からない女の泣きわめく声が残った。父は階段の一番上の段で止まり、そこの端に長靴をこすってきれいにした。ゲートのところで、彼は、また止まった。彼は、一瞬立ち止まり、こわばった足でぎこちなげに立ち、その家を振り向いた。「きれいで白いじゃねえか」と彼は言った。「あれは汗ものだ。黒人の汗だ。多分、やつに似合うに足る白さじゃねえな。多分やつは、白人の汗を混ぜたがってるんだ」

二時間後、少年は、家の裏で薪を切っていた。家の中では、彼の母とおばと二人の姉が（母とおばで、二人の娘ではないと、少年には分かっていた。これだけ離れていても、間の壁で消されていても、娘たちの単調な大声は、救い難い不活発な惰性を発散していた）、食事の用意をするためにストーヴを整えていた。その時、少年は蹄の音を聞き、そして、見事な栗毛の雌馬にまたがったリンネル性の服を着た男を見た。少年は、太った鹿毛の馬車馬に乗った黒人青年の前のぐるぐる巻いたじゅうたんを目にする前においてさえ、その人物を識別できた——血の気のみなぎった、怒りに燃えた顔が、まだ全速力で疾駆して、家の角を向こう側に消えてゆき、そこには父と兄が二つのかしいだイスに座っているのだった。そして一瞬あとに、少年がほとんど斧を下ろしてしまえないうちに、彼は再び蹄の音を聞き、栗毛の雌馬が中庭から戻ってきて、既に再び疾駆していた。それから父が、二人の姉たちの一人の名を大声で呼び始め、彼女が、やがて、台所のドアからうしろ向きに現れて、巻いたじゅうたんをその端をつかんで、地面を引き摺り、多方、もう一人の姉が、そのうしろを歩いていた。

「もしあんたが持ち運ばないんなら、行って洗濯なべを用意してちょうだい」と最初の姉が言った。

「あんた、サーティ！」と二番目が叫んだ。「洗濯なべを用意して！」彼の父がドアに縁取られて、むさ苦しさに逆らいながら、現れたが、それは、例の他のはっきりしない完全さに逆らっていたのと同様であり、そのどちらも受けつけず、母の心配そうな顔が、彼の肩のところに見られた。

「続けるんだ」と父が言った。「つかみ上げるんだ」二人の姉は、身を屈めた。下品で、気だるそうだった。屈みながら、二人は、淡い色の布の途方もない広がりと安っぽいリボンのはためきを見せた。

「もしあたいが、じゅうたんがフランスからはるばる取り寄せなきゃあならないとちゃんと思っていたら、やってくる人たちが、その上を踏んで歩かなきゃあならない場所に敷いたりはしないわよ」と最初の娘が言った。二人は、じゅうたんを持ち上げた。

「アブナー」と母が言った。「あたしにさせて」

「お前は戻って、夕食の用意をするんだ」と父は言った。「わしはこっちをやるんだ」

その午後の残りの間ずっと、薪の山のところから、少年はみなを見つめていた。じゅうたんは、たそがれの中、泡立つ洗濯なべの傍らに広げられ、二人の姉は、その上に屈んで、あの深い、気だるい嫌気な風を見せていた。他方、父親は、次々と彼女たちの頭上に立ち、頑固で厳しく、彼女たちを、二度と声を高めることはなかったけれども、駆り立てていた。少年は、彼女らが用いているどぎついにおいの手作りの灰汁をかぐことができた。彼は、母が一度ドアのところに来て、彼らのほうを、もう不安げではないものの、ひどく絶望的な表情を浮かべて眺めているのを見た。彼は、父が振り向くのを見た。そして、彼は、斧とのこぎりに取りかかろうとして、目の隅から、父が地面から平ための石片を拾い上げ、それを調べて、なべのほうに戻るのを見た。そして今度は、母が、実際に訴えた。「アブナー、アブナー、どうか、アブナー」

それから彼も、終った。もうたそがれ時だった。ヨタカの鳴き声が、もう始まっていた。少年は、部屋から漂ってくるコーヒーのにおいを、かぐことができた。その部屋では、みなが、やがて昼下がりの食事の残りの冷たい食べ物を食べる筈であるが、ただ、彼が家に入った時、多分暖炉に火があったので、みなが再びコーヒーを飲んでいるんだと分かったのである。そして、その暖炉の前には、今、あのじゅうたんが二つのイスの背の上に広がって、横たわっていた。彼の父の足跡は、消えていた。足跡のついていたところには、今や、長い水でくもった疵痕があり、それは、小さな草刈り機の転々とまだらを成す経路に似ているのだった。

じゅうたんは、そのままそこにあったが、その間、みなは冷たい食べ物を食べ、ベッドへ行ったが、命令も要求もなしに、二つの部屋に散っていった。母が一つのベッドに休み、そこには父もあとで横たわる筈で、兄がもう一つのベッドで、そして、少年自身とおば、更に二人の姉は、床に敷いた藁布団に寝るのである。しかし、父は、まだベッドに入っていなかった。少年が覚えている最後のものは、じゅうたんの上に屈んでいる帽子とコートの深みのない無情なシルエットだった。そして、彼に思えたのは、その両眼を閉じてさえいなかったその時そのシルエットが彼の上に立っていて、その背後の火はほとんど消えており、そのぎこちない足が彼を突いて目覚めさせたということだった。「ラバを連れてこい」と父が言った。

少年が、ラバを引いて戻ってくると、父は、闇で真っ黒なドアのところに立っていて、肩に巻いたじゅうたんを担いでいた。「乗らないの」と少年は言った。

「乗らないよ。お前の足を貸せ」

彼が膝を曲げて父の手の中に入れると、逞しい驚くような力が滑らかに流れて高まり、彼もそれとともに上昇して、ラバの裸の背へと上がっていった（かつては鞍があった。少年は、それがいつ、どこでだったかは思い出せなかった）。そして同様の余裕をもって、父は、じゅうたんを彼の前に振り上げた。今や、星明かりの下、彼らは、午後通った道を再び辿って、スイカズラでいっぱいのほこりっぽい道を上がり、ゲートを潜り、車道の真っ暗なトンネルを通って、明かりの消えている家に行った。そこで少年は、ラバの上に座ったまま、じゅうたんの粗い縦糸が彼の腿をよぎって引かれ、消えてゆくのを感じた。

「僕に手伝ってほしい」と彼は、小声で聞いた。父は答えなかった。そしてまさに彼は、あのぎこちない時計のような慎重さで、あのこわばった足が空っぽの柱廊玄関を打つのを、その足が運ぶ重みの怒りに燃えた誇張表現を聞くのだった。じゅうたんは父の肩から（少年は闇の中でさえそれを言うことができたが）、投げ出されるというのではなく、突き出されて、壁と床の角に当たり、信じられないほど大きく、轟くような音を立てた。次いで、また、あの、急くことのない、すごい足音である。家の中に明かりがついた。少年は、ラバの背に座ったまま、張り詰め、落ち着いて静かに、少しばかり早く呼吸していたが、その足自体は、その打音をちっとも高めることはなく、もう階段を下っていた。今や彼は、父を見ることができた。

「今度は乗りたくないの」と彼は小声で聞いた。「僕たち二人とも、今度は乗れるよ」家の中の明かりが変化して、輝いたり、衰えたりしていた。あの人は今階段を下りているところだ、と彼は思った。彼は既に乗馬台のそばに、ラバを乗り寄せていた。やがて父も、彼のうしろに乗り、彼が手綱を二重に折り返して、ラバの首のところを打った。しかし、ラバが速足で駆けだす前に、がっしりした細い腕が回り込んできて、頑丈な節くれだった手がラバを引き戻して、歩速にした。

太陽の最初の赤い光線の下で、彼らはその地所にいて、鋤の装具をラバに取り付けていた。今回は、その栗毛の雌馬は、ともかくも少年に聞こえないうちに、地所の中に入っていた。その乗り手は、えりなしで、帽子をかぶっておらず、あの家にいた女がそうだったように、震えながら、震えた声でしゃべっていて、父は、ただ一度見上げただけで、再び屈んで、軛を留める作業に戻った。それで、雌馬に乗った男が、父の屈んだ背中に話しかけた。

「お前は、あのじゅうたんを駄目にしたことを、はっきり認めなきゃあならんぞ。ここには誰かいなかったのか、女たちの誰か…」男は、震えながら、そこで止めた。少年は、彼を見つめており、兄は、馬小屋のドアに寄りかかっていて、カミタバコをかみ、ゆっくりと絶えず瞬きしていたが、特に何かを見ている風ではなかった。「百ドルもするんだぞ。だが、お前は、百ドルを持ったこともないし、持つこともないだろう。だから、わしは、お前にトウモロコシの収穫の中から二十ブッシェル（一ブッシェルは、約三十六リットル）を支払わせる積もりだ。お前の契約にそれを追加するぞ。そして、お前が代理人のところに来た時に、それに署名するんだ。それでド・スペイン夫人が静かにはならないだろうが、多分それで、お前が再び彼女の家に入る時、足をちゃんとぬぐうようにと教わるだろう」

そうして、男は去っていった。少年は、父を見た。その父は、まだしゃべっておらず、再度見上げてもいなかった。彼は、もう、軛の留め棒を調節しているのだった。

「父さん」と少年が言った。父は彼を見た――謎めいた顔、毛むくじゃらのまゆ毛、その下で灰色の目が冷たくきらめいていた。突然、少年が父のほうに行った。急いで、そしていきなり止(と)まった。「父さんは最善を尽くせた！」と彼は叫んだ。「もしあいつが違う風に事を処理したかったなら、なぜ待って、どのようにするかを父さんに言わなかったんだろう。あいつに二十ブッシェルはやらないぞ！一ブッシェルさえも！僕たちは取り入れして、隠すんだ！僕が見張れるんだ……」

「お前は、刃(カッター)をわしが言ったように、あの鋤(すき)のまっすぐな柄(え)に嵌(は)めたかい」

「いいや」と彼が言った。

「それなら、行ってそれをやれ」

それは水曜日のことだった。その週の残りの間、彼はしっかり働いたが、それは彼のできる範囲内のことであり、またそれ以上のこともいくらかあったが、無理にならない程度の、また、二倍も強(し)いられる必要のない程度の勤勉さをもってであった。彼は、そうしたものを母から受け継いでおり、違いと言えば、やったことのいくらかは、少なくとも彼がやりたいからやったことであって、それは、たとえば、母とおばが稼いでためたお金でクリスマスにプレゼントしてくれた中間サイズの斧で薪(まき)を割ることなどだった。二人の更に年配の女性たち（そして、とある午後など、姉の一人さえも）と一緒に、父の地主との契約の一部である子豚と雌牛を入れる囲いも作った。そして、ある午後には、父が、ラバの一頭に乗ってどこかへ出かけて、いなかったので、彼は畑に行った。

彼らは鋤の一種を動かしていた。兄がその鋤をまっすぐに持ち、彼が手綱をもって、懸命に頑張っているラバの傍らを歩いているのだった。豊かな黒土が、むき出しのくるぶしに当たって、冷たく湿っぽく反り返ってゆく。彼はこう思った。多分これがその終わりだ。多分、単なるじゅうたんのために支払わなきゃあならないのは厳しいように思われるあの二十ブッシェルさえ、彼がいつもそうであったものであり続けることを永久にそしてまた常に止めるには彼にとって安い値段ではあるだろう。今考えをめぐらせ、夢を見つつ、それで兄が彼に、ラバに気を配れ、と鋭く話しかけねばならなかったのであるが、多分、彼は、二十ブッシェルを集めさえしないだろう。恐らくすべて積み上がり、天秤に掛けられ、そして消えてゆくだろう——トウモロコシも、じゅうたんも、火も。恐怖と悲しみも、二組の馬たちの間におけるように二方向に引っ張られる存在もすべてが——永遠、永久に去って、終ってしまうんだ。

　そして土曜日のことだった。彼が、引き具をつけているラバの下から見上げると、黒いコートを着、帽子をかぶった父が見えた。「それじゃあないぞ」と父が言った。「荷馬車用の引き具だ」それから二時間後、イスに座っている父と兄の背後で、荷馬車のベッドに座りながら、馬車が最後のカーヴを回り終えた時、彼は風雨にさらされ、ペンキの禿げた店、ぼろぼろになったタバコと売薬のポスターのある店とそのバルコニーの下のつないだ荷馬車や鞍をつけた動物たちを見た。彼は父と兄のあとについて、すり減った階段を上がった。そしてまた静かな見守る顔また顔の通路があって、そこを親子三人が、歩いて抜けるのだった。少年は、厚板のテーブルのところに座っている眼鏡をかけた男を見た。彼には、これが治安判事だと教えられる必要はなかった。少年は、激しい、活気にあふれた挑戦的なパルチザン的な挑戦の一にらみをカラーと首巻をつけた男に送った。その人物を、彼は生涯でこれまで二度だけ見ていた。疾駆する馬上の人物で、今は、顔面に怒りではなく、驚いた、信じられないといった表情を浮かべており、それは、少年には理解できなかっただろうが、自分自身の借地人の一人によって訴えられたという信じられない状況に対してのものだった。少年は来て、父に相対して立ち、判事に叫んだ。「父はやってない。燃やしちゃいないんだ…」

「荷馬車に戻れ」と父が言った。

「燃やした」と判事が言った。「このじゅうたんも燃やされたということかね」

「ここの誰かがそうだと主張しているのかい」と父が言った。「荷馬車に戻るんだ」しかし、少年はそうせず、あの部屋がそうであったように込み合ったその部屋のうしろのほうにただ退いただけであり、今回は座るためではなく、その代わりに、動かない身体また身体の間で押し合いながら、そうした声を聞きながら、立っていた。

「あんたは、二十ブッシェルのトウモロコシは、あんたがじゅうたんに与えた損害のためとしては高過ぎると言っているのかな」

「彼はじゅうたんをわしのところに持ってきて、跡を洗い落としてほしいと言った。わしは洗い落として、彼のところに返しに行ったんだ」

「だが、あんたは、跡をつける前と同じ状態にしたじゅうたんをこの人のところに運んで返さなかったんだね」

彼の父は答えなかった。次いで、多分瞬時の間、呼吸以外の音は全く聞こえなかった。その呼吸は、完全に集中して耳を傾けるというかすかで安定したものだった。

「あんたは、あえて答えないんだね、スノープスさん」再び父は答えなかった。「私は、あんたに判決を言い渡すよ、スノープスさん。あんたがド・スペイン少佐のじゅうたんの疵に責任があると判決を下す積もりだ。私は、あんたはその責任を負うべきだと思う。しかしながら、トウモロコシ二十ブッシェルというのは、あんたの状況にある人に支払わせるには少々高過ぎる。ド・スペイン少佐は、じゅうたんの値打ちは百ドルだと主張している。十月のトウモロコシは凡そ五十セント相当だろう。私が思うに、もしド・スペイン少佐が彼が支払うものに九十五ドルの損失を我慢できるとすれば、あんたもまだ稼いでいない五ドルの損失に耐えられる筈だ。ド・スペイン少佐への損害賠償として、私は、あんたに対し、彼との契約に関して、トウモロコシ十ブッシェルの量をあんたの収穫から少佐に支払うよう判決を下すものである。休廷とする」

ほとんど時間を取らなかった。朝はまだ始まったばかりだった。彼は、みなで家に帰り、多分畑に行くだろうと思った。彼らは遅れていたから、他のすべての農夫たちにはるかに遅れを取っていたからである。だが、そうはしなくて、父は荷馬車をあとにして、通り過ぎ、ただ兄に手で指示して荷馬車でついてくるように言い、道路を横切って反対側の鍛冶屋（かじや）のほうに行った。少年は、父のあとを追って急ぎ、追いついて、風雨にさらされた帽子の下の厳しい落ち着いた顔を見上げて、話しかけ、そっとささやきかけた。「あの人は十ブッシェルを手に入れられないよ。一ブッシェルさえも。僕たちは…」遂に父が、一瞬、彼を見下ろし、その顔は、全く穏やかで、その灰色がかったまゆ毛は、冷たい目の上でもつれ気味で、声はほとんど楽しげでやわらかだった。

「そう思うかい。うん、ともかく十月まで待とうじゃないか」

荷馬車の問題――一、二本のスポークの固定と車輪の輪金（わがね）の調整――も長くはかからなかった。輪金（わがね）の問題は、荷馬車を店の裏手の泉の流れの中に持ってゆき、そこに立たせておくことによって、解決した。ラバたちは、時々水の中に鼻を押し込み、少年は、使われていない手綱を持って馬車のイスに座り、坂の上を見上げ、小屋のすすだらけのトンネルを通して見上げていたが、そこでは、ゆっくり動くハンマーが響き渡り、父が逆さに立てたイトスギの丸太の上に座って、くつろいでいて、話すか聞くかしており、なお座り続けていたその時、少年が水の滴（したた）り落ちる荷馬車を流れから引き上げて、ドアの前に止めた。

「日陰に連れていって、つないでくれ」と彼の父が言った。彼はそうしておいて、戻って来た。父と鍛冶屋（かじや）とドアの内側にしゃがんでいたもう一人の男が、収穫や動物について話していた。少年は、アンモニアのにおいのするほこりや蹄を削ったくず、錆の薄片などの中にやはりしゃがんで、父が長い、ゆっくりした話をするのを聞いていたが、それは、兄の誕生前の時の、父がプロの馬商人だった時代さえもの話だった。それから、父は少年のそばにやって来たが、少年は、店の反対側に貼ってあるボロボロになった去年のサーカスのポスターの前に立っていて、緋色の馬たちやチュール（薄絹）やタイツの信じられないような空中姿勢や回旋状態、コメディアンの化粧した流し目などをうっとりと、物静かに見つめているのだった。父は言った。「食事時だな」

しかし、家でではなかった。正面の壁を背にして兄のそばにしゃがみ込みながら、彼は父を見た。父は店から出てきて、紙袋からチーズの固まりを取り出し、それをポケット・ナイフで注意深く、慎重に三個に切り分け、同じ袋からクラッカーを取り出した。三人がそろってベランダにしゃがんで、黙ってゆっくりと食べた。ついで、再び店に入り、錫製のひしゃくで、ヒマラヤスギ材の手桶と生のブナ材のにおいのする生ぬるい水を飲んだ。彼らは、それでもまだ、家には帰らなかった。今度は、馬市場だった。高い、横木の渡された柵があり、その上やそれに沿って、人々が立ち、或いは座り、そこから一頭ずつ馬が引き出されて、道に沿って歩かされ、速足で進ませられ、次いで更に駆け足で往ったり来たりと走らされる。その間、交換や購入が進み、太陽が西へと傾き始め、彼ら三人は、見つめ、聞き耳を立てていたが、兄は汚れて濁った目をして、いつもの、お決まりのカミタバコをやり、父は、時々、特に誰に向かってというのでもなしに、ある種の馬にあれこれ批評を加えていた。

彼らが家に着いたのは、日没後だった。彼らは、ランプの明かりで夕食を食べ、それから、少年は、戸口の上り段に座って、夜がすっかり深まるのを眺め、ヨタカと蛙の鳴き声を聞いていた。その時、彼に、母の声が聞こえた。「アブナー！駄目よ！駄目よ！こりゃあ、まあ、こりゃあ、まあ。アブナー！」そこで少年は立ち上がり、急に向きを変えて、ドアを通して、変えられた明かりを見た。そこでは、ロウソクの燃えさしがテーブル上のビンの首でまだ燃えていて、父が、まだ帽子とコートを身に着けたまま、それはまるで、ある種の卑しい儀礼的な暴力のために注意深く装われたかのように公式にでもあり同時に茶化してでもある様子だったが、その父が、ランプの容器を空にして、元々そこからランプを満たしていた五ガロンの灯油缶に戻しているのだった。一方、母は、父の腕を引っ張り、とうとう父はランプをもう片方の手に移し、彼女を、乱暴に、ひどくというのではないものの、ただ厳しく壁のほうに放り戻し、彼女の両手は、バランスを取るために壁に向かって飛び出し、彼女の口は開き、顔にはその声にあったような同じ希望のない絶望の色合いが見て取れた。次いで、父は、少年がドアのところに立っているのを見た。

「納屋に行って、わしたちが荷馬車に油を差していた油の缶を持ってくるんだ」と父は言った。少年は、動かなかった。そして彼は、言うことができた。

「何だって……」と彼は叫んだ。「あんたは何を……」

「行って、あの油を取ってこい」と父は言った。「行ってこい」

それで少年は、家の外側を、馬小屋のほうへと移動し、走っていた。これ、この古い癖、古い血、それは彼が自分で選ぶことが許されず、いやおうなしに彼に残され、とても長い間流れていて（誰がどこをか知れようか、暴力や蛮行や情欲の何であろうと食い物にして）、それが彼のところに来る前にだ。自分は続けることができるだろう、と彼は思った。自分はずっと走り続けられ、決して振り返らず、彼の顔を二度と見る必要がない。ただ、自分にはできない。できないんだ。今や錆びた缶を手に持ち、その中で液体が飛び跳ねていて、それは彼が家へと走り返っているからで、その中に入り、隣の部屋の母の泣き声の中へと入り、そしてその缶を父へと手渡したのである。

「せめて黒人野郎を遣る積もりはないんで」と彼は叫んだ。「少なくともあんたは、以前、黒人野郎を遣ったね」

今回は、父は、彼を殴らなかった。その手は、その一撃よりももっと速く来た。ほとんど苦痛なぐらいの用心深さで缶をテーブルに置いたその同じ手が、素早過ぎて少年がついてゆけない速さで缶から彼のほうへときらめいて、少年がそれが缶から離れるのを見ないうちにシャツの裏側をつかんで、彼を爪先立ちに持ち上げ、その顔は、息もつけない凍った残忍さで彼に対して屈み込み、その冷たい死んだような声は、彼越しにテーブルに寄りかかって牛のあの絶えざる、興味深い、横からの動きでもってガムをかんでいる兄に語りかけていた。

「缶を空にして大きいのに入れ、進むんだ。わしはお前たちに追いつくから」

「この子をベッドの柱に括り付けたほうがいいんだ」と兄が言った。

「わしの言ったようにやるんだ」と父が言った。そして少年は、移動していた。丸まったシャツ、肩甲骨の間の固い、骨ばった手、床にただ触れただけの爪先、そうした格好で部屋を横切り、次の部屋へ入り冷たい暖炉の前の二つのイスに重たい腿を広げて座っている姉たちを通り過ぎ、おばの腕を肩に回して、ベッドの上に並んで座っている母とおばのところに行った。

「そいつを抑えておけ」と父が言った。おばは、驚いた動きをした。「あんたじゃない」と父が言った。「レニー、そいつをつかまえておくんだ。ちゃんとそうするんだぞ」母は、少年の手首をつかんだ。「もっと抑えれるだろう。もしゆるんだら、そいつが何をする積もりか、お前には分かっていないのか」少年は頭を道路のほうにぐいと向けた。「多分、わしは、そいつを縛ったほうがよさそうだな」

「あたしがつかまえておくわ」と母が小声で言った。

「ちゃんとそうするんだぞ」そして、父は、行ってしまった。そのこわばった足が、床板の上で重々しく響き、それがとうとう消えた。

それから少年は、もがき始めた。母は、彼を両腕でつかまえたが、彼はそれに対して身をぐいと引き、またねじった。結局は彼のほうが強いだろう。彼にはそれが分かっていた。だが、彼には、それを待っている時間がなかった。「行かせてくれ！」と彼は叫んだ。「あんたをたたきたくはないんだよ」

「行かせてやりな」とおばが言った。「もしこの子が行かないんなら、神かけて、あたしが自分で行くよ！」

「あたしがそれをできないことが分からないの」と母が叫んだ。「サーティ！サーティ！駄目よ！助けて、リジィ！」

そして、彼は、自由になった。彼のおばが彼をつかもうとしたが、もう遅過ぎた。彼はぐるりと身を回し、走り、母は、つまずきながら前のめりになって彼に追いすがろうとして、膝（ひざ）をついてしまい、近くにいるほうの娘に叫んでいた。「あの子をつかまえて、ネット！あの子をつかまえて！」しかし、やはり遅過ぎて、その娘（姉妹は双子で、同じ時に生まれており、二人のうちのどちらも、今の印象は、家族の他のどの二人分にも劣らず、肉付きもかさも体重も備えているというものだった）はまだイスから立ち上がり始めてはおらず、頭と頭をただ振り向けるだけで、あわただしい一瞬のうちに、彼にいかなる驚きにも乱されない若い女性の特質を大いに振りまいていて、のろくさい関心しか示し得ない表情を帯びているのだった。そして、彼は、部屋から出、家から出て、星明かりの下（もと）の道路の穏やかなほこりと沢山のスイカズラの中にいて、まるで青白いリボンが走り続ける足の下で、恐ろしくゆっくりとほどけてゆく感じで、とうとう門のところに着き、曲がって入り、駆け、心臓と肺は激しく打ち続け、車道を明かりのついた家へ、明かりのついたドアへと登って行った。彼はノックもせず、飛び込んでいって、息をしようとしゃくり上げ、しゃべる瞬間にそれも不可能だった。彼は、リンネルの上着を身に着けた黒人の驚いた顔を見たが、その彼がいつ現れたかは、分かっていなかった。

「ド・スペインさん！」と彼は叫んで、あえいだ。「どこにいますか」そして彼は、その白人も玄関の下の白いドアから出てくるのを見た。「納屋です！」と彼は叫んだ。「納屋です！」

「何だって」と白人は言った。「納屋だと」

「そうです！」と少年は叫んだ。「納屋です！」

「その子をつかまえろ！」と白人は叫んだ。

しかし、今度もまた遅過ぎた。黒人は、少年のシャツをつかんだが、袖が丸ごと、洗濯でもろくなっていたので、持ち去られてしまった。それで彼も、ドアから外に出て、再び車道に来ていた。そして実際、走ることを止めてはおらず、その間でさえ、白人の顔に絶叫し続けていた。

彼の背後で、白人が叫んでいた。「わしの馬！わしの馬を連れてこい！」そして少年は、一瞬、屋敷の玄関を突っ切って、柵を上り、道路に出ることを考えた。だが、彼は庭園が分からず、沢山のツタの絡まった柵がどれぐらいの高さがあるかもまた分からなかったので、危険を冒せなかった。それで、車道を下って走り続けたが、血と呼吸が轟かんばかりだった。やがて彼は、再び道路に出たが、彼には見えず、聞こえもしなかった。疾駆する雌馬が、それが聞こえないうちに、ほとんど彼にのしかかるようだった。その時でさえ、彼は自分の進路をつかんでいて、あたかも彼の荒々しい悲しみと必要性のまさにその切迫感が、もう一瞬のうちに、彼に羽を見つけて、究極の瞬間まで待って、彼自身をわきへ、雑草に塞(ふさ)がれた道路わきの溝の中へと放り投げ、その間、馬は、どどどーっと走り過ぎていったが、それは、一瞬、星々を、穏やかな初夏の夜空を背景にした荒々しいシルエットを成していた。その夜空は、その馬と騎手の姿が消え去る前でさえ、突然に、猛烈に炎で染め上げられていたのだった。信じられないような、音もない長い、渦巻くような轟音(ごうおん)が、星々を汚していて、彼は飛び上がって再び道路に出て、また走り、もう遅過ぎると分かりながらも、射撃音を聞いたあとでさえも、まだ走り、そして、一瞬ののち、二発聞こえ、走ることを止めてしまったと分からないままに今や止まり、「父(とう)ちゃん！父(とう)ちゃん！」と叫んでいて、自分が走り始めていたと分からないうちに、また走り、転(まろ)び、何かにつまずきながら、走り止(や)めないままに、またもがき上がり、起き上がりながらその炎を肩越しに見返し、見えない木々の間を駆け続け、あえぎ、泣きじゃくりながら「お父さん！お父さん！」

真夜中、彼は丘の頂(いただき)に座っていた。彼は真夜中だということを知らず、どれぐらいの距離やって来たのかも分からなかった。だが、背後にはもう炎は全くなかった。そして、彼は、ともかくもこの四日間家と呼んだものに対して背を向けて、座っていた。その顔は、呼吸が再び強まった時にそこに入ってゆくだろう暗い森のほうに、向けられていた。まだ小柄で、冷たい暗闇の中で絶えず震えながら、薄い、汚く不快なシャツの残骸の中に自らを包み込みながら、悲しみや絶望も、最早、恐怖や恐れでなくて、ただ単なる悲しみや絶望に過ぎなかった。お父さん、僕のお父さん、と彼は思った。「あの人は勇敢だった！」と彼は突然に叫んだ。声を上げて、だが、大声ででではなく、小声同然の声だった。「あの人は！あの人は戦争に行ったんだ！あの人はサートリス大佐の騎兵隊にいたんだ！」ただ、彼は、父親が、昔のちゃんとしたヨーロッパ人の意味では、一兵卒として出征したのであって、制服も着ず、誰に対しても、軍隊へも旗にも何ら権威を認めず、忠誠も誓わず、マルブルック（昔の一兵士。尾長ザルや初代マールバラー公爵（十七―十八世紀、ジョン・チャーチル）の含意ありや？）自身がそうしたように戦争に行ったんだということは知らなかったのである。戦利品目当てだったのだ――たとえそれが敵ののそれであろうが、味方ののであろうが、そんなことは、彼にとっては無意味であり、無意味以下のことだったのだ。

星座がゆっくりと回転していた。夜明けになるだろう。次いで、しばらくして、日の出となり、少年はおなかが空くだろう。だが、それは明日のことであり、今は、ただ寒く、歩けばそれも癒されるだろう。彼の呼吸は、ずっと安らいでいて、彼は、立ち上がって進んでゆこうと決めた。そして彼は、自分が眠っていたことを知った。なぜなら、彼には、もうほとんど夜明けになっていて、夜はほとんど終わっていると分かっていたからである。ヨタカによってそう言えたのである。今やそれらは、彼の下方の暗い木々の中の至る所にいた。ヨタカの声が一定して、そして変化して、更に絶え間なく続き、それで、昼間の鳥に道を譲る瞬間が近づくにつれて、それらの間に間隔が全くなくなってくるのである。彼は、立ち上がった。少々身体(からだ)が堅(かた)かったが、歩けば寒さがやわらいだと同じように、それも癒(いや)されるだろう。しかもやがて太陽が現れるだろう。彼は、暗い森のほうへと丘を下り続け、その森の中では、鳥たちの澄んだ銀色の声が絶え間なく呼んでいた——晩春の夜の急(せ)かすような、合唱する心臓の素早い、急(きゅう)な鼓動だった。彼は、振り返らなかった。

ビジョザクラのかおり

一

　それは夕食直後のことだった。私は、ランプの下のテーブルの上のコークの頁を、ちょうど開いたばかりだった。私は、ウィルキンズ教授の足音を玄関に聞いた。それから、彼が手をドアの把手（とって）に掛けたその沈黙の瞬間が続いて、そして、私は、分かっていなきゃあならなかったのだ。人々は、虫の知らせというものを気楽に語るが、私は、そうしたものは持たなかった。彼の足音を階段に聞いた。次いで、廊下で近付いてくるのを聞いたが、その足音には何らの意味も感じなかった。なぜならば、私は、彼の家にもう大学の三年間暮らしていたけれども、そして、彼やウィルキンズ夫人は、そこで、私のことをベイヤードと呼んでいたけれども、彼は、私が彼の部屋――或いは夫人の部屋に入る時と同様に、必ずノックしてから入って来ていたからである。その時、教授は、ドアをそのあおり止めまで内側に激しく押し開いたのだが、それは、例の動作の一つ、ほとんど苦しいまでにゆるみを見せない若者たちの教師がとうとう道を外(はず)れてしまうそれだった。そして彼は、そこに立って、言うのだった。「ベイヤード、ベイヤード、息子よ、私の愛(いと)しい息子よ」

私は、分かっておくべきだったのだ。用意をしておくべきだったのだ。或いは、多分、用意ができていた。なぜなら、私は、どのようにして立ち上がる前にその個所にしるしをつけさえして、その本を注意深く閉じたかを覚えているからである。彼（ウィルキンズ教授）は、せわしなげに何かしていた。彼が私に手渡し、私が受け取ったのは、私の帽子とマントだった。もっとも、私は、マントを必要としなかっただろうし、それは、その時でさえ、私が（十月ではあるが、秋分はまだ来てはいなかった）雨や冷たい天候が再びこの部屋を見ないうちにくるだろうとは考えていなかったからであり、それゆえ、私が帰るとすればだが、ともかくそこに帰るためにマントを必要とするだろう、とは思いもせず、また、「神よ、もし教授が昨夜これをしただけなら、つまり、昨夜ノックもせずにあのドアをドーンと押し開けて、あおり止めに跳(は)ね返(かえ)らんばかりにして、それで私が、それが起こる前にそこにいて、それが起こった時、それがどの場所であれ、どこであれ、そこにいたら、彼はほこりと泥の中に倒れ、横たわらねばならなかったりはしなかっただろう」と考えたりはしなかっただろう。

「君のところの少年が、階下の台所にいるぞ」と教授は言った。何年も経(た)たないうちに、彼が私に（誰かが語ったのだ。それはウィルキンズ判事に違いなかったが）リンゴーがどうも料理人(コック)をぐいと押しのけて、家の中に入ってきて、書斎に入り、そこには彼とウィルキンズ夫人が座っていたが、前置きなしに、そして既に戻ろうとしながら、振り返ってこう言った。そうした経緯を私に話したのだ。リンゴーは言った。「やつらが、今朝、サートリス大佐を撃ち殺しましたよ。台所で僕が待ってると、あの人に伝えて下さい」二人のうちのどちらも、動けないうちに、リンゴーは台所へと行ってしまった。「リンゴーは四十マイルも馬に乗って来たのに、それでも彼は、何か食べるのを断っている」我々は、今や、ドアのほうへと向かっていた――そのドアの私の側で、私はもう三年も分かっていることと共に暮らしてきていて、今分かっていることを私は信じ、予期していたに違いなかったが、そのドアの向こうに近付いてくる足音を聞き、しかもそれに何の意味も聞き取らなかった。「何か私にできることはないかな」

「はい、先生」と私は言った。「私の相棒のために、新しい馬をお願いします。彼は、私と一緒に帰りたいと思っているでしょうから」

「ぜひ私の馬を使ってくれ――妻のを」と教授は叫んだ。彼の調子は全く変わらなかったが、ただそう叫んだ。そして私が思うに、同時に二人とも、それはおかしいと悟った――その馬は、まさしく独身の音楽教師のように短足で、樽のような胴体の雌馬で、ウィルキンズ夫人がかご型の二頭立て四輪馬車につないだ馬だった。それは私にはよかったのであり、手桶一杯の冷たい水を浴びせられるのが、私にとって望ましかったであろうようなものだった。

「有難うございます、先生」と私は言った。「それは必要ないでしょう。私が雌馬（めすうま）を得られれば、彼には貸し馬車屋で新しい馬を調達してやりますよ」

私にとってよかった。なぜならば、私が話し終えないうちにさえ、私は、それもまた必要ないだろうと分かったからで、リンゴーは、大学へ来てそれに対応する前に、貸し馬車屋で止（と）まって準備していただろうし、彼のための新しい馬と私の雌馬（めすうま）の両方とも、鞍をつけて脇の柵のところでもう待っているだろう。そして我々は、オックスフォード（ミシシッピー州北部の町。フォークナーの故郷で、彼の作品中の主舞台。架空の町ジェファソンのモデル。この作品では両方の町が別々に出てくる）を通ってゆく必要はないだろう。ルーシュは、もし彼が私のために来ていたら、そうは考えなかっただろう。彼はまっすぐ大学に来て、ウィルキンズ教授のところに来て、情報を伝え、座って、私にそれから先の指揮を委（ゆだ）ねただろう。しかしリンゴーは、そうじゃあない。

ウィルキンズ教授はその部屋から私について来た。今からリンゴーと私が、陣痛を起こして延びている女性のように延びてしまった秋分のために急ぎかつ緊張しながら、暑い、分厚い、ほこりっぽい暗闇の中へと馬で立ち去るまで、教授は、私のすぐそばかすぐうしろのどこかにいたものだ。もっともそのどちらだかは、私は正確には知らなかったし、気にも留めなかったのである。彼は、自分の拳銃を私に渡すための言葉を、見つけようとしていた。私には、彼がこう言うのが聞こえたとさえ思えた。「ああ、この不幸な土地よ。十年経（た）っても、あの熱病からまだ回復しちゃあいない。人は、まだお互いに殺し合い、我々はまだカインの代価を彼自身の金（かね）で支払わにゃあならんのだ」

しかし、彼は、実際にそれを口には出さなかった。彼はただ私に従い、我々が階段を下(くだ)ってウィルキンズ夫人が玄関広間(パーラー)のシャンデリアの下で待っているところへ向かっている時、私のそばか背後のどこかにいた。夫人は、ほっそりした、灰色の髪の女性で、私にはおばあちゃんを思い出させてくれた。彼女が、多分、おばあちゃんのように見えたというのではなくて、彼女がおばあちゃんを知っていたからである――その上を向いた、心配げな、穏やかな顔は、おばあちゃんが考えたであろうように、剣で生きる者は剣で死ぬ、と考えていた。私は、そちらへ歩いていった、歩いて行かねばならなかったが、それは、私がおばあちゃんの孫で、彼女、ウィルキンズ夫人の家に大学三年間暮らしており、九年前のほとんど最後の戦闘で戦死した時の彼女の息子と似た年令(とし)だったからではなく、私が今サートリス一族だったからである（サートリス家。それは、ウィルキンズ教授が私のドアを開いた時に、遂に生じたあれと並んで共存するきらめきの一つだったのである）。夫人は、私に馬も拳銃も提供しなかったが、それは、彼女が、ウィルキンズ教授に劣らず、私が好きだったからではなく、彼女が女性で、どんな男よりも賢(かしこ)かったからだった。さもなければ、男たちは、敗北すると分かったあとに二年も戦争に行ってしまうことはなかっただろう。彼女は、ただ両手を置いた（小柄な女性で、おばあちゃんと同じぐらいだった）、ただ両手を私の肩に乗せて言った。「ドルーシラによろしく伝えておくれ、ジェニーおばさんにもね。そしてそうできる時は、帰っておいで」

「ただ、それがいつのことかは分かりません」と私は言った。「いくつぐらいのことに関わらねばならないのか、私には分かりません」そうなのだ。私は、彼女にさえも、うそをついたのだ。彼がドアがドア止めに跳ね返らんばかりの勢いで押し開けてからまだほとんど一分もたたないうちに、もう既に私は、悟り始めていた。一つだけ除いて、それを測るべきヤード尺をまだ持っていないということに気付き始めていたのだ。その一つというのは、私自身に反し、私の育ちや背景があるにもかかわらず（或いは多分その双方があるがゆえに）自分がそうなっていることが分かってきていたが、それを試してみることは怖かったものから成るものだった。私は、彼女の両手が私の肩の上にまだ置かれている間に、自分がどう考えたかを覚えている。**少なくともこれが私が自分はこれだと思っているものなのかそれともただそう願っているだけなのかどちらなのか見つける機会なのだろう。私が自分自身に正しいと教えたことをやろうとしているのか、それともそうあれかしと願っているだけのことなのかを見出す機会なのだろう。**

我々は台所のほうへと行った。ウィルキンズ教授は、まだ、私の側か背後のどこかにいて、沢山の異なった方法で、拳銃と馬を提供しようとしていた。リンゴーが待っていた。我々のどちらに何が起ころうとも、私は彼に対してサートリス家の者には決してなるまいとその時思ったことを覚えている。リンゴーも二十四才だった。しかし、ある意味では、彼は、我々がグランビー（少佐。ベイヤードにとり、祖母の敵［かたき］）の身体を古い圧搾機の扉に釘づけにしたあの日以来、私が変わったほどには大して変わっていなかった。多分そのわけは、彼が私よりも大きくなって、私とおばあちゃんがラバを北部兵（ヤンキー）たちと取引したあの夏に大いに変わってしまったからで、あの時以来、私は、ただ彼に追いつくために大部分の変化を成し遂げなければならなかったのだ。彼は、冷たいストーヴのそばのイスに、静かに座っていた。四十マイルも馬に乗って来て、疲れ切った様子だった（ひとたびジェファソンにおいてか、或いは路上のどこかで遂に一人になった時かに、彼は泣いていた。今や顔面の涙の流れた跡にほこりがこびりつき、乾いていた）。そして彼は更に四十マイル馬に乗るだろうが、食べようとはせず、疲れで少々赤い目をして私を見上げるのだった（或いは多分、それはただの疲れ以上のものであり、それで私は彼には決して追いつけないだろう）。それからリンゴーは無言で立ち上がり、ドアのほうへ進んで、私はそのあとについていって、ウィルキンズ教授はなおもその言葉を発しないままに馬と拳銃を与えようとし、なおまだ考えていた（私もそれを感じ取ることができた）、**剣で死す**。**剣で死す**、と。

　リンゴーは、脇の門のところに、鞍をつけた二頭の馬を置いていた。彼はそうするだろうと私に分かっていたその通りだった。新しい一頭は彼自身のためであり、そして私の雌馬（めすうま）は、父が三年前にくれたものだった。その馬は、一マイルをどんな日でも二分以内で走ることができ、終日、八分ごとに、一マイル走れたのだった。私が、ウィルキンズ教授が求めていたのは私と握手することだったと悟った時、彼リンゴーは既に馬に乗っていた。我々は握手した。私には、教授が、明日（あす）の夜にはもう生きてはいないであろう身体に触っているんだと信じていることが分かった。そして、もし私がやろうとしていることを彼に話したら、どうなんだろう、と一瞬、考えた。なぜなら、我々はそれについて話しており、それは、聖書の中にいやしくも何かあるとすれば、永遠の生命を与えるために神が他の何よりもまず選んだ盲目的でびっくりするような卵のための希望や平和のようなものがあるとすれば、汝、殺すなかれがそれであるに違いない。なぜなら、多分、彼はそれを私に教えたと信じてさえいただろうからであり、しかし、私は、そうしてはおらず、誰もそうしてはおらず、私自身でさえそうしてはいなかったのであり、そのわけは、ただ学び終えた以上にそれが奥深いものだったからである。しかし、私は、彼に話さず、彼もそう強いられるには、そのような決断を原理的にでさえ許すには、余りに老い過ぎていたのだった。彼は余りに年老い過ぎていたので、血や育ちや背景に直面して、原理に執着せねばならぬというわけにはゆかず、それは、闇から現れた追剥に警告もなしに出くわして、引き渡させられるようなものだったのである。若者だけがそうできるのであり——若さを有するにまだ十分若い者が、臆病の理由（言い訳ではない）として見返りなしでよしと彼に応じたのだった。

それで私は、何も言わなかった。ただ彼と握手し、馬に乗った。そして、リンゴーと私は馬で進んだ。もうオックスフォードを通る必要はないだろう。そしてほどなく（湿った砂に付いた長靴の踵の跡のような細い鎌形の月が見られたが）、ジェファソンへの道が我々の前に横たわっていた。

その道は、私が三年前に初めて父とともに旅し、クリスマスに二度、そして六月と九月に、そしてまたクリスマス時に二回、それからまた六月と九月の各学期ごとに一人で雌馬に乗って、これが平和というものなんだと知ることさえもなく、旅したものだった。そして今、今回である。しかもこれが最後だろう。死ぬことはないだろうが（私にはそれが分かっていた）、多分以後永遠に二度と決して頭を高く上げることができないだろう。馬たちは並足で、これが四十マイル続くだろう。私の雌馬には、これから先の長い道程が分かっていたし、リンゴーもよい馬を持っていて、ヒリアードに貸し馬車屋でよい馬だけに話をしぼっていたのである。恐らく、それは涙、乾いた泥の伝った流路であり、それをよぎって彼の疲れから赤くなった目が、私を見つめていた。だが、私がむしろ思うのは、彼に彼とおばあちゃんの合衆国陸軍便せんをその時期補充させることができたのが、その同じ特質——白人との余りにも長い、密接な関係から得られたある種の怒りを含んだ自信だったのだ。そしてその白人とは、彼がおばあちゃんと呼んだ人ともう一人、我々が生まれてから父が家を再建するまで彼が一緒に寝た人だったのだ。我々はかつて話したが、それっきりとなっていた。

「我々は、あいつを待ち伏せ奇襲できるぞ」と彼は言った。「我々があの日グランビーにやったようにな。でも、それは、あんたの持ってるような白い肌にはふさわしくないと思うな」

「いいや」と私は言った。我々は、進み続けた。十月だった。ビジョザクラが咲くまでにはまだ沢山の時間があった。けれども、その必要があると分かる前に、私は、家に着かねばならないだろう。ビジョザクラまでにはまだ沢山の時間があるが、その庭では、ジェニーおばさんが父の古い騎兵用長手袋をはめて、うまく手を入れて整えられた花壇の間を、古風な趣の、かおりを放ついろいろな古い名前の間をジョビー老人の傍らでのんびりとぶらつき、過ごしていたものだが、十一月だったけれども、雨はまだ来ず、それゆえ、インディアン・サマーの最初の半ば暖かく、半ば寒い夜をもたらす（或いはうしろに置いてくる）霜もまるでなくて、ガチョウにとり涼しくて空ろな、眠気を誘うような空気は、ヤマブドウやササフラスの古い暑くてほこりっぽいにおいで、まだけだるかった——その夜、私が大人になって法律を学びに大学へ行く前に、リンゴーと私は、ランタンと斧と雑嚢と六匹の犬を伴って（一匹は獣道を追い、もう五匹はただ臭跡を見つけて吠える、吠え声のためである）、牧場でコモリネズミをつかまえようとしたが、そこは、我々があの日の午後隠れていて、立派な馬に乗った最初の北部兵を見たところで、最後の年に列車の汽笛を聞けたところだったが、その列車というのは、もうずっと前からレッドモンド氏の所有ではなくなっており、その朝、ある瞬間、ちょっとの間、父もそれから手を引いていたのだが。リンゴーが言うには、父が吸っていたパイプが、父が倒れる時にその手から滑り落ちたのだった。我々は、馬で進んでゆき、家のほうへと向かっていたが、そこで、父は、今、玄関広間で連隊服を着たまま（軍刀もつけて）横たわっていて、そこではドルーシラがシャンデリアのあらゆる陽気な輝きの下で私を待っており、彼女は黄色の舞踏会用ドレスを身に着け、髪にはビジョザクラの小枝をさして、二丁の弾丸を込めた拳銃を手にしているのだ（私にはそれも見えた。予感を持たなかった人間なんだが。私には、葬式のために正式に整えられた正式なキラキラした部屋に彼女がいるのが見えた。背は高くなく、女性らしくすらりとしてはいないが、若者らしく少年のようで、動かず、黄色をまとい、顔は穏やかで、ほとんど困惑した様子で、顔は簡素で地味であり、両耳の上には、ビジョザクラの釣り合いのとれた小枝が挿されていて、両の腕は、肘のところで曲がり、両手は肩の高さにあって、二丁の全く同じ決闘用拳銃が、つかまれているのではなく、それぞれがそれぞれの手に横たわっているのだった。ギリシャの両把手壺に描かれたまさにその、形式通りの激しさを持った女性司祭だった）。

二

ドルーシラは、彼が夢を持っていたと言った。当時、私は、二十才で、彼女と私は、父が鉄道から馬で帰ってくるのを待ちながら、夏のたそがれの中、庭を歩いたものである。私はその時、ちょうど二十才だった。私が、父が取るべきだと決めた法律の学位を取るために大学に入る前の夏のことで、四年前のその年、その日、その夕方父とドルーシラがキャッシュ・ベンボウ老人を合衆国裁判官になるのを止めていて、独身のまま家に戻り、ハバシャム夫人が彼らを彼女の馬車に集めて、町へ連れ帰り、彼女の夫を新しい銀行の彼の小さな、薄暗い穴のような部屋から引っ張り出して、彼に二人の渡り者を殺害したことにおける父の保証書に署名させた。そして、彼女自ら、父とドルーシラを牧師のところに連れてゆき、二人が結婚するように取り計らったのだった。そして、父は、同じ暗い場所の、同じ地下貯蔵室の上に、家も再建した。そこは、ほかの家が焼けたところだった。もっと大きいだけの、ずっと大きいのを立てた。ドルーシラは、その家が花嫁の嫁入り衣装とヴェールが彼女の霊気であるのとちょうど同じように、彼の夢の霊気なんだと言った。そしてジェニーおばさんが、我々と一緒に住むためにやって来たので、我々は庭を持った（ドルーシラは、父自身と同じように花に気を使うことがなくなったことだろう。その父は、今でも、終って四年経ってさえいるのに、まだあの最後の年に存在し、呼吸しているように見えた。他方、彼女は、男性服を着て、馬に乗り、父の軍隊のどのような他のメンバーとも同じように髪を短く切って、ジョージア（米国南部の一州。アトランタが州都）や南北両カロライナを越えて、シャーマン軍の全面をよぎったのだった）。庭は彼女にとって、その髪につけるビジョザクラの小枝を集めるところで、そのわけは、彼女がビジョザクラは、馬と勇気のにおいを上回るもので、あなたのかぐことのできる唯一のかおりで、それゆえ、それが身に着けるに値する唯一のものだ、と言ったからである。鉄道は、当時、まだ始まったばかりであり、父とレッドモンド氏は、共同経営者であるばかりでなく、友人同士でもあり、ジョージ・ワイアットが言ったように、父にとり容易に記念碑的なものだった。そして、彼は、夜明けにジュピターに乗って家を出て、馬で未完成の路線を上がり降りしながら進んでゆき、二つの鞍袋には、土曜日に部下たちに支払うために金曜に借りた金貨が入っていた。ジェニーおばさんが言ったように、保安官のちょうど枕木二本分前方を保って進んでいた。そして我々は、たそがれの中、ジェニーおばさんの花壇の間をゆっくり歩き、その間、ドルーシラは（もし父がそうさせるならば、まだいつも古びたズボンをはいていたものだが、ちゃんとしたドレスを着て）私の腕にそっと寄りかかり、私は、四年前のあの夜、彼女の髪と父のあごひげに雨をかいだように、彼女の髪にビジョザクラのにおいをかいだものである。あの夜、彼とドルーシラとバック・マッキャスリンの三人がグランビーを見つけ、次いで家に帰って、リンゴーと私がちょっと眠っている以上の状態を見つけたのだった。我々は、神か自然か、それが誰であれ、当分の間我々に与えてくれたあの忘却の中に逃げ込んでいたのであり、子供に必要とすべき以上のことを成さねばならなかったのであり、なぜなら、他を殺すべきだということはあってはならないという少なくともぎりぎりの限界をその年令、若者たちには設けねばならないのである。これが彼が帰って来た土曜日の夜直後のことであり、私は、彼が、デリンジャー式拳銃をきれいにして、また弾丸を込めるのを見守り、我々は死んだ人物はほとんど隣人というべきであると知った。その人物は、奥地の出で、第一歩兵連隊が投票で父の指揮権を奪った時、その連隊にいたのだ。そして、我々は、その男が実際に父から指揮権を奪おうとしたのかどうかは、知るべくもない。なぜなら、父は、余りにも素早く撃っていたのであり、ただ相手は山中の汚れた床の小屋に妻と何人かの子供を持っていたのであり、その翌日、父は、いくらか金を送り、彼女（その妻）が二日後家にやって来て、我々がテーブルについて座っている間に、父の顔面にそのお金を投げつけたのだった。

「でも、誰も、サトペン大佐の以上の夢を持てなかっただろう」と私は言った。彼は、第一連隊で父の副指揮官であり、第二次マナサスの戦闘のあと連隊が父を司令官の地位から退(しりぞ)けたのち、大佐に選ばれていた。そして父が決して許せなかったのは、サトペンであって、連隊ではなかった。彼は下品で、冷酷で、情け容赦(ようしゃ)のない男で、南北戦争の三十年ぐらい前にどこからなのかは誰にも分からなかったが、この地に来た人物だった。ただ、父は、彼を見れば、どこから来たか言うわけがないと分かるよ、と言った。彼はいくらかの土地を得ていたが、どのようにして得たのかも、誰にも分からなかった。そして、彼はどこかからお金を手に入れた――父が言ったところでは、トランプ詐欺師としてか全くの追いはぎとして、彼が蒸気船を奪ったとみなが信じていた――そして大きな家を建て、結婚して、紳士として身を立てた。それから、彼は、他のすべての人々と同じように、南北戦争ですべてを失った。子孫のあらゆる希望もである（彼の息子は結婚式の前夜、彼の娘の許嫁(いいなずけ)を殺して、消えた）。だが、彼は家に帰り、独力で農園を再建しようと思い立った。彼は借金する人もなく、それを託(たく)する相手もなく、しかも、六十才を過ぎていた。けれども、彼は、彼の地所をかつてそうであったように再建しようと思い立った。人々は、いかに彼サトペンが忙し過ぎて、政治か何かなどには気を使っていられないかを語った。父や他の男たちが、覆面騎馬暴力団員たちを組織して、渡り者が黒人を組織して暴動を起こすのを防ごうとした時、彼がそれに関わるのを断った経緯を語ったのである。父は、長いこと、サトペンを嫌わないで、自身が馬に乗って彼に会いに出かけて、しかも彼はドアまでランプを持って出てくるものの、訪問者たちを家の中に招き入れることさえせず、件のことを協議することもしなかった。父は言った。「あんたは我々に賛同するのかね、それとも反対するのかね」そして彼は言った。「わしはわしの土地が大事だ。もしあんたらの誰もが自分自身の土地を再建しようとするなら、この地方がそれ自体を気遣っているんだということにならないかね」そして父は彼に挑んで、ランプを持ち出し、二人が撃つのを見られる切り株の上に置くよう促したが、サトペンは応じようとはしなかった。「誰も、それ以上の夢は持てないんだな」

「そう。しかしサトペンの夢はまさにサトペンだったわ。ジョンのはそうではなかったわ。彼は、この土地全体のことを考えており、この土地をそれ自体の力で向上させようとしている。そうして、そこに暮らすすべての人々が、ただ彼と同種の人々だけでなく、彼の古い連隊でもなく、すべての人々、黒人も白人も、靴さえ持たない山奥の女性たちや子供たちも——どう、分からない？」

「しかし、どうやって彼らは、父が彼らのためにしたいと思っていることから利益を得られるんだい——父がやってしまったあとで——」

「彼らの何人かを殺したから？ 私が思うに、あんたは、彼が最初の選挙を行なうために殺さねばならなかったあの二人の渡り者を含めているようだわね」

「彼らも人間だった。人類だったんだよ」

「彼らは北部人だった。ここに何の用もない異邦人だったんだわ」我々は歩き続けた。彼女の重みは、私の腕にはほとんど認識できず、その頭は、ちょうど私の肩に届いていた。私はいつも彼女より少し背が高く、黒人たちが道路を通っているのが聞こえたホークハーストにおけるあの夜でさえも、そうだった。そして彼女は、以来ほんのわずかしか変わっておらず――同じ少年らしい固めの身体（からだ）で、荒く切った髪の密で容赦のない頭、それは我々が川へ下ってゆく時、私が狂ったように歌う黒人たちの流れの上の荷馬車から見守っていたのと同じものだった――彼女の身体（からだ）は、女性らしくではなく、少年らしいほっそりしたものだった。「夢というものは、近くにあればとても安全だというわけではないわよ、ベイヤード。私には、分かっている。私にもかつて一つの夢があった。それは、触発引き金のついた弾丸（たま）の込めてある拳銃のようだった。もしそれが長い間そのままならば、誰かが怪我（けが）をすることになる。しかしもしそれがよい夢ならば、見る値打ちはあるわ。この世に沢山の夢はないけれど、沢山の生命はあるわ。そして一つの生命か二ダースの――」

「何ほどの価値もないかな」

「ないわよ。ないわね――聞いて。ジュピターの足音が聞こえる。さあ、家まであんたに負けないわよ」彼女は既に走っていた。彼女がはくのが嫌いなスカートは、ほとんど膝までたくし上げられ、その下の足は、少年のように走っていたが、それは、ちょうど彼女が男のように馬に乗っているようだった。

私は当時二十才だった。しかし次の時は、二十四才だった。私は三年間大学にいて、別の二週間、最終学年と学位のためにオックスフォードに馬で戻ることになるだろう。それはちょうど最後の夏、最後の八月であり、そして父がちょうど州議会選挙でレッドモンドを打ち負かしたばかりだった。鉄道はもう完成しており、父とレッドモンドの間の提携関係は、ずっと前に解消されていたので、大部分の人は、もし二人の間に敵意がなければ、彼らがかつて共同経営者だったということを忘れてしまっていただろう。三番目の仲間がいたが、今では誰もほとんどその名前を憶えていなかった。彼と彼の名前は、ともに、彼らがレールを敷き始めるほとんどその前に父とレッドモンドの間に生じていた衝突の波の中で消え去っていた。父の激しい尊大さや支配しようとする意志（事業の着想は彼からのもので、彼が最初に鉄道のことを考え、そのあとレッドモンドを取り込んだのだ）とレッドモンドの有する特質（ジョージ・ワイアットが言ったように、彼は卑怯者でもなく、或いは父が、彼と決して協力しようとしなかったのだ）、彼にできる限り父から離れて立たせ、耐えさせて、耐えさせて、耐えさせて遂に何か（彼の意志でも勇気でもない）、何かが彼の中でくじけてしまった、そういう彼レッドモンドの特質との間で消え去っていたのである。戦争期間中、レッドモンドは兵士ではなかった。彼は、政府に供する綿花に関わる仕事をしていた。自分でそれから金を儲けることができただろうが、そうではなかったし、誰もがそのことを知っており、父も知っていた。しかし父は、彼を、実戦を経験しなかったとして、愚弄しさえしたものだ。父は間違っていた。父は、ちょうど酔っ払いが止まるためにはもう遅過ぎる地点に到達するように、自分自身、止まろうと心に決め、そして多分止まるし止まれると信じているところに止まるにはもう遅過ぎた時、自分が間違っていたと気付いたのだ。遂に、彼らは、その地点に到達した（彼らは二人とも、抵当に入れられるものや借りられるお金をすべてその事業に入れて、父が鉄道沿線を馬で上下して、鉄道の労働者やレールの運送状に可能な限り最後の瞬間まで支払いをし、そこで彼らのうちの一人が逃げ出さねばならないだろうと父さえもが気付いたのである）。そこで（彼らは当時話し合っておらず、ベンボウ判事が解決した）彼らは会って、価格を決めて買うか売るかの同意をしたが、事業に注ぎ込んだものに関して、その価格は途方もなく安かった。でも、二人とも各々、相手は上げられないだろうと信じていた――少なくとも父は、レッドモンドが彼がそれを上げられると信じていないと言い張った。それでレッドモンドはその価格を受け入れたが、父がそのお金を持っていると知った。そして父によると、それがその始まりとなったのだ。もっとも、バック・マッキャスリンおじさんが言ったところでは、父は、鉄道は別として、豚一匹にすら半ばの権益も持てなかったであろうし、その共同事業を彼の最近の仲間に対して許しがたい敵か死を誓った友人かどちらであっても解消してしまうことはできなかったのだ。それで彼らは別れ、父は、鉄道を完成させた。その時までには、父がそれを完成させそうなのを見て、いくらかの北部人たちが、信用貸しで父に一台の蒸気機関車を売った。父はそれにジェニーおばさんと名づけ、機関手室の銀色の油缶に彼女の名前を刻んだのである。そして昨年の夏、最初の汽車がジェファソンに走り込んできたが、機関車は花で飾られていた。そして父は、機関手室に乗っていて、レッドモンドの家を通り過ぎる時に、汽笛を何度も吹き鳴らした。そして、駅でスピーチがあり、そこにはもっと沢山の花や南部連邦軍の旗、白いドレスをまとい、赤いスカーフを掛けた娘たち、楽団などが見られた。父は機関車の排障器の上に立って、レッドモンド氏に直接の、全く不必要な当てつけをやった。そういうことだった。父は、彼をそっとしておこうとはしなかった。ジョージ・ワイアットが、直後に私のところに来て、話した。「正邪は別として」と彼は言った。「我々やほかのこの郡の大部分の者たちはジョンが正しいことは知っている。しかし、ジョンはレッドモンドを構わずにおくべきだよ。俺には何が間違っているか分かる。彼は、余りに多くの人たちを、殺さねばならなかった。そして、それは、人にとって悪いことだ。我々は、みな、大佐がライオンのように勇敢なことを知っている。けれども、レッドモンドも決して卑怯者じゃあない。そして、一つの過ちを犯した勇敢な人間に、いつも兜を脱がせる必要はないぞ。君は彼にそう言ってやれないかい」

「分かりません」と私は言った。「やってみましょう」だが、私に、その機会はなかった。即ち、私は父に話すことができただろうし、彼も耳を傾けただろう。しかし、彼は、私の言うことを聞けなかっただろう。なぜなら、彼は、機関車の排障器からそのままに州議会選挙戦に踏み込んでしまったからである。多分、彼には分かっていたことだが、レッドモンドは、面子を守るために、彼に対抗しなければならなかっただろう。たとえ彼（レッドモンド）が汽車がジェファソンに走り込んだあと、自分には父に対抗する機会は全くないと分かっていたに違いないとしてもである。或いは、多分、レッドモンドは、既に彼の立候補を公表していて、父もまさにそのゆえに選挙戦に入っていったのだろうが、私は覚えていない。ともかく、二人は立候補し、激しい戦いであり、そこで父は、理由や必要もなくレッドモンドを悩ませ続けたが、それは、二人とも、父の地滑り的勝利になるだろうと分かっていたからである。そしてそうなった。私は、彼が満足したと思った。多分、彼自身はそう思っただろう。大酒飲みが、自分は酒と縁を切ったと信じるようなものである。そして、それは、その日の午後のことだった。ドルーシラと私は、たそがれの中庭を歩き、私は、ジョージ・ワイアットが私に話していたことについて、何か話した。彼女は、私の腕を離して、私を回して、彼女と向き合わせ、言った。「これはあなたから？あなた？あなたはグランビーを忘れてしまったの？」

「いいや」と私は言った。「私は決してグランビーを忘れない」

「あなたは忘れないでしょう。忘れさせないわ。人を殺すよりも悪いことがあるわ、ベイヤード。殺されるより悪いこともあるわよ。時々私が思うに、男に起こる最も素敵なことは、何かを、できることなら、女性を愛すること、それも十分に、しっかりと、しっかりと、しっかりと、そして若くして死ぬことだわ。なぜなら、彼は信じざるを得ないことを信じ、そうならざるを得ない（得ない？ならない）ものになったからだわ」今や、彼女は、これまでに決して見せなかった眼差しで、私を見ていた。当時私は、その意味するところが分からなかったし、今夜に至るまで分からないままだった。なぜなら、我々のどちらも、その時、二ヶ月後に父が死ぬだろうとは分からなかったからである。私は、ただ、彼女がそれまで見せなかったような眼差しで私を見、彼女の髪に挿したビジョザクラのかおりが百倍も増し、百倍も強まって、たそがれの中いたるところに漂い、私が夢見ることのなかった何かが起ころうとしていると知っただけだった。それから彼女は言った。「私に接吻して、ベイヤード」

「だめですよ。あなたは父の妻だから」

「そしてあなたより八才も年上だわ。あなたの四番目のいとこでもあるわ。それに、私の髪は黒い。私に接吻して、ベイヤード」

「駄目です」

「私に接吻して、ベイヤード」それで、私は、顔を彼女のほうへ傾けた。しかし、彼女は、動かず、立ったままで、腰から上を私から軽くうしろへ曲げ、私を見つめていた。今度は、「駄目」と言ったのは彼女だった。それで私は、両腕を彼女の周りに回した。そして彼女は私に来て、女性がそうし、そうできるように、やわらぎ、その腕は馬を制御する手首と肘の力で私の両肩に回し、手首を用いて私の顔を最早手首が必要でなくなるまで、彼女の顔に引き寄せた。私は、その時、三十才の女、古代の永遠の蛇の象徴そして彼女のことを書いた人々のことを想った。そして、私は、その時、生きたものと書かれたものとの間のどうしようもない亀裂を認識した——つまり、成し得る者が成し、成し得なくてそれゆえに悩む者がそれについて書くということだ。そして、私は自由になり、彼女を再び見ることができた。私は、彼女が、下に傾けた顔から私を見上げつつ、あの暗い謎めいた眼差しでまだ私を見つめているのを見た。私は、彼女の両腕が、ほとんど正確なしぐさで、上がるのを見守った。そのしぐさで彼女は、両腕を私に回していたのであり、それはあたかも、彼女が、私がそれを忘れることがないように、あらゆる期待を込めた空虚で形式的なしぐさを繰り返しているかのようだった。彼女の両手を髪につけたビジョザクラの小枝に置きながら、肘を外側に曲げているのだった。私は、まっすぐに、じっと立って、少し傾いた頭に、その短いとがった髪に、そして彼女がビジョザクラの小枝を移して、私のえりの折り返しにつける時、その日の最後の明かりの中に微かに現れるむき出しの両腕のこわばって、奇妙に形式的な角度に向き合っていた。そして、私はいかに戦争が南部の彼女の世代と階級のすべての女性たちを一つの型の中に踏みつけようとしたかを、そしていかにそれが失敗してしまったかを考えた——苦しみ、同一の体験（彼女のもジェニーおばさんのもほとんど同じで、ただ違うのは、ジェニーおばさんは、ギャヴィン・ブレックブリッジがドルーシラの婚約者に過ぎなかったのに対して、おばさんの夫が弾薬荷馬車で連れ返られる前に彼と二、三夜を過ごしていたというわけである）そうした苦しみ、体験がその目の中にあったのであり、しかもその向こうには、性懲り（しょうこ）もなく個性的な女性がいたのである。戦争から帰って来て政府の準備金で生きる全く無気力で空（うつ）ろになった多くの雄の子牛たちのような、かくも多くの男たちとは異なっていた。ただ、男たちも、忘れることのできない、あえて忘れようともしない同じ経験を持っており、そうでなければ彼らは、その瞬間に生きることを止（や）めただろうし、もらっている名前（ファースト・ネーム）に答えるという古くからの慣習だけは別として、ほとんど取り換え可能でもあったろう。

「さて、私は父に話さねばならない」と私は言った。

「そうね」と彼女は言った。「あなたは彼に話さねばね。接吻（せっぷん）してちょうだい」それで、またそれは前と同じようだった。いいや。二度、何度も、そしてそうと違って——若者、青年にとって永遠の、象徴的な三十才、そのたびごとに累積的で、遡及的（そきゅうてき）、どうしようもなく繰り返しがきかないで、それぞれの記憶力が経験を排除し、それぞれの経験が記憶に先行する。飽（あ）くことを知らない技、まさに手首や肘（ひじ）の中にあるような導き、制御する狡猾（こうかつ）で隠れた筋肉が、まどろみながら、馬の支配を行う。彼女は、うしろへどいて、既に向きを変えて、話す時に私のほうを見ず、私を見てしまってでもなく、たそがれの中を既に急いで移動していた。「ジョンに話して、彼に、今夜話してちょうだい」

　私はそうする積もりだった。私は家に行き、すぐに事務所に入った。なぜかは分からないが、冷たい暖炉の前のじゅうたんの中央に行った。そして、立っている兵士のようにそこにこわばった感じで立ち、目の高さでまっすぐに部屋の向こうを、父の頭の上を見ながら、言った。「お父さん」そして止(や)めた。なぜなら、父は私を聞いてさえいなかった。彼は言った。「うん、ベイヤードか」しかし父は、私を聞いてはおらず、ただ机の向こうに座り、しかも、何をしているわけでもなかった。動くこともなく、私が固くなっているのと同じように穏やかで、火の消えたタバコを持った手を机にのせ、一本のブランデーとそれを満たした、まだ口をつけていないグラスを手のそばに置き、昨日午後遅くに最後の圧倒的な選出票の報告があって以来彼の感じていた何とも言えぬ勝利に静かに、しかも呆然とした様(さま)で、包まれているのだった。それで、私は、夕食後まで待った。我々は、食堂に行き、ジェニーおばさんが入ってくるまで、並んで立っていた。それからドルーシラが来たが、黄色いパーティー用ドレスを着ており、まっすぐに私のところに歩いてきて、厳しい謎めいた眼差(まなざ)しを一度向けたあと、自らの席に行き、私が彼女のイスを引くのを待った。その間、父はジェニーおばさんのイスを引いていた。彼は、その時までには活気を取り戻していて、それは自らしゃべるためではなく、むしろテーブルの正面に座って、ドルーシラがある種の熱っぽい、きらきらする饒舌ぶりで話す時に、彼女に答えるためであり――このところ少々弁論調になっていたあのいんぎんでいらいらしたプライドをもって時々彼女に答えていたのだが、それはまるで、単に激しい空虚な雄弁術で満たされた政治的闘争の中にあることが、弁護士以外の何かでまたすべてでもある彼を遡及的に弁護士に仕立て上げていったかのようだった。次いでドルーシラとジェニーおばさんが立ち上がり、我々を離れて、そして、父は、私に「待って」と言ったが、その私は、ついてゆくために全く動いてはおらず、ジョビーに指示して、父が最初の私的な鉄道債権を整理するためのお金を借りるために最後にニューオーリンズへ行った時そこから持ち帰ったワイン・ボトルを持ってこさせた。それから、私は兵士が立つように再び立って、目の高さで彼の頭上を見つめ、その間、父は、テーブルから半ば身をよじるようにして座り、今やずいぶんではないものの、少々太鼓腹で、あごひげは以前と同様にしっかりしているものの、髪の中は少々白髪交じりで、弁護士の持つあのにせものっぽい、弁論調の様子や狭量そうな眼を有し、その目は、過去二年間であの肉食動物の目が持つ透明な薄膜を獲得しており、その薄膜の背後から、その目はいかなる反芻動物も決して見ることのない、多分あえて見ようともしない世界を見ているのであり、私は、多くを殺し過ぎ、余りに殺し過ぎたので生きている限り決して二度と一人ではいられないだろう者たちの目を以前に見たことがある。私は再び言った。「お父さん」それから私は彼に話した。

「はあ?」と父は言った。「座りなさい」私は座って、彼を見つめた。彼が二つのグラスに満たすのを見守った。そして、今回私が分かったのは、彼に関して、耳を傾けるしかないということだった。それは当然という次第だった。「お前は法律のほうで立派にやっている、とウィルキンズ判事がわしに言った。わしは、それを聞いてうれしく思う。これまで、わしは、わしの件でお前を必要としなかった。しかし、今からは、お前が必要だ。わしは、お前がわしを助けられなかったわしの目的に関する積極的な部分を今や成し遂げた。わしは土地や時間が求めたように行動し、お前は、それには若過ぎた。わしは、お前を守りたかった。だが、今や、土地も時間も変わってきている。このあとは、整理の、小理屈の、そして疑いもなく詭弁（きべん）の問題であり、そうしたことでは、わしは、抱かれた赤ん坊同然だ。だが、そこでは、法律で鍛（きた）えられたお前は、お前の立場を――我々の立場も守れる。そうなんだ。わしは、わしの目的を果たした。それで、今度は、わしは少々徳にかなった掃除をやりたい。わしは人を殺すのに疲れた。その必要性や目的が何であれ、だ。明日（あす）町へ行って、ベン・レッドモンドに会う時、わしは武器を持たないで行くよ」

三

我々は、ちょうど真夜中前に、家に着いた。ジェファソンを通過する必要はなかった。我々が門の中に曲がる前に、私には明かりが、シャンデリアの明かりが見えた——そして玄関（ホール）や居間、ジェニーおばさんが（彼女の側には何らの努力も、或いは多分計画さえもないままに）リンゴーにさえも客間と呼ぶように教えていたものや柱廊式玄関（ポーティコ）をよぎり、柱を通過して外へと落ちている明かりが見えるのだった。それから、私には馬たち、黒いシルエットの上の皮のかすかな輝きやバックルのきらめき、そして人間たちも見えた——ワイアットや他の父の古い軍隊の部下たちだった——そして、私は、彼らがそこにいるだろうことを忘れてしまっていた。彼らがそこにいるだろうことを忘れてしまっていたのだ。私は、自分がどのように考えたかを覚えている。というのは、緊張で疲れ、力が尽きていたからである。さて、これからの行動は、今夜、始まらねばならないだろう。抵抗し始める明日（あす）まで、私は、まあ、待たないだろう。彼らは、見張り人、前哨隊を持っていた、と私は思う。なぜなら、彼らは、我々が邸宅に通じる車道（くるまみち）にいることをすぐに知ったように見えたからである。ワイアットは、私と会い、私は雌馬（めすうま）を止めた。私は、彼を、そして彼の二、三ヤード背後に集まった他の者たちを見下（みお）ろせた。その者たちは、南部の男たちがそのような状況で持つあの好奇心に駆られた、ハゲタカのような堅苦しさを帯びていた。

「やあ、お前」とジョージが言った。

「あのう――」と私は言った。「父は――」

「問題はなかった。前面だった。レッドモンドは、臆病者じゃあない。ジョンは、いつものように、ズボンの折り返しにデリンジャー式拳銃を持っていた。しかし彼は、それには、一度も触(さわ)らなかったよ。そちらへの動きも全く見せなかった」私は、父がそれをするのを見たことがある。父は私に一度見せてくれた。その拳銃（それは四インチの長さもなかった）は、彼自身がワイヤーと古時計のバネから作ったはさみ金具で、左の手首の内側に平らに取りつけられていた。彼は、同時に両手を上げ、交差させ、左手の下から発射するのだ。それはほとんど、あたかも彼が自分自身の視界から自分のやっていることを隠しているかのようだった。男たちの一人を殺した時、自身の上着の袖に穴をあけてしまった。「しかしお前は家に行きたいんだろ」とワイアットが言った。彼は、脇へ寄り始め、次いで再び言った。「我々は、お前の手からこの問題を取り除(のぞ)くよ。我々の誰でもさ。俺でもやるからさ」私は雌馬(めすうま)をまだ動かしていなかったし、話そうとしてはいなかった。だが、彼は、あたかも既にこうしたすべてを下稽古(したげいこ)していたかのように、急いで彼の話と私のそれとを続けた。そして、私が言おうとすることを知っていて、家に入る時に帽子を取ったであろうように、或いは見知らぬ人と話す時に「サー」を用いたであろうように、ただ自ら話したのだった。

「お前は若い、まだ少年だ、この種のことには未経験だ。更に、お前には家の中に考慮しなければならない二人の女性がいるんだ。彼には分かるだろう。大丈夫だ」

「そのことには気をつけておけると思います」と私は言った。

「よろしい」と彼は言った。彼の声には、何の驚きも、全く何もなかった。なぜなら、彼は、既にこれを練習していたからである。「それがお前の言うだろうことだと我々みんなには分かっていたと思う」彼は、その時、うしろへ下がった。ほとんどそれは、まるで彼が、私ではなく彼が、雌馬を進ませたかのようだった。しかし彼らはみな、まだあのいやに熱心ぶった貪欲な堅苦しさをもって、ついていった。そして私は、ドルーシラが正面の階段の一番上に立っているのを見た。それは、劇場の舞台のような開いたドアや窓から差す光の中であり、黄色のパーティー用ドレスを着て、ここからでさえ私は信じたのだが、私が彼女の髪の中のビジョザクラのにおいをかぐことができたのであり、そこに立って、動かず、しかも二発の弾丸がそうであったよりももっと大きな響きの何かを発しており――それは、貪欲でもあり、情熱的なものだった。そして、私は馬から降りて、誰かがその雌馬を受け取ってくれていたが、私はなお鞍に座っていて、自分がその舞台に入ってゆくのを見守っているように思えた。その舞台は、彼女が、もう一人の役者として、仮設したものであり、他方、合唱団の背景には、ワイアットや他の者たちが、南部の人間が死を前にして見せるあのわざとらしい堅苦しさを帯びて、立っているのだった――そのローマの休日、つまり他人を犠牲にして得る楽しみは、この激しい太陽の照りつける土地、その両方に無感覚な人種を生んだ雪から日射病への激しい変化を有するこの土地に移植された霧から生まれた新教によって生ぜしめられたものだった。私は、その人物のほうへと階段を上(あが)っていった。彼女は、まっすぐの姿勢で、黄色い衣装を身に着けて、動かず、片方の手を伸ばすだけの動きを見せるローソクのようだった。我々は、ともに立ち、みなを見下(みお)ろしたが、そこでは、彼らは群(む)れて立ち、馬たちも、ずいぶん明かるいドアや窓から差す光の輪の中で、彼らの向こうに密な一集団を成して集まっていた。人々の中の一人が、足踏みし、息を吐いて、馬の引き具(ギア)を鳴らした。

「有難うございます。みなさん」と私は言った。「私のおばさんと私の――ドルーシラ、有難う。あなた方は、留(とど)まる必要はありません。お休みなさい」彼らはぶつぶつ言い、向きを変えた。ジョージ・ワイアットが、立ち止まって、私を振り返っていた。

「明日(あした)？」と彼は言った。

「明日(あした)」そして、彼らは、地面の上さえも、穏やかで弾力のある土の上さえも帽子を持って、忍び足で進んでいった。それはまるで、その家の目覚めている誰もが眠ろうと努め、既に眠っている誰もを彼らが目覚めさせることができたであろうかのようだった。それから、彼らは、行ってしまい、ドルーシラと私は、向きを変えて柱廊玄関(ポーティコ)を横切り、まだ私の手首にそえた手は、電気のような衝撃を伴ってあの暗い、情熱的な貪欲(どんよく)さを私に送り込んでいて、顔は私の肩のところに寄せているのだった――かぎ裂き状態の髪にはそれぞれの耳の上にビジョザクラの小枝が挿(さ)され、両眼は、あの激しい高揚感も帯びて、私を見つめていた。我々は玄関の間に入り、そこをよぎり、彼女の手は、押すこともなしに私を導き、我々は居間に入った。そして初めて私はそのことを悟ったのである——つまり、死であるところの変化である——それは、父が今や単なる土くれに過ぎないということではなくて、彼が横たわっているということである。けれども、私はまだ彼を見なかった。なぜならば、見れば、私があえぎ出すだろうということが、分かっていたからである。私は、ジェニーおばさんのところに行ったが、彼女は、うしろにルーヴィニアの立っているイスから立ち上がったばかりだった。彼女は、父の妹で、ドルーシラよりも背丈が高いが、年上ではなかった。彼女の夫は、戦争の最初期に、フォート・モウルトリーで、北部同盟軍の快速帆船（フリゲート）からの砲弾によって戦死しており、彼女は、六年前にカロライナから我々のもとに来ていた。リンゴーと私は、荷馬車（ワゴン）に乗ってテネシー・ジャンクションに、彼女を迎えに行ったものだった。それは一月のことで、寒く晴れていて、車の轍（わだち）に氷が張っていた。我々は、ちょうど日暮れ前に戻って来たが、レースの日傘（ひがさ）を持ったジェニーおばさんを座席の私のそばに乗せ、荷馬車の床に古いシェリー酒ビンや今庭で茂みとなっている二本のジャスミンの切り枝、彼女や父やベイヤードおじさんが生まれたカロライナの家から彼女が回収し、父が彼女のために居間の窓の一つの周りの扇窓に取りつけた色のついた窓ガラスなどの入ったふたつき大型バスケットを大事に抱えたリンゴーを乗せていた——彼女は邸内の車道（くるまみち）を上がって来て、父（鉄道から家に戻っていた）は階段を下りて来て、荷車から彼女を持ち上げ、言った。「おお、ジェニー」そして彼女も言った。「ああ、ジョニー」そして泣き出した。私が近付いた時、彼女も、私を見ながら、立っていた。同じ髪、同じ高い鼻、そして父と同じ目だったが、ただ、それは、狭量な目ではなくて、しっかりした、とても賢明なものだった。彼女は、何も言わず、ただ私に接吻(せっぷん)しただけで、両手は私の肩に軽く乗せていた。それから、ドルーシラは、話しをしたが、まるで彼女は、行なわれる筈の空虚な儀式に対してのある種の恐るべき忍耐力をもって待っていたかのようであり、その声は、鈴のようであり、明瞭で感覚がなく、単調な調子で、澄んで揚々としていた。「さあ、おいで、ベイヤード」

「あんた、もうベッドに行ったほうがいいんじゃあないかい」とジェニーおばさんが言った。

「ええ」とドルーシラは、あの澄んだ、うっとりした声で言った。「ああ、そうだわ。眠る時間はたっぷりあるでしょう」私は彼女に従い、彼女の手は、押すことなく再び私を導いていた。さて、私は父を見つめた。それはまさしく私が想像した通りだった――軍刀(サーベル)、羽毛飾り、そうしたすべてが――だが、ああした変化、分かっていて期待したがまだ実現していないああしたどうしようもない違いがあり、それは胃に食べ物を入れることができても、しばらくは胃が消化することを拒(こば)むようなもので――私が知っている顔を見下(みお)ろした時の無限の悲しみや悔恨(かいこん)の念があり――鼻、髪、不寛容をおおって閉じられたまぶたがあって――その顔は、私が生まれて初めて今ゆっくりと見えたと分かった顔だった。その空(から)の両手は、今なお(かつては、確かに)不必要な血であったものの目に見えない汚れの下にあり、その手は、今まさにその惰性の中にあってぶざまに見え、以後永遠に寝ても覚めてもついて回り、多分最終的に終われればうれしかったであろう致命的な行為を成したにしては余りにぶざまに見えたのである——ぎこちなく思いつかれたそうした付属品、手は、それでもって人は多くを成すことを、また、やる積もりだったかやることを許され得た以上のことを成すことを自ら学んだのであり、彼の不寛容な心が必死にしがみついていたその命を、今明け渡したのである。そして私は、じきに自分があえぎ始めるだろうと分かった。それで、ドルーシラは、私が聞く前に二度話していたに違いなかった。私は振り向き、ジェニーおばさんとルーヴィニアが我々を見つめているのがすぐに見え、やっとドルーシラの声が聞こえ、その無情の鈴の音のような特質はもう消えていて、彼女の声は、例の穏やかで死に満ちた部屋の中へ情熱的で死にゆく衰退、下降とともにささやき入るのだった。「ベイヤード」彼女は私に向き合い、すぐ近くにいた。再び彼女の髪につけたビジョザクラのかおりが、彼女が立ってそれぞれの手に一丁ずつ持って、二丁の決闘用拳銃を私に差し出した時、百倍にも増した。「これを取りなさい、ベイヤード」と彼女は言った。それは、昨年の夏彼女が「私に接吻して」と言ったのと同じ調子であり、既にそれらを私の両手に押しつけ、あの情熱的で貪欲な高揚感をもって私を見つめ、くじけそうな、期待で熱の籠もった声で話した。「取りなさい。あなたのためにこれを取っておいたのだわ。これをあなたにあげます。ああ、あなたは私に感謝するでしょう。あなたの手に神だけの象徴とみなの言うものを渡し、神の所有物であるものを取って、あなたに与える私をあなたは忘れられないでしょう。それを手に感じますか？正義のように真実の長い真正の銃身を、報復のように素早い引き金（あなたはそれを発射した）を、愛の現実の形としてのすらりとして、不屈の、致命的なその二丁を感じますか」再び私は、彼女の両腕が曲がって、上方へと出るのを見守り、彼女は、目で追うことができないほど速い二つの動きで彼女の髪から二本のビジョザクラの小枝を取り除いて、その一本を既に私のえりの折り返しに挿（さ）し、もう一本はもう一方の手で握りつぶして、その間、彼女は、ささやきほどの大きさの素早い、情熱的な声でまだ話していた。「さあ、一本をあなたにあげるから、明日（あす）つけてちょうだい（しぼむことはないわ）。もう一本は投げ捨てました。こんな風にね――」押しつぶした花を足元に落とした。「私はこれを捨てます。ビジョザクラを永遠に捨てるわ。私はそれを勇気のかおりの上にかいだわ。私が求めるのはそれだけだわ。さあ、あなたを見させてちょうだいな」彼女は下（さ）がって立ち、私を見つめた――その顔には涙がなく、高揚していた。その熱を帯びた目は、輝いており、意気旺盛だった。「あなたは何と美しいことでしょう。分かってますか？何と美しい。若くて、殺すことを許されて、復讐を許されて、そのむき出しの手にルーシファー（反逆天使・サタン『イザヤ書』）を投げ下ろした神の火を取り込んで。いや、私が、私がそれをあなたに与えたのよ。私がそれをあなたの手に渡したのよ。ああ、あなたは、私に感謝するでしょう。私が死んで、あなたが老人になって『私はすべてを味わった』と独（ひと）り言（ご）つ時、あなたは私を思い出すでしょう――右手だわね?」彼女は動いた。彼女がどうしようとしているか分からないうちに、拳銃の一丁をまだ持っている私の右手を取っていた。なぜ私の手を取ったのか分からないうちに、彼女は屈んで、その手に接吻していた。次いで、彼女は、ぴたっと止まって、熱の籠もった、勇み立った控えめな姿勢でまだ身を屈めていた。彼女の熱い唇、熱い両手は、まだ私の肌に触っており、私の肉体の上に枯葉のように軽くそっと触れており、しかし、暗く、情熱的でしかもあらゆる平穏を永遠に呪った充電をそれに行なっていたのである。なぜなら、彼らは、女性は賢く——接触、唇、或いは指、そして知識、透視力さえも、心臓に直行して、のろまな脳を悩ませることが全くないのである。彼女は今やまっすぐ立ち、丸々一分間彼女の顔のみを占めたとても耐えられない、あっけにとられたような疑い深さで、私を見つめ、その間彼女の目は、完全に空ろだった。どうも私に思えたのは、私がそこにたっぷり一分間立っていて、一方、ジェニーおばさんとルーヴィニアは我々をじっと見ていて、彼女の目が満たされるのを待っていたということである。彼女の顔には全く血の気がなく、口は少し開いて、女性たちが果物のつぼを密閉するのに使うゴム輪の一つのように青白かった。そして彼女の両目は、にがにがしい、情熱的な背信の色でいっぱいになった。「何とまあ、この人はやらない——」と彼女は言った。「この人はしない——でも、私は彼の手に接吻したのよ」彼女は、仰天してつぶやいた。「私は彼の手に接吻したのよ!」そして笑い始め、その笑いは高まって叫びとなったが、それでもまだ笑いを留めており、笑いながら叫んで、口に自分の手を当ててその声をやわらげようとし、その笑いは、嘔吐のように指の間から漏れ出て、疑い深い裏切られた両目は、手を越えてまだ私を見つめていた。

「ルーヴィニア！」とジェニーおばさんが言った。二人とも彼女のところに来た。ルーヴィニアは彼女に触り、抱いた。ドルーシラは顔をルーヴィニアに向けた。

「私は彼の手に接吻したのよ、ルーヴィニア！」と彼女は叫んだ。「見たでしょ。私は彼の手に接吻したのよ！」その笑いは再び高まり、また叫びとなって、それでもまだ笑いを留めており、彼女は、口をいっぱいにし過ぎた小さな子供のように、手でそれを引き戻そうとしていた。

「彼女を二階に連れてって」とジェニーおばさんが言った。しかし、彼女たちは既にドアのほうに移動しており、ルーヴィニアは、ドルーシラを半ば運んでいる感じであり、その笑いは、彼女たちがドアに近付くにつれて弱まってゆき、あたかも再び高まるために空の素晴らしい広間を求めて待機しているかのようだった。そして笑いは消えた。ジェニーおばさんと私は、そこに立っており、私は、あえぎ始めるだろうということがまもなく分かった。私は、それが、吐き戻しが始まるのを感じるように、始まるのを感じることができた。それはまるで部屋の、家の中に十分な空気がないかのようであり、春分、秋分が成就しないように見える重たくて、暑くて、低い空の下、十分な空気がないかのようで、呼吸するための、肺のための空気の中に、何もないかのようだった。今度はジェニーおばさんが言う番だった。「ベイヤード」私に聞こえないうちに二度言った。「あんたは、彼を殺そうとはしないんだね。大丈夫だ」

「大丈夫だって？」と私は言った。

「ええ、大丈夫だよ。ドルーシラはそのままにしておきなさい。かわいそうなヒステリー状態だわ。また、あの彼のためともしないでね、ベイヤード。なぜなら、もう彼は死んでいるんだから。ジョージ・ワイアットのせいでもないし、明日朝あなたを待っているほかの者たちのためでもないよ。私には、お前が恐れてなんかいないことが分かってるよ」

「でも、それでどんな効果があるんですか」と私は言った。「どんな益があるというんですか」その時もう始まっていた。私はちょうど間に合ってそれを止めた。「私は自分で生きなければならないんです。お分かりでしょう」

「それじゃあ、ただドルーシラというわけでもないのね？単に彼というのでもない？ただジョージ・ワイアットやジェファソンというのでもないのね？」

「そうです」と私は言った。

「お前が明日、町へ行く前に、私をお前に会わせると約束しておくれな？」私は彼女を見た。我々は、一瞬、お互いを見た。それから、彼女は両手を私の肩に置いて、接吻し、私を離した。それらすべてを、一つの動きですませた。「お休み、お前」と彼女は言った。そして彼女も行ってしまい、今やあえぎが始まってもよかった。私には、すぐに自分が父を見るだろうと分かっていた。

そして始まるんだ。そして私は、彼をちゃんと見て、長く詰めた息を感じ、始まる前の中断を感じて、多分、私は「さようなら、お父さん」と言うべきだったが、そうしなかった経緯（いきさつ）を考えていた。その代わりに、私は、部屋を横切って、ピアノのところに行き、その上に拳銃を注意深く置いたが、まだあえぎが、余りに大きく余りに速くなり過ぎないように抑えていた。それから、外のベランダに来ていて、（それがどれぐらいの間だったか分からないが）窓の中を見て、サイモンが彼のそばの丸イスに座ってうずくまっているのを見た。サイモンは、戦争の間、父の従者で、彼らが故郷に帰ってきた時、サイモンは軍服も着ていた――南部連邦軍（南軍）の兵卒の上着で、北軍兵（ヤンキー）の准将の星章がついていた。サイモンは、みなが父を正装させたように、今も自分の軍服を着て、彼のそばの丸イスにうずくまり、声をあげて泣くでもなく、白人の無意味な癖（くせ）で、黒人たちには無関係の安易な涙を流すでもなく、ただ、そこに座って動かず、下の唇はだらりと少々垂（た）れていた。彼は手を上げて棺に触れたが、その黒い手は、一つかみの枯れた小枝のように、こわばって、もろく見え、次いでその手を下ろした。彼は一度頭の向きを変え、私は、その両眼を、追い詰められた狐のそれのように、彼の頭蓋の中で赤く、まばたきしないその両眼を見た。その時までには、始まっていた。私はそこに立ったまま、あえいだ。そして、これがそうだった――後悔と悲しみ、絶望、そこから悲劇的な無言の、無感覚な骨が立ち上がり、それは何にだって、何に対してだって、耐えることができるのだ。

四

しばらくして、ヨタカの鳴き声が止み、私は、最初の昼の鳥、ものまね鳥の声を聞いた。それは夜中も歌っていたが、今は昼中の歌であり、最早眠気を誘うような、ものうい笛の吹奏ではなかった。次いで、みな始まった——馬小屋からのスズメ、ジェニーおばさんの庭に住むツグミ、そして私は、牧場から来たウズラの声も聴いた。そして今や部屋に明かりがついた。けれども、私はすぐには動かなかった。私はまだベッドに横たわっていて（服を脱いでいなかった）、頭を両手に乗せており、ドルーシラのビジョザクラのかすかなかおりが、私の上着がイスの上に横たわっているところから漂っていて、私は、明かるさが増すのを見守り、それが陽光でバラ色に変ってゆくのを見つめていた。しばらくして、ルーヴィニアが裏庭をよぎってやって来て、台所に入る音を聞いた。ドアや、次いで彼女の一抱えのストーヴの薪が箱の中にがらがらと入れられる音を聞いた。まもなく、彼らは到着し始めるだろう——四輪馬車や一頭立ての馬車が邸内の車道にである——だが、しばらくのうちは、まだだ。なぜならば、彼らもまた、まず待って、私がどうしようとするのかを見てみようとするだろう。それで、私が食堂に下りていった時、家は静かで、中は物音一つせず、ただサイモンが、居間でいびきをかいており、私は中を覗いてみなかったけれども、多分まだ丸イスに座ったままだったろう。その代わりに、私は、食堂の窓のところに立って、ルーヴィニアが持って来てくれたコーヒーを飲み、それから馬小屋へ行った。私は、中庭を横切る時、ジョビーが台所のところから私を見つめているのを見た。そして、馬小屋では、ルーシュが手に鉄櫛（かなぐし）を持ったまま、ベッツィの頭越しに私を見上げた。もっとも、リンゴーは私を全く見てはいなかった。我々は、その時、ジュピターに鉄櫛（かなぐし）を掛けていたのだ。私は、我々が面倒なくそれができるかどうか、分からなかった。というのは、いつも父が最初に入って来て、ジュピターに触（さわ）り、立っているように言って、それでジュピターは、ルーシュが鉄櫛（かなぐし）を掛ける間、大理石造りの馬（それとも、むしろ青白い青銅製と言うべきか）のように立っていたものである。だが、彼は、私のためにも立ってくれて、少しいやがったが、立ってくれて、それで終了し、今やほとんど九時で、ほどなく彼らが到着し始めるだろうし、私もリンゴーに話して、家にベッツィを連れてくるようにした。

　私は家へと進み、玄関の広間（ホール）に入った。私は、しばらくはもう、あえぐ必要がなかったのだが、それはそこにはあって変化の一部を待っていたのであり、まるで死んで、空気を最早必要としなくなったことによって、まるで父がそのすべてを取り込んでしまったかのようで、彼が彼とともに作った壁の中に囲み、求め、要求していた空気のすべてを取り込んでしまったかのようだった。ジェニーおばさんは、ずっと待っていたに違いない。彼女は、すぐに食堂から出て来て、音も立てず、正装していて、父のそれのような髪は、目の上で櫛を掛けて滑らかであり、その目は、父の目とは違っていて、そのわけは、それが狭量ではなく、ただ熱意があって、重々しく、それに、（彼女は賢くもあったから）哀れみの情は見えなかったからである。「もう行くのかい」と彼女は言った。

「ええ」私は彼女を見た。そうなのだ、有難いことに、哀れみの心は見えなかった。「お分かりでしょう。私はよく思われたいんです」

「分かるわ」と彼女は言った。「たとえお前が馬小屋の二階で一日を過ごしたとしても、私は、それでも分かるよ」

「多分、もし彼女が私が行くと知ったら。ともかく町へ行くと」

「いいえ」と彼女は言った。「いいえ、ベイヤード」我々はお互いを見合った。それから彼女は穏やかに言った。「いいでしょう。彼女は目を覚ましてますよ」それで私は階段を上がった。私はしっかりと上がっていった。急がなかった。なぜならば、もし早く上がっていたら、またあえぎ始めていただろうし、或いは、曲がりのところでかてっぺんで、ちょっとの間ゆっくりとならねばならなかっただろうし、そのまま進み続けられなかったことだろう。そこで私はゆっくりとしっかりと進んで、広間（ホール）を横切り、彼女の部屋のドアのところに行って、ノックして開けた。彼女は窓のところに座っていて、寝室で朝を迎えたものやわらかでゆったりした状態にいて、ただ、彼女は、寝室で、朝らしくは全く見えなくて、そのわけは、肩の周りに垂（た）れた髪の毛は、全然なかったからである。彼女は見上げ、熱を帯びた輝いた目で、そこに座ったまま、私を見ていた。そして私は、まだえりの折り返しにビジョザクラの小枝を挿していることを思い出した。そして、突然、彼女は、また笑い出した。その笑いは彼女の口から出てくるのではなくて、汗が出るように、また恐ろしい、苦痛に満ちたけいれんを伴って、彼女の顔中を覆って飛び出してくるようだった。それはちょうど、嘔吐してしまって苦しいが、それでもまだ再度吐かねばならない時のようであって、彼女の目を除いて顔中に噴き出しているように見え、そのきらきら輝く、疑い深い目が、その笑いから私を見つめており、あたかもその目は、他の誰かのもの、混乱でいっぱいになった容器の底に横たわるタールか石炭の二個のつまらないかけらのようだった。「私は彼の手に接吻したわよ！私は彼の手に接吻したわよ！」ルーヴィニアが入って来た。ジェニーおばさんが、彼女に、すぐに、私のあとを追わせたに相違ない。再び私は、ゆっくりと、しっかりと歩いた。それで、あえぎはまだ始まろうとはせず、階段を下ったが、そこには、ジェニーおばさんが昨日ウィルキンズ夫人が大学に立っていたのと同様に、広間のシャンデリアの下に立っていたのだった。彼女は、手に私の帽子を持っていた。「たとえお前が一日中馬小屋に隠れていたとしてもね、ベイヤード」と彼女は言った。私は、帽子を取った。彼女は、静かに、楽しそうに、あたかも他人か客に話しかけているように言った。「私は、チャールストン（米国、サウス・カロライナ州の都市。一八六一年四月十二日南軍がこの港のサムター要塞を砲撃して南北戦争が始まった）で、沢山の封鎖破りを見たものだよ。彼らは、ある意味では、英雄だったのよ、分かるでしょう——英雄じゃあない。なぜなら、彼らは、南部連邦を長引かす支援をしていたんだから。でも、デーヴィッド・クロケット（一七八六—一八三六、米国の辺境開拓者、政治家、戦士。アラモ砦で戦死）やジョン・セヴィアー（アーチボールド・ローン、一七四五—一八一五、軍人、開拓者。テネシー州知事。民主共和党）が小さな少年たちや馬鹿な若い女たちにとって、という意味では、英雄だったわ。そうした一人がいた。イギリス人だわ。その人は、そこに何の用もなかった。目指すのは、もちろんお金です。そうした連中すべてにとってと同様にね。しかし彼は私たちにとってのデーヴィ・クロケットだった。なぜなら、その時までには、私たちはみな、お金とは何かを、お金をどう使うかを忘れてしまっていたのさ。彼は、かつては、紳士だったに違いない。或いは、名前を変える前は、紳士たちと交わったかも知れない。そして彼は、七単語の語彙を持っていたのよ。ただ彼がそれらと折り合いがよかったことは、私も認めなきゃあならない。最初の四語は『私はラム酒を飲もう、有難う』（I' ll have rum, thanks）だった。それから、彼がラム酒を飲んだ時、他の三語を用いたものだ——シャンペンの先のどんなひだべりのついたシャツの胸或いはえりを深く切り下げたガウンに対しても——『血だらけの月はいらない』(No bloody moon)、血だらけの月はいらないよ、ベイヤード」

　リンゴーは、正面の階段でベッツィと一緒に待っていた。彼は、手綱を私に渡す間さえも、再び私を見ることはせず、その顔は、むっつりしていて、打ちしおれていた。だが、彼は無言で、私も見返すことはしなかった。そして、確かに、私は、ちょうど間に合った。私は、ゲートのところでコンプソン家の馬車を通り過ぎた。コンプソン将軍は、我々が通り過ぎる時、私が帽子を取ると、彼の帽子を持ち上げた。町まで四マイルだったが、私はそのうち二マイルも行かないうちに、馬がうしろをやって来るのを聞いた。私は、それがリンゴーだと分かっていたので、振り返らなかった。私は振り返らなかった。彼は馬車馬の一頭に乗ってやって来た。私のそばに乗り寄せて、一瞬、私の顔をまともに見た。彼の顔は、むっつりとしていて、決意を秘めた顔で、その両眼は私をぎょろぎょろ見すえて、挑戦的で、束の間（つかのま）のもので、赤かった。我々は、乗り進んでいった。そして町へ来た――長い、木陰のある通りが広場のほうへと通じていて、その突き当りに、新しい裁判所があった。今、十一時だった。朝食の時間からはずっと過ぎていたが、まだお昼ではなく、それで、通りには女性たちのみがいたが、多分私にも気付かず或いは少なくとも、その歩みが、まるで両足が突然目を持ったかのように、ぴたりと止まって、半ばの歩みとなるのに気付かず、息の詰まりは、我々が広場に着くまで始まらないで、それで、私は見られさえしなければ、最後には、彼のオフィスに通じる階段に到達して、上（のぼ）り始めることを考えた。しかしそれはできず、またしなかった。我々はホルストン・ホテルに馬で乗りつけた。そして私にはバルコニーの手すりに並んだ足の列が突然、静かに降りるのが見えた。が、私は、それらを見ず、ベッツィを止めて、リンゴーが降りるまで待った。それから馬を降り、手綱（たづな）を彼に渡した。「ここで待っていてくれ」と私は言った。

「俺も一緒に行く」と彼は言ったが、そう大きな声ではなかった。我々はまだ用心深い視線の下（もと）で、そこにいて、二人の共謀者のように、互いに静かに話し合った。それから私は拳銃を、彼のシャツの内側のその輪郭を見た。その拳銃は、多分我々がグランビーを殺した日に彼から取ったものだった。

「お前は駄目だ」と私は言った。

「いや、俺はゆくよ」

「駄目だよ」そこで私は、暑い陽光の中、通りに沿って、歩き続けた。もうほとんどお昼だった。私は上着に挿したビジョザクラ以外のかおりは感じることができなかった。それはまるでビジョザクラが太陽丸ごとを、春分や秋分が生じることができないように見える宙ぶらりんな熱暑を丸ごと集めてしまって、春分や秋分を蒸留しているかのようで、それで私は、タバコの煙の雲の中を動いたかのようにビジョザクラのにおいの中を動いていた。それから、ジョージ・ワイアットが私の傍らにいて（彼がどこから来たのかは分からない）、父の古い部隊にいた五～六名の他の者たちが、数ヤードうしろにおり、ジョージの手が私の腕の上に置かれて、私を、詰まった呼吸のような貪欲な目から入り口のほうへと引き寄せているのだった。

「お前はあのデリンジャー銃を持ってきたかい？」とジョージが言った。

「いいや」と私は言った。

「よろしい」ジョージは言った。「彼らは、手出しをするには油断のならない連中だぞ。ただ大佐だけが、ちゃんと扱えたんだぞ。わしにはできなかった。だからお前は、これを受け取るんだ」

「わしは今朝これを試してみた。そしてこれはちゃんと動く。さあ、これだ」彼は既に、その拳銃をぎこちなく私のポケットに入れていた。そして、ドルーシラが、昨夜、私に接吻する時に起こったと同じことが、彼に起こったように見えた——それは全く脳を通過することなしに、彼が生きてきた単純なおきてにまっすぐに触れることによって伝えられた何かだった。それで、彼も、突然に、あとへ下がって立ち、手に拳銃を持ったまま、青白い憤慨した目で私をにらみつけ、細いささやくような声で、怒りを込めて言った。「お前は誰なんだ？ 名前はサートリスなのか？ 神かけて、もしお前が彼を殺さないなら、俺が殺してやるぞ」今やそれはあえぎではなかった。それは笑いたいという恐ろしい願望、ドルーシラが笑ったように笑い、「それこそドルーシラの言ったことだ」と言いたいという願望だった。だが、私は、そうしなかった。私は言った。

「それを心に留めておきます。あんたは手を出さないで下さい。私は、どんな助けもいらないんです」すると、彼の恐ろしい目は、ちょうどランプの火を細くする時のように、次第にやわらいだ。

「そうだな」とジョージは言いつつ、拳銃を自分のポケットに戻した。「お前は俺を許してくれなければな。若いの。俺は、お前が、ジョンが穏やかに眠るのを妨げるようなことは何もせんだろうということを知っておくべきだったな。我々はお前に従って、階段の下で待っておるよ。そして、覚えておくんだよ。彼は勇ましい男だが、昨日の朝から一人でずっとお前を待って、あの事務所に座っている。彼の神経はいら立ってるぞ」

「覚えておきます」と私は言った。「私に助けは必要ありません」私が動き出した時、突然私は、受けようとしていたどんな警告も持たないままに、言った。「血だらけの月はいらない」

「何だって？」と彼は言った。私は答えなかった。今や私は、暑い太陽の下、広場自体を横切って進み、彼らも従ったが、ただ、それほど近くでなかったので、私はあとまで彼らを再び見ず、まだ私を追っていない遠くの、穏やかな目に囲まれていて、彼らが店の前や裁判所への戸口の周りにいるところで、ちょっと待って、止まった。私は、ビジョザクラの小枝の今や強いかおりに包まれて、しっかりと歩みを進めていた。すると、影が私に落ちかかった。私は止まらなかった。私は、一度、煉瓦に釘で打ち付けられたB・J・レッドモンド法律事務所という小さな、色褪せた看板を見て、階段を上がり始めた。木製で、訴訟に近付く田舎者たちの重たいうろたえ気味の長靴によって傷んだ、そしてタバコのつばで汚れた階段だった。私は、更に薄暗い廊下を再びB・J・レッドモンドの名前のついたドアへと進み、一度ノックして、開けた。彼は、机の向こうに座っていた。父よりずっと背が高いというわけではなかったが、ほとんどの時間を座って、人々の話を聞いている人間がそうであるように太り気味で、さっぱりとひげをそり、新しいリンネル製のシャツを着ていた。弁護士だが、そうした顔ではなく――身体が示唆するよりずっとやせた顔で、それは緊張し（それに、そうなんだ、悲壮な感じで、私には、今、そのことが分かるのだ）、新しく小ぎれいにしっかりとカミソリを当てたものの、やつれており、前の机の上で拳銃を平らに持ち、それは手の下でたるんでいて、何も狙っているわけではなかった。その小ぎれいで清潔な、黒ずんだ部屋は、酒のにおいは全くなく、タバコのにおいさえなかった。もっとも、彼がタバコを吸うことを、私は知ってはいた。私は止まらなかった。私は彼に向かって、しっかりと歩いた。ドアから机までは、二十フィートもなかったが、私は、時間も距離もない夢のような状態で歩いているようだった。それはあたかも、単なる歩くという行為が、座っているのがそうでないと同様に、空間を占めようと意図していないかのようだった。我々は、話さなかった。それは、まるで、我々二人とも、言葉の一節が何であるかを、そしてその空しさを知っているかのようだった。彼はこう言ったかも知れない。「出てゆけ、ベイヤード。立ち去れ、若者よ」そして「じゃあ、抜けよ。抜いてもいいぞ」そして、それは、まるで彼が一言もそう言わなかったかのようなのと同じだったたであろう。だから我々は、しゃべらなかった。拳銃が机から持ち上がった時、私は、ただ、しっかりと彼のほうに歩いていった。私は拳銃を見つめていた。私は、銃身の遠見に描かれた傾きを見ることができた。そして私には、彼の手が震えているわけではなかったが、私を撃ち損ねるだろうと分かっていた。私は、彼に向かって歩き、岩のような手の中の拳銃に向かって歩いていった。私は、弾丸の音を全く聞かなかった。多分、私は、爆発音を聞くことさえなかった。もっとも、突然のオレンジ色の火花と煙が、相手の白いシャツを背景にして現れた時のことを覚えており、それは、そうした火花や煙が、グランビーの脂じみた南部連邦軍の上着を背にして現れた時のと同じだった。私は、自分を狙っていないと分かっていた銃身の遠見に描かれた傾きをまだ見つめていて、二回目のオレンジ色の閃光と煙を見、その折も、弾丸の音を聞かなかった。そして、立ち止まった。それで終わった。私は、拳銃がぐいと短く退いて、机に降りるのを見守っていた。彼が拳銃を手放し、深々とイスにもたれるのを見た。彼は、両手を机の上に置いていた。私はその顔を見た。そして、肺にとって周りに何もない時、空気を求めるということがどんなことかも知った。彼は立ち上がって、急な動きでイスを押し下げて、立ち上がったが、頭を奇妙な具合にひょいと下げながらだった。頭を依然としてわきへひょいと傾けながら、また、まるで彼が見ることができないからかのように片腕を伸ばし、もう一方の手を、まるで彼が一人では立てないかのように机の上に休めながら、振り向いて、部屋を横切って壁のほうへ行き、帽子掛けから帽子を取って、頭をまだわきにひょいと傾けて、片手を伸ばし、壁に沿ってまごつきながら歩き、私を通り過ぎて、ドアのところに辿り着き、出ていった。彼は、勇敢だった。誰もそれを否定しなかった。彼は、そこにある階段を下り、通りへと出ていったが、そこにはジョージ・ワイアットや父の昔の部隊の他の六人が待っており、他の人たちも、今や走り始めていた。彼らの中を、彼レッドモンドは、帽子をかぶり、頭を上げて（みなはいかに誰かが彼に叫びかけたかを私に話してくれた。「あんたはあの若者も殺してしまったのかい」）、一言も言わないで、まっすぐ前方を見て、背を彼らに向けて、駅へ行き、そこにちょうど南行きの列車が入っていて、手荷物も何も持たないで、それに乗り、ジェファソンから、ミシシッピーから去っていって、二度と戻ってはこなかった。

　私は、その時廊下で、それから部屋で、階段に彼らの足音を聞いた。しかし、まだしばらくは(もちろん、それはそんなに長くはなかったが)、彼が座っていたように、まだ机のうしろに座っていた。その拳銃の平たい部分は、私の手の下でまだぬくもりがあり、私の手は、拳銃と私の額の間でゆっくりと無感覚になっていた。それから、私は頭を上げた。その小さな部屋は、男たちでいっぱいになった。「何とまあ！」とジョージ・ワイアットが叫んだ。「お前は彼から拳銃を奪い、そして撃ち損ねた、二度も撃ち損ねた？」そして彼は自答した——ドルーシラが持っており、ジョージの場合には、実際の人物判断だった暴力に対するあの同じ関係。「いいや。待てよ。お前は、ポケットナイフさえ持たないでここに歩いて入って来て、しかもお前は、二度も彼に撃ち損ねさせた。何ということだ」彼は振り向いて、叫んだ。「ここから出るんだ！お前、ホワイト、馬でサートリスのところに行って、彼の家族に、すっかり終わった、彼も大丈夫だ、と告げな」そういうわけで、彼らは出発し、去っていった。やがて、ジョージだけが残されて、私を見つめていたが、その青白い、沈んだ眼差しは、思索的だが、ちっとも理屈っぽくはなかった。「さあて」と彼は言った。「——一杯ほしいかい」

「いいや」と私は言った。「腹が空きました。朝食を取らなかったもので」

「そうだと思うよ、今朝起きて、やったばかりのことをやろうとしたんだからな。さあ、ホルストン・ハウスに行こう」

「いいや」と私は言った。「いいや、あそこにはゆきません」

「なぜだい。恥じるようなことは何もしていないじゃあないか。俺なら、あんな風にはやらなかったな。俺ならやつに一発撃ち込んだな、ともかくな。でも、あれがお前のやり方だったんだ。さもなきゃあ、お前は何もしなかったな」

「やりますよ」と私は言った。「またでもやりますよ」

「俺なら、してたまるか、だ——俺と一緒に来るかい。食べる時間を取って、それから、馬で、間に合うようにそこへ行こう——」しかし私には、それもできなかった。

「いいや」と私は言った。「ともかく私は、腹は空いていません。家に帰ろうと思います」

「待って、俺と一緒に馬で行かないかい」

「いいや。私は自分で行きます」

「お前は、ともかく、ここにおりたくはないな」ジョージは、再び部屋を見回したが、そこには、弾薬のにおいがまだ少し消えずに残っており、もう見えないけれども暑い死んだような空気のどこかにまだ横たわっていて、彼の厳しい、青白い内向きでない目は、瞬き気味だった。「さあて、と」彼は言った。「多分、お前は正しいよ。多分お前の家族にはもう十分な殺しがあった、ただ——さあ」我々は、事務所を離れた。私は、階段の下で待ち、やがてリンゴーが、馬たちを連れてやって来た。我々は、再び広場を横切った。ホルストン・ハウスの手すりには、もう足はなかった（ちょうど十二時だった）。しかし一群の男たちがドアの前に立っていて、帽子を上げ、私も帽子を上げた。そしてリンゴーと私は、馬で進み続けた。

我々は急がなかった。ほどなく一時、恐らくそれを過ぎるだろう。四輪馬車や軽装馬車は間もなく広場を離れ始めるだろう。それで、私は、牧場の端で道路から曲がって、雌馬（めすうま）にまたがったまま、降りないでゲートを開けようとしたが、リンゴーが馬を降りて、開けてくれた。我々は、厳しい、猛烈な太陽の暑さの中、牧場を横切った。私はもう家が見られたかも知れなかったが、見なかった。次いで、我々は、日陰にいて、それは小川の低地の密に茂った、風のない日陰だった。古い横木が下生え（したばえ）の中にまだ横たわっていて、そこに我々は北部兵（ヤンキー）のラバを隠す囲いを作っていたのだった。やがて、私は水の音を聞き、それから、私は、太陽のきらめきを見ることができた。我々は、馬から降りた。私は仰向けに横たわり、さあ、それが望めば、また始まるぞ、と思った。だが、それは始まらなかった。私は、考えるのをほとんど止（や）めないうちに眠りについた。私は、ほとんど五時間も眠った。そして、全く夢を見なかったが、泣いて起き、余りに激しく泣いたので、それを止（と）められなかった。リンゴーは、私のそばにうずくまっており、太陽もなくなっていたが、どういう種類なのか、鳥がどこかでまだ歌っており、北行きの夕方の列車の汽笛が響き、明らかに信号停車場に止まっていたその場所で、発車の短い、断続的なぷっという吹かしが聞こえた。しばらくして、私は泣くのを止め、リンゴーが小川から彼の帽子に水を満たして運んできたが、代わりに私が自分で水のところに下(くだ)っていって、顔を洗った。

　牧場にはまだ沢山の明かりが残っていたが、ただ、ヨタカが泣き始めていて、我々が家に着いた時には、木蓮の木の中で、ツグミが歌っていた。もう夜の歌で、眠気を誘う、ものうい歌だった。そして、ぬれた砂に押しつけられた踵(かかと)の縁(へり)のような月が再び出ていた。今は、玄関広間(ホール)には、たった一つの明かりがついていた。こうして事はすべて終了したが、私は上着につけたビジョザクラの上にさえまだ花のかおりをかぐことができた。私は、父を再び見てはいなかった。私は家を出る前に見始めようとしていたのだが、見なかった。私は、彼を二度と見なかった。そして、我々の持っている彼を描いた絵はすべて、よくないものだった。なぜなら、絵というものは、家が彼の身体(からだ)を保っていられないのと同様に、彼を死んだまま保っていることができないからである。しかし、私は、彼を再度見る必要がなかった。なぜならば、彼はそこにいたし、常にそこにいるだろうからである。多分、ドルーシラが彼の夢によって意図したものは、彼が持っていた何かではなく、彼が我々に伝え残した何かであって、それは、我々が決して忘れることのできないもの、我々誰でも、黒人であろうが白人であろうが、目を閉じた時いつでも、肉体の形の彼を帯びすらするであろう何かだったのである。私は家に入っていった。客間に明かりは全くなく、あるのはただ、ジェニーおばさんの色眼鏡のある西側の窓を通して入ってくる最後の夕映えだけだった。私が二階に上がろうとした時、私は彼女がその窓のそばに座っているのを見た。彼女は私に呼びかけず、私もドルーシラの名前を言わなかった。私はただドアのほうに行き、そこに立った。「彼女は行ってしまったよ」とジェニーおばさんは言った。「彼女は夕方の列車に乗ったんだ。モントゴメリー（米国南部アラバマ州の州都）に行ってしまったんだよ、デニソン（ドルーシラの兄）のところへね」デニーは、一年ばかり前に結婚していた。彼はモントゴメリーに住んでいた。法律を勉強していた。

「分かりました」と私は言った。「では、彼女は――」しかし、それには何の必要もなかった。ジェド・ホワイトが一時前にそこに着いて、彼らに話しているに違いなかった。その上、ジェニーおばさんは、答えなかった。彼女は、私にうそをつけたであろうが、でも、彼女はそうしなかった。彼女は言った。

「ここへおいで」私は彼女のイスのところへ行った。「膝をついてちょうだい。お前が見えないから」

「ランプがいるんじゃない？」

「いらないよ。膝をついてちょうだい」それで、私は、イスの傍らに膝をついた。「それで、お前は、全く素晴らしい土曜日の午後を過ごしたんだね。それについて私に話してちょうだい」そして彼女は、両手を私の肩に乗せた。私はあたかも彼女がそれらを止めようと努めているかのように、それらが上がってくるのを見守った。私は肩の上にその両手を感じた。まるでそれらがそれら自体の別の生命(いのち)を持っていて、私のために彼女が抑(おさ)え、防ごうとしているその何かをしようとしているかのようだった。それから、彼女は、あきらめたか或いは強過ぎなかったのか、なぜかというにその両手が上がってきて、私の顔をその間にしっかりとはさみ、すると突然に、涙が噴き出してきて、ドルーシラの笑いがそうだったように、彼女の顔を流れ落ちた。「おお、いまいましいあんたたち、サートリスの者たちめ！いまいましいあんたたち、いまいましいあんたたちめ！」

私が広間(ホール)を通る時、食堂に明かりがともり、ルーヴィニアが夕食のテーブルを用意している音が、聞こえた。それで、階段も十分に明かるく照らされていた。しかし、上の間は暗かった。私は彼女の開いたドアを見た（その部屋にもう誰も住んでいない時に開いたドアが開いたままで立っているあの紛(まぎ)れもない状態なのだ）。そして、私は、彼女が本当にいなくなったことを信じていなかった自分を悟った。それで、私は、その部屋を覗(のぞ)き込むことをしなかった。私は私の部屋に行き、中に入った。それから、長い瞬間、私がまだかいでいるかおりは、えりの折り返しに挿(さ)したビジョザクラのそれだったのだと思った。部屋を横切って、ビジョザクラが横たわっていた枕を見下(みお)ろすまで、そう思っていた——ビジョザクラのたった一本の小枝（我知らず彼女は半ダースものそれらを切り取っていて、しかもそれらはすべて一つのサイズで、ほとんど同じ形であり、まるで機械がそれらを押し出したかのようだった）、それは、彼女が、馬のにおいに唯一勝(まさ)るかおりがかげると言ったあのかおりでその部屋を、たそがれを、そして夕暮れを満たしていたのである。

あの夕日

一

　今日、ジェファソン（フォークナーの多くの作品で主舞台となる架空の町。ミシシッピー州ヨクナパトーファ郡の郡庁所在地）は、月曜日は、ほかのどの平日とも全く変わりがない。通りは今や舗装され、電話会社や電気会社が、日陰を成す木々、水槲（みずがしわ）や楓（かえで）、ニセアカシア、そして楡（にれ）などをますます切り倒している。それは、ふくらんで、影のような無情なブドウの房をつけた鉄柱を立てる場所を空（あ）けるためである。我々は、市の洗濯場を持っていて、それは月曜日の朝、巡回して、衣類の束（たば）を明かるい色の、特別に作られた自動車に集めて回るのである。鋭い、気短（きみじか）な警笛の背後で、絹を裂くようなゴムとアスファルトの騒音が、長々と次第に細ってゆくのとともに、一週間分の汚れた衣類が、幽霊のように、去ってゆくのである。そして、古い習慣通りに、白人の洗濯物を依然として引き受ける黒人の女たちさえも、それを自動車で取って来たり、配（くば）ったりするのである。

しかし、十五年前は、月曜日の朝は、静かでほこりっぽく、日陰の通りは、安定してターバンを巻いた頭の上に、シーツで包んだほとんど綿花の梱と同じぐらいの大きさの衣類の束を、手を使わないままで釣り合いを取りながら載せている黒人の女たちでいっぱいになるのだった。彼女たちは、白人の家の台所のドアと黒人ケ窪の小屋のそばの黒くなった洗濯鍋の間を、運んだのだった。ナンシーは、彼女の束を頭上に載せ、次いで、冬と夏にかぶる黒い麦藁帽子を束の上に更に載せるのだった。彼女は、背が高く、高慢で物悲しい顔をしており、少々へこんだ部分もあったが、それは、歯が欠けているためだった。時折、我々は、ナンシーと一緒に小道の一部を下り、牧場を横切っていって、彼女のバランスの取れた包みと動くことなく揺らぐことのない帽子を見たものだった。彼女が溝の中に降りてゆき、向こう側を登り、屈んで垣根を潜る時でさえも、そうなのだった。彼女は、両手、両膝で四つん這いになり、隙間を這って進み、その間、頭は、しっかりと上に向けて、包みは岩かゴム風船のように安定していて、また再び立ち上がって、前進したものだった。

時々、洗濯女の夫たちが、衣類を取ってきて、配ったものだが、ジーザスは、ナンシーのためにそうすることは、皆無だった。我々の父が、彼に我々の家に近寄るでないと話した時でさえ、ディルシー（フォークナーの作品に登場する黒人召使。フォークナー家のマミー・キャロライン・バーをモデルとする）が病気で、ナンシーが我々のために料理を作りに来た時でさえ、彼はそうしなかった。

そのような時分には、我々は、小道を下って、ナンシーの小屋に行き、彼女に来て朝食を作ってくれ、と言わなければならなかったものである。我々は、溝のところで立ち止まったものである。なぜなら、父から、ジーザスと関わるなと言われていたからである――ジーザスは、背の低い黒人で、顔にカミソリ傷のある男だった。ともあれ、我々は、ナンシーの家に石を投げたものだ。すると、彼女は、ドアのところに出てきて、裸のまま、ドアのあたりに頭を持たせかけるのだった。

「お前たち、何の積もりだい。あたいの家に石を投げつけたりして」とナンシーは言った。「小悪魔ども、どういう積もりだい」

「父があんたに来て、朝食をこしらえなさいと言ってるわよ」とキャディが言った。「父がもう三十分過ぎたと言ってるわよ。今すぐに来なくちゃあ」

「あたいは、朝食のことなど考えちゃあいないよ」とナンシーは言った。「ちゃんと眠りたいんだ」

「きっと酔っぱらってるな」とジェイソンが言った。「父さんが、お前は酔っぱらってると言ってる。そうなのかい、ナンシー」

「誰がそんなことを言ってるって」とナンシーは言った。「ちゃんと寝たいんだよ。朝食なんか思ってもいないよ」

それで、しばらくして、我々は、小屋に石を投げるのを止めて、家に帰った。ようやく彼女が来た時、私が登校するにはもう遅過ぎた。それで、我々は、ウィスキーのせいだと思った。ところが、ある日、当局が再び彼女を逮捕した。彼らが彼女を刑務所に連れてゆく時、ストーヴァル氏とすれ違った。彼は銀行の支配人で、浸礼派（バプティスト派。洗礼派。成人の洗礼をよしとする）教会の執事だった。ナンシーは言い始めた。

「白人さんよ、いつになったら、あたいに支払ってくれるんだい。いつ払ってくれるんだい、白人さん。あたいに一セント払ってから、もう三回にもなるよ」ストーヴァル氏は、彼女を殴り倒した。しかし、彼女は言い止まなかった。「あんた、いつ払ってくれるんだい、白人さん。あれからもう三度だよ――」とうとうストーヴァル氏は、踵で彼女の口をけり、保安官がストーヴァル氏をうしろからつかまえた。ナンシーは、笑いながら、通りに横たわっていた。彼女は、頭の向きを変えて、いくぶんかの血と歯を吐き出して言った。「あんたがあたいに一セント払ってから、もう三回だよ」

それがナンシーが歯をなくした経緯であり、また、その日人々がナンシーとストーヴァル氏について話したすべてであり、その夜刑務所を通り過ぎた者たちが、ナンシーが歌い、叫んでいるのを聞いたすべてだった。彼らは、両手が窓の格子にしがみついているのを目にすることができた。その多くの者が、垣に沿って立ち並び、彼女の声を聞き、彼女を黙らせようと試みる看守の声を聞いたのである。ナンシーは、ほとんど夜明けまで、黙ることがなかった。そして看守は、二階でどんどんいう音が聞こえ始めたので、上がってゆき、ナンシーが窓の格子（こうし）から首を吊っているのを発見した。彼は、コカインのせいだ、ウィスキーのせいじゃあない、と言った。なぜならば、黒人は、コカイン一杯やっていなければ自殺しようとはしないだろうし、コカインを一杯やった黒人は、最早黒人ではなかったからである。

看守は、ナンシーを切り落とし、生き返らせた。次いで、彼は、彼女をたたき、鞭打（むちう）った。彼女は、ドレスで自分を吊していたのである。彼女はドレスをうまく取り付けていた。しかし、彼女は、逮捕された時、ドレスしか身に着けていなかった。それで、彼女は両手を縛るものが何もなく、両手を窓の出っ張りから離すことができなかったのである。だから、看守は、音を聞き、駆け上がって、ナンシーが窓から吊り下がっているのを見つけたのである。彼女は、素っ裸のままで、その腹は小さな風船のように、既に少々ふくらんでいた。

ディルシーが病気で小屋にいて、ナンシーが我々のために料理をしてくれていた時、我々には、彼女のエプロンがふくらんでいるのが見えていた。それは、父がジーザスに家に近寄らないようにと言うよりも前のことだった。ジーザスは、台所にいて、ストーヴの傍（かたわ）らに座り、その黒い顔面には、一個の汚れたひものようなカミソリ傷があった。彼は、腹のふくらみは、ナンシーがドレスの下に入れているスイカなんだと言った。

「だけどこれは、あんたの蔓（つる）から出たもんじゃあないからね」とナンシーは言った。

「何の蔓からだって」とキャディが言った。

「俺は、それが出てきた蔓を切り落とせるぞ」とジーザスが言った。

「こんな子供たちの前で、あんたはようもそんな口を利きたがるもんだね」とナンシーが言った。「何で働きにいかないんだ。ここにもう用はないんだろ。台所の周りをうろうろして、この子たちの前でそんな風な口を利いてるところをジェイソンさんに見つかりたいんかい」

「どんな風に口を利くって」とキャディが言った。「何の蔓だって」

「俺は、白人の台所の周りをうろつくことなどできんぞ」とジーザスが言った。「だけど、白人は俺の台所の周りをうろつける。白人は俺の家に入ってこれるが、俺はそいつを止められん。白人が俺の家に入りたいと思う時、俺の家は、俺のもんじゃあなくなるんだ。俺は白人を止められん。だけど、白人は、俺を家からけり出すこたあできんぞ。そんなこたあできんぞ」

ディルシーは、まだ病気で、小屋にいた。父はジーザスに、我々のところに近付かないようにと言っていた。ディルシーはまだ病気だった。長いことそうだった。我々は、夕食後、書斎にいた。

「ナンシーは、台所でまだ終わってないかい」と母が言った。食器を片付けるのにはもう十分な時間があったと思うわ」

「クェンティンに見に行かせよう」と父が言った。「ナンシーが終えたか、見てきておくれ、クェンティン。彼女に家に帰っていいと言っておくれ」

私は台所に行った。ナンシーは終えていた。食器は片付けられ、火も消されていた。ナンシーは、冷たいストーヴの近くで、イスに座っていた。彼女は私を見た。

「あんたが終えたか、母が知りたがってるよ」と私は言った。

「そうだよ」とナンシーは言った。彼女は私を見た。「終わったよ」彼女は私を見た。

「どうしたの」と私は言った。「どうしたの」

「あたいはただのくそ黒人さ」とナンシーは言った。「そりゃあ、ちっともあたいのせいじゃあないけどね」

彼女は私を見た。冷たいストーヴの前のイスに座り、水兵帽（ここでは、水兵帽のような婦人・子供用の帽子）を頭に乗せていた。私は書斎に戻った。冷たいストーヴだけだったのだ。台所は暖かくてせわしなくて、明かるい筈なのに。冷たいストーヴがあり、食器類は片付けられていて、そんな時間は誰も食べたいとは思わないのにだ。

「ナンシーは終わっていたかい」と母が言った。

「うん」と私は言った。

「彼女は何をしているのかい」と母が言った。

「彼女は何もしてないよ。もう終わっていたよ」

「私が行ってみよう」と父が言った。

「たぶん彼女は、ジーザスが来て、連れ帰るのを待っているんだわ」とキャディが言った。

「ジーザスは行っちまったよ」と私が言った。ナンシーは我々に、ある朝どのようにして彼女が目覚め、ジーザスがいなくなっていたかを話してくれた。

「あの人は、あたいから去っていった」とナンシーは言った。「メンフィス（テネシー州西部ミシシッピー川沿いの都市。フォークナーの故郷にも比較的近い）に行っちまった、と思うよ。しばらく市警察を避けてるんだと思うよ」

「厄介払い（やっかいばらい）だな」と父が言った。「そっちにいてほしいもんだな」

「ナンシーは、暗闇が怖いんだ」とジェイソンが言った。

「お前もだよ」とキャディが言った。

「僕は違うよ」とジェイソンが言った。

「臆病猫さん」

「僕は違うよ」

「キャンダス、お前！」と母が言った。父が戻って来た。

「わしがナンシーと小道を歩いてゆくからな」と彼は言った。「彼女は、ジーザスが帰ってきていると言っている」

「ナンシーは彼を見たのかしら」と母が言った。

「いいや。黒人の誰かが、彼が帰ってきて町にいると、彼女に伝えたんだ。じきに戻る」

「あなたは私を一人にして、ナンシーを送ってゆくの」と母が言った。「彼女の安全のほうが、私のよりもっと大事なんですか」

「じきに戻るよ」と父が言った。

「この子たちを放ったままにしておくんですか。あの黒人がうろうろしているっていうのに」

「あたしもゆく」とキャディが言った。「あたしも行かせて、お父さん」

「もし彼が不幸にしてみんなをつかまえたら、みんなをどうする積もりなんだろう」

「僕もゆきたい」とジェイソンが言った。

「ジェイソン」と母が言った。母は、父に話しかけていた。ついでにその名を言ったという感じだった。母は、一日中父が彼女が最も好まないことをしようと考えていたと、また、彼女がいつもやがて父がそのことを考えるだろうということが分かっているんだとも信じているようだった。私はじっとしていた。なぜなら、父と私は二人とも、いずれにせよ、母がそのことを考えているなら、母は父に私を彼女と一緒にいさせたいと望むだろうということが分かっていたからである。それで、父は、私を見なかった。私は年長だった。私は九才で、キャディは七才、ジェイソンは五才だった。

「馬鹿な」と父は言った。「じきに戻るよ」

ナンシーは、帽子をかぶった。我々は、小道に来た。「イエス様は、あたいにいつもよくして下さったよ」とナンシーは言った。「二ドル持ってらっしゃったら、一ドルはあたいに下さったさ」我々は小道を歩いた。「この小道を抜けさえすれば」とナンシーが言った。「そうすれば、あたいは無事だ」

小道はいつも暗かった。「ここが、ジェイソンがハロウィーンで怖がった場所だわ」とキャディが言った。

「僕は怖がってなんかいなかったよ」とジェイソンが言った。

「レイチェルおばさんは、あの男をどうにかできないのかね」と父が言った。レイチェルおばさんは、年取っていた。彼女は、ナンシーの小屋の向こう側の小屋に、一人で住んでいた。彼女は白髪で、ドアのところで、一日中パイプをくゆらせていた。彼女は、もう働いてはいなかった。みんなは、彼女がジーザスの母親だ、と言っていた。時には彼女はそうだと言い、また時には、自分はジーザスとは血縁関係にないと言った。

「そうよ、お前は怖がっていたわよ」とキャディが言った。「お前は、フローニーよりも怖がっていたわ。T・Pと比べてさえもね。黒人たちよりも怖がっていたわ」

「あの人に誰も何もできないの」とナンシーが言った。「あの人は、あたいがあの人の中の悪魔を呼び覚ましてしまったんだ、それをまた寝かせるのはたった一つのことしかないと言ってるよ」

「さあ、もう彼はいないよ」と父が言った。「お前が怖れなきゃあならないものは、もう何もないんだよ。そして、お前が白人たちを放っておきさえすればな」

「どの白人たちを放っておくの」とキャディが言った。「どうやって放っておくの」

「あの人はどこにも行っちゃあいない」とナンシーが言った。「あたいにはあの人を感じ取れるんだ。今感じ取れる、この小道で。あの人は、あたいたちが話しているのを聞いてるんだ、一言一言(ひとことひとこと)をだ。どっかに隠れていて、待ってるんだよ。あたいは、あの人を見てないし、また見ることもないわ。だけど、もう一度は、あのカミソリを口にくわえて。シャツの中で背中につるした紐(ひも)の先につけたあのカミソリだよ。そうだって、あたいは驚きもしないよ」

「僕はおびえてなんかいなかったよ」とジェイソンが言った。

「お前がちゃんと行動していれば、こんなことにはならなかったろうよ」と父が言った。「でも、もう大丈夫だよ。多分、今頃、彼はセントルイスにいるさ。恐らくもう別の妻を持って、お前のことなんか全部忘れてしまっているさ」

「もしそうなら、あたいは、そのことについて知らないほうがいいよ」とナンシーが言った。「あたいは、二人の真上に突っ立って、あの人がその女を抱くたびに、その腕を切り離してやるんだ。あの人の頭も切り離し、女の腹を切り裂き、そして突き飛ばしてやるよ」

「黙りなさい」と父が言った。

「誰の腹を切り裂くって、ナンシー」とキャディが言った。

「僕は怖くなかったよ」とジェイソンが言った。「自分でこの小道を歩いてゆけるよ」

「やあ」とキャディが言った。「あたしたちもここにいなかったなら、お前はここに足を踏み入れようとはしなかったでしょ」

二

ディルシーはまだ病気だった。そこで我々は、毎晩ナンシーを小屋に送っていった。とうとう母が言った。「こんなことがいつまで続くのかい。あんたたちがおびえた黒人を連れ返っている間、私はずっとこの大きな家に、独りぼっちなんだよ」

我々は、台所にナンシーのための藁布団を整えた。ある夜、我々は物音で目覚めた。それは歌声でもなく、泣き声でもなかったが、暗い階段の下から聞こえてきていた。母の部屋には、明かりがついていて、我々は父が裏階段を降りて、広間に行くのが聞こえた。キャディと私は、広間に入っていった。床は冷たかった。我々がその音を聞いている間、我々の爪先は、床から丸まって離れた。それは歌うようでもあり、そうでないようでもあった。黒人の立てる音のようだった。

それから音は止み、我々は父が裏階段を降りてゆくのを聞いた。我々は、階段の一番上のところに行った。すると、あの音がまた始まった。階段で、大きい音ではない。そして、我々には、壁を背にして、階段の途中にいるナンシーの目玉が見えた。それらは、猫の目のように見えた。壁を背にした犬猫のような目で、じっと我々を見つめていた。我々が階段を下(くだ)って彼女のいるところに来た時、また音を立てるのを止(や)めた、そして我々がそこに立っていると、父が拳銃を手にして、台所から戻り、上がって来た。彼は、ナンシーと降りてゆき、彼女の藁布団(わらぶとん)を持ってまた戻って来た。

我々は、その布団を我々の部屋に広げた。母の部屋の明かりが消えたあと、我々はナンシーの目を再び見ることができた。「ナンシー」キャディがささやいた。「寝たかい、ナンシー」

ナンシーは何かささやいた。それは、おーとかノーとかで、私にはそのどちらだったかは分からない。まるで誰もその声を出さなかったかのようで、まるでどこから来たのでもなく、どこへ行ったのでもないかのようだった。遂には、それはナンシー自体がそこにいなかったかのようでもあった。結局のところ、私は階段の彼女の目玉を余りにきつく見つめたために、それらが私の眼球に焼き付いてしまっていたのであり、みなさんが目を閉じて、太陽がもう見えなくなっているのに、まだ太陽が残っているようなものだった。「ジーザスだ」ナンシーが小声で言った。「ジーザス」

「ジーザスだったのかい」とキャディが言った。「彼が台所に入ってこようとしたのかい」

「ジーザス」ナンシーが言った。こんな具合に。ジ――――ザス。遂に、マッチかろうそくの火が消えるように、その音は消えていった。

「彼女の言っているのは、もう一人のジーザスだよ」と私は言った。

「あたしたちが見えるかい、ナンシー」とキャディがそっと言った。「あたしたちの目も見えるかい」

「あたいはほんのくそ黒人に過ぎないんだ」とナンシーが言った。「誰にも分からない。誰にも分からないんだ」

「お前は下の台所で何を見たんだい」とキャディが、小声で言った。「何が中に入ってこようとしたんだい」

「誰にも分からないさ」とナンシーは言った。我々は、彼女の目を見ることができた。「誰にも分からないさ」

ディルシーがよくなった。彼女は料理を作った。「お前、もう一、二日は、ベッドにいたほうがいいよ」と父が言った。

「何のためですかい」とディルシーが言った。「もしあたしがもう一日遅れていたら、ここは荒れ果てておりますぜ。さあ、ここから出て行って。あたしの台所を、またすっきりさせてちょうだいな」

ディルシーは、夕食も作った。そしてその夜、暗くなる寸前に、ナンシーが台所に入ってきた。

「あの男が帰っていると、どうしてお前に分かるんだい」とディルシーが言った。「お前、彼を見ちゃあいないんだろ」

「ジーザスは黒人だ」とジェイソンが言った。

「あたいにはあの人を感じ取れるんだ」とナンシーが言った。「あの人が向こうの溝に横たわっているのが感じ取れるんだ」

「今夜かい」とディルシーが言った。「彼は、今夜、あそこの溝にいるんかい」

「ディルシーも黒人だよ」とジェイソンが言った。

「何か食べるようにしたほうがいいよ」とディルシーが言った。

「何もほしくない」とナンシーが言った。

「僕は黒人じゃあない」とジェイソンが言った。

「コーヒーをいくらか飲みな」とディルシーが言った。彼女は、ナンシーに一杯のコーヒーを注いだ。「お前は、ジーザスが今夜あそこにいると分かるんかい。どうやって今夜だって分かるんだい」

「分かるんさ」とナンシーは言った。「あの人は、あそこにいる。待ってるんだ。あたいにゃあ分かる。あたいはあの人と余りに長く一緒に暮らしたんだ。あたいにゃあ、あの人が自分でも分からないうちに何をしようとしているかが、分かるんだ」

「コーヒーを飲みな」ディルシーが言った。ナンシーはコップを口に当て、コップの中をふーっと吹いた。彼女の口は、伸びているマムシのそれのようにすぼんで、突き出された。ゴムの口のようであり、彼女がコーヒーを吹くことにより、唇の色をすべて吹き飛ばしてしまったかのようだった。

「僕は黒人じゃあないよ」とジェイソンが言った。「お前は黒人かい、ナンシー」

「あたいは地獄生まれなんだよ、坊や」とナンシーが言った。「あたいは、今に、空(むな)しくなってしまうよ。やがて来たところに帰ってゆくんさ」

三

ナンシーは、コーヒーを飲み始めた。コップを両手に持って飲んでいる間に、またあの音を出し始めた。彼女はその音をコップに入れ、コーヒーは彼女の手と服に飛び散った。彼女の目は、我々を見つめた。彼女は、肘(ひじ)を膝(ひざ)に乗せたまま、そこに座り、両手にコップを持って、例の音を出しながら、ぬれたコップ越しに我々を見ていた。

「ナンシーを見て」とジェイソンが言った。「ナンシーはもう僕たちに料理は作れない。ディルシーがもうよくなったから」

「黙りなさい」とディルシーが言った。ナンシーは、両手にコップを持ち、音を立てながら我々を見ていた。まるでナンシーが二人いるかのようだった。一人は、我々を見つめており、もう一人は、音を立てているのである。「何であんたたちは、ジェイソンさんに保安官へ電話してもらわないのかい」とディルシーが言った。ナンシーはそこで止めた。コップは、長い褐色の両手に持ったままだった。彼女は、コーヒーをいくらかまた飲もうとした。だが、コーヒーがコップから彼女の両手と服に飛び散ったので、彼女はコップを下ろした。ジェイソンは、彼女を見守っていた。

「飲み込めないよ」とナンシーが言った。「飲み込むんだけど、下に降りてゆこうとしないんだ」

「お前、小屋に行きな」とディルシーが言った。「フローニーが、藁布団を整えてくれるよ。あたしも、まもなく、そこへゆくからな」

「黒人は誰も、あの人を止めやしない」とナンシーが言った。

「僕は黒人じゃあないぞ」とジェイソンが言った。「僕はそうかい、ディルシー」

「違うと思うよ」とディルシーが言った。彼女は、ナンシーを見た。「あたしゃそうは思わないよ。それでお前は、どうするんだい」

ナンシーは我々を見た。彼女の目玉は、素早く動いた。それはまるで、彼女が見る時間がないと心配しているかのようであり、実はほとんどちっとも動いてはいなかった。彼女は、我々を見た。我々すべてを一度に見た。「あんたたち、あの夜、あたいがあんたたちの部屋にいたことを覚えとるよね」と彼女は言った。彼女は、いかに我々がその次の朝早く目覚めて、遊んだかについて話した。我々は、彼女の藁布団の上で、静かに遊ばねばならなかったが、そのうち父が起きて、朝食の時間となった。「行って、母さんに、今夜あたいをここにおいてくれるよう頼んでおくれ」とナンシーが言った。「布団などいらないよ。あたいたち、もっと遊べるよ」

キャディは母に頼んだ。ジェイソンも行った。「黒人たちを寝室で寝かせることは、できないわよ」と母は言った。ジェイソンは泣いた。彼は、母が、お前もし泣き止(や)まなければ、三日間デザートを一切(いっさい)もらえないよ、と言うまで泣いた。それから、ジェイソンは、もしディルシーがチョコレートケーキを作ってくれるなら、泣くのを止(や)めるよ、と言った。父はそこにいた。

「あなた、どうしてこのことで何かしてくれないの」と母が言った。「警官たちは何のためにいるの」

「ナンシーは、なぜジーザスを怖がっているの」とキャディが言った。「母さんは、父さんが怖い」

「警官に何ができるんだい」と父が言った。「ナンシーが彼を見ていないんなら、警官はどうやって彼を見つけられるんだい」

「それなら、なぜナンシーは怖がってるの」と母が言った。

「ナンシーは、ジーザスがそこにいると言う。彼が今夜そこにいることが分かると言うんだ」

「でも、私たちは、税金を払っているんですよ」と母が言った。「あなたたちが、黒人女をその家に連れ戻している間、私はこの大きな家で独(ひと)りぼっちで、ここに待っていなきゃあならないんですよ」

「私がカミソリを持って、外に横たわっていないことは分かっているだろ」と父が言った。

「もしディルシーがチョコレートケーキを作ってくれるなら、僕は泣くのを止めるよ」とジェイソンが言った。母が我々にもう行くように言い、父は、ジェイソンがチョコレートケーキをもらえるかどうか分からないけれど、泣くとじきにジェイソンがもらうものが何か分かっているぞ、と言った。我々は台所に戻り、ナンシーに話した。

「父さんが、お前が家に帰って、ドアに鍵をかければ大丈夫だと言ったよ」とキャディが言った。

「何から大丈夫なんだい、ナンシー。ジーザスはお前に怒っているのかい」ナンシーは両手にまたコーヒーカップを持っていた。肘を膝に乗せ、両膝の間で、コップを握りしめていた。彼女は、コップの中を見つめていた。「何をしてジーザスを怒らせたの」とキャディが言った。ナンシーは、コップを手放した。それは、床の上で割れなかった。けれども、コーヒーがこぼれ出た。それでも、ナンシーは、まだ両手で、コップの形をつくったまま、そこに座っていた。彼女は、またあの音を立て出した。大きくではなかったが。歌っているようでもなく、歌っていないようでもなかった。我々は、彼女を見つめていた。

「さあ」とディルシーが言った。「それを止めな、もう。ちゃんとするんだよ。ここで待ってな。ヴァーシュを連れてきて、小屋までお前と一緒に歩いてゆかせるから」ディルシーは出ていった。

我々は、ナンシーを見た。彼女の肩は震え続けていた。しかし、彼女は音を出すのを止めた。我々は、彼女を見守った。「ジーザスがお前に何をしようとしているの」とキャディが言った。「彼は行ってしまったのよ」

ナンシーは我々を見た。「あたいたち、あたいがあんたたちの部屋にいたあの夜、楽しかったね」

「僕は楽しくなかったよ」とジェイソンが言った。「ちっとも楽しくなかったよ」

「お前は、母さんの部屋で寝ていたんだ」とキャディが言った。「お前は、あそこにいなかったわ」

「あたいの家に行って、もう少し楽しいことをしようよ」とナンシーが言った。

「母さんが僕たちを行かせないよ」と私が言った。「もう遅過ぎるんだ」

「彼女を困らせないで」とナンシーが言った。「あたいたち、朝話せばいいよ。彼女は気にしないわ」

「母さんは我々を行かせないよ」と私が言った。

「今彼女に頼まないで」とナンシーが言った。「今彼女を困らせないで」

「母さんは、あたしたちが行けないとは言わなかったわ」とキャディが言った。

「僕たちは頼まなかったよ」と私が言った。

「みんなが行くなら、僕は教えてしまうよ」とジェイソンが言った。

「あんたたち、面白いことやろうよ」とナンシーが言った。「あの人たち、気にしないよ。あたいの家に行くだけだ。あたいは、あんたたちのために、長い間働いてきたんだ。みんな、気にしないよ」

「あたしは、行くのが怖くはないわ」とキャディが言った。「ジェイソンこそ、怖がってるわ。告げ口するわよ」

「僕は怖くないよ」とジェイソンが言った。

「いや、怖がってる」とキャディが言った。「告げ口するわよ」

「しないよ」とジェイソンが言った。「僕は怖くないよ」

「ジェイソンは、あたいと行くのを怖がっちゃあいない」とナンシーが言った。「怖がってるの、ジェイソン」

「ジェイソンは告げ口するわよ」とキャディが言った。小道は暗かった。我々は牧場のゲートを通り過ぎた。「もし何かがあのゲートのうしろから飛び出して来たら、きっとジェイソンは、叫び声をあげるわよ」

「あげないよ」とジェイソンが言った。我々は、小道を歩いて行った。ナンシーは大声で話していた。

「何のために、そんなに大声で話しているの、ナンシー」とキャディが言った。

「誰が、あたいが」とナンシーが言った。「クェンティンとキャディとジェイソンが『あたいが大声で話してる』と言ってるのを聞いて」

「ここにあたしたち五人がいるかのように話すわね」とキャディが言った。「父さんもここにいるかのような話し方をするのね」

「誰が、あたいが大声で話すって、ジェイソンさん」とナンシーが言った。

「ナンシーがジェイソンをさん付けで呼んだわ」とキャディが言った。

「キャディやクェンティンやジェイソンの話し方を聞いて」とナンシーが言った。

「あたしたち、大声でなんか話してないわよ」とキャディが言った。「お前こそ、父さんのように話しているじゃあない――」

「しいっ」とナンシーが言った。「静かに、ジェイソンさん」

「ナンシーが、またジェイソンを、さん付けで呼んだ」

「しいっ」とナンシーが言った。彼女は、我々が溝を横切り、彼女が頭上に衣類を載せたままよく屈んで潜った柵を潜る時、大声で話していた。そして、我々は、彼女の小屋に来た。我々は、その時、急いでいた。彼女は、ドアを開けた。小屋のにおいはランプのようであり、ナンシーのにおいは、芯のようだった。まるでそれらのにおいが、お互いににおい始めるのを待ち構えていたかのようだった。彼女は、ランプに火をつけ、ドアを閉めて、閂を掛けた。すると、彼女は、大声で話すのを止め、我々を見た。

「あたしたち、何をするの」とキャディが言った。

「何がやりたい」とナンシーが言った。

「お前が面白いことをやろうと言ったわよ」とキャディが言った。

ナンシーの家には、何かがあった。ナンシーや家のほかに何かにおいがあった。ジェイソンでさえ、それをかいだ。「僕はここにいたくない」と彼は言った。「家に帰りたいよ」

「じゃ、帰りなさい」とキャディが言った。

「一人じゃいやだよ」とジェイソンが言った。

「面白いことをやるんだから」とナンシーが言った。

「どうやって」とキャディが言った。

ナンシーはドアのところに立っていた。彼女は、我々を見ていた。ただ、その目を空ろにしてしまったかのようであり、それを用いなくなってしまったかのようだった。「みんな、何がしたい」と彼女は言った。

「お話をして」とキャディが言った。「お話しできる?」

「できるよ」とナンシーが言った。

「話して」とキャディが言った。我々は、ナンシーを見た。「お話を知らないのでしょう」

「知ってるよ」とナンシーが言った。「もちろん、知ってるよ」

彼女はやって来て、暖炉の前のイスに座った。そこには、小さな火があった。ナンシーはそれを掻き立てたが、その内側は既に熱かった。彼女は、炎を勢いよく燃え立たせた。彼女は、お話をした。目で見たように話した。それはまるで、我々を見つめると、その目、我々に語りかけるその声が、彼女自身のものでないかのようだった。まるで彼女が、どこかほかのところに住んでおり、ほかのところで待っているかのようだった。彼女は小屋の外にいた。彼女の声は内側にいた。そして、彼女の姿、形が、まるで重みがないかのように、ゴム風船のように頭上に衣類の包みを載せてバランスを取りながら有刺鉄線の柵の下を潜ることのできたナンシーが、そこにいるのだった。だが、それだけのことだった。「そこでこの女王は溝に歩いてきて、そこには、その悪い男が隠れていたんだよ。彼女は溝へと歩いていて、そして彼女は言う、『もしここの溝をただ通り過ぎることができれば』というのが彼女の言葉だった…」

「どの溝だい」とキャディが言った。「外にあるようなああいう溝かい。何で女王は、溝の中に入ってゆきたがったんだい」

「家に帰りつくためさ」とナンシーが言った。彼女は我々を見た。「女王は急いで家に入り、ドアに閂を掛けるために、溝を横切らなければならなかったのさ」

「彼女はなぜ家に帰って、ドアに閂を掛けなければならなかったの」とキャディが言った。

四

ナンシーは、我々を見た。彼女は話すのを止めた。彼女は我々を見た。ジェイソンの両足が、ナンシーの膝に座っている彼のズボンから、まっすぐに突き出していた。「僕は、それが素敵なお話だとは思わないよ」と彼は言った。「家に帰りたいよ」

「多分そうしたほうがいいわね」とキャディが言った。彼女は、床から立ち上がった。「きっと今頃は、みんなが私たちを探しているわ」彼女はドアのほうに行った。

「だめだよ」とナンシーが言った。「開けないで」彼女は急いで立ち上がり、キャディを通り過ぎた。彼女は、ドアの木製の閂には、手を触れなかった。

「何でだめなの」とキャディが言った。

「明かりのところに戻りな」とナンシーが言った。「面白いことしよう。あんた、行く必要がないよ」

「あたしたち、行かなければ」とキャディが言った。「もし楽しいことが沢山なければ」彼女とナンシーが火のところ、ランプのところに戻って来た。

「僕、帰りたいよ」とジェイソンが言った。「告げ口してやる」

「あたいは別のお話を知ってるよ」とナンシーが言った。彼女はキャディを見た。それはまるで、あなたの鼻の上でバランスを取っている棒を見上げている時のようだった。彼女は、キャディを見るために、見下ろ（みお）さなければならなかった。しかし、彼女の目は、そのように、あなたが棒のバランスを取っている時のように見ていた。

「僕はもうお話は聞かないよ」とジェイソンが言った。「僕は、床の上をドンドン踏みつけるよ」

「今度のは素敵なお話だよ」とナンシーが言った。「もう一つのよりももっと面白いよ」

「何のお話」とキャディが言った。ナンシーは明かりのそばに立っていた。彼女の手は、ランプの上に置かれていて、光を背にしており、長い、褐色（かっしょく）の手だった。

「お前の手は、その熱い火屋（ほや）の上に乗ってるよ」とキャディが言った。手が熱いと感じないのかい」

ナンシーは、ランプの火屋（ほや）の上の手を見た。彼女は、ゆっくりとだが、手を除（の）けた。彼女は、そこに立って、キャディを見つめ、長い手をまるでそれが紐（ひも）で手首に結び付けられているかのように、ひねっているのだった。

「ほかのことをやりましょう」とキャディが言った。

「僕は家に帰りたいよ」とジェイソンが言った。

「ポップコーンがあるよ」とナンシーが言った。彼女はキャディを見、それからジェイソンを見た。更に私を見て、またキャディを見た。「ポップコーンがあるんだ」

「僕はポップコーンは好きじゃあないよ」とジェイソンが言った。キャンディのほうがいいよ」

ナンシーはジェイソンを見た。「あんたは鍋を持つといい」彼女はまだ手をひねっていた。その手は、長く、弱々しくて、褐色だった。

「いいよ」とジェイソンが言った。「それができるなら、僕はしばらくいよう。キャディはなべを持っちゃだめだよ。もしキャディがなべを持つなら、僕はまた帰りたいな」

ナンシーは、火を掻き立てた。「ナンシーが両手を火に当てるのを見なさいよ」とキャディが言った。「ナンシー、一体、どうしたっていうのかい」

「ポップコーンがあるよ」とナンシーが言った。「いくらかあるよ」彼女は、ベッドの下からなべを取り出した。それは壊れていた。ジェイソンは泣き出した。

「もうポップコーンが食べられないよ」と彼は言った。

「ともかくあたしたち、家に帰るべきよ」とキャディが言った。「クェンティン、おいで」

「待って」とナンシーが言った。「待ってちょうだいな。あたいが直せるから。あんたたち、あたいが直すのを、手伝いたくない」

「そうしたいとは思わないわ」とキャディが言った。「もう遅過ぎる時間だわ」

「あんた、手伝って、ジェイソン」とナンシーが言った。「あたいを手伝いたくない」

「だめだよ」とジェイソンが言った。「家に帰りたいよ」

「しいっ」とナンシーが言った。「しいっ。見て。あたいを見て。あたいがなべを直せるよ。そうすれば、ジェイソンがそれを持って、コーンを炒ることができるんだ」彼女は、針金を一本持ち出して、なべを直した。

「それじゃ、ちゃんともたないわ」とキャディが言った。

「いいや、もつよ」とナンシーが言った。「見てて。みんなあたいがコーンを殻から取るのを、手伝えるよ」

ポップコーンは、ベッドの下にもあった。我々は、その殻を取ってなべに入れ、ナンシーは、ジェイソンがなべを火の上に掛けるのを手伝った。

「ポンポンはじけないなあ」とジェイソンが言った。「僕、家に帰りたいよ」

「あんた、待って」とナンシーが言った。「はじけ出すよ。そうすれば楽しいよ」彼女は火の近くに座っていた。ランプをひねって、明かるくしてしまったので、煙が出始めた。

「ランプをもう少し抑えられないの」と私が言った。

「大丈夫だよ」とナンシーが言った。「あたいがランプをきれいにするから。待ってて。ポップコーンは、じきに始まるよ」

「始まるとは思えないわよ」とキャディが言った。「あたしたち、帰り始めるべきだわ、ともかくね。みなが心配するわ」

「だめだよ」とナンシーが言った。「はじけ出すよ。ディルシーが、父さん母さんに、あんたたちはあたいと一緒だと言うよ。あたいは、あんたたちのために長い間働いてきたんだ。あんたたちがあたいの家にいれば、みな、心配しないよ。さあ、待ってな。もういつでも、ポンポンはじけ出すから」

すると、ジェイソンの目に煙が入って、泣き始めた。彼は、なべを火の中に落とした。ナンシーは濡れたぼろ切れを出してきて、ジェイソンの顔をふいた。でも、彼は泣き止まなかった。

「しいっ」と彼女は言った。「しいっ」しかし、彼は静まらなかった。キャディはなべを火から取り出した。

「焼けてしまった」と彼女が言った。「ナンシー、もう少しポップコーンが要るわよ」

「全部中に入れたの」とナンシーが言った。

「そうだよ」とキャディが言った。ナンシーはキャディを見た。そして、彼女はなべを取り、開けて、エプロンの中に燃え殻を入れて、粒をえり分け始めた。その両手は長く、褐色であり、我々は彼女を見つめていた。

「新しいコーンはもうないの」とキャディが言った。

「あるよ」とナンシーが言った。「あるよ、そら見て。ここのは焼けてないよ。できることは

「――」

「家に帰りたいよ」とジェイソンが言った。「告げ口してやるから」

「しいっ」とキャディが言った。みな耳をそば立てた。ナンシーの頭は、閂(かんぬき)を掛けたドアのほうに向いていた。彼女の耳は、ランプの赤い光に満ちていた。「誰かがくるわよ」とキャディが言った。

すると、ナンシーがまた例のあの音を出し始めた。大きくではなく、火にかぶさるようにして座って、長い両手は、両膝の間にだらりと下げていた。突然、彼女の顔に水が大粒となって流れ始め、顔面を下(くだ)って、一粒一粒が火花のように、小さな回転する火の玉となって、あごから垂(た)れた。

「彼女は泣いちゃあいないよ」と私は言った。

「あたいは泣いてなんかいない」とナンシーが言った。その両眼は、閉じられていた。「あたいは泣いちゃあいない。あれは誰だい」

「分からないわ」とキャディが言った。彼女はドアのところに行って、外を見た。あたしたち、もう行かなきゃあ」と彼女が言った。「父さんが来たわ」

「僕が告げ口してやる」とジェイソンが言った。「みんなが僕をこさせたんだ」

水は、まだ、ナンシーの顔を流れ落ちていた。彼女は、イスに座ったまま、振り向いた。「聞いて。父さんに言うんだよ。あたいたち、楽しいことをやるんだって。あたいが朝まで、あんたたちの面倒をよくみるからって、言ってよ。あたいをあんたたちと一緒に家にこさせて、床に寝かせるようにと、父さんに言ってよ。藁布団(わらぶとん)なんかいらないからって、言ってよ。あたいたち、面白いことをやるよ。この前あたいたち、どんなに愉快だったか、覚えてるよね」

「楽しくなかったよ」とジェイソンが言った。「お前は僕を傷つけた。煙を僕の目に入れたよ。告げ口してやる」

五

父さんが入って来た。彼は我々を見た。ナンシーは、立ち上がらなかった。

「父さんに言って」と彼女は言った。

「キャディが、僕たちをここにこさせたんだよ」とジェイソンが言った。「僕は来たくなかったんだ」

父は火のところに来た。ナンシーは、彼を見上げた。「レイチェルおばさんのところに行って、そこにいられないかい」と彼は言った。ナンシーは、父を見上げたが、両手は、両膝(りょうひざ)の間に垂(た)らしたままだった。「あの男は、ここにはいないよ」と父が言った。「私の目に入った筈だ。誰一人として見えなかったぞ」

「あの人は、溝の中におるんだ」とナンシーが言った。「あの人は、向こうの溝の中で、待ってるんだ」

「馬鹿な」と父が言った。彼はナンシーを見た。「お前には、彼があそこにいると分かるのかい」

「しるしがあるんだよ」とナンシーが言った。

「どんなしるしだい」

「あるんだよ。あたいが入ってきた時に、テーブルの上にあったんだ。豚の骨だった。血まみれの肉のついたままで、ランプのそばにあった。あの人は外のあそこにいるんだよ。あんたがあのドアから歩いて出てゆくと、あたいは、往っちまうんだよ」

「どこに往っちまうんだい」とキャディが言った。

「僕は告げ口野郎じゃないよ」とジェイソンが言った。

「馬鹿な」と父が言った。

「あの人はあそこにいるよ」とナンシーは言った。「今この瞬間も、あの窓を通してこっちを見てるんだ。あんたたちが出てゆくのを待ってるんだ。そしたら、あたいは往っちまうんだよ」

「馬鹿なことを」と父が言った。「家に鍵を掛けなさい。そしたら、私たちが、お前をレイチェルおばさんのところに連れてゆくから」

「そんなことしても、無駄だよ」とナンシーが言った。彼女は、もう、父を見てはいなかった。

だが、父は彼女を、彼女の長い、弱々しい動いている両手を見下ろしていた。「延ばしたって、無駄だよ」

「じゃあ、お前はどうしたいんだい」と父が言った。

「分からないんだ」とナンシーが言った。「あたいには、何もできやしないよ。ただ延ばすだけだよ。でも、それも無駄なことだよ。それもあたいの問題だと思うよ。あたいが向き合おうとしているものは、あたい自身のものそのものなんだ」

「何とだって」とキャディが言った。「何がお前のものだって」

「無意味だよ」と父が言った。「お前たちみんな、ベッドに行かなきゃあな」

「キャディが僕をこさせたんだ」とジェイソンが言った。

「レイチェルおばさんのところにゆきなさい」と父が言った。

「無駄だよ」とナンシーが言った。彼女は火の前に座っていた。両肘を両膝に乗せ、長い手を両膝の間に垂らしていた。「あんたの台所ででも無駄な時は。たとえ部屋の床にあんたの子供たちと一緒に寝ていて、次の朝そこにあたいがいるとした時でも、血が――」

「静かに」と父が言った。「ドアに鍵を掛けて、ランプを消して、ベッドへ行きなさい」

「あたいは暗闇が怖いんだ」とナンシーが言った。「闇の中でそれが起こるのが怖いんだ」

「お前は、ランプをつけたまま、この場に座っている積もりかい」と父が言った。すると、ナンシーは、火の前に座り、長い両手を両膝(りょうひざ)の間に垂らしたままで、またあの音を出し始めた。「ああ、畜生」と父が言った。「子供たち、来なさい。もう寝る時間を過ぎたよ」

「あんたたちが帰れば、あたいは往(い)ってしまう」とナンシーが言った。彼女は、今は、より落ち着いて話していた。彼女の顔は、両手同様に、落ち着いて見えた。「ともかく、あたいの棺の代金は、ラヴレイディさんのところに預けてあるから」ラヴレイディ氏は背の低いみだらな男で、黒人の保険を集めており、毎土曜の朝、十五セントを集金するために、小屋や台所を回っているのだった。彼と彼の妻は、ホテルに暮らしていた。ある朝、その妻が自殺した。二人には子供があり、小さな女の子だった。彼とその子供は、去っていった。一、二週間して、彼は一人で戻って来た。我々は、彼が小道や裏道を、土曜の朝、歩いてゆくのを見たものである。

「馬鹿な」と父は言った。「お前は、私が、明日の朝、台所で最初に見ることになる人間だろうよ」

「あんたが見るものを見るんだと思うよ」とナンシーが言った。「でも、それが何だかは、神様だけが教えて下さるんだ」

六

我々は、火の前に座ったままの彼女を残した。

「来て、閂を掛けなさい」と父が言った。しかし彼女は動かなかった。彼女は、我々を再び見ず、ランプと火の間に、静かに座っていた。小道をいくらかの距離下ったところで、我々が振り返ると、開いたままのドアを通して、彼女が見えた。

「何、父さん」とキャディが言った。「何か起こるの」

「何も」と父が言った。ジェイソンは、父におんぶされていた。それでジェイソンは、我々みんなの中で、一番のっぽだった。我々は、溝の中へ下った。私は、そこを見た。静かだった。私は、月光と陰が絡み合ったところは、しっかりとは見ることができなかった。

「もしジーザスがここに隠れていたら、彼はあたしたちを見ることができるわ」とキャディが言った。

「あの男は、そこにはいないさ」と父が言った。「彼はずっと前に行ってしまったんだ」

「あんたが僕をこさせたんだ」とジェイソンが言った。高いところからだった。空を背景にして、父は、小さいのと大きいのと、二つの頭を持っているようだった。「僕、来たくはなかったんだ」

我々は、溝から上がっていった。我々は、ナンシーの家と開いたドアをまだ見ることができた。

しかし、我々は、開いたドアのところで火の前に座るナンシーを、もう見ることはできなくなっていた。なぜなら、彼女は、疲れていたのである。「あたいはただのくそ黒人に過ぎないよ。でも、それはあたいのせいじゃないんだ」

しかし我々は、彼女の声を聞くことができた。なぜなら、彼女は、我々が溝から上がってきた直後に、歌っているとも、歌っていないとも言えないあの音を立て始めたからである。「父さん、ぼくたちの洗濯を、これから誰がやってくれるのかなあ」と私が言った。

「僕は黒人じゃあないぞ」とジェイソンが、父の頭の上の高くて、近いところで言った。

「お前はもっと悪い」とキャディが言った。「お前は告げ口屋だわ。もし何か起こるとしたら、お前は黒人よりも怖がるよ」

「そんなことないよ」とジェイソンが言った。

「お前は、泣くわよ」とキャディが言った。

「キャディ」と父が言った。

「怖がらないよ」とジェイソンが言った。

「臆病者だわ」とキャディが言った。

「キャンダス！」と父が言った。

裂け目（クレヴァス）

一行は、前進してゆく。新旧の砲弾でできた穴へと、弾幕の端をめぐりながら、縫うように下りてゆき、また這い上がっていった。二名の兵は、三人目を挟んで引き摺るように、運ぶように進み、ほかの二人は、三丁のライフル銃を携えていた。その三人目の頭は、血にまみれたぼろ切れで縛ってあった。彼は、定まらない両足をよろめかせており、頭はだらりと垂れ、その泥まみれの顔面を汗がゆっくりとながら絶えず流れ落ちていた。

弾幕は、平原をよぎって、遠く壁を成すように広がり続けている。折に触れてささやかな風が、どこからとも知れず沸き上がり、傷んだポプラの木立の上に拡散している。一行は、平地に入って、それを横切ってゆく。が、そこは、ひと月前に小麦の種が蒔かれていたが、穂先が突き出て、掻き回された土の中にしつこく絡みついており、まるで金属の小片や布のぐちゃぐちゃの塊の中のようだった。

一行は、平地を横切り、運河のところに来る。そこは、釣り合いの取れた五フィートの高さに、大まかに伐られた大株で縁取られていた。兵たちは、倒れ込むようにして汚れた水を飲み、水筒も満たす。二人の運び手は、負傷した男を摺り落ちるように、地面に下ろす。男は運河の土手にだらりとすがり、もしほかの者たちが抱え起こさなければ、両腕と頭もまた水中に浸りかねない。兵の一人が、ヘルメットに水を汲み上げる。しかし、負傷兵は、呑み込めない。そこで兵たちは、彼をまっすぐに立て、ほかの者たちがそのヘルメットの縁を男の唇にあてがい、またそれを水でいっぱいにして、負傷兵の頭に掛けたので、包帯は、ずぶぬれになった。次いで、兵は彼のポケットから汚れたぼろ切れを取り出し、ぎこちないがやさしく負傷兵の顔を乾かしてやる。

大尉、副官それに軍曹は、立ったまま、汚れた地図の上でいろいろ考え込んでいる。運河の向こうは、地面が次第に高まっている。運河を切り取ったことで、青白い地層の中で、白亜の層があらわになっている。大尉は地図をしまい、軍曹は部下に立てと言うが、大きな声ではなかった。二人の運び手は、負傷兵を起こし、運河の岸を辿り、やがて、船首と船尾をそれぞれの岸につないだ水浸しのはしけの船体で作られた橋のところにやって来て、それを渡る。ここで一行は再び止まり、もう一度大尉と副官は、地図を調べる。

砲撃が青白い春の真昼と出合い、それはまるであられが果てのない金属の屋根にいつまでもぶち当たる音のようだった。彼らが進むにつれて、白亜の土壌は、足下で次第に高まっていった。地面は乾いて荒れており、泥板岩状で、負傷者を運ぶ二人の兵にとって、前進するのはより難儀だった。しかし、二人が止まろうものなら、負傷兵はもがき、身をよじって自由になろうとし、両手を頭に置いて、一人でよろめき進み、つまずき、倒れ込むのだった。運び手たちは、彼をつかまえて起こし、ぶつぶつつぶやく彼を二人の間で支え、彼の両腕をねじるように持つのだった。彼はつぶやいている。「…帽子…」そして両手をほどき、また包帯を引っ張ろうとする。騒ぎは前に伝わる。大尉は振り返り、立ち止まる。一行も命じられないままにまた止まり、ライフル銃を下げる。

「こやつが包帯をつかみ取ろうとするんです、大尉殿」と運び手の一人が大尉に告げる。彼ら二人は、間にその男を座らせる。大尉は、男の、そばに膝をついた。

「…帽子…帽子」と男がつぶやく。大尉は、包帯をゆるめてやる。軍曹が水筒を差し出すと、大尉は包帯をぬらし、手を男の額に当てる。ほかの者たちは、あたりに立ったまま、ある種のさめた、無関心な目で眺めている。大尉は立ち上がる。運び手たちは、負傷兵を再び起き上がらせる。軍曹が、彼らに行動に移るように言う。

一行は、尾根の頂に着く。尾根は、西方へと傾斜して、うねり気味の台地へと続いている。南方では、焦げ茶色の雲状のとばりの下で、弾幕がまだ荒れ狂っている。西方と北方では、輝いている空っぽの平原のあたりに、煙が木立の上のそこかしこに、ものうげに立ち昇っている。でも、これは燃えている物、燃えている木の煙であり、火薬のそれではない。そして二人の将校は、手をかざして見つめており、兵たちは、命令もなく、再び立ち止まり、武器を下げている。

「何と、まあ、大尉殿」と副官が突然高い細い声で言う。「家が燃えています。連中は退却しております！けだものめ！けだものめ！」

「そのようだな」と大尉が、手をかざして見つめながら言う。「我々は、もう、あの弾幕を避けてゆけるぞ。ちょうど向こうに、道がある筈だ」彼は、また、大股に歩いてゆく。

「前進」と軍曹は、大声でないあの調子で言う。兵たちは、言われた通り素直に、再び銃を担う。尾根は丈夫なハリエニシダのような草で覆われている。その中で虫がざわめき、足元からぴゅーっと飛び出し、揺らめく昼のさ中、また羽をばたつかせ出す。負傷兵は、再び片言を言っている。時々、彼らは立ち止まり、彼に水を与え、また包帯をぬらす。次いで、他の二人が、運び手を交代する。そして彼らは、男を急がせて、またみなと一緒になる。

列の先頭が止まる。それで男たちは、列車か貨物列車が止まった時のように、互いに突き合って、がたつく。大尉の足元に、広く浅い窪みが横たわり、そこには、まばらに枯れたような草が、土中から突き出た銃剣の群れのように生えている。それは小さな砲弾によってできるにしては、大き過ぎるし、大きな砲弾によるには浅過ぎる。その窪みには、何かによってできた跡らしいものは、何もなかった。彼らは静かにそこを見下ろす。「妙だ」と副官が言う。「何でできたと思いますか」

大尉は答えない。彼はぐるりと回る。一行は、その窪みの周りをめぐる。通り過ぎながら、静かに中を見下（みお）ろす。しかし、彼らがそこを通り過ぎるや否や、もう一つの窪みに出くわすが、それは多分それほど大きくはない。「連中にこれほどのものを作ることができたとは」と副官が言う。今度も大尉は答えない。彼らは、この窪みを回り、尾根の頂（いただき）に沿って進み続ける。他方、尾根は、青白い腐食した白亜の地層を一段一段、鋭く下方へとその向きを変えてゆく。

　浅い峡谷が、行く手の道に突然切れ込んで、崩れた口を開（あ）けている。大尉は、再度方向を変え、峡谷に並行して進み、間もなく遂に峡谷は、直角に曲がり、彼らの進行方向に延びている。峡谷の底は暗く翳（かげ）り、大尉は、傾斜する壁も先導して、翳（かげ）の中へと下ってゆく。彼らは負傷兵を注意深く下（さ）げ、また進んでゆく。

　やがて峡谷が開ける。兵たちは、浅いもう一つの窪みに出たことを知る。今度のは、形がそれほどはっきりとはしておらず、反対側の壁には、どうやらもう一つの窪みらしいものが割り込んでいて、それはちょうど二枚の重なり合う円盤のようだった。彼らは、最初の窪みを横切り、その間、枯れたように見える草の銃剣が、彼らの足をあっさりと傷つけるのだが、その彼らは、隙間（すきま）を通って、次の窪みに進んでゆく。

　ここのは、ミニチュアの崖の間の、ミニチュアの谷（ヴァレー）のようである。頭上には、彼らは、ただものうい、空（から）っぽの鉢のような空だけを見ることができたが、その空には、二、三のかすかな煙が北西に向かってにじんでいる。砲撃の音は、今や遠のいている。大地の震動が、聞こえるというよりはむしろ感じられる。ここには、砲弾による新しい穴や跡は、全くない。それはまるで一行が、突然、ある地域に迷い込んでしまったかのようである。そこは戦争が届いておらず、何も届いておらず、生命も見られず、沈黙のみが死んでいるところである。彼らは、負傷した男に水を与え、なおも進み続ける。

その谷、その窪みは、彼らの前にとりとめもなく漫然と続いている。彼らに分かったのは、そこは重なり合った、漠然と丸っこい低地であり、明白な或いは推論可能なものによって形成された場所ではないということである。青白い草の銃剣が彼らの足を傷つけ、やがて彼らは、再び、今は癒えているが古い傷跡の残る木立の中にいた。木立には緑とも枯死しているとも言えぬ葉っぱがまばらにくっついており、その葉っぱもまた、まるで時間の狭間につかまれ、とらえられたかのようで、風もないのに仲間内で乾いた無駄話を交わしているようだった。谷底は平らではない。それ自体が、下がっていって漠とした窪みになり、傾斜した壁の間で再び何となく盛り上がっている。こうした、より小さな窪みの中央に、白亜の白みがかったこぶが、薄い表土を貫いて、突き出している。地面は弾力性を帯びており、コルクの上を歩いているようだった。足音が立たないのである。

「愉快な散歩だ」と副官が言う。その声は、高くはないが、突如とした雷鳴のように谷を満たして、そこの沈黙を満たし、その言葉は、あたかもここの沈黙が余りに長く乱されなかったために、その目的を忘れてしまったかのように兵士たちの周りに垂れかかっているように思える。一つになって彼らは静かに、冷静に見回す。傾斜した壁、執拗（しつよう）な亡霊のような木立、やわらかで穏やかな空を見回す。「兵役忌避者（へいえききひしゃ）にとって最高の穴籠（あなご）もりの場所だ」と副官が言う。

「そうだな」と大尉が言う。今度は彼の言葉が緩（ゆる）やかに漂い、そして消えてゆく。後尾の兵たちが詰まり、その動きは前方へと伝わり、兵たちは、静かに、冷静に周りを見回している。

「しかし、ここには鳥などおらず」と副官が言う。「虫さえおりません」

「そうだな」と大尉が言う。その言葉は消えてゆき、再び沈黙が下（お）りてくる。明かるく、深く静かである。副官は止まり、片足で何かを動かす。兵たちも止まる。そして副官と大尉が、手では触（ふ）れないで、その半ば埋もれて腐りかけたライフル銃を調べる。負傷した男が、またぶつぶつつぶやいている。

「これは何でしょうか」と副官が言う。「カナダ人が持っていたものの一つのようですが。ロス製の銃。そうですか」

「フランス製だ」と大尉が言う。「一九一四年製だ」

「おお」と副官が言う。彼はつま先で、そのライフルをわきへやる。銃剣がまだ銃身についているが、銃床は長い間に腐って、なくなっている。彼らは進み、でこぼこした地面を横切り、地中から突き出している白亜質のこぶの間を通ってゆく。光、弱々しいよどんだ陽光が、谷に湛（たた）えられ、よどんで実体がなく、熱も失われている。軍刀（サーベル）のような草が、まばらに堅く突き出している。彼らは再び泥板状の壁を見回し、一行の先頭にいる兵たちも、副官が、白亜のこぶの一つを杖で突き、次いで土に汚れた眼窩(がんか)と口の空(あ)いた笑いの主(ぬし)を上へと裏返すのを見守る。

「前進」と大尉が鋭く言う。一行は動く。兵たちは、通り過ぎながら、静かに、また好奇心をもってその頭蓋骨(ずがいこつ)を眺(なが)める。彼らは、浅い土中にばらばらにちりばめられている大理石のような白みがかった他のこぶの間を進んでゆく。

「みな同じ向きだと気付かれましたか、閣下」と副官は言う。その声は、話し好きの快活さを帯びている。「みな突っ立っています。連中を埋めるには、妙なやり方です。座っている。それに浅い」

「そうだな」と大尉は言う。負傷した兵が、絶えずつぶやいている。二人の運び手は、彼とともに立ち止まる。しかし、ほかの兵たちは、二人の運び手とその負傷兵を通り過ぎて、将校たちのあとに群がる。「彼に水を一口与えるために止(と)まらないでくれ」と運び手の一人が言う。「歩きながら飲めるんだ」彼らは負傷兵を再び持ち上げて、急がせる。他方、彼らの一人が水筒の首をつかんで、負傷兵の口にあてがうが、歯に当たって鳴らし、上着の上に水をこぼす。大尉は振り返る。

「これは何だ」と彼は鋭く言う。兵たちが、押し寄せる。彼らの目は、開いていて、冷静である。彼は、静かで熱心な顔々を見回す。「あのうしろのほうはどうしたんだ、軍曹」

「ショックであります」と副官は言う。彼は、腐食した壁、地中から静かに突き出している白っぽいこぶを見回す。「強烈にそれを感じます」彼は笑うが、その笑いはやや弱く、途絶えてゆく。

「ここから出ましょう、閣下」と彼は言う。「再び太陽の下に入りましょう」

「君は今、太陽の下におるぞ」と大尉が言う。「諸君、身体を楽にしろ。群れるでない。間もなく出れようぞ。道が見つかり、弾幕を通り過ぎて、再び我が軍と接触できるだろう」彼は、向きを変えて、進み続ける。一行は、再び動き出す。

それから、彼らは全員一体となって止まり、歩行の姿勢のまま、全くの停止状態になり、お互いを見つめ合う。また大地が、足下で動く。一人の男が、女性か馬のように高く叫ぶ。堅固な大地が、彼らの下で三度目に動く時、将校たちは、回転して突っ込んでゆく兵の向こうに、大きく裂けた穴を見る。その穴では、乾いたほこりが端っこあたりでまだ崩れており、そのあと、穴が二番目の兵の下でまたまた崩れるのである。次いで、亀裂が彼らみんなの下で刀剣一閃のように生ずる。地面が、彼らの足下で崩れ、黒い割れ目を縁取るぎざぎざのある四角い青白いケーキのように傾く。その黒い穴からは、無音の爆発のように、明らかに腐った肉のにおいが噴出している。彼らが這って進み、そして飛ぶ（今や静けさの中であり、最初の男が叫んで以来音は全くないのであるが）、一つのケーキ状の塊から次の塊へと飛ぶ間、その塊は傾き、滑るように進み、とうとう谷底全体が、彼らの足下でゆっくりとながら突き進んで、彼らを暗闇の中に投げ込むのである。がらがらと響く重々しい音が、陽光の中へと高まり、その音は、黒い穴の周りのかすかな空気の中に浮いて漂う腐敗とかすかなほこりを孕む一陣の風に乗って上がっているのである。

大尉は、切り立った移動する大地の壁、恐ろしい音と漆黒の闇の中のあがきの壁から突っ込んでいる自分を感じる。ほかの誰かが叫ぶ。その叫びが止む。大尉はあの負傷兵の声が落ちゆく荒廃の深部から細く、繰り返し聞こえてくるのを耳にする。「俺は死んじゃあいない。俺は死んじゃあいない」そしてあたかもその口が、手でふさがれたかのように、突然止む。

次いで、大尉が飛び降りた動く崖が次第に傾斜し、彼を、無傷のまま、固い平面に放り出す。そこに彼は仰向けにしばらく横たわり、その間、彼の顔をよぎって、光や空気を求める死と崩壊の突風が押し寄せる。彼は、何かに当たり、それが彼の上へ軽やかに、まるで粉々になったかのようにくぐまった雑音を立てて、転げ落ちた。

そして彼には、明かりが見え始める。頭上高くにあるでこぼこの形の洞窟入り口である。すると軍曹が携帯懐中電灯をもって、彼の上に屈み込んでいる。「マッキィか」と大尉が言う。答えて、軍曹は、懐中電灯のきらめきを彼自身の顔に当てる。「マッキィ氏はどこだ」と大尉が言う。

「おりません、閣下」と軍曹が、しゃがれたささやき声でいう。大尉は起き上がる。

「何名残っているか」

「十四名です、閣下」と軍曹がささやくように言う。

「十四名か。十二名が行方不明だな。我々は急ぎ掘り出さねばな」彼は立ち上がる。頭上からのかすかな光が、雪崩（なだれ）の堆積（たいせき）の上に、崖の下あたりに群れる十三個のヘルメットと負傷した男の白い包帯の上に冷たく降り注いでいる。「我々のおるところはどこだ」

答えるように軍曹は電灯の明かりを動かす。明かりは闇の中へと壁に沿い、トンネルに沿って、あんぐりと開（あ）いた暗黒の中へと横なりに筋模様をつけ、壁面は、青白い白亜のきらめきを帯びている。トンネルの周りには、黒い上衣やふくらんだズアーヴ（フランス歩兵）型ズボンをつけた骸骨たちが、朽ちた腕を両側に垂（た）らして、壁を背に直立して座るか寄りかかるかしている。大尉は、これらが一九一五年五月の戦闘時（第一次世界大戦時の一戦闘）のセネガル人部隊（セネガルはアフリカ西端のフランス領植民地だった）だと認める。彼らは、多分、白亜の洞窟に避難していた姿勢のままガスに不意打ちされ、殺された者たちである。彼は軍曹から電灯を取る。

「ほかに誰かいるか見てみよう」と彼は言う。「掘る道具を出せ」彼は崖に明かりを浴びせる。その明かりは、薄暗がりへ、暗黒へ、次いで頭上の昼明かりのかすかな兆（きざ）しへと上がってゆく。軍曹の前を、大尉は、移動する雪崩（なだれ）の山を登る。地面は足下でため息のような音を立てて、下方へと崩れている。負傷した男は、再びわめき始める。「俺は死んでない！死んじゃあいないぞ！」遂にその声は高い、持続的な叫びへとなってゆく。誰かが、彼の口に手を当てる。彼の声は抑えられ、次いで高まりながら笑い声となり、また叫び更にまたまた再び詰まらせられる。

大尉と軍曹は、地面を突きながら、挑（いど）めるだけ高みに上り、他方、地面は、長い静かなため息をつきながら、彼らの足下で移動している。崖の下で、男たちは群がり、その顔は弱々しく、白く、我慢強く明かりのほうに向けて上げられる。大尉は、懐中電灯の光を崖の上下に走らせる。何も、腕も手も見えない。大気はゆっくりと澄んでゆく。「我々は前進するぞ」と大尉は言う。

「はい、閣下」と軍曹は言う。両方向に向かって、洞窟は、暗闇の中へと測り知れず、深々と消えていっている。その中を満たす物言わぬ骸骨たちが、両腕をわきに垂らして、壁を背に座り込み、寄りかかっている。

「陥没が我々を前方へと押し出したのだ」と大尉が言う。

「はい、閣下」と軍曹がささやく。

「大声で話せ」と大尉が言う。「たかが洞穴に過ぎんぞ。入ったのであれば、我々は出られる筈だ」

「はい、閣下」と軍曹がささやく。

「我々を前方へと押し出したのなら、入り口は向こうにあるだろう」

「はい、閣下」と軍曹がささやく。

大尉は、電灯で、前方をさっと照らす。兵たちは立ち上がって、彼のうしろに静かに群れ、あの負傷した男も、その中にいる。男はしくしく泣いている。洞窟は、光った壁を暗闇の中から開示しながら、続いてゆく。兵たちが通過する時、座した骸骨は、光に向かって静かに笑いかけている。

大気はより一層重くなり、やがて彼らは、早足になり、あえぎ、次いで大気はより軽くなり、電灯が別の斜面を照らし出す。それはトンネルを閉じている。兵たちは、止まって、群がる。大尉がその斜面を登る。彼は、明かりをぱっと消して、洞窟の天井にくっつきそうな傾斜地の頂に沿って、においをかぎながらゆっくりと這う。明かりが再びぱっとつく。

「掘り道具を持って、二名こい」と大尉が言う。

二人の兵が、彼のところへ上がってゆく。彼は二人に、空気がささやかながら着実な呼吸をして漏れ出ている割れ目を指し示す。彼らは、土を投げるように掻き出しながら、猛烈に掘り始める。まもなく彼らは、別の二人に交代する。やがて割れ目はトンネルとなり、四人が同時に働けるようになる。空気は一層新鮮になる。彼らは、犬がくんくんいうように、鳴き声を上げながら、猛烈な勢いで掘ってゆく。負傷した男は、多分、彼らの声を聞き、恐らく興奮を感じ取って、意味もなく、声高に再び笑い出す。そして、トンネルの先頭にいた男が、急に打ち破る。明かりが、水のように、彼の周りに押し寄せてくる。彼は狂ったように掘る。輪郭だけで、みんなは、彼の動き回る尻が視界から突き出てゆくのを見る。そしてほとばしる日光が、波のように打ち寄せてくる。

他の兵たちは、その負傷兵を離れ、入り口に向かって闘い、うなり声を上げながら斜面を押し上がる。軍曹は、飛ぶように彼らを追っかけ、枯れたしゃがれ声でののしりながら、塹壕堀りのシャベルで入り口から打ちかかって押し戻す。

「みんなを通せ、軍曹」と大尉が言う。軍曹は思い止（とど）まる。彼は脇によけ、兵たちがトンネルの中へと這（は）い上（あ）がるのを見守っている。それから、彼は降（お）りて、大尉とともに負傷兵が斜面を上がるのを手助けする。トンネルの入り口で、負傷兵は抵抗する。

「俺は死んでない！俺は死んでない！」彼はもがきながら泣き叫ぶ。なだめたり、また力ずくで、二人は、まだ泣いてもがいている彼を押してトンネルの中に入れ、そこで彼は素直になり、急ぎ通ってゆく。」

「出ろ、軍曹」と大尉が言う。

「あなたが先に、閣下」と軍曹がささやくように言う。

「お前が先だ」と大尉が言う。軍曹がトンネルに入る。大尉が続く。彼は、洞窟をふさいでいた雪崩（なだれ）の外側の斜面に出る。その下には十四名の兵たちが、一団を成して、ひざまずいている。大尉は、獣のように四（よ）つん這（ば）いになって、息をつき、その息はかすれた音を立てる。「夏も遠くないな」と彼は思いながら、再呼吸するために、肺を空（から）にするよりも早く空気を肺に引き込む。「夏も遠くはないな。そして長い毎日だ」斜面の下に十四名の兵たちがひざまずいている。中央の一人が、聖書を手にしており、そこから単調な調子で祈祷文を唱（とな）えている。彼の声以上に、負傷した男のわけの分からない言葉が高まる。それは無意味で、勢いがなく、ただいつまでも続いている。

エミリーのバラ

一

ミス・エミリー・グリアソンが亡くなった時、我々町中（まちじゅう）の者が彼女の葬式に参列した。男たちは、倒れた記念碑に対するある種の敬意を込めた同情からそうした。女たちは、ほとんど彼女の家の中を見てみたいという好奇心に駆られてそうしたが、庭師兼料理人の老僕以外は誰一人として、少なくとも十年間は、内部を見たことがなかったのである。

その家は、大きな方形の建物で、かつては白く、丸天井や尖塔（せんとう）、渦巻き模様のバルコニーで飾れていて、それらは、一八七〇年代のどっしりとして明かるい様式のものだった。それは、かつては町の本通りだった通りに面していた。しかし、ガレージや綿繰り機が居座るようになり、そのあたりの重みのある家名さえ、消し去っているのだった。ただミス・エミリーの家だけが取り残されて、その頑固でおかしな廃墟を綿積み馬車や給油所の上に伸び上がらせ、目障りなことといったらなかった。そして今や、ミス・エミリーは、そうした貴い名前の代表者たちに仲間入りしているのだった。その仲間たちというのは、ヒマラヤスギに囲まれた共同墓地で、ジェファソンの戦いで倒れた南北の兵士たちの階級のある、或いは無名の者たちの墓の間に眠っている人たちだった。

　生前のミス・エミリーは、一つの伝統、義務、気がかりの種だった。つまり、町にとっての世襲的な責務であり、そのことは、当時の市長のサートリス大佐が、その人は、いかなる黒人女性もエプロンをつけずに街頭に出てはならぬとする布告を出した人物だったが、彼が彼女ミス・エミリーの税を免除した一八九四年のその日に由来しているのだった。しかも、その免除というのは、彼女の父の死から永遠に続くというものだった。ミス・エミリーが情けを受けたというわけではなかった。サートリス大佐が入り組んだ話を作り上げていて、それは、ミス・エミリーの父親が町に金を貸し付けており、町は、当然の取引として、こうした返済方法を選んだ、というものだった。それは、サートリス大佐当時の世代と思想の持主だけが思い付けたことであり、女性のみが信じれたであろうことだった。

　もっと新しい考え方をする次の世代が市長や市会議員になった時、先の取り決めは、いささかの不満を生み出した。年の初めに、彼らは、税の通知をミス・エミリーに送った。二月になったが、返事はなかった。彼らは彼女に公式の手紙を書いて、都合のつく時でよいから、保安官の事務所を訪ねるよう頼んだ。一週間ののち、市長自ら彼女に書いて、訪ねてきてくれるかそれとも市長の車を迎えに出そうかと申し出たが、市長は、その返事として、古風な用紙に、色褪（いろあ）せたインクで細く、流れるような筆跡で、自分はもう全く外出はしないもので、と記された書き付けを受け取った。税金の催促状（さいそくじょう）が、言葉も添えずに同封されていた。

市会議員たちは、特別委員会を召集した。代表団が彼女を訪ね、ドアをノックしたが、それは、彼女が八年か十年前に磁器の絵付け教室を止（や）めてから一人の訪問者も通り抜けたことのないドアなのだった。一同は、老黒人に案内されて、薄暗い玄関（ホール）の間に入ったが、そこからは階段が昇っていて、一層暗い陰の中へと消えていた。ほこりと不使用からくるにおいがしたが、それは籠（こ）もったような湿（しめ）っぽいにおいだった。黒人は、一同を居間へと案内した。そこには、重々しい革張りの家具があった。黒人が窓の一つのブラインドを開けた時、革張りの革がひび割れているのが一同の目に映じた。そして彼らが腰を下ろした時、かすかなほこりが腿（もも）のあたりにゆるやかに舞い上がり、一筋の太陽光線の中でゆっくりと回転していた。暖炉の前の色褪（いろあ）せた金色の画架の上には、エミリーの父親のクレヨン画の肖像が載（の）っていた。

彼女が入ってきた時、みなは立ち上がった。黒い衣装に包まれた小柄で太った女性だった。細い金の鎖が、腰へと垂れ下がり、ベルトの中へと消えていた。彼女は、光沢を失った金色の握りのついた黒檀（こくたん）の杖に寄りかかっているのだった。その骨格は小柄で細く、多分そのせいで、他の人にあっては単なる丸ぽちゃに過ぎないものが、彼女にあっては肥満なのだった。彼女はふやけて見え、まるで動きのない水中に長らく浸っていた身体のようで、そうした青白い肌合いだった。彼女の両眼は、顔面の脂肪のついた盛り上がりに埋め込まれたようで、訪問客たちが用向きを述べる間、その一人一人の顔を順次に眺めていたが、まるでこね粉の塊に押し付けられた二個の小さな石炭のかけらのようだった。

ミス・エミリーは一同に座るようにとは言わなかった。彼女は、ただドアのところに立って、代表者が戸惑いながら話し終えるまで、静かに耳を傾けていた。それから一同には、金鎖の端で隠れて見えぬ懐中時計がチクタクと時を刻むのが聞こえた。

彼女の声は、乾いて冷たかった。「私にジェファソンの税は掛かりません。サートリス大佐が、私に話されました。多分みなさんのどなたかが市の記録をご覧になれば、納得なさると思います」

「でも、我々は調べました。我々は市の当局者です、エミリーさん。保安官から彼の署名した通知をもらいませんでしたか」

「もらいましたとも」とミス・エミリーは言った。「多分あの人は、自分が保安官だと思っているのでしょうよ…私にはジェファソンの税はありません」

「しかし、記録にそれを示すものは載っていませんよ、お分かりでしょう。我々は、規則通りに行なわねば――」

「サートリス大佐にお会いなさい。私にジェファソンでの税は掛かりませんよ」

「でも、エミリーさん――」

「サートリス大佐にお会いなさい」(サートリス大佐は十年前に亡くなっていた)「私にジェファソンの税はありません。トービー!」黒人がやって来た。「みなさんを外へご案内なさい」

二

こうしてミス・エミリーは、一同を全力で打ち負かした。それは、三十年前に彼女が彼らの前にその父親たちを打ち負かしたのとちょうど同じだった。それは、ミス・エミリーの父の死の二年後、彼女の恋人――彼女と結婚するだろうと我々が信じていた男――が彼女を見捨てたあと少し経った頃のことだった。父の死後、彼女はほとんど外出しなかった。恋人が去ったのち、町の人々は、ともかくほとんど彼女を見かけなくなった。町の二、三の婦人たちがあえて訪ねてみたが、受け入れてもらえなかった。屋敷に人の住む唯一のしるしは、黒人の男――当時は若者だった――が買い物かごをもって出入りするだけだった。

「まるで男が――どんな男でも――台所をきちんと守れるかのようだわ」と婦人たちは言うのだった。それゆえ、彼女たちは、例のにおいが広がった時、驚かなかった。そのにおいは、粗雑で群れ成す世間と尊大で強力なグリアソン家をつなぐもう一つの絆だった。

ある女性の隣人が、市長の八十才のスティーヴンズ判事に不満を漏らした。

「それであんたは、わしにどうしろと言うんだね、奥さん」と彼は言った。

「おや、まあ、あの人に、においを止めるように言ってやって下さいよ」と女は言った。「法律というものがあるんでしょうが」

「それは全く不要だと思いますよ」とスティーヴンズ判事は言った。「多分あのうちの黒人が庭で殺した蛇かネズミのせいでしょう。そのことでは、わしが彼に話しましょう」

翌日、判事は、さらに二つの不満を受け取った。一つは、控えめな非難の色を浮かべてやって来た男からのものだった。「判事さん、我々は、実際、何とかしなくちゃならんのですよ。私は、決してミス・エミリーを悩ますような人間ではありませんが、我々は、何とかせにゃあならんのですよ」その夜、市会の評議員会が開かれた——三人の老人と一人のもっと若い世代の代表が集まった。

「簡単なことです」と若者が言った。「屋敷を掃除しろと、彼女に言ってやればいい。一定の時間を与えて、もし彼女がそうしないなら……」

「お止めなさい、あんた」とスティーヴンズ判事は言った。「あんたは、ご婦人に面と向かって、ひどいにおいがする、と非難を浴びせる積もりなんですか」

そこで、次の夜、真夜中過ぎに、四人の男がミス・エミリーの芝地を横切り、煉瓦の壁の根元や地下貯蔵室の開口部のあたりをかぎ回りながら、夜盗のように、屋敷の周(まわ)りをこそこそ歩きに歩いた。その間、一人は、肩から吊した袋から手で規則正しく取り出し、撒(ま)く動作を繰り返した。彼らは、地下貯蔵室の扉を無理やり開(あ)け、そこに石灰を撒(ま)いた。庭の他の建物すべてにも撒(ま)いた。芝生を戻る時、それまで暗かった窓に明かりがつき、ミス・エミリーがその明かりを背に座っていた。彼女の直立した胴(トルソー)は、偶像のように動かなかった。一同は、そっと芝生を這(は)い、通りを縁取っているニセアカシアの陰の中に入っていった。一、二週間して、においはなくなった。

それは、人々が彼女のことを本当にかわいそうだと感じ始めた時だった。我々の町の者たちは、彼女の大おばワイアット老夫人がとうとう完全に狂(くる)ってしまった経緯(いきさつ)を覚えていて、グリアソン家の者たちは彼らの真の現状に比べて、少々お高くとまり過ぎていると信じていた。若者たち誰一人として、ミス・エミリーとその家にとっては十分ではなかった。我々は、これまで長い間、父娘(ふし)を一枚の群像絵と考えてきていた。背景に白衣をまとった、ほっそりした容姿のミス・エミリーがいて、前面に背を娘に向けて馬上鞭(むち)をわしづかみにし、両足を踏ん張って立つ父親の姿、二人は、後方に押し開かれた正面の扉の枠内に収まっている、そうした絵である。そういうわけで、ミス・エミリーが三十才になろうとしてなお独身だった時、我々は、そうした事態を全く好ましいとは思わないが、止(や)むなしとしたのである。家系に狂気の気があるとは言え、もし本当に実現するものならば、彼女がすべてのチャンスを退(しりぞ)けることはなかっただろう。

父が死んだ時、結果として彼女に残されたのは家だけだった。ある点で、人々は喜んだ。とうとうみなは、ミス・エミリーを気の毒に思えた。一人となり、物乞い同然となって、彼女は人間らしくなった。今こそ彼女も、あの昔ながらの一円一銭をめぐってする一喜一憂を、多かれ少なかれ、知ることになるだろう。

父の死の翌日、町の婦人たちはみな、慣例通りに、彼女の家を訪い、お悔やみを言い、手を差し伸べようとした。ミス・エミリーは、玄関先で彼女たちに会ったが、普段着のままで、顔に悲しみの跡は見られなかった。彼女は、みなに、父は死んでいない、と言った。彼女は、三日間それを繰り返し、神父たちは彼女を訪ね、医者たちは遺体を処理させてくれるように説得しようとしたが、聞き入れなかった。彼らが、法と強制執行力に頼ろうとしたちょうどその時、彼女は折れ、みなは、急いで父を埋葬した。

我々は、当時、彼女が狂っているとは言わなかった。我々は、彼女がそうせざるを得なかったのだと信じていた。我々は、父が追い払ったすべての若者たちを覚えていた。我々には、無一物となった彼女が、自分から奪い取られていったものにしがみつかねばならなかったのだろうということが分かっていた。人はそうしたものであるからである。

三

ミス・エミリーは、長い間、病気だった。我々が再び彼女を目にした時、髪を短く切って、まるで少女のように見え、教会の色ガラスの窓の天使にもやや似ていた——その様は、ちょっと哀しげで、穏やかな印象だった。

町当局は、歩道の舗装工事をする契約を結んだばかりだった。彼女の父親死去後の夏、工事は始まった。建設会社が、黒人労働者やラバたち、それに機械類を携（たずさ）えてやって来た。工事監督は、ホーマー・バロンという北部人（ヤンキー）だった——大柄な色の浅黒い、気の利（き）きそうな男で、声は大きく、目の色は顔面よりも明かるかった。小さい男の子たちは、群（む）れを成して彼のあとを追い、彼が黒人たちをののしるのを聞き、また黒人たちがつるはしの上げ下げに合わせて歌うのを聞くのだった。ほどなく男は、町の誰もを知るようになった。広場の周りのどこであれ、沢山の笑い声が聞こえる時は、いつでも、ホーマー・バロンが、その群（む）れの真ん中にいたものである。そのうち、我々は、日曜の午後、彼とミス・エミリーが貸し馬車屋から借りた黄色い車輪の軽装馬車を二頭立ての鹿毛（かげ）の馬に引かせて、ドライヴに出かけるのを目にするようになった。

初（はじ）めは、我々は、ミス・エミリーが関心事を抱（いだ）くようになると喜んだ。というのも、町の婦人たちがみな「もちろんグリアソン家の者が、まさか日やといの北部人（ヤンキー）などをまじめに考えることなどあるまい」と口をそろえて話していたからである。しかし、別の人々で、もっと年配の者たちは、悲しみさえも本物のレディーに「自分に伴なう義務（ノーブレス・オブリージュ）」を忘れさせることはできまい、それを「自分に伴なう義務（ノーブレス・オブリージュ）」と呼ばないまでも、と言うのであった。彼らはただこう言った。「かわいそうなエミリー。親類の者がくるべきだ」と。彼女には、アラバマに親類があった。だが、数年前に彼女の父親が狂（くる）った老ワイアット夫人の不動産をめぐって、その親類と手切れになっていた。両家の間には、全く交際がなかったのである。親類は、父の葬式にもこなかった。

　そして、老人たちが「かわいそうなエミリー」と言い出した途端に、ささやきが始まった。「本当にそうだと思うのかね」と彼らはお互いに言い合ったのである。「もちろん、そうですよ。ほかに何が」これは口を覆（おお）っての言い草である。日曜の午後の陽（ひ）を遮（さえぎ）った板すだれの背後で、吊り上げた絹としゅすの立てるさらさらという音とともに二頭立てのパカッパカッという淡い、素早い蹄（ひづめ）の音が通過してゆき、「かわいそうなエミリー」と言うのである。

　彼女は、頭をしっかりと立てて、進んだ。我々が彼女はもう倒れたんだと信じた時でさえもである。それはまるで、彼女が、己（おのれ）の最後のグリアソン家の末裔（まつえい）としての威厳をかつて以上に認めるように要求しているかのようだった。まるで彼女のかたくなさを再確認する現実性を求めているかのようだった。彼女がネズミ用の毒薬、ヒ素を買った時も、そんな感じだった。それは、みんなが「かわいそうなエミリー」と言い始めてから一年余りのちのこと、二人の女性のいとこが彼女を訪ねている間のことだった。

「毒薬をいただきたいのです」と彼女は薬屋に言った。その当時、彼女は三十才を超えていたが、いつもよりやせてはいたものの、まだすらりとした女性で、見下すような黒い眼をしたその顔は、こめかみをよぎって、また眼窩のあたりで筋肉がこわばり、灯台守のそれならさもありなんとあなたが想像するようなそんな顔をしていた。「毒薬をいただきたい」と彼女は言った。

「はい、ミス・エミリー。どういった種類のものをお求めで。ネズミ用か何かそうした毒薬でも。私が思いますに――」

「ここにある最高のものを。種類は問いません」

薬屋は、いくつかの名前を挙げた。「これらは何でも殺しますよ、象だって。でも、あなたがお求めなのは――」

「ヒ素です」ミス・エミリーは言った。「効きますか」

「ヒ素…ですって?はい、奥さま、でも、あなたのお求めなのは――」

「ヒ素をいただきます」

薬屋は、彼女を見下ろした。彼女は、彼を見返した。まっすぐに背筋を伸ばし、顔面はぴんと張った旗のようだった。「ええ、もちろん」と薬屋は言った。「それをお求めならば。しかし、法律により、使用目的をお教え下さらねば」

ミス・エミリーは、彼をただじっと見つめた。頭をうしろにかしげ、相手の目をじかに見つめようとした。とうとう薬屋は目をそらし、奥に入って匕素を取り出し、包んだ。黒人の出前少年が、包みを持ってきた。主人は戻ってこなかった。彼女が家でその包みを開けると、箱にどくろと骨のマークの下に「ネズミ用」と記してあった。

四

そこで、その翌日、我々はみな「彼女は自殺するだろう」と言った。更に、それが一番だ、と言った。以前、彼女が最初にホーマー・バロンと姿を見せ始めた時、「彼と結婚するだろう」と我々は言ったものだ。次いで、我々は、「彼女はまだ説得しているんだな」と言った。なぜなら、ホーマー自身が――彼は男好きで、大鹿クラブで若い男たちと飲み合っていたことも周知のことだった――彼自身が、自分は結婚はしない、と話していたからである。その後、我々は「かわいそうなエミリー」と板すだれの陰で言ったのである。二人が、日曜の午後、ピカピカの馬車に乗って、ミス・エミリーは頭を高く上げ、ホーマー・バロンは帽子を気取って斜めにかぶり、葉巻を歯でくわえ、黄色い手袋で手綱と鞭を握って通過してゆく折のことである。

それから幾人かの婦人たちが、あれは町の恥だわ、若者に悪い手本だわ、と言い始めた。男たちは、口出ししたがらなかった。が、遂に婦人たちは、浸礼派の牧師――ミス・エミリーの家は監督派（エピスコパル教会派。とりわけアングリカン教会派。監督［主教・司教］制度による）だった――に彼女のところに行くよう強(し)いた。牧師は、彼女との会見で何があったのか、決して言おうとしなかったが、再訪問することを固く拒(こば)んだ。次の日曜日、ミス・エミリーたち二人は、また通りを馬車でドライヴした。こうしてその翌日、牧師の妻が、アラバマ（米国深南部の一州。ミシシッピー州の東隣）にいるミス・エミリーの親類に手紙を書いた。

そこで、彼女は、再び同じ屋根の下で親戚を共にすることになった。そして我々は、差し控えて、成り行きを見守った。初めのうちは、何も起こらなかった。そこで、我々は、二人は結婚するな、と確信した。我々が知ったところでは、ミス・エミリーは、宝石屋に行って、男物の銀製化粧道具一式を、しかも一つ一つの品にH・Bの文字を刻(きざ)んだものを購入したということだった。二日後に分かったのは、彼女が夜着を含む男物衣類の完全な一式を買ったということだった。そこで我々は「二人は結婚したな」と言い合った。我々はうれしかった。なぜなら、二人の女性のいとこは、ミス・エミリーがかつてそうだった以上にグリアソン的だったからである。

それで我々は、ホーマー・バロン――街路工事はしばらく前に完了していた――がいなくなっても、驚かなかった。我々は、町の人々が何も言わないことに少しがっかりしたが、それでも、彼はミス・エミリーを迎える準備をしに行ったんだろう、或いはいとこたちを追っ払う機会を彼女に与えるために消えたんだろうと信じた（その頃までには事は陰謀めいていて、ともかく我々はミス・

エミリーの味方で、いとこたちを出し抜く手助けをしたいというわけだった）。確かに、更に一週間が経ったあと、いとこたちは発っていった。そして、我々がずっと期待していたように、それから三日のうちに、ホーマー・バロンは町に戻っていた。近所の者が、屋敷の黒人がある夕方、たそがれ時に、彼を台所のドアから中に入れるのを目にしていた。

そして、それがみながホーマー・バロンを見た最後だった。ミス・エミリーについても同様だった。こちらのほうはしばらくの間は、ということではあるが――。黒人の男が、買物かごをもって屋敷を出入りしていた。が、表玄関の扉は、閉まったままだった。時々、我々は、窓に一瞬彼女を見かけたものである。ちょうど、かつて、みなが石灰を撒いたあの夜見かけたようにである。しかしながら、ほとんど六ヶ月の間、彼女は通りに姿を見せなかった。それから我々は、これもまた予期された筈のことだと分かった。まるで彼女の女としての人生を何度となく妨げた父親の特質が有害で凄まじ過ぎて、消えることがないかのようだった。

我々が次にミス・エミリーを目にした時、彼女は太って、髪は灰色になりつつあった。次の数年間、髪の色はますます灰色になり、遂に霜降りの鉄灰色にさえなり、そこで止まった。七十四才の死の日まで、髪の毛は依然としてあの生気のある鉄灰色のままだった。それは活動的な男の髪のようだった。

その時からずっと、屋敷の表の扉は、閉じたままだった。ただし、六〜七年間は別で、その間は、彼女は、そのころ四十才ぐらいだったが、陶磁器の絵付け教室を開いていた。階下の一室に画室を整（ととの）え、そこにサートリス大佐の同世代の者たちの娘や孫娘たちが行かされた。その際の規則正しさや精神は、彼女たちが、毎日曜日、献金箱用の二十五セント玉を持たされて教会へやられる時のものと同じだった。他方、彼女の税は、免除されていた。

　そして、より新しい世代が、町の背骨、精神となった。絵付けの生徒たちは、大きくなり、去って行って、自分たちの子供たちに絵具箱や退屈な絵筆、婦人雑誌から切り抜いた絵を持たせてミス・エミリーのところにやることはしなかった。表の扉が最後の生徒で閉じられて、それを最後に閉められたままになったのである。町が無料の郵便配達を始めた時、ミス・エミリーだけが扉に金属の番号を打ち付けるのを、また郵便箱を取り付けるのを拒否した。彼女は、町当局の人たちの言うことを聞こうとはしなかった。

　日々、月々、年々、我々は、黒人が買い物かごを持ってミス・エミリーの家から出入りしながらも、その頭髪がますます灰色になり、腰も一層曲がってゆくのを見守った。十二月になるごとに、我々は、彼女に税の督促状を送った。が、それは、一週間後に、郵便局により宛先不明として送り返されることになるのだった。時折、我々は、階下の窓の一つに彼女の姿を見かけたものである――彼女は、明らかに家の最上階は締め切っていたが――その姿は、壁龕（へきがん）に置いた彫刻された偶像の胴（トルソー）のようで、我々を見ているのかいないのかどちらとも言えなかった。こうして、彼女は、世代から世代へと移り行き、そのさまは、いとしく、逃れがたく、何ものも受け付けず、静かでしかも片意地なものだった。

こうして彼女は、死んだ。ほこりと陰に満ちた家で病にかかり、よろよろした黒人だけが、彼女に仕えていたのだった。我々は、彼女が病気だったことさえ知らなかった。我々は、黒人から何か情報を得ようとすることを、ずっと長らくあきらめていた。黒人は、誰にも話しかけなかった。多分、ミス・エミリーにさえも——というのは、彼の声は、あたかも使うことがなかったために耳障りでさびついたものになってしまっていたかのようだった。

彼女は階下の部屋の一つで、カーテンのある重い樫の木のベッドで死んだ。彼女の灰色の頭は、年月の経過と太陽光線の欠如によって黄色になり、かびの生えた枕に載っていた。

五

黒人は、表の扉のところで、最初の婦人たちに会い、中へ入れたが、婦人たちは、抑えたしゅうしゅういう声で話し、素早くて好奇心の強い視線を投げかけていた。そして、彼のほうは、姿を消した。彼は、歩いて家の中を突っ切り、裏口から出ていって、再び現れることはなかった。

二人の、女性のいとこたちが、すぐにやって来た。彼女たちは、二日目に葬式をしたが、町の人たちは、沢山の購入した花に埋もれたミス・エミリーを見にやって来た。棺台の上で、ミス・エミリーの父親のクレヨン画の顔が、深く考え込んでおり、婦人たちは、しゅうしゅうと歯擦音を立てて気味悪く、老人たちは、ブラシをかけた南部連合軍の制服を身に着けていたが――玄関や芝生のところでミス・エミリーのことを、あたかも彼女が彼らの同時代人だったかのように語り、彼らが彼女と踊り、多分口説いたと信じ、時間をその数学的進み具合と混同していたが、そうするのも老人の常で、彼らにとってはすべての過去は、細ってゆく道ではなくて、代わりに広大な牧場で、一切の冬はそこに触れることさえなく、そこは今や直近の十年間という狭いビンの首によって彼らから分かたれているのだった。

既に我々には、階段の上のその場所に四十年間誰も見たことのない、そして無理矢理こじ開けねばならないであろう部屋が一つあることが分かっていた。それを開ける前に、みなは、ミス・エミリーがきちんと埋葬されるのを待った。

扉を打ち壊すという暴力は、この部屋を充満するほこりでいっぱいにするようだった。墓のそれのような薄くて鼻を衝くとばりが、婚礼のために飾られ、調度がしつらえられたこの部屋のいたるところを覆っているように見えた。褪せたバラ色のカーテンの上を、バラ模様のランプの傘の上を、鏡台の上を、絶妙に並んだ水晶製品やさびて頭文字のかすんだ銀で裏打ちされた男性の化粧道具の上を覆っているようだった。その中に首から外されたばかりのようなカラーとネクタイがあり、持ち上げると、あとの表面のほこりの中に三日月形を残すのだった。イスの上には、丁寧にたたまれたスーツが垂れ下がっていた。その下には、二つの無言の靴と脱ぎ捨てられた靴下があった。

男自身は、ベッドに横たわっていた。

長い間、我々は、そこに立ち尽くし、深みのある、肉が落ちて、歯のあらわな笑いを見下ろしていた。その身体は、見たところどうも、いったんは抱擁の姿勢で横たわっていたようだった。だが、今や、愛より長命で、こさえものの愛さえ克服する長い眠りが、その男を笑いものにしてしまっているのだった。パジャマの残骸の下で腐敗した彼の遺骸は、彼の横たわっていたベッドからはがせなくなっていた。彼と彼の枕の上には、我慢強い、去ることのないほこりの塗装が横たわっているのだった。

次いで我々が気付いたのは、二つ目の枕に頭によるへこみがあったことである。

我々の中の一人が、そこから何かを持ち上げた。そして前屈みになりながら、あのかすかな目に見えない、鼻孔に乾いてきついほこりを感じながら、我々は、鉄灰色の髪の長い一房を見たのだった。

乾燥した九月

一

　血の色をした九月のたそがれ時、六十二日間もの雨の降らない日々の結果なのだが、それは、乾燥した草の中の火のように放(はな)たれた――噂(うわさ)、物語、或いはそれが何であろうとも。ミニー・クーパー嬢とある黒人に関する何かなのである。襲(おそ)われ、侮辱(ぶじょく)され、脅(おど)されて。だが、その日曜日の夕方、その床屋に集まった者たちの誰一人として、そこ(そこ)では、天井の扇風機が回ってはいても空気を新鮮にするわけではなく、損なわれた空気が、使い古しのポマードやローションの繰り返しの波となって彼らの上に彼ら自身の新鮮でない息やにおいを送り返していたのだが、誰一人として何が起こったのかを正確には知らなかった。

「ただ、ウィル・メイズじゃあないですよ」と床屋の一人が言った。彼は中年の男で、やせた砂色の人物で、温和な顔をしており、ちょうど客のひげを剃(そ)っているところだった。「私はウィル・

メイズを知ってます。善良な黒人です。そして私は、ミニー・クーパー嬢も知ってます」

「彼女の何を知っているんだい」と二人目の床屋が言った。

「彼女は誰なんだい」と客が言った。「若い娘かね」

「違います」とその床屋が言った。「四十ぐらいだと思います。結婚してません。それで私は信じないんです――」

「信じろよ、くそっ！」と恐ろしく大柄の、汗に汚れた絹のシャツを着た若者が言った。「あんたは黒人野郎の言うことよりも白人の女性の言葉のほうを先にしないのかい」

「私は、ウィル・メイズがそれをやっちゃあいないと信じていますよ」と床屋は言った。「私はウィル・メイズを知っています」

「それじゃあ、多分、あんたは、それをやったのが誰か知ってるんだな。多分、あんたは、もう彼を町から出したんだな、このいまいましい黒人野郎好きが」

「誰も何かをやっちゃあいないと思います。何も起こっちゃあいないと信じています。結婚しないまま年を取ったご婦人たちが、男が持てない考えを持っていないかどうか、その判断をあんたたちみなに任（まか）せますよ」

「ならば、あんたは、ひどい白人だよ」とその客が言った。彼は、ケープの下で動いた。若者は、跳び上がった。

「何だと」と彼は言った。「あんたは白人の女性を、寝たと言って責める積もりなんかい」

床屋は、半ば起き上がった客の上で、カミソリを捧(ささ)げ持っていた。彼は、周りを見回さなかった。

「このいまいましい天気め」と別の一人が言った。「こいつは男に何かをさせるに十分だな。女にとってもな」

誰も笑わなかった。床屋は、穏やかな、しつこい調子で言った。「私は、誰も、何の咎(とが)でも非難しちゃあいません。私は、ただ、それにあんたたちもみな知っているが、女性というものがいかに――」

「あんた、このいまいましい黒人野郎好きが！」と若者が言った。

「黙りな、ブッチ」ともう一人が言った。「我々は、時間をかけて事実を入手しよう」

「誰が。誰が事実を入手するんだい」と若者が言った。「事実だと、くそくらえ！俺は――」

「あんたは素晴らしい白人だぞ」とその客が言った。「だな」泡だらけのあごひげで、彼は、映画の中の放浪の試掘者(しくつしゃ)のように見えた。「あんた、みなに言ってやれ、ジャック」と彼は若者に言った。「たとえこの町に白人がいなくとも、あんたはわしを当てにしていいぞ。たとえわしがただの巡回販売員(ドラマー)で、よそ者だとしてもな」

「そうです、みなさん」と床屋が言った。「まず事実を見つけ出すんです。私はウィル・メイズを知ってます」

「さあ、神かけて！」と若者が叫んだ。「思うに、この町の白人が——」

「黙りな、ブッチ」と二人目の話し手が言った。「我々には時間がいっぱいあるぞ」

客が起き上がった。彼は、そのしゃべる相手を見た。「白人女性を襲う黒人野郎を許せるわけがあるとあんたは言い張るのかい。あんたは白人なのに、それに耐えられると、俺に言う積もりかい。あんたが来た北部に帰ったほうがいいぞ。この南部には、あんたのような連中はいらないんだ」

「北部が何だって」と二番目のが言った。「俺はこの町の生まれ育ちなんだぞ」

「さあ、神かけて！」と若者は言った。彼は、張り詰めた当惑した眼差しで、周りを見回した。まるで彼が自分が言いたいことやしたいことが何だったのか思い出そうとしているかのようだった。彼は、袖で汗の出ている顔面を拭いた。「俺が白人女性をさせてたまるかい——」

「あんたがみなに言ってやれ、ジャック」と巡回販売員が言った。「神かけて、もし彼らが——」

網戸が音立てて開いた。一人の男が床に立っていた。その両足は開き、そのずんぐりした身体は、楽に釣り合いを保っていた。彼の白いシャツは、喉のところで開いていた。彼は、フェルト帽をかぶっていた。彼の強烈で大胆な眼差しは、そこの集団をさあーっと見渡した。彼の名は、マクレンドンと言った。彼は、フランスの前線で、軍隊を指揮したことがあり、その武勇で勲章を授けられていた。

「何とまあ」と彼は言った。「お前たちは、そこに座ったままで、黒人の野郎に白人女性を冒させておるんかい」

ブッチはまた跳び上がった。彼のシャツの絹が、彼のがっしりした肩にぴったりとくっついていた。それぞれの脇の下には半月形の黒みがあった。「それこそ俺が連中に言ってきたことなんだ。それこそ俺が――」

「本当に起こった出来事なのかい」と三番目のが言った。「今度のが、彼女が抱いた男性への初めてのおびえじゃあないぞ。ホークショーが言うようにな。一年ばかり前、彼女が服を脱ぐところを見つめていたという台所の屋根の上の男に関する何かがあったんじゃあないかい」

「何だって」と客が言った。「それは何のことだい」床屋は、彼をゆっくりとイスに押し戻していた。彼は自らをもたれた姿勢に固め、頭を持ち上げていて、床屋は、まだ彼を押し下げていた。

マクレンドンは、三番目の話し手にかかずらわっていた。「起こるだと。それで、一体、どう違うというんだい。お前さんは、黒人野郎どもを、一人が実際にそれをやってしまうまで、やり遂げさせる積もりかい」

「それこそ俺がみなに言っていることなんだよ」とブッチが叫んだ。彼は、長々と絶えることなく、無意味にののしり続けた。

「さあ、さあ」と四番目のが言った。「そんなに大声を出さないで。大声でしゃべらないで」

「その通りだ」とマクレンドンが言った。「しゃべる必要は全くない。俺は自分の言いたいことは全部言った。俺と一緒に行くやつは」彼は足の親指の付け根のふくらみの上で釣り合いを取りながら、彼の目をきょろつかせて、じっと見つめた。

床屋は、巡回販売員（ドラマー）の顔を押さえて、伏せさせ、カミソリを構（かま）えていた。「まず事実を見つけ出すんです、みなさん。私はウィル・メイズを知ってます。彼じゃあない。保安官を呼んで、この件を公正に扱うことです」

マクレンドンは、床屋に激怒した、厳しい顔を見せつけた。床屋は顔をそむけなかった。二人は、異なる人種の人間のように見えた。ほかの床屋たちも、それぞれうつむいた客の上で、手を止（と）めた。「あんたは俺に言う積もりかね」とマクレンドンは言った。「あんたは白人の女性の言葉よりも、黒人野郎のそれのほうを先に受け入れるんだ、と。何とまあ、このいまいましい黒人野郎好きめが――」

三番目の話し手が立ち上がって、マクレンドンの腕をつかんだ。彼もまた兵士だった。「まあ、まあ。この件はよく考えてから決めよう。実際に何が起こったか、誰に何が分かるというんだ」

「よく考える、だと。くそくらえ！」マクレンドンは、自分の腕をぐいと引き離した。「俺と一緒に行くやつは、みな、そこから立ち上がりな。そうでないやつは」彼は、袖（そで）で顔を拭（ふ）きながら、きつい目をきょろきょろさせた。

三人の男が立ち上がった。イスに座っていた巡回販売員（ドラマー）は、きちんと座ったままでいた。「そうだな」と彼は、首の周りのケープをぐいと引きながら、言った。「この布切れをわしから取ってくれ。彼に賛成だ。俺はこの土地に住んじゃあいないが、神かけて、もし我々の母や妻や姉妹たちが――」彼はケープを顔面にこすって汚し、床に投げ捨てた。マクレンドンは、床に立って、ほかの者たちをののしった。別の一人が立ち上がって、彼のほうに移った。残りの者は座ったままで、落ち着かない様子で、お互いを見ないようにしていたが、そのあと、一人また一人と、立ち上がり、マクレンドンに加わった。

床屋は、床からケープを拾い上げた。彼は、それをきちんとたたみ始めた。「みなさん、そんなことしちゃあいかん。ウィル・メイズは絶対にやっちゃあいません。私には分かります」

「さあ、こい」とマクレンドンは言った。彼は、いきなり向きを変えた。彼のポケットからは、重い自動拳銃の台尻が突き出していた。彼らは出て行った。網戸が、彼らの背後で音立ててしまり、死んだような空気の中で反響した。

床屋は、カミソリを注意深く素早く拭（ふ）いてからしまい、うしろのほうに走って行って、壁から帽子を取った。「私は、できるだけ早く戻るからね」とほかの理髪師たちに言った。「放っておけない」彼は走りながら出て行った。二人の他の理髪師が、彼を追ってドアのほうに行き、跳（は）ね返ったそれをつかんで身を乗り出し、通りのほうを、彼の姿を追って、見た。大気は平板で、生気がなかった。それは、舌の付け根に、金属的な味がした。

「彼に何ができるかい」最初の一人が言った。二人目は、小声で「何と、まあ。何と、まあ」と言い続けた。「私は、ホークになるぐらいなら、全くウィル・メイズになりたいよ。もし彼がマクレンドンを怒らすならばな」

「何と、まあ。何と、まあ」と二人目はつぶやくように言った。

「君は、ウィル・メイズが本当に彼女にそうしたと思うかい」最初のが言った。

二

彼女は、三十八か九だった。病弱な母と、やせて血色の悪い、疲れを知らないおばと一緒に、板張りの木造家屋に住んでいた。そこでは、十時から十一時の間に、彼女は、レースで縁取った寝室用帽子をかぶって、ベランダに現れ、お昼までブランコに座って、揺れていたものである。食事のあとは、彼女は、午後が涼しくなり始めるまで、しばらくの間、横になっていた。そして、毎夏、彼女が入手した三着か四着の新しい薄織物のドレスの一つを着て、ほかの婦人たちと下町に行き、店々で午後を過ごすのだった。店では、彼女たちは、品物を手に取り、冷たい差し迫った声で値切り交渉をしたものだが、買う気など全くないのだった。

彼女は、気持ちのいい人々の一人――ジェファソンで最上ではなくても、十分に望ましい人々の一人であって――まだ並みの容姿のすらりとしたほうの女性であり、明かるいが微妙にやつれた態度と服装の人物だった。若い頃、彼女は、ほっそりした神経質そうな身体とある種の固い陽気さの持主で、それは、彼女が、しばらくの間、町の社交生活の頂上へと乗り出すことを可能にしていたのである。その社交生活とは、たとえば、まだ階級意識を持つに至らない子供たちでもある彼女の同世代人たちの高校のパーティーや教会の懇親会の時期に見るようなものである。

彼女は、自分が地歩を失いつつあるということを凡そ気付きそうにない人間だった。つまり、その中で彼女が他の誰よりも多少は輝く派手な炎だったその者たちが、紳士気取りの楽しさ――これは男性――や仕返しのそれ――これは女性――を学び始めていた、ということを気付きそうにない人間だったのである。それは、彼女の顔があの明かるいやつれた様子を帯び始めた時のことだった。彼女は、依然として、そうした容貌を陰の多い柱廊式玄関や夏の芝生の上のパーティーに携えていった。それはまるで仮面か旗のようで、彼女の目の中にある怒りに満ちた真実否認の戸惑いを帯びたものだった。ある夕方、パーティーの場で、一人の青年と二人の娘が、みな学校友達だったが、会話をしているのを聞いた。彼女は、新たな招待を決して受けなかった。

彼女は、自分とともに成長した娘たちが結婚して、家庭や子供を持つのをじっと見ていた。しかし、男は誰も、絶えることなく彼女を訪れるということはなかった。そして、他の娘たちの子供たちが、数年間、彼女を「おばちゃん」と呼んでいたが、その間、彼女たちの母親たちは、彼女たちに明かるい声で、ミニーおばさんが娘の頃いかに人気があったかについて語り聞かせたのだった。次いで町の人々は、彼女が、日曜の午後、銀行の支配人とドライヴに出かけるのを目にし始めたのだった。支配人は四十才ぐらいの男やもめだった――血色のいい男で、いつも床屋かウィスキーのにおいがかすかにしていた。彼は、町で、最初に自動車を持った。赤い小型自動車だった。ミニーは、町の人々が見た初めてのドライヴ用のボンネットとヴェールを持っていた。そして町の人々は、「かわいそうなミニー」と言い始めた。「しかし彼女はいい年だから、自分の面倒ぐらいは見られるよ」と他の者たちは言った。その頃に、ミニーは、古い学友たちに、彼女たちの子供に自分のことを「おばちゃん」でなく、「いとこ」と呼ばせるように頼み始めていた。

彼女が、世論によって不義者に貶められてから今日で十二年経っていたし、その銀行支配人がメンフィスの銀行に行ってしまってから八年経っていた。その支配人は、毎年クリスマスに一日だけ戻ってきて、狩猟クラブの毎年の河上の独身者のパーティでその日を過ごすのだった。隣人たちは、こっそりとそのパーティが河上を通り過ぎるのを見たものであり、道路越しのクリスマスの訪問の間、みなは彼女に彼について話したものである。彼がいかに申し分なく見えたかを、また、みなが彼が町で成功し、明かるいひそやかな目で彼女のやつれた明かるい顔を見つめていると聞いた経緯（いきさつ）について、話したものである。通常、その時間までには、彼女の息にウィスキーのにおいがしたものである。それはある青年、清涼飲料売店の店員によって、彼女に支給されたものだった。「そうです。僕が老嬢に買ったものです。あの人が少しぐらいの楽しみを味わってもいいんじゃあないかと思ったものですから」

　彼女の母は、今や、彼女の部屋を全く離れなかった。やせこけたおばが、その家を管理していた。そうした背景の下（もと）、ミニーの晴れやかな衣服や彼女の怠慢で空（むな）しい日々は、怒りに満ちた現実離れした色合いを帯びていた。彼女は、夕方、隣人たちと、今や女性たちだけと、映画に出かけた。午後ごとに、彼女は新しい衣服をまとって、一人で下町に行った。そこでは、彼女の若い「いとこ」たちが、午後も遅くに、もうぶらつき歩いていた。いとこたちは、繊細な、つやのある顔とほっそりした、ぎこちない腕、そして意識したお尻をもって、お互いにくっつき合い、或いは、清涼飲料売店の二人組の店員と甲高（かんだか）く、またはくすくすと笑い、そうした時、彼女が通り過ぎ、人々が密集している店の正面に沿って進んでいった。店正面のドアのうちに座ったり、ぶらついている男たちは、最早、その目で彼女を追うことさえしなくなっていた。

三

床屋は、虫の飛び交うまばらな明かりが生気のない大気の中で、動きのない厳しい宙づり状態でまぶしく光っている通りを、素早く上がっていった。昼間は、ほこりのとばりの中で失せていた。暗くなった広場では、弊えたほこりに覆われて、空が真鍮の鏡の内側ほどの明かるさだった。東方には、二度ワックスで磨いたような様子の月があった。

床屋が彼らに追いついた時、マクレンドンとほかの三人は、小道に止まっている自動車に乗り込んでいるところだった。マクレンドンは、ずんぐりした頭を屈めて、車の屋根の下から覗き見た。「あんたの気持ちを変えたかい」と彼は言った。「大いに結構。神かけて、明日、この町の者たちが、あんたが今日どう話したかを聞いた時——」

「さあ、さあ」とほかの退役軍人が言った。「ホークショーは大丈夫だったな。さあ、ホーク、飛び込むんだ」

「ウィル・メイズはやっちゃあいないですよ、あんたたち」と床屋は言った。「もし誰かがやったとすればだな。いいですか、あんたたちはみな、私同様に、ここよりもよい黒人のいる町など、どこにもないということが分かっている筈だ。そして、あんたたちは、婦人というものが、男について理由なくして考えてしまうことがあるもんだということを分かっているでしょう。そして、ミニー嬢は、ともかく——」

「確かに、確かに」と兵士は言った。我々はやつにちょっとばかり話しにゆくだけだ。それだけのことだ」

「何が話にだ！」とブッチが言った。我々が済ませてしまえば——」

「黙ってくれ、頼むから！」と兵士が言った。「お前さんは、町のみんなが——」

「連中に言ってやれ、必ずな！」とマクレンドンが言った。「白人の女性に——させるような連中みんなに言ってやれ——」

「行こう、行こう。ここに別の車があるぞ」二つ目の車が、小道の入り口のほこりの山の中から、きーきーときしみ音を出しながら、滑るように出てきた。マクレンドンが彼の車を出発させて、先頭に立った。ほこりが、霧のように、通りに立ち込めていた。通りの明かりが、まるで水中にあるかのように、光輪を成して浮かんでいた。彼らは、車を駆って町から出て行った。

轍のついた小道が直角を成して、曲がっていた。そこにも、ほこりが立ち込めていた。その土地全体にわたって、そうだった。製氷工場の黒い巨体が、空を背にして立ち上がっていたが、黒人のメイズは、そこの夜警だった。「ここで止まったほうがいいんだな」と兵士が言った。マクレンドンは答えなかった。彼は、車を投げ出すようにして、急停車させた。ヘッドライトが、壁の空白にまぶしく当たって、輝いていた。

「みんな、聞いてくれ」と床屋が言った。「もしメイズがここにいたら、それが、彼がやっちゃあいないという証明にならないですかい。そうならないですかい。もし彼が犯人なら、もう逃げちまっているでしょう。みな、そう思わないですかい」二番目の車がやって来て、止まった。マクレンドンが降りてきた。ブッチが彼のそばに飛び降りた。「みんな、聞いてくれ」と床屋が言った。

「明かりを消せ」とマクレンドンが言った。息の詰まるような暗黒が、急激に降りてきた。そこには何の音もなく、あるのはただ、彼らが二ヶ月間過ごしてきたからからに乾いたほこりの中で空気を求める肺の音だけだった。次いで、マクレンドンとブッチのざくざくと踏む足音がして、一瞬ののち、マクレンドンの声がした。

「ウィル！……ウィル！」

東方低くに、月の放つ青白い光の出血のような色合いが増した。それは、尾根の上でうねり、大気を銀色に染めて、それで彼らは溶融した鉛の鉢の中で呼吸し、生きているように見えた。夜泣き鳥や虫の声は全くなく、静かで、ただ彼らの息遣いや車の周りの収縮する金属の立てるかすかなカチカチいう音だけが聞こえるのみだった。身体が互いに触れ合うところでは、彼らは無味乾燥に汗ばんでいるように見えた。というのは、それ以上の湿気はなかったからである。「何とまあ」と一人の声がした。「ここから出よう」

しかし、漠然とした騒音が前方の闇から生じ始めるまで、彼らは動かなかった。それから、彼らは出て、息もつけない闇の中で、緊張して待った。もう一つ音がした。強打、しゅーしゅーいう呼吸、そしてマクレンドンのかすかなののしり声。彼らは、もう一瞬立っていて、それから前方へと走り出した。彼らは、よろめきながら、足音を立てて走った。まるで何かから逃れているかのように。「やつを殺せ、そいつを殺せ」とささやき声がした。マクレンドンは、彼らを力いっぱい押し返した。

「ここじゃあない」とマクレンドンは言った。「やつを車の中に入れろ」「彼を殺せ、あの黒人野郎を殺せ」その声がささやいた。彼らは、その黒人を車に引き摺っていった。床屋は、車のそばで待っていた。彼は、自分が汗をかいているのを感じれた。そして胃がむかつきそうなのが分かった。

「どういうことです、旦那さんたち」とその黒人が言った。「おらは何もしてねえです。神かけて。ジョンさん」誰かが手錠を取り出した。彼らは黒人の周りで、忙しく動き回った。それはまるで、黒人が一本の棒杭であって、穏やかに、懸命に互いの通り道を邪魔しているかのようだった。彼は、手錠を受けながら、素早く、絶えず見えにくい顔から顔へと目を移していた。「ここにいるのは誰ですか、旦那さんたち」と彼は言って、彼らが彼の息を感じ、その汗臭いにおいをかぐことができるまで屈んで、みなの顔を覗き込もうとした。彼は一人か二人の名前を言った。「みな、おらが何をしたと言いなさるんだね、ジョンさん」

マクレンドンは、車のドアを引いて開けた。「入れ！」と彼は言った。

黒人は動かなかった。「あんたたちみんな、おらに何をなさるんだね、ジョンさん、おらは何もしちゃあいませんぜ。白人さんたち、旦那(だんな)さんたち、おらは何もしちゃあいませんぜ」彼はもう一人別の名前も、呼んだ。

「入れ！」とマクレンドンが言った。彼は黒人を殴った。ほかの者たちは、しゅーしゅーと乾(かわ)いた蛇音を発しながら、手当たり次第に黒人を殴った。黒人は、くらくらしながら、彼らを呪(のろ)った。そして、手錠を掛けられた手で彼らの顔を打ち払い、床屋の口をさっと切った。床屋も、また、彼を殴った。「やつをそこに入れろ」とマクレンドンが言った。彼らは、黒人に押しかかり、彼はもがくのを止(や)めて、車に入って静かに座り、他の者たちも、それぞれの場所に落ち着いた。彼は、床屋と兵士の間に座り、その手足が、彼らに触れないように引っ込めたが、目だけは、顔から顔へと素早く、絶えず、動いていた。ブッチは、ステップにしがみついて乗っていた。車は、進み続けた。床屋は、ハンカチで口をいたわっていた。

「どうしたんだ、ホーク」と兵士が言った。

「何でもないよ」と床屋が言った。彼らは、公道に戻り、町からそれて行った。二台目の車がほこりの中から遅れて出てきた。彼らは進み、スピードを増した。最後の家々がうしろになった。

「こん畜生、こいつはいやなにおいがするぜ」と兵士が言った。

「においを何とかしよう」と前にいるマクレンドンの傍らの巡回販売員が言った。ステップの上で、ブッチが押し寄せる暑い大気に向かって悪態をついた。床屋は突然前屈みになって、マクレンドンの腕に触った。

「降ろしてくれ、ジョン」と彼は言った。

「跳び下りろ、黒人好きめが」とマクレンドンが、顔も向けずに行った。彼は、車を飛ばした。彼らのうしろに、二番目の車の出どころのはっきりしない光が、ほこりの中で輝いていた。やがて、マクレンドンは、狭い道路に曲がり込んだ。そこは、使用しないので、轍の跡が残っていた。その道は、見捨てられた煉瓦造りの炉のほうへと戻って、通じているのだった——それは、赤みを帯びた盛り土や雑草とつたで覆われた底のない大桶の連なりだった。そこは、かつて、ある日、その所有者がラバの一頭を見失うまで、牧場として用いられていた。彼は、長い棒で、大桶の中を注意深く突いてみたが、その底を見つけることさえできなかったのだった。

「ジョン」と床屋が言った。

「じゃあ、跳び出ろ」とマクレンドンが、車を轍に沿って挑ませるように進めながら、言った。

床屋の傍らで、黒人が言った。

「ヘンリーさん」

床屋は前のめりに座った。道路の狭い通路が、急に現れて、過ぎ去った。彼らの動きは、消えた炉の一吹きのようで、ひんやりしているが完全に死んでいた。車は、轍から轍へと飛び跳ねた。

「ヘンリーさん」と黒人が言った。

床屋は、車のドアを猛烈に引っ張り始めた。「気をつけろ、おい！」と兵士が言った。しかし、床屋は、既にドアを蹴って開け、ステップの上に身をひるがえすように乗った。兵士は、黒人越しに身を傾けて、床屋をつかもうとしたが、彼は既に跳び下りていた。車は速度を抑えることなく、進み続けた。

はずみで投げ出された床屋は、ほこりに覆われた雑草を突っ切って、音立てて溝の中へと突っ込んでいった。ほこりが彼の周りで吹き上がった。そして、しなびた茎の淡い、敵意の籠もったパチパチ音の中で、彼は、二台目の車が通過して静まるまで、息を詰まらせ、吐き気をもよおしながら、横たわっていた。それから、彼は立ち上がり、びっこを引きながら進んで、遂に公道に辿り着き、両手で衣服を払いながら、町のほうへと曲がった。月は一層高くなり、遂にほこりがきれいに払われて、高く浮かんでいた。そしてしばらくして、町はほこりの下できらめき始めた。彼は、びっこを引き引き、進んでいった。やがて彼は、車の音を聞き、そのライトの輝きが彼の背後のほこりの中で増した。彼は、道路を離れ、車が通過するまで、雑草の中で再びうずくまっていた。そして、マクレンドンの車が、最後にやって来た。その車には、四人が乗っていたが、ブッチはステップにいなかった。

彼らは、進んでいった。ほこりが彼らを飲み込んだ。きらめきと音が、消えていった。彼らを包んだほこりが、しばらくの間、垂(た)れ込めていた。しかし、やがて、全体的なほこりが、再びそれを吸収した。床屋は、這(は)い上がって道路に戻り、びっこを引き〱町へと向かっていった。

四

その土曜日の夕方、彼女が夕食のために着替えた時、彼女の肉体は、熱を帯びているように感じた。両手は、留め金(ホック)と目の間で震え、目つきは熱っぽく、髪は渦巻いて、さざ波立ち、櫛(くし)を当てると、バチバチと音を立てた。彼女がまだ着替えている間に、友人たちが彼女を呼びに来て、座っている間に、彼女は、ごく薄い下着とストッキングと新しいボイル（半透明の薄い織物で、婦人服などに用いる）のドレスを身に着けた。「あんた、出かけるのに気分は大丈夫なの」と友人たちが言った。彼女たちの目も輝き、暗い光を帯びていた。「ショックを乗り越える時間が経(た)ったら、何があったのか私たちに話してちょうだい。彼が言ったこと、したこと全部をね」

木立の葉に覆(おお)われた暗闇の中で、彼女たちが広場へ歩いてゆく時、彼女は、深く息をつき始め、それは飛び込む準備をしている泳者に似ていた。そして、彼女は、震えるのを止(や)め、四人の女性たちは、恐ろしい暑さと彼女に対しての寂寥感（せきりょうかん）から、ゆっくりと歩いていた。だが、彼女らが広場に近づいた時、彼女は、頭を上げ、両手を両脇にしっかり握りしめながら、また震え始め、彼女のつぶやくような、熱を帯びたきらめくような色合いの目の周りに、女性たちの声が響いていた。

彼女たちは、広場に入った。その集団の真ん中にいた彼女は、新しいドレスを着て、壊（こわ）れやすいはかなさを感じさせた。彼女は、ますますひどく震えていた。子供たちがアイスクリームを食べている時、彼女は更にゆっくり歩き、頭を上げて、両眼は、やつれた旗のような顔面に輝いていた。その彼女、ホテルや縁石に沿って、イスに座り、彼女を見ている上着を脱いだ巡回販売員（ドラマー）たちの前を通り過ぎた。「あれがそうかい。真ん中のピンク色の服のあれだな」「あれがその女かい。彼女たちがその黒人野郎をどうしたんだい。彼女らは――」「ああ、彼は大丈夫だ」「大丈夫かい、彼は」「ああ、彼はちょっとした旅に出たんだ」そして、ドラッグストア、その入口のあたりにぶらぶらとたむろしている若い男たちでさえ、彼女が通る時、手でちょっと帽子を傾けて、目で彼女のお尻や足の動きを追うのだった。

女性たちは、進んでゆき、紳士たちの持ち上げた帽子を通り過ぎて行って、その突然止（や）んだ声は、いんぎんで、保護者的だった。「あんた、分かる」と友人たちが言った。彼女たちの声は、しゅーしゅーいう喜びの長い、さまようため息のように響いた。「広場には黒人どもがいないわ。一人もいないわよ」

女性たちは、映画館に着いた。そこはミニチュアのおとぎの国で、明かるいロビーや物凄い或いは美しい浮沈にとらわれた人生の色刷りの石版画があった。彼女の唇はうずうずし始めた。暗闇の中で、映画が始まれば、万事は落ち着くだろう。彼女は、そんなに素早く、そんなにすぐになくなってしまわないように笑いを押し留めておけるだろう。それで、彼女は、振り向く顔や低い驚きの小声の前を急いだ。そして彼女たちは、いつもの席を占めたが、そこでは、彼女は、銀色のスクリーンを背景に通路や若い男女がカップルを成して入ってくるのを見ることができた。

明かりがぱっと消えて、スクリーンが銀色に輝き、やがて人生が展開し始めたが、それは美しく、また情熱的で、また哀れを誘うものでもあった。その間、まだ若い男女が入ってきたが、半ばの暗闇の中で、香水のにおいを放ち、しゅーしゅーと歯擦音を立てており、ペアを成した背中は、優美でスマートなシルエットを見せており、ほっそりとして機敏な身体は不器用で、素晴らしく若々しかった。その間彼らの背後では、銀色の夢が、必然的にどんどん積み上がってゆくのだった。彼女は、笑い出した。それを押さえようとして、ますます騒々しくなり、いくつもの頭が振り向き始めた。彼女はまだ笑っており、友人たちがその彼女を持ち上げて、外へ連れ出した。彼女は、歩道の縁石のところに立ち、タクシーが来て、みなが彼女をその中に乗せるまで、高いままの調子で笑っていた。

友人たちは、彼女のピンク色の薄織りのボイルとごく薄い下着、それにストッキングを脱がし、ベッドに横たえ、こめかみに当てる氷を割った。そして医者を呼びにやった。彼の場所を特定するのに手間取った。それで友人たちは、小声で叫びながら、氷を取り換え、彼女を扇ぎながら、手助けした。氷が新鮮で冷たいうちは、彼女は笑いを止め、ちょっとだけ呻きながら、しばらく静かに横たわっていた。しかし、ほどなく、彼女のその笑いはまた噴き出し、その声は、叫びながら高まった。

「しゅううー！しゅううー！」と、友人たちはアイスパックを取り換え、彼女の髪を撫でつけ、灰色の部分を調べながら言った。「かわいそうな子！」次いでお互い同士に向かって「あんた、本当に何かが起こったんだと思う？」彼女たちの目は、暗く光り、ひそやかで、熱を帯びていた。「しゅううー！かわいそうな子！かわいそうなミニー！」

五

マクレンドンが、車で彼の小ぎれいな新居に帰ったのは、真夜中だった。その家は、鳥籠のように手入れが行き届いていて、新しく、ほとんど同じように小規模で、きれいな緑と白のペンキが塗ってあった。彼は車に鍵を掛けて、玄関に上がり、中に入った。彼の妻は、読書用卓上ランプの傍らのイスから立ち上がった。マクレンドンはフロアで止まり、彼女が下を向くまでじっと見た。

「あの時計を見ろ」と彼は、腕を上げて、指差しながら言った。彼女は、彼の前に立ち、頭を下げて、両手に雑誌を持っていた。彼女の顔は、青ざめ、張り詰めていて、うんざりした様子だった。「俺は、お前に、こんな風に起きて座っていて、俺がいつ入ってくるか待って見てるなんてことは止(や)めろと言わなかったかい」

「ジョン」と彼女は言った。彼女は雑誌を下(お)ろした。足の親指のつけ根のふくらみで身体(からだ)の均衡を保ちながら、彼は厳しい両眼で顔に汗をかきながら、彼女をにらんだ。

「そう言わなかったかい」彼は彼女のほうに進んだ。それで、彼女は見上げた。彼は彼女の肩をつかんだ。彼女は、彼を見ながら、逆らわないで立っていた。

「そう言わないで、ジョン。私は眠れなかったの…この暑さ、そして何か。お願い、ジョン。あんたは私を苦しめてるわ」

「お前にそう言わなかったかい」彼は彼女を離し、イスをよぎるようにして彼女を半ば殴り、半ば振り飛ばした。そして彼女は、そこに横たわったまま、彼が部屋を出てゆくのを、静かに見つめていた。

彼は家を突き抜け、来ているシャツを裂(さ)いて、引きはがした。そして、裏の暗い仕切られたベランダに立ったまま、そのシャツで頭と肩を拭(ふ)いて、投げ捨てた。尻のポケットから拳銃を出して、ベッドのそばのテーブルに置いた。そしてベッドに座り、靴を脱ぎ、立ち上がって、ズボンをするりと脱いだ。彼は、既にまた汗をかいていた。彼は屈んで、シャツを物狂おしく探し求めた。遂に見つけると、それでまた身体を拭き、身体をほこりまみれの仕切りに押しつけて、あえぎながら立っていた。動きも、音も、一匹の虫さえも皆無だった。暗闇は、冷たい月と瞬き続ける星々の下で、打ちひしがれて横たわっているように見えた。

コットンにとりその銃声は、生涯で聞いたことのない大きなものだった。大き過ぎて、いきなりは聞き取れないほどだった。それは、藪や薄の暗い、ぼんやりした道のあたりに、次第に高まり続けてゆくのだった。その間、ハンマーで打つような十ゲージ散弾銃の反動が彼の肩に衝撃を与え、銃に装填された黒い火薬の煙が消え、更に荒れ狂った馬が二度回り、次いで全力疾走に移り、徐々にゆっくりとなり、空の鐙が空の鞍に音立ててぶち当たっているのだった。

それは大き過ぎる騒音を立てた。それはあきれるほどの、信じられないもので、彼が二十年間所持してきた銃なのだった。それは、驚くべき暴圧的な力で彼を圧倒し、彼を藪の中に押し倒してしまうように見えた。それで、彼が二回目の射撃をした時、もう遅過ぎて、猟犬も行ってしまっていた。

そして彼は走りたいと思った。そうしたいと思っていたのだ。彼は、前夜、自らに言い聞かせていた。「その直後は、走りたいものだろう」と彼はつぶやいた。「しかし、走れないものだ。まずそれを終えなきゃあならない。すっかり片付けなきゃあならないものだ。大変だろうが、それをしなきゃあならないんだ。藪（やぶ）の中で、そこできちんとしなきゃあならないんだ。それをし始めるまで、目を閉じて、ゆっくりと数を数えなきゃあならないんだ」

彼は、そうした。銃を下ろし、丸木の背後の彼が横たわっていたところに座った。両眼は閉じていた。彼はゆっくりと数えた。すると、震えを止（や）め、銃の音と疾駆する馬の反響音が、その耳から消えた。彼が選んだ場所は、理にかなっていた。それは静かな道で、ほとんど使用されておらず、あの去った馬以外は、三ヶ月に一度も跡を残したものはいなかった。馬の持主の住んでいる家とヴァーナー（フレンチマンズ・ベンド地区の有力者）の店の間をつなぐ近道だった。川辺の低地の端に沿った静かで消え入りそうな、そして草に覆（おお）われた道で、藪の中にうずくまる一人と道の上にうつ伏せになっているもう一人との彼ら二人以外は誰もいなかった。

コットンは、独（ひと）り者だった。彼の住まいは、四マイル離れたところの低地の端に立つ床が粘土張りの、隙間を詰めた丸太小屋だった。彼が家に着いたのは、たそがれ時だった。彼は、裏手の井戸屋形で水を汲み出し、靴を洗った。それは、いつもよりも泥だらけというわけではなかった。それに、彼は、その靴をひどい天気の時以外は、はかなかった。でも、彼はそれを念入りに洗った。それから、彼は、散弾銃をきれいにし、それを銃身も台尻も洗った。なぜかは、彼は言えなかっただろう。というのは、彼は指紋のことなど聞いたこともなかったからである。そして、すぐあとに、再び銃を拾い上げ、家の中に持っていってしまい込んだ。彼は、炉端に薪を、一握りの炭にした松のこぶを置いていた。彼は土の炉に火を起こし、夕食を作り、食べて、寝た。床の上に敷いた貧弱なキルトの寝床に眠った。ドアに閂を掛けて、寝床に行き、作業服を脱いで、横になった。火が燃え尽きたあとは、暗闇だった。彼は、その闇の中に、横たわっていた。全く何も考えてはおらず、ただ一つの例外は、眠りを期待していなかったということだけだった。彼は、勝利感も弁明の気持ちも何も、感じていなかった。ただそこに横たわり、全く何も考えず、犬の鳴き声が聞こえ始めた時でさえも、そうだった。通常、夜中に、彼がよく聞いたのは、犬たち、各々の犬たちが、単独で低地を歩き回るかアライグマ或いは猫を狙う集団の声だった。ほかにすることもないので、彼の生活は、彼の遺伝、彼の遺産は、ヴァーナーの店の半径五マイル内に集中していた。彼は、彼が聞くだろうほとんどどの犬も、その声で判別できた。それは、彼が聞くほとんどどの人も、その声で判別したのと同様だった。彼にはその犬の声が分かっていた。その犬と鐙をパタパタ揺らしながら疾駆する馬とその持ち主は不可分だった。そのうちの一つが見れるところでは、ほかの二つもそんなに遠くにはいない筈だった――やせて、徘徊し回る獣、主人の家に近付くものは誰であれ獰猛に攻撃する獣で、主人の確信と威圧感らしきものを持っているのだった。そして、今日が彼がそいつを殺そうとする最初ではなかったが、今になって、彼には、なぜそれをやり遂げられなかったかが分かった。布団に横たわったまま、彼は、「自分の運を読めなかった」と独り言を言った。「読めなかった。もし突き進んであの犬を殺していたら、よかったのだ」

コットンは、まだ、勝利感を持てなかった。誇らしく思い、弁明するには、まだ早過ぎた。早過ぎた。死と関わりのあることだった。彼は、その取り返しのつかない距離を拾い上げて、いきなり縮めることはできないと信じていた。死体のことをすっかり忘れてしまっていた。そこで彼は、待ち、全く何も考えず、犬の吠え声を聞きながら、空ろにやせた栄養不足の己の身体を横たえていた。犬の叫声が測ったような正確な間隔を置いて届き、それは、音を発するが出所がはっきりせず、闇の中で一匹の猟犬の物悲しい、穏やかで卑屈な特質を帯びているのだった。その時、突然、彼は自分自身が布団の上にまっすぐ固まって座っているのに気づいた。

「黒人どもの話にある」と彼は言った。彼は聞いたことがあった（彼自身、黒人の知り合いはなかったが、それは毛嫌いと彼のような白人階層と黒人の間の経済上の嫉妬が原因だった）。それは、黒人たちが犬は主人の新しい墓に向かって吠えるものだと主張している、ということをである。「こりゃあ、黒人どもの言い伝えだ」と彼は、仕事着を身に着け、磨いたばかりの靴をはいている間中、言っていた。彼は、ドアを開けた。小屋がある丘の下の暗い川沿いの低地から、犬の吠え声が、鐘の音のように、死者を悼むように聞こえてきた。ドアのちょうど内側の釘から、巻いた鋤用の綱を取り外し、坂を下って行った。

大森林の暗い壁を背にして、ホタルが点滅し、あちこち飛んだ。黒い壁の向こうから、蛙のぐうぐう、ぶうぶう鳴く声が聞こえてきた。彼が林に入った時、自分の手が見えなかった。足元はイバラで危険だった。それらは、無生物の強情さを持っていて、暗闇から飛び出してきて、先のとがった触手で彼をつかんでくるように見えた。前方の物思いに沈んだ、通り抜け不能の闇から猟犬の声が絶えず聞こえてきた。彼はまた泥だらけになりながら、その声を追った。大気は冷たかったが、それでも、汗をかいていた。彼は声の間近にいた。猟犬の声が止んだ。彼は、歯は乾いた唇の下で乾き、両手は、爪で引っ掻き回し、行き当たりばったりのままで、止んだ音のほうへ、犬の両目のかすかに燐光を放つきらめきに向かって、前向きに突っ込んでいった。その両目が消えた。彼は、止まって、あえぎ、屈み、手に鋤用の綱を持ったまま、その両目を探していた。彼は犬をののしったが、その声は、乾いたささやき声だった。沈黙以外は、何も聞こえなかった。

　コットンは、四つん這いで進みながら、空を背に浮かんだ木々の形から、自分の居場所を口にした。しばらくして、イバラが顔を引っ掻き、切りつける中、浅い溝を見つけた。そこは、腐った葉っぱで、悪臭を放っていた。彼は真っ暗闇の中、くるぶしまで漬かって、そこを渡ったが、それは、土とも言えず水とも言えない何かの中で、肘は、顔の前で曲がっていた。何かにつまずいた。それはだらりとした感触のものだった。彼がそれに触ると、何かが息の詰まったような、幼児のような叫び声をあげ、彼は、そのものが慌てて走り去る音を聞きながら、驚いてうしろに退いた。

「ただのフクロウネズミだ」と彼は言った。「あいつはただのフクロウネズミだ」

コットンは、その両肩を引き上げるため、自分の両手を横腹で拭いた。横腹はねば土で汚れていた。彼は両手を、胸のところで、シャツで拭いた。それから、その両肩を持ち上げた。そしてそれを引き摺りながら、うしろ向きに歩いた。時々止まっては、両手をシャツで拭くのだった。彼は、木の傍らで、止まった。腐っているイトスギの抜け殻で、上のほうがなく、凡そ十フィートぐらいの高さだった。彼は巻いた鋤用の綱を胸のところに入れていた。綱をその死体の周りに結び付け、切り株を登った。天辺はすっかり腐って、開いていた。彼は大男ではなくて、その死体ほども大きくはなかった。だが、綱を手繰って、切り株にぶつけ、またこすりながら死体を彼のところに引き上げた。とうとう、それは、縁のところに半分だけ入っているひきわり粉の袋のように、横たわった。綱の結び目は、滑って、ぴんと張っていた。遂に彼は、ナイフを取り出し、綱を切って、死体を空洞になった株の中に突き落とした。

それはずうっとは落ちなかった。彼は、その周りを、両手で障害となっている物を求めて探った。大枝の突起部分に綱を括り付け、その端を両手に持って死体の上に立ち、上下に飛び跳ね始めた。そこで死体はすぐに彼の下で抜け落ち、彼を綱にぶら下がったまま、宙ぶらりん状態にした。

彼は、その綱を登ろうとして、指の関節で腐った繊維を、鼻孔に入れたかぎタバコのような、消え入りそうな湿った腐食した粉をぎしぎしこすった。彼は、綱が括り付けられた突起部分が裂けて、崩れ始めるのを感じた。彼は中空から飛び上がって、腐った木を引っ掻き回し、片手を端に掛けた。木は彼の指の下でぼろぼろに崩れた。彼は一インチも進めないまま、果てしなく上り続け、口は歯の上で割れ、両眼は、空をにらんでいた。

その木は、崩れるのを止めた。彼は、息をつきながら、両手でぶら下がっていた。自らを引き上げて、端にまたがった。彼は、しばらく、そこに座っていた。それから降りて、空洞の幹にもたれかかった。

小屋に着いた時、コットンは、疲れ果てていた。今までこれほど疲れたことは、一度もなかった。自宅のドアのところで、立ち止まった。ホタルが、暗い帯状を成す森に沿って、飛んでいた。またフクロウがほーほーと鳴き、蛙が、依然として、ぐうぐう、ぶうぶう、と、うなるように鳴いていた。「これほど疲れたことは、今までなかったな」と彼は言いながら、家に、彼が丸太を一本一本積み重ねて建てた壁に寄りかかっていた。「何もかもが手から離れてしまったようだ。あの切り株を上がったことと言い、あの発射が立てた音と言い。俺は、よく分からないままに、音が一層大きくなり、登るに一層大変になった場所で、そうと分からないままに、ほかの誰かになってしまったようだな」彼はベッドに行った。泥まみれの靴と仕事着を脱ぎ、横たわった。もう遅かった。二時過ぎに四角い窓に現れた夏の星によって、そのことが分かった。

そして、まるで彼が落ち着いて、気楽になるのを待っていたかのように、猟犬がまた吠え始めた。闇の中に横たわりながら、彼は、その第一声が川沿いの低地から哀し気に、それらしい音色で、意味深げに響いてくるのを聞いた。

作業着を着た五人の男が、ヴァーナーの店の壁を背に、しゃがんでいた。コットンが六人目に加わった。彼が一番上の段に座っていて、ベランダの木製の日よけを支えている、何かにかじられた柱に背を持たせかけていた。七人目の男は、一個の籐の編みイスに座っていた。太った、余裕を見せた男でデニムのズボンをはき、えりのない白シャツを着ていて、コーンパイプをふかしていた。中年を過ぎていた。彼は郡の保安官だった。みなが話題にしている男は、ヒューストンという名前だった。

「あの男が逃げる理由なんてなかったな」と一人が言った。「消えてしまう、自分の馬を鞍のないままで家に送り返す、なんて。ヒューストンにそうする理由なんかなかった。自分の土地があり、家もある。毎年立派な収穫を上げている。彼は、郡の誰にも劣らず、暮らし向きがいい。独り身でもある。消える理由なんか何もなかったぞ。その点は注目できる。彼は決して逃げたりしてない。なぜかは分からんが、でも、ヒューストンは絶対に逃げちゃあいないぞ」

「俺も分からんな」と二人目の男が言った。「人が心底に何を思っているかは、誰にも分からんさ。ヒューストンには、俺たちには分からないわけがあったのかも知れんな。何かが彼に起こったように見せかけてな。この地域から立ち去って、何かが彼に起こったように見せかけてな。前にもあったぞ。彼以前の者たちも、名前を変えてテキサスに逃げてゆくわけがあったんだ」

コットンは、使い古して、汚れ、すり切れた帽子の下で、顔を下げて、みなの目線の少し下に座っていた。彼は、松の板切れを削って、棒を作っていた。

「しかし、人は何の跡も残さずに消えることなどできないよ」と三人目の男が言った。「そんなことできるかい、保安官」

「さあ、分からんね」と保安官が言った。彼はコーンパイプを口から外して、ベランダ越しに、ほこりの中に手際よく唾を吐いた。「人が切羽詰まった時、何をするか、誰にも分からんさ。ただ、誰も考えたことがないことだろうな。見込みじゃあいかんな。でもよ、まさに何が彼を追い詰めたかが分かれば、彼のしたことがかなり分かってくるよ」

「ヒューストンは、やろうと考えたことは、利口にやれる男だぜ」と二人目が言った。「もしあの男が消えてしまいたいと思っていたならば、今分かっていることに関してなら、我々には分かっていた筈だな」

「つまりそれは、何なんだい」と三人目の男が言った。

「何もないさ」と二人目が言った。

「それは事実だ」と最初の一人が言った。「ヒューストンは、分からないところのある男だった」

「彼一人だけがこのあたりで分かりにくい人間だったわけじゃあなかったよ」と四人目のが言った。コットンにとって、それは思いがけないことに思えた。なぜなら、四人目は、それまで一言も発していなかったからである。彼は、柱を背にして座り、帽子を前向きに傾けていたので、その顔は見えず、みなの目を感じれると信じていたのである。コットンは、木片が、自分のくたびれたナイフの刃の前で棒からゆっくりと滑らかに剥けてゆくのを見守っていた。「俺は言いたいことがある」と彼は独り言ちた。

「やつは、ほかの誰よりも利口だったわけじゃあない」と彼は言った。それから、彼は、言わなきゃあよかったと思った。彼には、みなの足が帽子の縁の下から見えた。彼は、ナイフと絶え間なく出る木片を見つめながら、棒を削り上げていった。「こいつは滑らかに削り出さなきゃあならんのだ」と彼は独り言ちた。「割れちゃあならんのだ」彼はしゃべっていた。自分の声が聞こえた。「己が郡で一番の大物のように得意になって。人の家畜にあの犬めをけしかけやがって」彼は、みなの足を見つめ、ナイフの刃の下で木片が削れてゆくのを見守りながら、彼らの目線を感じることができた。突然彼は、銃のことを、あの大きな轟音、震動の衝撃のことを考えた。「多分俺は、彼らみんなを殺さなきゃあならんだろう」と彼は、独り言を言った――すり切れた仕事着を着て、やせた顔と病人のようなどんよりした目を持ったおとなしい男で、細い手で木片を削り、彼らを殺すことを考えていた。「彼らじゃあない。ただああした言葉だけ、話だけだ」しかし、そうした話は慣れたもので、その抑揚も身振りもである。だが、ヒューストンだってそうだった。彼は、ヒューストンを昔から知っていた。あの繁盛した高慢な男。「犬と一緒に」とコットンは、ナイフが戻ってきて、また次の木片に食い込んでゆくのを見つめながら言った。「俺よりもいい物を食う犬なんだ。俺は働いて、やつの犬よりもまずい物を食っている。もし俺があいつの犬だったら、俺は…あいつがいなきゃあ、俺たちはもっと楽々としていられた」と彼は、だしぬけに漏らした。彼は、みなの目が、真剣で、熱心なのを感じることができた。

「あいつはいつもアーネストをいらだたせていたぞ」と一人目の男が言った。

「やつは俺につけ込んでいた」とコットンが、確かなナイフを見つめながら、言った。「あいつは、そうできる相手には誰でも、つけ込んでいたな」

「彼は横柄な男だったな」と保安官が言った。

コットンは、彼らが、距離を置いた声の背後で、依然として自分を見守っていると強く思っていた。

「抜け目がないぜ、でも」と三人目の男が言った。

「彼は、アーネストとの豚をめぐる訴訟に勝つに足るほど利口じゃあなかったな」

「そうだよな。あの訴訟で、アーネストはどのぐらい手に入れたんだい。彼はまだ話してないな」

コットンは、みなが彼があの訴訟からどのぐらい手に入れたかを知っている、と信じていた。ある十月、豚が彼の地所に入り込んだ。彼はそれを囲いに入れた。調査して、その持ち主を見つけ出そうとした。しかし、彼が自分のところの飼料でそれを冬の間中飼育し終えるまで、誰も自分の豚だと求めてこなかった。春になって、ヒューストンがその豚を要求してきた。両者は訴訟を起こした。ヒューストンは、裁定により、豚を与えられたが、冬中の飼料代を課され、更に、迷子の家畜の囲い料として、一ドルを出させられた。「わしは、そりゃあアーネストの問題だと思うぞ」と保安官は、しばらくしてから言った。

再びコットンは、自分がだしぬけにつぶやいているのを聞いた。「一ドルだった」と彼は言い、ナイフを握る指関節部が白くなるのを見つめていた。「一ドルだ」彼は、自分の口が話を止めるよう、努めていた。「ともかく、俺はやつから取った……」

「陪審は全く妙なことをする」と保安官が言った。「小さなことではな。だが、大きな問題では、彼らは大体まともだな」

コットンは、絶えず、慎重に削っていた。「最初は逃げたくなるもんだ」と彼はつぶやいた。「だけど、やってしまわにゃあならんのだ。もし必要なら、百数えて、そしてやってしまわにゃあならんのだ」

「昨夜、あの犬の声をまた聞いた」と三人目の男が言った。

「そうかい」と保安官が言った。

「馬が鞍が空っぽのまま帰ってきてから、犬は戻っていない」と一人目の男が言った。

「猟に出てるんだと思うよ」と保安官が言った。「腹が空いたら、戻ってくるだろうよ」

コットンは、棒を仕上げていた。彼は動かなかった。

「黒人どもは、猟犬は死体が見つかるまで吠え続ける、と言い張ってるぞ」と二人目の男が言った。

「そりゃあ聞いたことがある」と保安官が言った。しばらくして、車がやって来て、保安官はそれに乗り込んだ。車は、副保安官が運転していた。「わしらは、夕食に遅れるよ」と保安官が言った。車は、丘を上がっていって、その音が消えた。日没も近かった。

「保安官はあんまり気にしてないな」と三人目のが言った。

「何でそうなんだい」と一人目の男が言った。「結局のところ、人は誰にも言わずに家を離れて、旅に出てしまうことがあるんだな」

「まるであいつは、鞍を外したあとの雌馬のようだな」と二人目の男が言った。「そして、あの犬と何か関係がありそうだな。犬はずっと戻っていないが、追い詰められちゃあいないぞ。俺は毎夜あの犬の声を聞いているんだ。追い込まれてるわけじゃあない。吠えているんだから。火曜日以来、戻っていない。そしてその日に、ヒューストンは、あの雌馬に乗って、ここの店からいなくなったんだぜ」

コットンは、最後までその店にいた。家に着いたのは、暗くなったあとだった。彼は、冷たいパンを食べ、散弾銃に弾を込め、あの猟犬が吠え始めるまで、開けたドアのそばに座っていた。それから、丘を下り、低地に入った。

犬の声が彼を導いてくれた。しばらくして、それは止んだ。そして、彼は、その目を見た。それは、じいっと動かなかった。弾丸の発射の赤いきらめきの中で、彼はその獣まるごとが鋭い浮き彫りを成しているのを見た。彼は、そのあとの暗黒のごった返した混沌の中に飛び込んでゆくさ中の犬を見た。その体がどさっと落ちる音も聞いた。だが、その体は見つからなかった。彼は、注意深く探して、あちこち駆け回り、止まっては聞き耳を立てた。でも、彼は、弾丸が犬に命中して、後方へと放り出すのを見ていたのだ。コットンは、それて、凡そ百ヤードの距離、真っ暗闇の中を進み、とある沼地に来た。彼は散弾銃をその中に放り投げて、ゆるやかな水しぶきの音を聞き、ぼんやりとかすんだ水が裂けて元に戻り、最後の波紋が消えてゆくのを見つめていた。彼は家に帰り、ベッドに行った。

だが、彼は、犬の声をもう聞くことはないと分かっていたけれども、眠りには入らなかった。

「あいつは死んだ」と彼は独り言を言いながら、暗闇の中、キルトの布団の上に横たわっていた。

「俺は弾丸がやつを打ち倒すのを目にした。あの射撃では、大丈夫だ。犬は死んだ」それでも、まだ彼は眠らなかった。眠る必要もなかった。彼は、朝、疲れや不調を感じることはなかった。が、それも、犬とは関係ないこと、と分かっていた。あの犬の声を二度と聞くことがないことが分かっていたし、眠りは犬と関係ないことも分かっていた。それで、彼は、ドアのところのイスに座ったまま、ホタルを眺め、蛙やフクロウの鳴くのを聞きながら、夜を過ごすようになった。

彼は、ヴァーナーの店に入った。午後の半ばだった。ベランダは空で、スノープスという名の店員だけがいた。「二、三日、あんたを探していたよ」とスノープスは言った。「入ってくれ」

コットンは入った。店は、チーズとなめし皮と新しい土のにおいがした。スノープスは、カウンターのうしろに行き、その下から散弾銃に手を伸ばした。それには泥がこびりついていた。「こりゃあ、あんたのと違うかい」とスノープスが言った。「ヴァーノン・タルがそうだと言ったがね。黒人野郎のりす狩りが、沼地でこいつを見つけたんだ」

コットンは、カウンターのところに来て、その銃を見た。彼はそれに触らなかった。ただ見ただけだった。「俺のじゃあないな」と彼は言った。

「この辺の人間は誰も、旧式のハッドレー十ゲイジの銃は持っていない。あんたを除いてな」とスノープスは言った。「タルが、それはあんたのだと言ってるがな」

「そりゃあ、俺のもんじゃあない」とコットンが言った。「それに似たのは一丁ある。だが、俺のは家だ」

スノープスは、銃を持ち上げた。彼はそれを開けた。「中には空のと装填されたのとがあった」と彼は言った。「あんたは銃は誰のものだと思うかい」

「分からんな」とコットンは言った。「俺のは家だ」彼は、食べ物を買いに来ていた。彼はそれを買った。クラッカー、チーズ、鰯の缶詰だった。家に着いた時は、暗くなかった。だが、鰯の缶詰を開けて、夕食を食べた。横になった時、彼は仕事着を脱ぎさえしなかった。それはあたかも、彼が何かを待って、すぐに移動してゆけるように着たままでいるかのようだった。窓が灰色になり、次いで黄色になり、そして青色になった時、彼はそれが何であれ、まだ待っていた。彼が、四角い窓に縁取りされて、新たな朝を背景に、一個の飛んで舞い上がる斑点を見た時、彼はまだ待っていた。日の出までにはそれは三個になり、さらに七個になった。

その日を通して、コットンはそれらが飛んで集まるのを見守った。それらは回りまた回り、同心円状の黒い輪をいくつも描いている。下方のが回転して下ってゆき、木々の下に消えてゆくのを見つめていた。彼は、あの犬なんだ、と思った。「やつらは昼までには、終えてしまうだろう」と彼は言った。「大きな犬じゃあなかったから」

昼になった時、それらは飛び去ってはいなかった。もっと数が増えていた。他方、下のほうの連中は、下って、木立の下に消えていた。彼は暗くなるまで、それらが木立の向こうからそれぞれに、ゆるやかに飛びながらいなくなるまで見守っていた。「食わなきゃあいかん」と彼は言った。

「この仕事は、今夜やらなくちゃあならん」彼は炉のところに行き、膝をついて、松のこぶを取り上げた。そして、彼は、ひざまずいたまま、マッチの火を囲うようにして炎にした、その時、再び犬の声を聞いた。深い独特の音質の、紛れもない、そして物悲しい鳴き声だった。彼は夕食を作り、食べた。

　斧を手に、コットンは、自分のやせたトウモロコシ畑を通って、下っていった。猟犬の鳴き声が彼を導けたであろうが、彼はそれを必要としなかった。低地に着かないうちに、彼は自分の鼻が自分を案内していると確信していた。犬はまだ吠えていた。彼はそれを気にせず、遂にその獣は、彼を感知して、前にそうしたように、吠えるのを止めた。再び彼は、その目を見た。彼は、それに意を払わなかった。空洞のあるイトスギの幹のところに行って、その中に斧を振り込み、斧は腐った木の中に、柄のところまで深々と沈み込んだ。彼が斧を引き抜こうとしていると、何かが背後の闇から無言で荒々しく出てきて、彼に鋭い一撃を食らわせた。斧がちょうど引き抜け、彼は手に斧を持ったまま倒れて、顔面に犬の息の熱い臭気を感じ、空のほうの手で犬を殴り倒しながら、その歯の立てるカチカチいう音を聞いた。犬は再び跳び、まさにその両目が見えた。彼はひざまずき、今度は両手で斧をつかんで、上に挙げた。彼は斧をふるい、空を切り、何も触れるものがなかった。彼は、しゃがんで、犬の目を見た。彼はその両目に襲いかかった。それらは消えた。彼は、一瞬、待ったが、何も聞こえなかった。彼は木のところに戻った。

斧の最初の一撃で、犬は再び彼に飛びかかった。彼はそれを予期していたので、ぐるりと向きを変えて、斧でその両目を打ちすえた。そして、斧が何かに当たり、彼の両手から外れた。彼は犬がクンクン鳴くのを聞いた。彼は犬が這い去るのを聞いた。彼は、四つん這いになって、見つかるまで斧を探した。

コットンは、切り株の根元を斧で切りつけ始め、切りつける間に止めては聞き耳を立てた。しかし、何も聞こえず、何も見えなかった。頭上には、星々がゆっくりと動いていた。彼は、午前二時にその一つが彼の窓を覗き込んでいたのも見ていた。彼は、切り株の根元を絶え間なく切りつけ始めた。

木は腐っていた。斧は、砂か泥土に打ち込むように、一打ごとに、柄のところまで沈んだ。突然、コットンは、におうのは想像によるものではないと知った。彼は斧を下ろし、両手で腐った木を引き裂き始めた。その猟犬は、クンクンいいながら彼のそばにいた。彼は、犬がそこにいることが分からなかった。犬がその頭を開口部に突っ込み、吠えながら彼を押し立てた時でさえ、そうだった。

「行っちまえ」と彼は、それが犬だとまだ意識しないままに、言った。彼は死体を引っ張りながら、それが、それ自体が大き過ぎるかのように骨から抜け落ちるような感覚を覚えた。彼は顔をそむけ、その歯はきらめき、呼吸は荒く、激しく、抑制気味だった。彼は犬が、寄って頭を穴に入れ、吠えながら、彼の両足に押しかかってくるのを感じた。

死体が抜け出た時、コットンは、ひっくり返った。湿った地面に仰向けに横たわり、星空のぼんやりした一画を見上げていた。「こんなに疲れたことは、今まで一度もなかった」と彼は言った。犬はひどいしつこさで、吠え続けていた。「黙れ」とコットンは言った。「しいっ！しいっ！」犬は静かにならなかった。「もうすぐ夜明けだぞ」とコットンはつぶやいた。「俺は立ち上がらねば」

彼は立ち上がって、犬を蹴った。犬は離れたが、コットンが屈んで、足をつかみ、あとへ下がり始めた時、犬は再びそこに来て、嘆くように鳴いた。彼が止まって、休もうとすると、犬はまた吠えるのだった。再び彼は犬を蹴った。そして明かるくなり始め、木々は毒気を孕んだ闇の中から、ぼんやりと、また広がるように現れ出てきた。彼は、犬をはっきりと見ることができた。それは、やつれてやせていて、顔面をよぎる長い血まみれの深傷を負っていた。「俺はお前に始末をつけにゃあなるまい」と彼は言った。犬を見つめながら、彼は屈んで、棒切れを見つけた。それは腐って、泥で汚れていた。彼はそれをぐいとつかんだ。犬が鼻先を上げて、吠えようとした時、彼は棒切れで打ちすえた。犬は回転した。その肩から横腹にかけて走る長い新しい傷跡ができた。犬は、彼に音も立てずに飛びかかった。彼はまた打ちすえた。棒切れは犬の両目の間、ど真ん中に当たった。彼は、また足首をつかみ上げて、走ろうとした。

もうほとんど明かるくなっていた。彼が河堤の下生えを突き抜けた時、水路は見えなかった。脱脂綿のように見える長い堤があったが、その下のどこかに、水音を聞くことができた。ここには、さわやかさがあった。霧の端はなめるように移動して、ねじれた舌のようになった。彼は屈んで、死体を持ち上げ、霧の土手の中に放った。見えなくなる瞬間に、彼は死体を見た。それは四本ではなく、三本の手足のゆっくりと広がってゆく姿だった。それで、彼には、死体を切り株から引き出すのがなぜあれほど大変だったのかが分かった。「もう一遍行ってこなくちゃあな」と彼は言った。次いで、彼は、背後に突然押し寄せる音を聞いた。振り返る時間もあらばこそ、猟犬が彼にぶつかって、打ち倒した。犬は休まなかった。仰向けに横たわりながら、彼は、犬が鳥のように中空に浮いて、一度短い、窒息するような声を上げて、霧の中へ消えてゆくのを見た。

彼は立ち上がって、走った。つまずき、持ちこたえ、また走った。もう十分に明かるくなっていた。彼は、切り株と彼自ら切り裂いて作った黒い穴を見ることができた。背後に、彼は、犬の素早い、やわらかな足音を聞くことができた。犬が彼に飛びかかった時、彼はつまずき、倒れて、犬が彼の上に舞い上がるのを見た。その両眼は、二個のタバコの火のようだった。彼が起き上がらないうちに、犬はくるりと振り向き、再び飛びかかって来た。彼は素手で犬の顔を殴り、走り始めた。彼と犬はそろって木に着いた。犬はまた彼に飛びかかってきて、彼の腕にぶち当たってきたが、その時彼は木の中に屈み込んで、例の死体の一部、彼が霧の中に放り投げたあとも（彼は知らなかったが）もう既になくなっていたあの死体の一部を探そうとしており、また、犬が彼の両足のあたりに襲いかかってくるのを感じていたのだった。次いで、犬がいなくなった。そして、声がした。
「やつを仕留めたぞ。出てきていいぞ、アーネスト」

郡庁所在地は、十四マイル離れていた。彼らは、使い古したフォードで、その町へ行った。後部座席にコットンと保安官が座り、両者の内側の手首は、手錠でつながれていた。公道に着くまで二マイル走らねばならなかった。午前十時で、暑かった。「陽が当たるから、座席を取っ換えるかね」と保安官が言った。

「俺は大丈夫ですよ」とコットンが言った。

二時に、タイヤがパンクした。コットンと保安官は、木の下に座り、その間、運転手と保安官助手は、野原を越えていって、ガラス製広口ビンいっぱいのバターミルクといくらかの冷たい食べ物を持って戻って来た。彼らは、食べ、タイヤを修理して、走り続けた。

彼らが町から三、四マイル内に入ると、町の市日の市場から帰る荷馬車や自動車、彼ら自身の立てるほこりの中を家路についてゆっくり進む荷馬車の馬たちと出会い始めた。保安官は、肥えた腕を一振りして彼らにあいさつした。「夕食に帰るんだ、ともかく」と彼は言った。「どうした、アーネスト。具合が悪いのか。さあ、ジョー、ちょっと止まろう」

「頭を外に出しておきますよ」とコットンが言った。「心配しないで」車は進んだ。コットンは、頭を上部の縦のV字型支柱から突き出した。保安官は、自分の腕を移して、コットンが自由に動けるようにした。「進んで下され」とコットンが言った。「俺は大丈夫だ」車は進んでいった。コットンは座席で少しずり落ちた。彼は、頭を少々動かすことによって、喉をV字型の頂点に当てて、その両直立部が耳の下の顎をとらえるようにすることができた。頭が万力の中にしっかりはまるまで、再度動いた。それから、足を振ってドア越しに体重をはさまった首に向かって鋭く落下させようとした。彼は自分の背骨がきしむのを聞いた。彼は己の頑丈さに、ある種の怒りを覚えた。彼は、手錠の強い引っ張りや彼をつかむ手と闘った。

そして、コットンは、道の傍らに仰のけに横たわり、顔面と口中に水があったが、呑み込むことはできなかった。しゃべることができず、悪態を突こうとし、声が出ないままにそうしていた。

次いで、彼はまた、滑らかな道を車に乗っていて、そこでは、子供たちが、大きな日陰の中庭で、小さなきらきらした衣服を着て遊んでおり、男女の大人たちは、夏の長いたそがれの中を、夕食へとお皿幾枚もの料理や幾杯ものコーヒーへと家路についているのだった。

独房で、彼に医者が呼ばれた。医者が帰ってしまった時、彼はどこかで夕食の準備がされているにおいをかぐことができた――ハムと熱いパンとコーヒーだった。彼は、簡易ベッドに横たわっていた。銅色の陽光の最後の光線が、狭い窓を通してすうーっと走り、彼の頭上の壁の上にその鉄製の格子を映していた。彼の独房は、大部屋の近くだった。そこでは、軽犯罪の囚人たちが生活しており、彼らは、軽い犯罪によってか、或いは一日三食にありつくためかで入所中の者たちだった。下からくる階段は、その大部屋に通じていた。そこは、さしあたり、一団の黒人たちに占められていて、彼らは、道路使役のひとつなぎにされた囚人たちで、放浪や少々のウィスキー販売、或いは、十〜十五セント程度のクラップ博打などで入所しているのだった。黒人の一人は、通りの上の窓のところにいて、誰かに叫び下ろしていた。ほかの者たちは、彼ら同士、内輪で語り合い、その声は、豊かで、さざめくようで、甘く単調だった。コットンは、立ち上がって、独房のドアのところに行き、桟につかまって、黒人たちを眺めた。

「それ」と彼は言った。その声は、音にならなかった。彼は手を喉に当てた。彼は、乾いた、しわがれた声を上げた。それで、黒人たちは話を止め、目玉をぎょろぎょろさせながら、彼を見た。「うまくいってたんだ」とコットンは言った。「それが俺に対してくずれ始めるまではな。俺はあの犬を処理できたと思うぞ」彼は喉をつかみ、その声は、耳ざわりで、乾いていて、しわがれていた。「俺に対してくずれ始めたんだ…」

「あれは誰なんだい」と黒人の一人が言った。彼らは、お互いにささやき合いながら、彼を見つめ、その目玉は、たそがれの中で、白かった。

「順調にいってたんだ」とコットンは言った。「でも、くずれ出したんだ…」

「黙れ、白人さんよ」と黒人の一人が言った。「そんなくだらんことを、おらたちに言うでねえ」

「うまくいってたんだ」とコットンは言った。彼の声は、どぎつく、ささやくようだった。そしてその声は、また彼に背いた。彼は片手で鉄の桟につかまって、別の手で自分の喉をつかみ、他方、黒人たちは、彼を見つめていて、ごちゃついた様子で、目玉は白く、まじめな色合いだった。次いで、彼らは、一斉に振り向き、部屋をよぎって階段のほうへと押し寄せた。彼はゆっくりした足取りを聞き、それから食べ物のにおいを感じた。そして彼は、桟につかまり、階段を見ようとした。「連中は、食事を先にあの黒人どもに与えたあとになってから、白人に食わせる積もりなのかい」とコーヒーとハムのにおいをかぎながら、言った。

デルタの秋

やがて彼らは、デルタ地方（ミシシッピー川下流域の低地帯）に入るだろう。その感覚は、彼に馴染みのものだった。それは五十年以上にわたって、十一月の最終週間に、このように更新されてきているのだった――最後の丘、その麓で豊かな途切れることのない沖積平野（長年にわたる河川の氾濫［はんらん］の繰り返しで土砂が堆積して形成された平野）が、海が岸の麓で始まるように、始まり、海自体が溶け去るように、ゆっくりした十一月の雨の下、溶けてゆくのだった。

最初のうちは、彼らは、荷馬車で来ていた。銃や寝具一式、犬、食料、ウィスキー、狩りへの鋭い高揚感のある期待を積んで、冷たい雨の中を終夜、そして翌日ずっと御することのでき、雨の中でキャンプのテントを張り、ぬれた毛布の中で眠り、次の朝、夜明けとともに起き、狩りをすることのできる若者たち、を積んできていた。当時は熊がいた。男は雄鹿を撃つと同じぐらい素早く、雌鹿や子鹿を撃った。そして、午後になると彼らは、拳銃で野生の七面鳥を撃って獲物に近付くための技量や射撃術を試し、胸肉を除いたすべてを犬に与えるのだった。しかし、そうした時代は、今や去ってしまった。今日では、みなが自動車で行った。年ごとにますます速度を上げて運転したが、そのわけは、道路が一層よくなったからであり、ますます遠くまで走らねばならず、獲物のいる領域は、彼の人生が内向きに縮（ちぢ）んでいるように年ごとに内向きに引いていて、今やとうとう、彼は、かつてそれを特にどうと感じないままに荷馬車でこの旅をした人々の中の最後の一人となっていた。今では、彼に同行する者たちは、雨やみぞれの中を二十四時間ぽっぽっと湯気を立てるラバの背後で荷馬車に乗っていった人たちの息子や孫でさえあったのである。みんなは、今、彼のことを「アイクおじさん」と呼んだ。そして彼は、自分が実際のところ八十才に近いありさまだということを最早誰にも話さなかった。なぜというに、彼には、みなにも分かるように、自分がたとえ自動車でさえあれ、そのような遠征は、己（おのれ）の出る幕ではないということが分かっていたからである。

　実際のところ、今や毎回、野営の最初の夜、目の粗（あら）い毛布にくるまって痛みを抱え、眠れないままに横たわり、自ら許可したわずか一杯のウィスキーで彼の血液をただわずかに温（あたた）めながら、彼は、これが最後の野営となるだろう、と自らに告げるのだった。けれども、彼はその旅に耐えたのだった——彼は、ほとんどかつてと同じように撃（う）てたし、彼がかつて殺したのとほとんど同じぐらいの量の獲物を、まだ殺すことができた。彼は、これまで何頭の鹿が自分の銃の前で倒れたのか、最早分かりもせず——それに次の夏の物凄（ものすご）い暑さが彼をよみがえらせたのである。すると、十一月がまたやって来る。そして再び、彼の昔の仲間の二人の息子と自動車に乗るのだが、その仲間には、かつて彼が、単に雄鹿か雌鹿が残した足跡の見分けのつけ方を教えただけでなく、それらが動く時に立てる音の区別の仕方も教えたものだった。自動車に乗って、彼はフロントガラスのワイパーのぐいぐい動く弓形の弧を通して前方を見、大地が急に平らになって急降下し、まるで海自体が溶けてゆくように雨の下に溶解してゆくのを見たものである。そして彼は言うのだった。「さあ、若者たちよ、また来たね」

今回は、しかしながら、彼には話す時間がなかった。車の運転者が、警告もなしに車を止め、荒っぽく滑りがちな舗装道路上を横滑りさせて、停止させたので、実際、二人の乗客を前方へと押し出し、その結果彼らは、計器盤に両手を突っ張って、身体を支えられたのだった。「一体、何だい、ロス」真ん中の男が言った。「こうする時は、まず、警笛を鳴らせないのかい。怪我したかい、アイクおじさん」

「いいや」と老人は言った。「一体、どうしたんだい」運転者は、答えなかった。まだ前屈みのままで、老人は、彼らの間の男の顔を通り越して、彼の親族の顔を見た。それは彼らみなの中で最も若い顔で、鷲鼻のむっつりした、少々冷たい顔であり、多少やわらげられ、変えられた先祖の顔であって、二本のワイパーがしゅっしゅっと流れる雨水を払っているフロントガラスを通して、憂鬱げに見つめている。

「俺は、今回は、ここに戻ってくる積もりはなかった」と彼は、突然、荒々しく言った。

「お前は、先週、ジェファソンでそう言った」と老人が言った。「それからお前は心変わりした。また変わったのかい。帰るにうんとふさわしい時じゃあないぞ」

「おお、ロスがやって来る」と真ん中の男が言った。彼の名前はレゲットだった。彼は、誰に話しかけているようでもなかった。彼は、彼らのどちらも見ていなかったのである。「もし彼がはるばると来たのが、ただ雄鹿のためというのであれば、今だ。だが、彼には、ここに雌鹿がいる。もちろんアイクおじさんのような老人は、雌鹿に興味はないね。二本足で歩く雌鹿なんかには——つまり、彼女が立ち上がっている時だがな。かなり明かるい色でもある。彼がアライグマを狩っていると言っていた去年の秋のあの夜な夜な、彼が追っかけていたやつだよ、アイクおじさん。去年の一月中ずうっと彼がいなかった時、多分彼がまだ追いかけていたと俺の思う相手だ。しかし、もちろん、アイクおじさんのような老人は、そのようなものには興味はないさ」レゲットは、声高に笑ったが、まだ誰を見つめているというのでもなく、また、まるっきりからかっているというのでもなかった。

「何じゃと」と老人は言った。「どういうことだい」けれども、彼はレゲットに視線を向けているというわけでさえなかった。彼は、まだ、親族の顔を見つめていた。眼鏡の奥の目は老人のかすんだ目だったが、とても鋭くもあった。その目は、ほかの誰にも劣らず、まだ銃身を見ることができ、その向こうを走るものを見ることができた。老人は今、自身で思い起こしていた。昨年、みなが野営しているところにモーターボートで入っていった最終段階において、食料箱が船から水中に落ちてしまい、翌日、彼の親類が最も近い町に糧食を求めて帰っていって、そのまま一晩いなかった時の経緯（いきさつ）をである。そして彼が戻ってきた時、彼に何かが生じていた。彼はほかの者たちが出かけていった時、毎朝、ライフル銃を持って森の中へ入っていくのだった。だが、老人は、彼を見ていて、狩りをしていないことが分かった。「いいよ」と老人は言った。「わしとウィルをトラックを待てれる小屋へ連れていってくれ。そうすれば、お前は帰れるよ」

「俺は帰らないよ」とロスは荒々しく言った。「心配無用だ。なぜなら、今回が最後となるだろうから」

「鹿狩りの最後かい、それとも雌鹿のかい」とレゲットが言った。今回は老人は、レゲットに言葉によってさえも意を払わなかった。彼は、まだ、若者の荒々しい考え込んだ顔を見つめていた。

「なぜだ」と老人は言った。

「ヒットラー（アドルフ、一八八九—一九四五、ナチス党首。第二次大戦時のドイツ総統）が事をやり遂げるあとだからかい。それとも、スミス（アルフレッド・E、一八七三—一九四四、米国の政治家）かジョーンズかルーズベルト（フランクリン・D、一八八二—一九四五、米国第三十二代大統領）かウィルキー（ウェンデル・L、一八九二—一九四四、米国の政治家、弁護士、実業家）か、或いはこの国で何と名乗ろうが」

「我々は、この国では、そいつを止（と）めてやるさ」とレゲットが言った。「たとえジョージ・ワシントン（一七三二—九九、軍人、政治家。米国独立戦争の英雄。初代大統領）と名乗ろうともさ」

「どうやって」とエドモンズが言った。「真夜中の酒場で、アメリカに神の祝福あれを歌い、えりの折り返しに十セントストアの旗をつけることによってでかい」

「それでお前は悩んでおるんかい」と老人が言った。「わしは、この国が必要としている時に防御者が足りないと思ったことはないぞ。お前も、二十数年前、大人にさえなっていない時に、いくらかそうした務めを果したな。この国は、国外のであれ、国内のであれ、いかなる男やその集団よりももうちょっとは強いわな。わしが思うに、時が来て、お前たちの何人かが戦争に行かねばやられるぞと叫ぶのに疲れた時、またもっと多くが戦争に行けばやられるぞと叫んでいる時、この国は、その男が自分のことを何と呼ぼうと、一人のオーストリア人の表具師（ヒットラーを指す）に対抗するだろうよ。わしの父さんや先にお前が挙げた名前の連中の誰よりもましなほかの男たちは、かつて戦争でこの国を二つに引き裂いたが、失敗した」

「それで残されたものは何だい」と他の一人が言った。「半分の人々は職を失い、半分の工場はストライキで閉じられた。失業の手当てを受けた半分の人々は働かず、半分の人々は働きたくても働けない。綿やトウモロコシや豚があふれているのに、人々の衣食には不十分だ。望もうと望むまいと彼自身の綿を育てられないよと人に言う者たちが、この国にはいっぱいいるよ。そして、軍曹の袖章（そでしょう）をつけ、扇さえつけないサリー・ランドが、軍の名簿を満たすことはできなかった（踊り子のサリーが兵隊の募集に一役買ったということだろう）。バタージゃないないと騒ぎながら、大砲さえない」

「我々には、鹿狩り野営地があるぞ——そこに着くとしてのことだがな」とレゲットが言った。

「雌鹿は言わずもがなだ」

「雌鹿のことに言い及ぶよい潮時だな」と老人が言った。「雌鹿と子鹿の両方にだ。ともかくも、かつて神の祝福を得られた唯一の戦いは、それがどこであれ、雌鹿と子鹿を守るためのそれを行なった時だった。戦いという問題になれば、そうしたことが言及しかつ思い起こすにふさわしいことだな」

「あんたはこれまでで、分かってなかったかね——七十才をいくら越えているんだっけ——女性と子供というものがいまだかって不足したことのないものだってことをね」とエドモンズが言った。

「多分そういうことがあるから、今まさにわしが案じていることは、野営する前に川を十マイルも走らねばならんということなんだよ」と老人が言った。「だから、前に進もう」

彼らは前進した。やがて、彼らは再び急速に走っていた。エドモンズは、いつもそうで、彼らへの警告なしに車を急停車させたのとちょうど同じように、速度についても彼らに相談することはなかった。老人は、またくつろいでいた。彼は、変化するのを見てきたその土地をじっと眺めたが、それは六十回以上年ごとに繰り返した十一月に見守って来たものと同じだった。最初はミシシッピー川沿いの古い町々だけ、丘陵沿いの古い町々だけだった。それぞれの町から入植者たちが奴隷の群れを、それから雇い入れた労働者たちを連れてきて、耐水性の籐類やイトスギ、ゴムや西洋ヒイラギ、樫やトネリコなどの通り抜け不能の密林から、年数を経るとともに、畑、次いで農園になった綿花畑をもぎ取っていったのである。鹿や熊によって作られた道は道路になり、次いで高速道路になり、それらに沿って町々が順繰りに生まれ、タラハッチ川（フォークナーの故郷の町オックスフォードの北方の川。これをせき止めたのがサーディス湖。南辺に「サトペン農園」）やサンフラワー川に沿って生まれ、この二つの川が、一つになってヤズー川（ミシシッピー川の支流。ヴィックスバーグで合流。両川間にデルタ・ナショナル・フォレストあり）、即ちチョクトー族（ミシシッピー州南部にいたインディアンの部族。チカソー族の仲間。のちオクラホマに強制移住させられた）の死者の川となった――この川は濁った、流れの遅い、黒い、陽の当たらない川であり、ほとんど流れがなく、毎年一度は全く流れが消え、次いで逆流して広がり、肥沃な大地を浸し、再び退いて、更に肥沃な土地にするのである。

そうしたことは、今やほとんどなくなり、今日では、人は、ジェファソンの町から車で二百マイル走って、ようやく狩りのできる荒野を見つけられるのである。今ではその土地は、東部の揺りかごのような丘陵から西部の塁壁のような土手まで開けて横たわり、世界の織機のための綿花が騎手の高さまで生い立っている――肥沃な黒い土地、計り知れない、広大でそこを耕した黒人たちの家の、またそれを所有する白人たちの家のまさにその入り口までよく実った土地、犬の狩り寿命を一年で使い切ってしまった土地、ラバの働き寿命を五年で、人間のそれを二十年で使い尽くしてしまう土地――小さな無数の町々からのネオンが彼ら三人を通過してきらめき、また無数のぴかぴかの今年度の車が幅広い下（さ）げ振り定規で線を引いたような高速道路上を彼らを通過して疾走していた土地、けれども、そこでは、人間が占拠していることを示す唯一の永遠のしるしがとても大きな綿繰り工場であるように見えたが、工場は鉄板の部屋で、一週間の期間で建設されたものであり、百万長者であっても誰も彼が暮らした野営（キャンプ）の設備を守る屋根と壁以上のものを建てないだろうし、それは彼が、十年かそこらごとに一度は家が二階まで水浸しになり、中の物すべてが駄目になるということを知って以来のことなのである。この土地、今は豹（ひょう）の鳴き声は、聞こえてこなくて、代わりに機関車の汽笛が響いてくる土地、信じられないほどに長く、一台の機関車で引っ張られているが、それは、勾配がどこにもなく、高みが全然ないからである。あるのはただ、忘れられた原住民の手によって毎年の洪水から逃れる避難所として盛られ、そしてインディアンの後継者たちによって先祖の骨を埋めるために用いられた高台だけである。昔のもので残っているのはただ小さな町のインディアン名や通常水に関係するインディアン名――アルシャスクーナ、ティラトバ、ホモチット、それにヤズーなどである。

午後早いうちに、一行は、川べりに出た。舗装路の終点の最後の小さなインディアン名の町で、他の車と二台のトラックが追いついてくるのを待ったが、トラックの一台は寝具一式とテントが、食料を運んでおり、もう一台は、馬を載（の）せていた。みなはコンクリート道を離れ、更に一マイルかそこら走ったあと、砂利道も行った。彼らは、隊を成して、果てしなく溶解してゆく煙った午後を貫（つらぬ）くように、轍（わだち）に沿って今はタイヤにチェーンを巻き、よろめくように、水しぶきを飛ばし、滑るようにぎしぎしと音を立てんばかりに、進んでゆく。そして、やがて、彼に思えたのは、記憶の逆流が彼ら自身のゆっくりした進行から逆の速力を獲得し、この土地が、砂利の最後の広がりから分（ふん）ごとに後退したのではなく、年ごとに、十年ごとに、彼が最初に知った時そうだったものに向かって退（ひ）いていったということだった。彼らが今辿（たど）る道は、もう一度太古の熊や鹿の道となり、彼らが今通過する減少してゆく畑は、もう一度、斧やのこぎりやラバの引く鋤（すき）によって荒野のわき腹から陰気な、遠い昔の複雑なもつれからまた森林から、水路のための土手を築く機械によって作られた無情な、マイル規模の平行四辺形の代わりに、もう一度えぐり取られるのだった。

　彼らは、川の荷上げ場に到着し、荷物を降ろした。馬は、下流へと陸路で野営地の反対側の地点に行き、そして川を泳いで渡る、人々と寝具一式と食料、犬、銃は、モーター付きランチで行く。彼は、遠い昔の誕生や少年時代を除けば、田舎者でさえもなかったが、その彼こそが、その二頭の馬をうまく説きつけ、なだめたのであり、馬たちを自分自身の単独のひ弱な手で引っ張り、遂には、馬たちは、あとずさりし、満ちて高ぶり、少々震えながら、どっと寄せてきて、止まり、次いでトラックから這（は）うように跳び下りるが、彼は生き物、獣としての馬たちに何らの相性も持たず、ただ彼の年月と時間によって、他の者たちを汚していた鋼（はがね）と油を注（さ）した動く部品の腐敗から無縁でいられたのだった。

それから、老人は、彼の古い二重の撃鉄の銃、それは、彼よりたったの十二年しか若くなかったが、その銃を彼の両膝（りょうひざ）の間に立てて、人間の最後のちっぽけなしるしさえ崩壊し、消えてゆくのを見守っていたのだった。因みに、そのしるしというのは、小屋や空地や一年前は密林で、今年の綿花の骸骨のような茎（くき）があたかも人間が荒野を征服するために彼の作物を荒野と結婚させねばならなかったかのように、古い籐（とう）とほとんど同じぐらいに高く、茂って立っている小さな不ぞろいの畑などのことだった。老人の記憶にあるように、双子の土手が荒野に続いていた。イバラと籐（とう）の錯綜（さくそう）で、二十フィート先さえ見通せず、物凄（ものすご）く高くそびえ立つ樫（かし）やゴム、トネリコやヒッコリーなどは、猟師の以外の斧には響くことがなく、荒野を横切る昔の蒸気船の鼓動かまだ荒野であるがゆえに一～二週間暮らすため入ってゆく人々の彼ら自身のそれのようなランチのうなり以外のいかなる機械にもこだますることはなかった。まだ荒野のいくぶんかは残っていたが、そこへは、ジェファソンの町からかつては三十マイルでよかったものを、今や二百マイルも出てゆかなければならなかったのである。彼は、荒野が征服され、破壊されるのを見たというよりは、むしろそれが後退してゆくのを見守ってきたのである。今やその目的が満たされ、その時間、流行遅れの時間が尽くされたので、丘陵とミシシッピー川の間のこの逆三角形の形をした地域を通して南方へと後退してゆくのを見守ってきたのである。その結果、残った部分は、今や集められて、漏斗（じょうご）の最先端のところで一つの物凄く濃密な重苦しい、計り知れない不可入性の茂みの中に当分取り込められてしまったように見えた。

　彼らは、まだ明かるさのある二時間を残して、去年の野営地に着いた。「あんたは向こうのあの乾き切った木の下に行って、休んで下さい」とレゲットが老人に言った。「——もしそこを見つけることができたら。俺やここのほかの若者たちがこれ、つまりキャンプ設営をするから」老人はどちらもやらず、まだ疲れてもいなかった。疲れは遅れてやってくるだろう。多分今回は全くやってこないだろう、と彼は思った。過去にも、最後の五～六回分のそれぞれの十一月において、この地点で同じことを考えていたのである。多分わしは、朝も、出て行って見張りの任につくだろう。だが、老人には、出かけないだろうと、たとえ忠告を受け入れて、乾き切った小屋の中に座り込み、野営地が設営され、夕食が作られるまで何もせずとも、自分が出かけないだろうと分かっていた。なぜなら、それは疲れのせいではないだろうからである。そのわけは、彼が今夜寝ないだろうからである。逆に、つり床でテントいっぱいのいびきと雨のさざめきの中で、目覚めたまま、穏やかに横たわっているだろう。野営地では、最初の夜は、いつもそうなのだった。穏やかに、悔やむこともなく、いらいらすることもなく、自らにこれで大丈夫なんだよ、とも言い聞かせるのだった。彼には、一回の眠りを浪費してしまうほどに多くのそうした夜は、残されていなかったのである。

　老人は、雨合羽を着て、舟からの荷下ろしを差指図した。テントやストーヴ、寝具、それに野営地で狩りによる肉が整うまでの人間や犬の食料などである。彼は、二人の黒人に、薪を切りに行かせた。彼は、料理用テントを立ち上げ、ストーヴを設置し、火を起こし、夕食の調理をした。その間、大テントはまだ、杭を打って設置中だった。次いで、夕暮れの始まる頃、彼は、舟で馬たちが水辺であとずさりしたり、鼻を鳴らしたりしながら待機している場所へと渡った。馬を引くロープをつかみ、それ以上の重みを加える必要もなく、声だけでもって馬たちを水中に引き入れ、水面に頭だけ出したまま、舟につないだ。それはまるで馬たちが、老人のひ弱な、力のない手から実際にぶら下がっているかのようだった。やがて舟は、再び戻って、馬たちはそれぞれ順番に浅瀬にうつぶせに寝、あえぎ、震え、たそがれの中で目玉をぐるぐる動かす。そして同じ無重の手と張り上げることのない声が、馬たちを集め、岸辺にどどっと寄らせ、水しぶきを飛ばさせ、暴れながら上がらせるのだった。

それから、食事が用意できた。今や昼間の最後の明かりも消え去り、ただ川面と雨の間のどこかにとらわれたしみのような明かりだけが残るばかりである。老人は、コップ一杯の薄い水割りウィスキーを持ち、次いで伸ばして広げたタール塗り防水布の下の掻き混ぜられた泥の中に立って、豚肉の圧切れや熱くやわらかい形の整わないパン、缶詰の豆、それに金属製の皿とコップの糖蜜やコーヒーを前に、食前の祈りを捧げた。そうした町の食べ物はみんなが持ち運んできたものだった。それから、老人は、帽子をかぶり、ほかの者たちもそうした。「さあ、食べなさい」と彼は言った。「残らず食べなさい。わしは明日の朝食のあとは、野営地では、町の肉は一片も、いらない。その時は、君たち若者が狩りをする。しなきゃあならん。わしが六十年前に、この低地で、コンプソン将軍やド・スペイン少佐、ロスの祖父やウィル・レゲットの祖父たちと初めて猟を始めた時、ド・スペイン少佐は、彼の野営地では、持ち込む食料は二点しか認めなかったものだ。それは豚のわき腹肉と牛のもも肉だった。しかも、最初の夕食と朝食のために食べるのではなかったのだ。それは野営の終わりに向かう頃まで取っておくものだった。その頃になると、誰もが、熊の肉やアライグマやシカ肉にうんざりしてしまい、それらを目にすることさえできないぐらいだったのである。

「俺は、アイクおじさんが豚肉や牛肉は犬たちにやるためのものだと言うと思った」とレゲットが、かみながら言った。「しかし、その通りだ。俺は覚えているよ。あんたは、ただ、犬たちが鹿の内臓にあきた毎晩、沢山の野生の七面鳥を犬のために撃ってやったよな」

「今や時代は変わった」と別の者が言った。「当時は、このあたりに獲物がいた」

「そうだ」と老人は静かに言った。「あの頃はこの辺に獲物がいた」

「更に、彼らは、当時、雌鹿も撃った」とレゲットが言った。「現状では、たった一人の雌鹿猟師しかいないがな」

「それに、ずっとすぐれた男たちがその猟をしていたんだな」とエドモンズが言った。彼は、荒削りの厚板のテーブルの端のところに立って、他の者たちと同じように、素早くしかもしっかりと食べていた。しかし再び老人は、そのすねたような、ハンサムで陰気な顔を見渡していた。その顔は、煙ったランタンの明かりの中で、今や一層暗く、一層翳りを帯びて見えた。「続けてみなよ。言ってみなよ」

「わしはそんなこと言ってないぞ」と老人が言った。「いつでもどこにもいい人間がいるんだ。大かたの者はそうだ。幾人かは不運なだけだ。何故なら、大かたの者は、境遇が機会を与えてよくなるようにしてくれるよりももう少しいいからだ。だが、わしは、境遇さえも止められなかった何人かの者たちを知っておる」

「ええと、俺は、そうとは――」とレゲットが言った。

「そう、あんたは、ほとんど八十年生きてきたんだ」とエドモンズが言った。「そして、それが、あんたがその中で生きてきたもう一つの別の動物たち、人間たちについて遂に学んだことなんだね。俺が思うに、あんたに尋ねたいことは、あんたが死んだも同然だったその間ずうーっとどこにいたかということだ」

沈黙が漂った。その一瞬、レゲットのあごさえ、かむのを止めた。その間、彼は、呆然とエドモンズを見ていた。

「さてと、確かに、ロスは――」と三人目の話し手が言った。だが、話したのは老人だった。彼の声は、依然として穏やかで、乱れておらず、ただ重々しかった。

「多分そうだろうよ」と彼は言った。「お前が生きていると呼ぶことがわしに違うことを学ばせたとしても、わしは自分で納得していると思う。わしがいたところが、どこであろうともな」

「俺は言ってないよ、ロスが——、など」とレゲットが言った。

第三の話し手は、まだテーブルの上に少し前屈（かが）みのまま、エドモンズを見ていた。「意味するところは、仮にも人がちゃんと振舞（ふるま）うのは、ただ人々が彼を見ているがゆえなんだということだ」と彼は言った。「そういうことかい」

「そうだな」とエドモンズが言った。「バッジをつけた青い制服の男が、彼を見つめているからだ。多分、バッジだけに過ぎないが」

「そうじゃないぞ」と老人は言った。「わしは——」

ほかの二人は、彼に何らの注意を払わなかった。レゲットさえも、今は、彼らを聞いてはいなかった。彼の口はまだ食べ物でいっぱいで、まだ少し開いており、彼のナイフも、もう一つ何かの固まりをその刃先でバランスを取っていたが、口にもってゆく途中で、進行を止（と）めていた。「俺は人間についての見解がお前さんと一緒でなくてうれしいよ」と三人目の話し手が言った。「あんた自身を含めて言ってるんだと思うがな」

「分かった」とエドモンズが言った。「あんたは、アイクおじさんの境遇に関する意見のほうをよしとするんだな。よろしい。では、誰がその境遇を作るんだい」

「運だよ」と三人目の男が言った。「機会（チャンス）だよ。たまたまそうなるんだ。あんたが何を狙っているか分かる。だが、それはまさに、アイクおじさんが言ったことだ。つまり、時折、多分、ほとんどいつも、人間は自身や隣人の行ないの掛け値のない結果よりももう少しはましなんだ。そうなる機会（チャンス）が得られたらな」

今度は、レゲットが、最初に飲み込んだ。彼は、今回は、止（と）められる積もりはなかった。「ロス・エドモンズが、二週間、毎日毎夜、一匹の雌鹿をしとめれて、しかも下手な猟師、或いは、不運な猟師だなあとは思わないぞ。来年もまた狩り続けられる同じ雌鹿がまだ残されている男だ――」

「肉を食べな」と隣の男が言った。

「――決して不運じゃあない。何だって」とレゲットが言った。

「肉を食べな」他の一人が、皿を差し出した。

「いくらか食べたよ」とレゲットが言った。

「もっと食べな」と三人目の話し手が言った。「あんたも、ロス・エドモンズも二人とも。沢山食べな。衝撃（しょうげき）を弱める何もないままそんな風にあごとあごをカチカチと合わせている」誰かが声高に笑った。次いでみんなが笑い、ほっとして、その場の緊張が砕（くだ）けた。しかし、老人は、あの穏やかで依然として乱れのない声で、笑い声の中に向かってさえ、話し続けていた。

「わしはまだ信じておる。わしは、いたるところに証(あかし)を見ておる。わしは、人が沢山の状況を作り、その中にその人や彼の隣人たちがおることを認める。人は、既に作られた、或いは既にほとんど破壊されさえした状況のいくらかを受け継ぎさえした。しばらく前、ヘンリー・ワイアットは、いかにもっと多くの獲物がここにいたものかについて述べたが、いたのだ。余りにも多くいたので、我々は、雌鹿を殺しさえしたんだ。わしは、ウィル・レゲットがそれにも言い及んでいたのを、覚えているように思う」誰かが、笑った。単独のげらげら笑いで、それっきりだった。それは止(や)み、全員が皿を見下(みお)ろしながら、厳粛な面持ちで聞いた。エドモンズは、コーヒーを飲んでいたが、むっつりとしていて、陰気で、無頓着な様子だった。

「ある者たちは、まだ雌鹿を殺している」とワイアットが言った。「それに見合う頭数(とうすう)がなくなれば、明日(あす)の夜この低地をうろつく雄鹿は、一頭もいなくなるだろう」

「わしは、すべての男がなどとは言っておらん」と老人が言った。「大かたの男たちと言った。それに、我々を監視するバッジをつけた者がいるというだけからではなかった。もし恐らくその者が、明日(あす)昼頃ここに止(と)まって、我々と食事し、我々の許可証をチェックしないのであれば、多分、我々はその者に会うことさえないだろう――」

「俺たちは雌鹿を殺しはしない。なぜなら、もし俺たちが二、三年のうちに雌鹿を殺してしまおうものなら、殺せる雄鹿が残っちゃあいなくなる事態さえあり得るだろう、アイクおじさん」とワイアットが言った。

「向こうのロスによれば、それはわしらが全く案ずるには及ばぬことだよ」と老人が言った。「今朝ここに来る途中で、彼が言うには、雌鹿や子鹿は――彼は女性と子供と言ったんだとわしは信じておるがな――この世が欠かしたことのない二つのものだ。だが、それがすべてじゃあない」と彼は言った。「それは人が自らに与えなきゃあならない思考上の理由に過ぎない。なぜなら、心は、見合う言葉を考え出そうと悩む時間を必ずしも持っているわけじゃあないんだ。神は人間を造り、その住む世界も造られた。そしてわしが思うに、神は神自身が、もし人間だったら、住みたいと思ったであろうような世界を造られた。歩く地面、大森林、木立、水、そしてそこに住む獲物たちなどなんだ。そして多分、神は、人間に獲物を狩ったり、殺したりする願望をお入れにはならなかった。だが、わしが思うに、神は、そうした願望が人間に備わってゆき、人間はそれを自身に教えることになるということをご存知だったのだ。なぜなら、人間はまだ神自身では全くないのだから」

「人間はいつ神になれるんだろう」とワイアットが言った。

「わしが思うに、すべての男や女が結婚しようがしまいが、それが問題にさえならなくなる瞬間に、わしが思うに、彼らがその時結婚しようがあとにしようが、それとも全くしないことにしようが、そうした瞬間に、二人とも神になるのじゃ」

「それなら、この世界に俺の触(ふ)れたくない神々がいることになるな。やけに長い杖をもってでさえ触(ふ)れたくない神々が」とエドモンズが言った。彼はコーヒー・カップを下ろし、ワイアットを見た。「もしそれがあんたの知りたいことならば、俺自身もそれに含まれているさ。もう寝るよ」彼は行ってしまった。ほかの者たちの間に、漠然とした動きがあった。しかし、それも止(や)み、彼らは再びテーブルの周りに立っていた。だが、老人を見ているというのではなく、どうも彼の静かで穏やかな声によってその場に留(とど)められているという感じだった。それはちょうど、あの遊泳中の馬たちの頭が、老人の無重量の手によって水面上に浮かされている時のようだった。三人の黒人たち――料理人とその助手とアイシャム老人――が台所用テント(キッチン)の入り口にそっと座り、やはり耳を傾けていたが、三つの顔は、黒く、動きがなくて、思いをめぐらしている風だった。

「神は、両者をここに置かれた。人間と人間が追っかけて殺す獲物とを。あらかじめご承知だったのじゃ。わしは神が『それならそれでよろしい』と言われたと信じておる。わしは、神が結末を承知してさえおられたと思う。だが、神はおっしゃった。『人間に機会を与えよう。人間に警告と先見の明も、追っかける願望や殺害する力とともに与えよう。人間が荒廃させる森と野原や人間が荒(あ)らす獲物は、彼の罪悪と犯罪の、彼に対する罰の結果としるしだろう』――寝る時間じゃ」と彼は言った。彼の声と抑揚は、ちっとも変わっていなかった。「朝食は四時だぞ、アイシャム。日の出までには現場の肉がほしい」

鉄板のストーヴの中には、火がよく燃えていた。テントは暖かく、足下のぬかるみを除いては、乾いてからからになり始めていた。エドモンズは、毛布の中に巻かれており、動きがなく、顔は壁に向けていた。アイシャムが、老人の寝床もこしらえていた。丈夫な、使い古した鉄製の簡易ベッドと十二分にやわらかいとは言えない汚れた敷布団、そして年数を経るとともに次第に暖かくなってきたすり切れた、何度も洗った毛布などの寝床だった。だが、テントは暖かかった。やがて台所がすっかりきれいにされ、朝食の用意ができた時、若い黒人が来て、ストーヴの前に横たわるのだ。そこで彼は、時々目覚めて、ストーヴに新しい薪を入れることになるのだ。次いで老人は、ともかく今夜は眠らないだろうと思っていた。彼には、多分自分が眠ろうと自らに言って聞かす必要は、最早なかった。昼はもう終わり、夜が来ていた。しかし、恐れもなく、何らの焦燥感もなかった。恐らく、わしはこのために来たんだと彼は思った。狩猟のためではなく、このために。わしはともかくくるぞ。たとえ明日帰ることになるとしてもな。袋地のウールの下着のみを着て、眼鏡は容易に手の届く枕の下の使い古したケースにたたんでしまい込み、やせた身体をたやすく布団や毛布の古びてすり切れたへこみへと合わせて、彼は仰向けに横たわり、両腕を胸に組んで、目を閉じていた。その間、ほかの者たちは、服を脱いで寝床に行き、まばらな話し声の最後のが消えて、いびきになってゆくのだった。それから彼は目を開け、子供のように穏やかに、静かに横たわり、雨がつぶやくような音を立てるテント布地の動きのないふくらみを見上げていた。その布地の上に、ストーヴの輝きがゆっくりと弱まってゆき、さらに薄れ、消えてゆき、遂にはストーヴの前の二枚の板の上に横たわっていた黒人の若者が起き上がって、薪をくべ、また横になるのだった。

彼らには、かつて家があった。六十年前のことであり、その当時、大低地は、ジェファソンの町からわずか三十マイルの距離にあった。そして老ド・スペイン少佐が、少佐は、一八六一年、二、三、四年には、老人の父の騎兵隊の指揮官だったが、その少佐と彼老人のいとこ（彼の兄、そして彼の父でも）が彼を初めて森に連れて行ってくれたのだった。その頃、老サム・ファーザーズがまだ生きていて、彼は、奴隷として生まれ、黒人奴隷とチカソー・インディアンの酋長の息子だったが、そのサムが彼に撃ち方を、撃つべき時のみならずそうでない時についても教えたのである（老サムは、チカソー族酋長のイケモテュッベと四分の一黒人の奴隷の女性の息子。アイク老人の少年時代の狩猟の師）。明日がそうであろうような十一月の夜明けに、サム老人は彼を大きなイトスギのところへまっすぐに連れていった。彼には、雄鹿がまさにその場を通ることが、分かっていたのである。なぜならば、サム・ファーザーズの血管の中には、雄鹿のそれの中と同じものが流れていたからである。そして二人は、巨大な幹を背にしてそこに立ち、七十才の老人と十二才の少年の二人であり、暁以外の何もなく、遂に突然雄鹿が現れていて、それは、ただ煙のような色をしており、スピード感たっぷりの素晴らしい姿だった。サム・ファーザーズは言った。「さあ、速くゆったりと撃つんだ」そして銃は急ぐことなく急速に狙いをつけ、轟いた。そして彼は、依然として手つかずで、スピード感十分の素晴らしい姿のまま横たわっている雄鹿のところへ歩いてゆき、サムのナイフで血を流し、サムは、熱い血の中へ手を浸して、彼アイザック少年の顔に永遠のしるしをつけてくれるのだった。その間、少年は、震えまいと努めながら、つつましやかに、誇りを持って立っていた。ただ、十二才の少年は、当時、それを言葉でちゃんと言い表せなかったのである。僕はお前を殺した。僕の振舞はお前が命を絶つことを辱めてはならない。僕の行為は、お前の死にこれからずっとふさわしいものでなくてはならない。そのために、それ以上のもののために、しるしをつけるのだ。あの日と彼自身そしてマッキャスリン家（フォークナー世界における南部旧家の一つ。アイク老人は、先祖の罪科も負って、その遺産相続を拒否する）を並べて比べるのは、荒野に対してではなく、旧悪と恥辱そのものたる人間が制御した土地に対してなのだ。たとえ、彼がその悪を癒し、その恥辱を根絶することができないにしても、少なくともその土地や悪と恥辱を拒否し、否定する中でのそうしたことなのだ。それを学んだ十四歳の彼は、任に耐えれるようになった時、その両方ともできると信じていた。二十一才でできるとなった時、どちらもできないと分かった。しかし、少なくとも彼は、悪と恥辱を少なくとも原則的には拒否でき、少なくとも実際のところ土地自体を少なくとも息子のために拒否できたのだ。そして拒否した。そうしたと思った。それから（当時彼は結婚していた）裏通りの家畜業者の下宿屋の賃貸用小部屋で、それが後にも先にも最後となったが、妻の裸を見た。彼自身と妻も、自分たちの番となって、その同じ土地、その同じ悪と恥辱に対して並べ比べたが、その後悔と悲しみから息子を少なくとも救い、解き放とうとして、息子を救い、解き放ったが、彼を失ってしまったのである。彼らは、当時、家を持っていた。彼らが毎年の十一月の二週間をその下で過ごしたその屋根が、彼の家（ホーム）となっていた。その時から、彼らは秋の二週間テントで暮らし、必ずしも連続二年間同じ場所というわけではなく、今や彼の仲間はかつて彼がその家でほとんど五十年間一緒に暮らした者たちの息子たちであり、孫たちでさえあったが、今やその家そのものが存在さえしていなかった。家という確信、感覚や感じは、ただテント布地へと変わっていた。彼はジェファソンに家を持っていた。小さいがいい家で、妻がいてともに暮らしていたが、彼女を失った。ああ、彼は妻を失った。もっとも、彼と彼の年老いた飲酒狂の相棒が、夫婦二人が移るための家を完成させる前に、賃貸の小部屋で彼女を失ってしまったのではあった。ともあれ、彼女を失ったが、それは彼女が彼を愛していたからである。だが、女は余りに多くを期待するものだ。彼女らは、彼女らの情熱的な希望の範囲内にあるものは何であれ、情熱的な期待、見込みの範囲内に同じようにあるものだ、と信じ続けるに十分なほど長く生き過ぎるものではないのである。そして家は、彼の死んだ妻のやもめの姪とその子たちによって彼のためにまだ残された。そして、彼は、そこで居心地がよかった。つまり、彼の必要なもの、入用なものや老人の些細（ささい）で、やっかいな、無害な気まぐれさえも、彼が抱くためにこの世から選び取った血縁に少なくとも関（かか）わる縁者によって気遣（きづか）ってもらえたのである。それでも彼は、その壁の中で時を過ごしながら、十一月を待っていた。なぜというに、泥だらけの床や十分に広くもなく、やわらかくもなく、十分に暖（あたた）かくもないベッドのあるこのテントさえ、彼の家（ホーム）であり、これらの男たち、その何人かはこの十一月の二週間のみ見る者たちであって、その誰一人として彼のよく知る名前——ド・スペイン、ユーエル、ホーガンベックなど——を持ってはいなかったが、これこの男たちが、誰よりも一層の血族だった。なぜならば、これこそが、彼の土地だったのだ。

最も若い黒人の影が、ぼんやりと現れた。それは舞い上がり、ストーヴの消えゆく白色光を天井からふき取り、薪は鉄の胃袋の中に鈍い音を立てて、飛び込んでゆき、白熱光や炎がテント布地をよぎって高く、明かるく急上昇していった。けれども、黒人の影はまだ残っており、その長さと幅を見せながら、立っていた。なぜなら、その影は、天井の大部分を覆っていたからである。そして瞬時ののち、老人は片肘を突いて身を起こし、見つめようとした。それは黒人ではなく、老人の親類だった。彼が話そうとした時、相手は、赤い火明かりを背に、いきなり振り向いた。むっつりして、冷たい横顔だった。

「何でもない」とエドモンズが言った。「また眠ってくれ」

「ウィル・レゲットがそのことを言ったからだよ」とマッキャスリンが言った。「わしは覚えておる。お前が去年の秋もここで、寝ながら悩みを抱えていたことをな。あの時、お前だけがアライグマ猟だと言った。それとも、そう呼んだのはウィル・レゲットだけだったかな」もう一人は、答えなかった。そして彼は振り向いて、自分のベッドに戻っていった。マッキャスリンは、まだ片肘突いたまま、相手の影が壁に沈み、消えて、沢山の他の眠っている影と一つになるまで見つめていた。「それがいい」と彼は言った。「いくらか眠るようにしなさい。明日は野営地で、肉を得なきゃあならないからな。お前はそのあと、寝ずに、やりたいことが何だってできるんだ」彼は、再び横になり、胸にまた両手を組み、テント布地の天井に映るストーヴの明かるい光を見つめていた。その光は、今や再び落ち着いて、新しい薪は受け入れられ、炎に同化吸収されていた。光はまもなくまた弱り始め、若者の情熱と不安の急な燃え上がりの最後の反響を取り込むことだろう。彼をしばし目覚めたまま寝かせておこう、と老人は思った。彼は、そのうちいつか、彼を乱す不安さえなしに、穏やかに横になるだろう。そしてここで、こうした環境の中で、目覚めたまま横たわることは、もし何かがそうできるとするならば、彼を慰めることになるだろう。もし何かがちょうど四十才の男を慰めれるならば、である。そうなんだよ、と老人は思った。四十才であろうとも、三十才であろうとも、或いは少年の震える、眠れない熱情であろうとも。既にテントが、雨に雑音のような連続音で打たれるテント地の球体は、もう一度沈黙に満たされた。彼は、仰向けに横たわり、目を閉じて、子供のそれのような静かで穏やかな呼吸をしながら、その沈黙に聞き入っていた——その沈黙は、決して沈黙ではなく、無数のものだった。彼は、ほとんどそれを見ることができそうだった。それは凄まじく、太古を思わせ、ぼんやりと不気味であり、人間の滞在というこのちっぽけで束の間の混乱に思いを下ろし、めぐらせているのだった。その混乱は、単なる短い一週間の後には消え去り、更に一週間のうちには完全に癒(いや)されてあとかたもない孤独の中で、痕跡(こんせき)もなくなるだろう。なぜなら、そこは彼の土地だったからである。もっとも、彼は、その一フィート分さえも所有したことはなかったのである。彼は決して所有したいと思わなかった。彼がはっきりとその究極の宿命を見たあとでさえも、そうだった。その土地が、斧やのこぎり、丸太列車の線路そしてダイナマイトやトラクターの鋤(すき)などの猛攻撃の前に、年々後退してゆくのを見守りながら、その宿命を見たあとでさえもだった。なぜならば、その土地は誰のものでもなかったからである。それはみなの全体のものだった。彼らは、ただ、それを謙虚に、誇りをもって正しく用いさえすればよかったのである。すると、突然、彼には、なぜ自分がその土地をちっとも所有したいと思わないかというそのわけが、なぜ少なくともそれだけのいわゆる進歩なるものを阻(はば)みたいとは思わないかというそのわけが、なぜ少なくともそれほどの究極の宿命に対して彼の寿命を測りたいと思わないかというそのわけが分かった。そのわけは、その土地がまさしく十分にあったからだった。彼には、同時代のものとしてのその二つのもの——彼自身と荒野が、猟師として、木こりとしての彼自身の期間(スパン)が、彼が最初にした呼吸と同じ時代のものではなくて、彼に狩りを教えたあの老ド・スペイン少佐や老サム・ファーザーズから彼に伝えられ、彼によって進んで、謙虚に、喜びと誇りをもって引き受けられたものなのだということを知ったように思えた。その二つの期間(スパン)がともに走り出して、忘却や無に向かってではなく、時間と空間(スペース)の両方から解き放たれた広がりの中へと向かってゆく。そして、そこでは、気違いじみた旧世界の人々が砲弾にして互いに撃ち合うための生い茂る綿花の数学的数に上る方形区画へと捻じ曲げられてしまった樹木のない土地が、もう一度その両者——彼が知り、愛していて、ほんのしばしの間長生きしたに過ぎない昔の人々の名前と顔の両者のために十分な場所を見出すだろう。そこをその人たちは、高い、斧の入っていない木々や中の見通せない藪や草むらの陰の中を再び動き回れるのである。その陰の中では、野生の強くて不滅の獲物が、疲れを知らぬ吠え声を立てる不滅の猟犬たちの前を、音のしない銃のほうへと不死鳥のように倒れたり、立ち上がったりしながら、永遠に走っていったものである。

彼は眠っていた。今は、ランタンがついていた。闇の中、外では、最年長の黒人アイシャムが、すずのなべの底をスプーンでたたいて、叫んでいた。「起きて、四時のコーヒーを飲みな」そしてテントは、低い話し声や服を着る男たちでいっぱいになった。レゲットの声が、繰り返し響いていた。「さあ、ここから出てゆきな。アイクおじさんを眠らせておくんだ。もし起こしたら、あの人は我々と行を共にするぞ。あの人には、今朝、森の中に行く必要はない」

それで、彼は、動かなかった。彼は目を閉じて横たわり、その息は静かに穏やかで、みなが一人また一人とテントを離れてゆくのを聞いていた。彼はタールを塗った防水布の下のテーブルの朝食の音を聞き、更に、それらが、馬や犬が、出発してゆくのを聞いていた。そして、最後の声がして、遂にそれも消え去り、あとには、ただ、黒人たちが朝食のあと片付けをする音だけが残った。

しばらくすれば、彼には、ぬれた森を通して雄鹿が寝ていたところから響いてくる最初の猟犬の最初のかすかだが明瞭な吠え声が、多分聞こえてきさえするだろう。それから彼は、また眠りに戻るのだ。テントの垂れぶたが、揺れて弱まった。何かが簡易ベッドの端に厳しく当たり、彼が目を開ければる前に、一つの手が、毛布を通して彼の膝をつかんだ。エドモンズだった。ライフル銃の代わりに散弾銃を持っていた。彼は、荒々しい、急いだ声で話した。

「起こして、申し訳ない。実は——」

「起きていたよ」とマッキャスリンは言った。「お前、今日はその散弾銃を撃ちにゆくのかい」

「昨夜、あんたは、肉が欲しいと俺に言ったばかりだね」とエドモンズは言った。「実は——」

「いつからお前は、ライフル銃では肉を得るのに手こずるようになったのかい」

「いいよ」と相手が、その荒々しい、抑えた、怒りに満ちたいらだちももって、言った。そしてマッキャスリンは、相手の手に、厚い長方形のものを見た。封筒だった。「今朝のうちいつか、ここに俺あてのメッセージが来るだろう。恐らく来ないかも知れないが。もし来たら、使者にこれを渡し、話して——俺が駄目だと言ったと伝えてほしい」

「何をだい」とマッキャスリンが言った。「誰に伝えろ、と」彼は、エドモンズがその封筒を毛布の上に投げて、早や入口のほうに振り向いた時、片肘突いて、半ば身を起こした。その封筒は、ぎっしり詰まっていて重く、毛布にぶち当たったが、音も立てずに簡易ベッドから早や滑り落ちるところで、マッキャスリンがやっとつかみ、紙を通しての感触から、封筒を開いて中を見たのと同じくらい即座に、決定的に紙幣の分厚い束を予測した。「待ってくれ」と彼は言った。「待って」——血のつながった親類として以上の、更に年長者として以上の者、それで相手は止まり、テント地を上げて、振り向いた。そしてマッキャスリンは、外はもう明かるいんだと知った。「彼女に駄目だと言ってくれ」と彼は言った。「彼女に伝えて」彼らはお互いをじっと見合った。老いた顔、それは傷んだベッドの上で、青ざめて、眠りに疲れているし、暗く陰鬱な若者の顔、それは同時に怒りに駆られ、また冷たかった。「ウィル・レゲットは正しかったな。これこそお前の言うアライグマ狩りだ。そして、今、これだ」老人は、その封筒を持ち上げなかった。彼は、それを示す何らの動きも、何らの身振りもしなかった。「お前が彼女と向き合って、それを取り消す勇気を持てないような何を、彼女に約束したんだい」

「何も！」と相手は言った。「何もしてない！これがすべてだ。俺が駄目だと言った、と彼女に伝えてくれ」彼は行ってしまった。テントの垂れぶたが、かすかな明かりと絶えざる雨のつぶやきの吹き寄せに乗って上がり、次いで再び下がり、老人は、依然片肘を突いて、半身を起こしたまま残されて、封筒はもう片方の震える手に握りしめられていた。あとで、彼が思ったところでは、彼には、他の一艘が見えなくなり切る前に、ほとんどすぐに近付いてくる小舟の音が聞こえ始めていたのである。彼には、その間隔が全くなかったように思えた。テントの垂れぶたが、同じ呼吸の出し入れのように、かすかな雨に満たされた明かりの同じ浮動の上に降り、そして次の瞬間にはまた押し上がり、舟側のエンジンのいや増すうなり声は、強まりながら、いよいよ近付き、いよいよ高まり、次いでいきなり止まり、吹き消されてロウソクの絶対的瞬間のように途絶えて、その小舟が岸辺に滑り込む時、舳先の下でさざめく水の音と化してゆくのだった。最も若い黒人、若者が、テントの垂れぶたを持ち上げ、その瞬間、向こうに小舟を見た。それは小艇で、上向きに斜めになったモーターのそばの船尾に黒人の男が座っており、それから、その女が入ってきたが、彼女は、男物の帽子をかぶり、男物のレインコートを着て、ゴム製の長靴をはいていた。彼女は、片腕に毛布でくるんだものを抱え、もう一方の手でボタンをはめていないレインコートの端を抑えていた。彼女は、ほかにも何かを、触れることのできない何か、アイシャムが自分の代りに黒人の若者をテントにこさせて訪問者のあることを彼に告げていたので、老人はすぐに分かるだろうと思っていたある発気を運んできていた。テントの垂れぶたは遂に黒人の若者の上に降り、あとは二人だけとなった。その顔は漠としていて、まだ今のところ若く見え、黒い瞳を有し、妙に青白いが具合が悪いというのでもなく、着ている衣服にしては田舎女の顔でなく、老人を見下ろしているのだった。その老人は、簡易ベッドに封筒を握ったまままっすぐに座り、汚れた下着が彼の周りにだぶついており、よじれた毛布が、尻の周りに寄り集まっていた。

「その子はあの男のかい」と老人は叫んだ。「わしにうそをつくでないよ！」

「ええ」と彼女は言った。「あの人は行ってしまったのね」

「そうだ。あの男は行ってしまった。あんたは、ここで彼を不意打ちできまい。今回は駄目だ。あんたでさえ、このことを予測はできなかったと思う。彼がこれをあんたに、とさ。さあ」老人は封筒をまさぐった。封筒を取り上げるためではなかった。なぜなら、封筒はまだ、彼の手の中にあったからである。彼はそれを一度も下（お）ろしてはいなかったのである。それはまるで、老人が、彼のこれまでの従順な手を、彼の脳がそれを自在に操（あやつ）っていたところのもので、何とか物理的に調整しようと、手探りせねばならないかのようだった。或いはまた、まるで彼が、そのような行為をこれまで一度もしたことがなかったかのようで、とうとう手紙を渡して、「さあ、取りなさい。取りなさい」とまた言っているかのようだった。遂に彼は、彼女の目に気付いた。目というよりむしろ眼差（まなざ）しであり、その凝視（ぎょうし）は、今や彼の面（おもて）に子供のあの深い思考、あの底知れない、懸命な率直さをもって釘付けになっているのだった。もし彼女が、封筒か封筒を差し出そうとする彼の動きを一度でも見ていたら、彼女はそれを見せなかった。

「あなたはアイザックおじさんですね」と彼女は言った。

「そうだよ」と老人は言った。「でも、それは気にしないで。さあ、取りなさい。彼は、あんたに駄目だと言ってくれ、と言ったんだ」彼女は封筒を見、そして取った。それは封をされていて、宛名など書いてなかった。にもかかわらず、彼女がその表をちらと見たあとでさえ、彼が見守っていると、彼女は、空いた手のほうで、それをつかみ、歯で角を裂き、破いて開き、傾けて、中の小ぎれいに縛った札束を見さえしないで毛布の上に出し、空の封筒を覗いて、歯の間の端切れを取りながら、破って開き切り、もみくしゃにして落とした。

「お金だけね」

「あんたは何を期待したんかね。ほかの何を望んだのかね。あんたは彼をその子をもうけるに十分なほど長い間知り合っていて、少なくともしばしば会っていて、それでもそれ以上には彼のことが分かっていなかったんだね」

「そんなにしばしばじゃありません。そんなにしばしばじゃあ。去年の秋のここでのあの週だけだったわ。それと、彼が私を迎えによこして、一緒に西部へ、ニューメキシコ（米国南西隅の一州）へ行った一月の時だけだわ。私たちは、あそこに六週間いたわ。そこで同じアパートで、私は少なくとも眠ることができたし、彼のために料理もし、着る物の世話もしたわ――」

「でも、結婚しなかった」と老人は言った。「結婚はしなかった。彼はそれを約束しなかった。わしに偽りを言ってはならないよ。彼はその必要がなかった」

「そうだわ。あの人はそうする必要がなかったわ。私は彼にそれを頼みはしなかった。私には自分のしていることが分かっていたわ。そもそも、そのことが分かっていたわ。そのずっとあとになって、名誉が、私はあの人がそう呼んだと思いますが、名誉が彼に告げたのは、彼の信条、私は彼がそう呼んだろうと思いますが、彼の信条が彼にすることを永久に禁じるだろうことを、沢山の言葉で私に話す時が来たんだということでした。そして私たちは、合意したわ。それから私たちは、あの人がニューメキシコを去る前に、確認のため、もう一度合意したわ。これでおしまい、と。私は彼を信じたわ。いや、そうじゃあないわ。私は自分を信じたんです。その頃までには、彼の言うことをもう聞いてさえいなかったんです。なぜなら、その頃までには、彼は、私に聞かせるために話すほかのどんなこともう長い間持ち合わせていなくなっていたんです。その頃までには、私は、彼にどうか話すのを止めて下さいと頼むに十分なぐらい聞いてさえいなかった。私は、自分自身に耳を傾けていたんです。そして、私はそれを信じたわ。信じていなければならなかったんです。私は、自分がどのようにして救えたか分かりませんが、それを信じています。なぜならば、あの人は、私たちが同意していたように、その頃、行ってしまっており、同意していたように、便りも書きませんでした。ただお金だけが、私の名前あてで、ヴィックスバーグの銀行に来たんです。それも、お互い同意していたように、誰から来たのかは分かりませんでした。それで、私は、それを信じなければならなかったのです。私は、再度確かめるために、先月、彼に手紙を書きました。そして手紙は、封を切らないまま、戻って来たので、私は確信しました。それで病院を出て、住まうための部屋を自分で借りました。そして、鹿の季節が始まって、私は自分で確かめることができ、昨日道路わきで待っていると、あなたの車が通り過ぎ、彼は私を見ました。それで私は確信したんです」

「では、あんたの望みは何だね」と老人が言った。「何が望みだね。何を期待してるんだね」

「ええ」と彼女は言った。そして老人が彼女を厳しく見すえている間、彼の白髪が枕からねじれてはみ出しており、その両眼は、焦点を定める眼鏡もなくて、かすんでおり、虹彩もなく、明らかに瞳孔も失っており、彼は再び、あの重々しい、熱意に満ちた、考え込んで孤立した注視を見たのだった。それは、まるで、彼をじっと見つめる子供のそれのような眼だった。「彼の曽曽――ちょっと待って――曽曽曽祖父があんたの祖父だったんだ。マッキャスリンと言った。ただ、それがエドモンズになってしまった。ただ、それが、それ以上のことになってしまった。あんたのいとこマッキャスリンは、その日、そこにいたんだ。つまり、あんたの父親とバディおじがビーチャム氏からテニーを獲得したその日にだ。テレルという名しかなくて、それでみなが、トミーのテレルと呼んだ者と結婚させるためだったんだ。だが、そのあと、エドモンズになってしまったんだ」

（アイクおじさんのいとこの曽孫がロス・エドモンズで、テニーとテレルの子テニーのジムのあとが訪問者の女。彼らすべての先祖はキャロザーズ・マッキャスリン）女は、アイクをじっと見た。ほとんど穏やかにと言ってよく、また、あの警戒しがちな、熱のない固まり具合を帯びてもいた。彼女の死んだような、色調のない蒼白な顔面の中の暗くて、広やかで底知れない目、その目は、老人には、ただ死んだ、若い、信じられないほどに、そして根絶できないとさえ言えるほどに生気に満ちている何かに見えた――それはあたかも、彼女が何かを見ているだけではなくて、彼女以外の誰かに話しかけてさえいるようでもあった。「私はあの人を男にすることができたでしょう。彼はまだ一人前の男ではありません。あなたが、彼を駄目にしたんです。あなたと、ルーカスおじさんとモリ――おばさんが。でも、ほとんどはあなたが」

「わしが」と彼は言った。「わしが」

「そうです。あなたが、あの人のおじいさんに、彼のものでもなく、遺言で、或いは法律によってさえ、その半分さえも彼のものでないあの土地を与えた時にです」

「それも何でもないさ」と彼は言った。「それも何でもないさ。あんたは」と彼は言った。「あんたは大学にさえ行ったようだな。あんたはほとんど北部人にさえ見えるよ。あんたは、このデルタ地方のキツツキの森のだらしない女たちのようには見えないな。けれども、あんたは、食料雑貨類の入った箱がたまたま小舟から落ちたというだけのことで、ある午後、通りで男性に出合った。そして、一ヶ月後、あんたは彼とともに立ち去って、一緒に暮らし、遂には二人の子をもうけたんだ。そして、あんた自身の言葉によれば、あんたは、彼が帽子を取って、さよならと言い、歩いて出てゆく間、そこに座っていた。デルタのキツツキの森でさえ、だらしのない女でも、もっとよく世話をするだろう。そもそも、あんたには、家族がいるのかい」

「います」と彼女は言った。「私はそのうちの一人と一緒に住んでいました。私のおばで、ヴィックスバーグの町です。父が亡くなった時、二年前にその人のところに来て、一緒に暮らしたのです。私たちは、当時、インディアナポリス（米国中部、インディアナ州の州都）に住んでいました。しかし私は、ここアルーシャスクーナの学校に職を得たんです。なぜなら、おばが未亡人で、大家族を抱えていて、食べさせるために洗濯物を引き受けていたんです」（当時南部では、黒人女が白人の洗濯物を引き受けることが多かった）

「何を引き受けたって」と老人が言った。「洗濯物を引き受けたって」彼は、まだ座ったままなのに飛び上がり、片腕によっ掛かって身を後方にのけぞり返らせ、ねじれた髪のまま、にらむように見つめていた。老人には、今や、テントに持ち込まれた彼女の帯びているものが何かが分かった。女を老人のところにこさせようと、若者をこさせることによって老アイシャムが既に老人に告げていたことが何かが分かった。青白い唇、まだ病気ではないけれど、青ざめて死んだように見える皮膚、暗くて悲劇的で、先を見透（みす）かすような目、アメリカでは、多分、千年或いは二千年経（た）てば、と彼は思った。でも今じゃあない！今じゃあない！彼は、驚きと憐れみと怒りの声で、大声を上げてではないものの、叫んだ。「あんたは、黒人なんだ！」

「そうです」と彼女は言った。「ジェイムズ・ビーチャム――あなたは、彼に名前があるのに、テニーのジムと呼んだ――その人が私のおじいさんだったんです。私はあなたがアイザックおじさんだと言いました」

「それで、彼は知っていたのかい」

「いいえ」と彼女は言った。知ることにどんな益がありましたか」

「しかし、あんたは知っていた」と彼は叫んだ。「しかし、あんたは知っていたんだ。それで、あんたは、ここで何を期待しているんだい」

「何も」

「じゃあ、なぜここに来たんだい。あんたは、昨日アルーシャスクーナで待っていると言ったし、彼は、あんたを見た。何で今朝（けさ）ここに来たんだい」

「私は北部に帰ります。故郷へ帰ります。私のいとこが、一昨日、彼の小舟で私を連れてきてくれました。彼が、列車に乗るために私をリーランドへ連れて行ってくれます」

「ならば、ゆきなさい」と老人は言った。次いで彼は、あの細いが、大きくはなく、悲しみに満ちた声で再び叫んだ。「ここから出てゆきなさい！わしはあんたのために何もできやしない！誰もあんたのために、何もできないんだ！」彼女は動いた。彼女は再び彼を見てはいなかった。入り口のほうへと行った。「待ちなさい」と彼が言った。彼女はまた止（と）まった。素直に落ち着いて、振り向いた。彼は銀行紙幣の束（たば）を取り上げ、ベッドの根元の毛布の上に置いた。そしてその手を毛布の下に引き戻した。「さあ」と彼は言った。

今や、彼女は、初めてその金を見た。ちらと空（うつ）ろな視線を投げたあと、再び去ろうとした。「私は要（い）りません。あの人は、この前の冬に、お金をくれました。彼がヴィックスバーグに送ったお金のほかにもです。決められたことです。名誉と決まりでもあるんです。すべて手配されたことです」

「取りなさい」と彼は言った。彼の声は、再び高まり始めた。が、途中で止めた。「その金を、私のテントから持ち出してくれ」彼女はベッドのところに戻ってきて、お金を取り上げた。そのうえで、もう一度彼は言った。「待ちなさい」彼女は振り向いてはいなかったけれども、前屈みになり、彼は手を差し出した。しかし、座ったままでは彼の手は届かなかった。とうとう彼女が、お金を持った片手を動かして、遂に彼は、その手に触った。彼はそれをしっかりつかんだのではなく、ただ触っただけだった——節くれ立った、血の気のない、軽くて干からびた老人の指が、一瞬、滑らかな若い肌に触った。そこには、強力な昔の血液が故郷へのその長い、失われた帰還の旅のあと、脈々と流れているのだった。「テニーのジム」と彼は言った。「テニーのジム」彼は自分の手を再び毛布の下に引き戻した。彼は、今度は強く言った。「男の子だな。普通はな。それ自身の母親でもあった者を除けばな」

「そうです」と彼女が言った。「男の子です」彼女は、もう一瞬、立って、彼を見つめていた。一瞬だけ彼女の自由なほうの手が、あたかも、レインコートの端を子供の顔から持ち上げようとするかのように、動いた。しかし彼女は、そうしなかった。彼女はまた振り向いたが、その時彼はもう一度、待て、と言い、毛布の下で動いた。

「あんたの背を向けなさい」と彼は言った。「わしは起きるから。まだズボンをはいていないんだよ」それでも、彼は起きられなくて、ぐちゃぐちゃの毛布の中に、震えながら座っていた。一方、彼女は、再び振り向いて、翳りを帯びた疑問調で、彼を見下ろした。「そこだ」と彼は、老人の細い、震える声で強く言った。「そこの釘に掛けてある。テントの柱だ」

「何です」と彼女は言った。

「角笛だよ」と彼は強く言った。「角笛だ」彼女は行って、それを取り、お金を、まるでぼろ切れか汚れたハンカチのように、レインコートの脇ポケットに突っ込み、角笛を下ろした。それはコンプソン将軍が遺言で老人に残したもので、雄鹿のすねからはいだ傷みのない皮で包まれ、銀で巻いた代物だった。

「何です」と彼女は言った。

「それをこの赤ん坊にな。取っておきなさい」

「おお」と彼女は言った。「ええ、有難うございます」

「うん」と彼は、力強く、素早く言った。が、今度はそんなに荒々しくもなく、やがて全くそうでなくて、ただ素早く、促すような言い方で、逆に彼は、自分の声が自身とともに逃げてゆくのを知り、そして彼はそれを意図もせず、止めることもできなかったのである。「その通りだ。北部へ帰りなさい。そして結婚しなさい。自分と同じ人種の男とな。それがあんたにとって唯一の救いだ――まだしばらくは、多分まだ長い間。わしたちは待たなきゃあならんだろう。黒人と結婚しなさい。あんたは若く、見栄えがよく、ほとんど色白だ。あんたは、あんたがあのロスに見たものを、あんたの中に見るだろう黒人男性を見つけられるだろう。あんたは、あんたに何も求めず、多くを求めず、そしてそれよりももっと得るものが少ないであろう黒人男性を見つけられるだろうよ。もしあんたの求めるのが復讐というものであるならばな。そうすれば、あんたは、こうしたすべてを忘れられるだろう。彼が存在したことさえもな」――とうとう老人は、話を止めることができ、止めて、彼女が少しも動かないで、無言で彼を激しく見下ろしていた。その瞬間、ぐちゃぐちゃの毛布の中でその場に座っているのだった。次いで、それも終わった。彼女は、きらきら光る、まだ水の滴るコートを着たまま、立って、びしょ濡れの帽子の下から静かに彼を見下ろしていた。

「ご老人」と彼女は言った。「あなたは余りに長く生き、余りに多くのことを忘れてしまったので、愛についてかつて知ったことや感じたこと、或いは聞いたことさえも覚えていないんですね」

そして、彼女は行ってしまった。明かりの漂いや絶えざる雨のつぶやきが、テントの垂れぶたが動くたびに、その中に流れ込み、出て行った。もう一度仰向けになり、震えながら、あえぎながら、毛布をあごまで引き上げ、胸に両手を組んで、彼は、モーターのぽんぽん鳴る音、うなりをそして高まり、次いで薄れてゆく響きを聞いた。遂に、それが消えて、そして今一度テントは、沈黙と雨音のみに包まれた。そして寒くもあった。その中で、彼は、かすかに、絶えず震えながら横たわっていた。震え以外は、身体をこわばらせたままでいた。このデルタは、と彼は思った。このデルタ地方。人間が二世代にわたって沼地を乾かし、土をはぎ取り、河川を変えてきたので、白人たちが農園を所有できて、毎晩メンフィスへ通えるようになった、そして黒人たちが農園を持ち、黒人専用車でシカゴへ行って、湖岸通りの百万長者のマンションに暮らせるようになったこの土地、また、白人たちが農場を借りて黒人のように暮らし、黒人たちが共同負担で収穫し、動物のように暮らすこの土地、更には綿花が植えられ、それが歩道の割れ目にさえ人の背丈ほどにも成長し、それに、暴利や抵当、破産、莫大な富、そして中国人やアフリカ人、アーリア人やユダヤ人、すべてが一緒になって繁殖し、子をふやし、遂には誰にもどれがどれだか言うひまもなくなり、また気にもしなくなる……わしがよく知っていた破壊された森が報いを求めて叫び声を上げるのも、全く不思議じゃあない！と彼は思った。それを破壊した人々が、それの報復を成し遂げるだろう。

テントの垂れぶたが急に引いて、垂れた。彼は動かなかったが、ただ頭の向きを変え、両眼を開いた。それはレゲットだった。彼はすぐにエドモンズのベッドに行き、屈んで、まだぐしゃぐしゃになったままの毛布の中をあわただしく掻き回した。

「何だね」と老人は言った。

「ロスのナイフを探してるんで」とレゲットが言った。「馬を取りに戻ってきた。我々は、現場で鹿を仕留めたんだ」彼は、ナイフを手にして立ち上がり、入り口のほうへと急いだ。

「誰が殺したんだい」とマッキャスリンが言った。「ロスだったのかい」

「そうなんだ」とレゲットが、垂れぶたを上げながら、言った。

「待ちなさい」とマッキャスリンが言った。彼は、突然動いて、肘を立てた。「何だったんだね」

レゲットは、持ち上げた垂れぶたの下で、一瞬、止まった。彼は振り返らなかった。

「ただの鹿で、アイクおじさん」と彼は、いらいらしながら言った。「ほかには何も」彼は、出てゆき、その背後で垂れぶたが落ちた。かすかな明かりと絶えざる、悲しみに満ちた雨が、再びテントから漂い出た。空のテントの中で、マッキャスリンは仰向けに横たわり、毛布がもう一度あごまで引き上げられ、組み合わせた両手も、再び胸の上に重みもなく載せられているのだった。

「雌鹿だったんだ」と彼は言った。

滅せず

ピートについての知らせが来た時、父と私は、既に、畑に出ていた。母が、我々が出たあとに、郵便箱から手にして、柵のところまで持ってきた。そして母には、それが何かが前もって分かっていた。なぜならば、彼女は日よけ帽をかぶってさえいなかったからである。そういうわけで、母は、郵便配達夫の車が上がってきた時、台所の窓から見つめていたに違いない。そして私にも、その中に何が入っているかが、既に分かっていた。母が話さなかったからである。彼女は、切手を必要とさえしない小さな青白い封筒を手に持って、ただ柵のところに立っているだけだった。それで、父のいるところから畑を越えて更に離れた場所から父に向かって叫んだのは、私だった。それで、たとえ私が既に走っていたとしても、母のいる柵に父が最初に着いたのだった。「これが何だか、分かっているわ」と母が言った。「でも、私には開けられないの。だから開けて」

「違うよ、それはない！」と私は、走りながら、叫んだ。「いいや、それはない」それから、私は叫んでいた。「それはない、ピート！それはない、ピート！」次いで、私は叫んでいた。「此畜生、日本人の野郎め！此畜生、日本人の野郎め！」それから私は、父がつかんで抱かねばならない対象であり、父は私を抱こうとし、私と組み合わねばならなかったが、それはまるで、私がわずか九才でなくて、別の男であるかのようだった。

そして、それだけだった。ある日、真珠湾（米国ハワイ、オアフ島の海軍基地。一九四一年十二月、日本海軍が急襲した）があった。次いで翌週、ピートはメンフィスに行った。軍隊に加わり、そこへ行って支援するためだった。そしてある朝、母は、焚き付けに用いるに足る大きささえない小さな紙片を持って、畑の柵のところに立っていた。それは封筒の切手を必要とさえしなくて、こう述べていた。一艘の船があった。今、それはもうない。あなた方の息子さんは、その船の乗組員の一人だった、と。そして我々は、あえてある日悲しみ、悼むことにした。そしてそれだけだった。それは四月、植え付けの最も大変な中押しの時期だったからである。土地があり、それは七十エーカーの広さだった。それは、我々のパンと火と生計であり、みながその土地にふさわしくやって来ているので、我々以前のグリアー家よりも長く続いてきており、ピートがここにいた時、手助けするための務めを果たしたがゆえに彼よりも長く続いており、もし我々母や父や私が務めを果たせば、我々よりも長く続いてゆくだろう。

それから、また同じことが起こった。多分、我々は、それが何度も起こり得るし、起こるであろう、それも我々がピートを愛したように息子や兄弟を愛した人々に対して、それに終止符が打たれる日がくるまで繰り返されるだろうということを忘れてしまっていたのだ。我々がメンフィスの新聞にピートの名前と写真を見たあの日以後、父は、町に行くたびごとに、新聞を買ってきたものである。そして、我々は、ミシシッピー州やアーカンソー州（米国中南部の一州）、テネシー州の他の郡や町出身の兵士や水兵の写真や名前を見つけるのだったが、我々の郡からの他の人物はなかった。それゆえ、しばらくの間は、ピートだけで済むのではと思われた。

　すると、再び起こった。それは七月の終わり頃、ある金曜日のことだった。父は、その日早くに、ホーマー・ブックライツの家畜運搬車に乗って町へ行き、既に日没時となっていた。私は畑から、あたりを軽く見渡しながら、ちょうど帰ってきたばかりのところだった。私がラバを畜舎に入れて、納屋から出たちょうどその時、ホーマーのトラックが、郵便箱のところで止まり、父が降りて、小道を上がってきた。彼は、肩に小麦粉の袋をバランスを取りながら乗せ、腕に包みを抱え、手にたたんだ新聞を持っていた。私は、そのたたんだ新聞を一瞥し、それだけのことだった。たとえ彼が町から戻った時、いつも一部持っていたとしても、私もそのことが分かっていたからである。遅かれ早かれ起こることだった。全ヨクナパトーファ郡（フォークナーは、彼の作品中で現実のラファイエット郡オックスフォードをベースにヨクナパトーファ郡ジェファソンを創り出したわけである）で、悲しみ悼む唯一の権利を持つに足りて愛せた者は我々だけではないだろう。それで、私は、父をただ出迎えて、荷物を手伝い、彼の傍らで向きを変えた。我々は、ともに台所に入り、そこでは、我々の冷たい夕食がテーブル上で待っており、母は、開いたドアの中で、最後の夕日を浴びながら座っており、その手と腕を攪乳器の器具の上に力強く、しっかりと乗せているのだった。

ピートについての知らせが来た時、父は、彼女に全く触れなかった。今回もそうだった。ただ小麦粉の袋をテーブルに下ろしただけで、イスのところにゆき、たたんだ新聞を差し出した。「ド・スペイン少佐の息子だ」と彼は言った。「町でだ。飛行機乗りだ。それは、去年の秋家で、将校の制服姿のものだ。戦闘機で日本の戦艦に突っ込み、爆破したんだ。それで、彼のいたところが　分かったんだ」そして母は、ちょっとの間も攪乳器を止めなかった。なぜなら、私でさえも、バターがほとんど出てしまいそうだと言えたであろうからである。それから、彼女は立ち上がり、流しのところへ行って、手を洗い、戻ってまた座った。

「読んで」と彼女は言った。

それで、父と私が知ったことは、母にはいつでもまたそれが起こり得るということが分かっていただけでなく、それが起こった時彼女がどうしたらいいかも既に分かっていたということである。それも、今回だけでなく、次の時もであり、そのあとのも、そのまたあとの時のもであり、結局、最後の日には、この世のあらゆる悲しみを負う者たちが、金持ちでも貧しい者たちでも、たとえ彼らが十人の黒人奴隷を所有して、町の素晴らしく大きな、ペンキの塗られた家に住まおうが、我々のような、七十エーカーほどの必要なよい土地で生き続けようが、或いはまた、その所有するところのものが、今夜食べるもののために今日汗水たらして働くという権利だけであろうが、こう言えたであろう。即ち、少なくとも、我々が悲しむ理由には、ある種の要点があるんだ、と。

我々は、牛にえさを与え、乳を絞り、そして戻ってきて、冷めた夕食を食べた。次いで私は、ストーヴに火を起こし、母が、やかんや二人に十分なお湯を温められるものは何でも乗せた。そして、私は、裏口から洗濯盥を取ってきた。母が皿を洗い、台所を掃除している間、父と私は、正面入り口の階段に座っていた。これは、去年の十二月、ピートと私が二マイルの道のりを歩いて、キレグルー老人の家に、真珠湾とマニラについて報ずるラジオを聞きに行った時刻頃だった。しかし、真珠湾やマニラ（フィリピンの首都。太平洋戦争時、日本軍が占領）以上のことが、それ以来生じた。それでピートは、人にラジオを聞かせない。私もそうである。それはちょうど、ピートが彼を愛する人々が石で彼に重みを掛けることのできるこの地上のどこか一点でただ死ぬ代わりに生きることを止めた時、彼がどこにいたかを誰も正確に我々に教えることができないので、彼ピートはまだ地上のあらゆるところに存在していて、死んでいようが生きていようが、永遠にすべての戦士の中の一人であるかのようだった。それゆえ、母と父と私は、勇気と犠牲を見た彼らの声をとらえる小さな木製箱（ラジオ）を必要とはしなかったのである。それから、母は、私を台所に呼び戻した。石鹸皿や私の清潔な寝巻や母が使い古した綿の背広の上着から作ったタオルの傍らで、水が洗濯盥の中で少し噴気を上げていた。そして私は、入浴し、風呂桶を空にして、母のために用意し、それから、我々は寝た。

　そして朝になり、我々は起きた。私のきれいな白い日曜日用のシャツとズボンが待っていた。霜が地上から消えて以来見ることのなかった靴と靴下も、一緒にあった。だが、昨日の仕事着のまま、私は、靴を台所に戻しにいった。台所では、母が昨日の服装でストーヴのところに立っており、そこでは我々の朝食のみならず、父の夕食も調理されていた。私は、靴を母の日曜日用の靴の傍らに壁を背にして置くと、納屋に行った。そして父と私は、えさをやり、乳を搾り、戻ってきて座り、食事をした。その間、母は、テーブルとストーヴの間を、我々が終えるまで行ったり来たりした。それから、私は靴墨箱を取り出し、父が来て、私から箱を取り去った。靴墨と布切れ、ブラシ、それに四足の靴を続けてである。「ド・スペインは裕福だな」と父は言った。「白い上着を身に着けた猿のような黒人を連れていて、彼が唾を吐きたいと思うたびごとに、つぼを掲げさせておる。お前はどの靴も、はこうと思ったと同じぐらいにちゃんと磨きなさい。まさに見下ろしてみて、自分で分かるところだぞ」

それで、我々は、身なりを整えた。私は日曜日用のシャツを着、のりが効いてこわばっているので、それ自体が突っ立っているようなズボンをはいて、靴下を台所に戻した。ちょうどその時、母が彼女の靴下を持って入ってきて、やはり身なりを整え、帽子さえかぶり、私から靴下を取って、彼女のそれと一緒にテーブル上の磨いた靴のそばに置いた。そして押し入れの棚から、小型のカバンを下ろした。それは、まだ入れた時の段ボール箱に入ったままだった。ピートがそれを買ったサンフランシスコ（米国西海岸カリフォルニア州の都市）のドラッグストアの色のついたラベルが張ってあり、丸くて端の角ばった耐水性のカバンで、運ぶための取っ手がついていた。それで、店でピートがそれを見るや否や、彼も、まさに我々が用いるにぴったりの作りようだと分かったに違いなかった。母も父もまだ見たことのないジッパーの口がついていた。即ち、我々は三人とも、ジェファソンのそのドラッグストアと十セント・ストアにいたが、たとえ私が我々が一つ買おうなどとは決して思わなかったにしても、それがどう動くのか知りたいという興味に駆られたのは、私だけだった。そこで、それをジップで開けたのは、私だった。パイプとタバコ缶をその中に入れて父のために、カーバイドのヘッドライトのついた狩猟用帽子を私のために、入れて、そしてそのカバン自体は母のためである。そこで、母は、カバンのジッパーを閉めたり開けたりし、父もやってみて、小さなカチカチいう軌道に沿ってつまみを上下に滑らせたので、壊してしまう前に母がそれを止めさせたのだった。彼女は、カバンを開けたままで箱に戻した。そして、私が納屋から空の牛乳の一クォートビンを取ってきて、母がビンとコルク栓を温めて、それらとたたんだ清潔なタオルをカバンに入れ、箱を押し入れの棚に置いたが、ジッパーは開けたままだった。なぜなら、それが入り用になった時、我々はまずそれを開けなければならないからである。それで、ジッパーの過度の摩滅も防ぐことができるだろう。母は、カバンを箱から取り出し、ビンをカバンから出し、きれいな水でビンを満たし、コルクの栓をした。次いでビンをきれいなタオルと一緒にカバンに戻し、我々の靴と靴下を入れ、カバンのジッパーを閉めた。我々は、道路へと歩き、明かるく暑い朝の中、郵便箱のそばで、バスが来て止まるまで待った。

それはスクールバスであり、私が去年の冬、通学でフレンチマンズ・ベンド（フォークナーの作品中の架空の町ジェファソンの東南郊外の一地区。フランス人建築家の名に由来す。ヨクナパトーファ川［現実のヨコナ川］流域にあり）に通ったもので、ピートが毎朝夕、卒業するまで乗ったものでもあった。だが、今は反対方向へ、ジェファソンの町へと向かっており、しかも土曜日だけであり、長くまっすぐに伸びるヴァレー・ロードに沿って長い間見られたもので、他の郵便箱の傍ら（かたわ）で待つほかの人々も、それに乗り込んだのだった。そして今度は、我々の番だった。母は、二枚の二十五セント玉をソロン・クィックに渡したが、彼はバスの運行を設け（もう）、所有し、かつ運転していた。そして我々も乗り込み、バスは進んだ。やがて、郵便箱のそばに立って合図する人たちの乗れる場所がもうなくなって来て、バスはスピードを増し、二十マイルそして十マイル、五マイル、一マイルとなり、最後の丘を上がっていって、そこからコンクリートの道路が始まった。そして、我々は、バスを降りて、歩道の縁石に座り、母がカバンを開けて、靴と水のビンとタオルを取り出し、我々は足を洗って、靴と靴下をはき、母は、ビンとタオルを戻して、カバンを閉めた。

それから我々は、鉄の杭垣（くいがき）の傍ら（かたわ）を長いこと歩いて、小さな綿花畑に出くわした。曲がって、囲い地に入ったが、それはこれまで見たことのある農場より大きかった。我々は、フレンチマンズ・ベンドの道より広くて滑らかな砂利の私道を辿って、ともかく私には裁判所よりも大きく見えた家へとゆき、石柱の間の階段を上がって、我々の家丸ごと、ベランダや何もかもを収納したであろうような柱廊式玄関（ポーティコ）を横切って、扉をノックした。それから、我々の靴がともかく磨（みが）かれているか否かなど、全く問題ではなかった。我々のために彼が扉を開けた時、ほんの一瞬その猿のような黒人の白眼に出合い、それが消える前に玄関広間の端で、ほんの一瞬彼の上着の白さを目にもし、彼の足は猫のそれ以上の音も立てないで、できるなら我々だけで通るべき扉を見つけてもらおうという風だった。そして我々は見つけたのである。金持ちの応接間、それはフレンチマンズ・ベンドのどんな女性でも、私が思うに郡内にほかのところでもだが、どんな女性でも、細部に至るまで描写できただろうが、ド・スペイン少佐のところに、銀行の営業時間の過ぎたあと、或いは日曜日に手形を延長してほしいと頼みにくる男たちでさえも、一度も見たことのない応接間だった。天井の真ん中に吊り下がった照明の大きさは、切り刻まれた氷でいっぱいになった我々の洗濯盥丸ごとのそれであり、我々の納屋のドアを塞げたほどの金色の竪琴、ラバに乗った男が自分とラバの両方をその中に映して見れたであろう大鏡、そして床の真ん中の棺のような形をしたテーブル、その上には、南部連邦の旗が広げてあり、ド・スペイン少佐の息子の写真と中にメダルの入った開いた箱、旗に重みを掛けている大きな青い自動拳銃が見える。そしてド・スペイン少佐が、テーブルの端に、帽子をかぶって立っていたが、しばらくして彼は母の名乗った名前を聞き、それが分かったように見えた——本当の少佐ではなく、ただそう呼ばれていた。というのは、彼の父が昔の南部連邦の戦いで、本物の少佐だったからである。ド・スペイン少佐は、金と政治の両方で影響力のある銀行家で、父が言うには、ミシシッピーの知事たちや上院議員たちをこしらえて来ていたのである——老人であり、まだたったの二十三才の息子がいるにしては年寄り過ぎる、とも言えた。ともあれ、このような顔つきをしている割には、年令が高過ぎるな、と。

「はあ」と彼は言った。「今思い出したぞ。あんたも、息子さんが、覚悟のない無能の祭壇にその血を注ぎかけるように忠告されたんですな。何をお求めですかな」

「何も」と母は言った。彼女は扉のところに立ち止まりさえしなかった。彼女はテーブルのところに行った。「私どもは、あなたにお持ちするものは、何もありませんでした。また、ここに持ってゆきたいと思うものも、見当たらないと思います」

「あんたは間違っとる」と彼は言った。「あんたは息子さんを失われた。連中がわしに忠告していたことを、受け取りなさい。家に帰って、祈りなさい。死んだ者のためではない。これまでみながあんたに残した者のためにだ。何かがどこかで、何とかしてその者を救い給うように！とな」母は、彼を見てさえいなかった。彼女は、二度と彼を見てはいなかった。ただ、その納屋ほど大きい部屋を横切っていった。それはちょうど私が、食事のために鋤（すき）を止める時間がない時に、母が私と父の昼弁当を柵の片隅に置いて、家のほうに引き返してゆく姿を見たのと同様の姿だった。

「私は、それ以上に簡単なことをあなたに言えます」と母は言った。「涙を流して下さい」そして彼女はテーブルに達した。けれども、止（と）まったのは彼女の身体（からだ）だけで、手は、余りに滑らかに素早く出ていったので、ド・スペインの手が彼女の手首をつかんだだけで、二つの手は、大きな青い拳銃の上で、組んだまま固まってしまったかのようだった。それは写真と色のついたリボンの上の鉄製の勲章の間で、背後には私の知っていた多くの人たちが見たこともなく、更に多くの人たちが見たとしても気付かなかったであろうあの古い旗があった。そうしたすべてを覆(おお)った老人の声だったが、それはそんな風には響くべきでなかったものである。

「彼の国のためだと！彼には国などなかったぞ。この国は私も拒否するよ。彼の国、私の国の両方とも八十年前に荒らされ、汚され、そして破壊された。私さえも生まれていなかった時だ。私の先祖は、その国のために、当時、闘い、死んだ。たとえ彼らがそのために闘い、失ったものが、夢に過ぎなかったとしてもだ。彼は夢を持ってさえもいなかった。彼は幻影のために死んだんだ。高利貸しの利益のために、政治家の愚行と強欲(ごうよく)によって、組織労働者の栄光と強大化のためになんだ！」

「その通りです」と母は言った。「涙を流して下さい」

「選挙で選ばれた公僕たちの在任期間への不安！惑わされた労働者たちの、彼らを惑わせた扇動者たちへの追従(ついしょう)！恥辱？悲しみ？臆病や強欲や自発的な奴隷化がどうやって恥や強欲を知ることができようか」

「すべての男たちが恥なことをやりかねません」と母が言った。「同様に、あらゆる男たちが、勇気や名誉や犠牲を示すことができます。悲しみもまた。時間は掛かるでしょうが、彼らはそのことを学ぶでしょう。あなたのや私の以上の悲しみを要するでしょう。更にそれ以上のものもあるでしょう。しかし、それで十分でしょう」

「いつだね。すべての若者が死ぬのはいつだね。その時救済に値して残るのは、何だね」

「分かります」と母が言った。「分かります。私たちのピートは若過ぎる死に方でした」そして私が悟ったのは、彼ら二人の手が最早固まってはおらず、彼が再びまっすぐになり、拳銃が母の脇で、手の中でだらっと垂れていることだった。そして一瞬、私は、母がカバンを開けて、タオルを取り出そうとしていると思った。だが、彼女はただ拳銃をテーブルに戻し、少佐のほうに歩み寄り、彼の胸ポケットからハンカチを取り出して、それを彼の手の中に入れ、うしろへ戻った。「その通りです」と彼女は言った。「涙を流して下さい。彼のためではなく、なぜか分からぬ私たち老人のために。あなたのところの黒人の名前は、何というのですか」

しかし、少佐は、答えなかった。彼は、ハンカチを顔に上げることさえしなかった。彼は、それをつかんだまま、そこに立っているだけだった。それはまるで、ハンカチが彼の手にあることをまだ気付いていないかのようで、或いは、母が彼の手の中に置いたものが何だったのかさえも、多分、分かっていなかったかのようだった。「我々老人のために」と少佐は言った。「あんたの思いは強い。あんたは再び学び、理由を思い出すのに、三ヶ月を費やされた。わしのほうは、昨日始まった。教えてくれ」

「分かりません」と母は言った。「多分、女は、なぜ息子が戦いで死なねばならないのか分からないと思われています。恐らく、女がやると思われていることは、ただ息子たちのために悲しむことだけだ、と。でも、私の息子は理由を知っていました。そして、私の兄弟は、私が少女の時に、戦争に行きました。私どもの母も、なぜかを知りませんでした。でも、彼は行きました。そして私の祖父も、そうした昔の戦争に、身を投じました。祖父の母も、なぜなのか分からなかったと思います。そして私の息子も、この戦争になぜゆかねばならないか分かっていました。そして、たとえ私が分かっていなかったとしても、息子は彼が分かっていると私が知っていることが分かっていたのです。それはちょうど、息子がここのこの子と私の両方が彼は戻ってこないだろうということを知っているのが分かっているのと同じことなのです。けれども、息子には理由が分かっていたのです。たとえ私が分からなかった、分かることは不可能だった、決して分かることはないとしてもです。だから、私がそれを理解できなくても、問題ないに違いないのです。なぜならば、私や彼の父親が入れなかったものは、彼の中に何一つとしてないからです。あなたの黒人の名前は、何でしたかしら」

それで、彼は、名前を呼んだ。そして黒人は、ともかくも、そんなに離れたところにはいなかった。もっとも、黒人が入ってきた時には、ド・スペイン少佐は既に向きを変えていて、背中が扉のほうに向いていた。彼は、振り向かなかった。彼は、母がハンカチを持たせた手で、ただテーブルのほうを指し示しただけだった。そして黒人は、誰も見ないで、床に猫以上の音を立てないで、テーブルのところへ行った。彼は、全く止まらなかった。私には、彼がテーブルに着きさえしないうちに、もう振り向いて、戻り始めたように思えた。黒い手と白い袖のぴしっという一振り、そして拳銃が、私が黒人がそれに触るのを見さえしないうちに、消え去った。そして、彼が私を通り過ぎて出ていった時、拳銃をどうしたのか分からなかった。それで、母は、二度話しかけねばならなかったが、そのあとにようやく私は、母が私に話しかけていると分かったのだった。

「さあ」と彼女は言った。

「待ちなさい」とド・スペイン少佐は言った。彼は再度振り向いて、我々に相対した。「あんたや息子さんの父親が、彼に与えたものだが。あんたはそれが何だったか知っているに違いない」

「私は、それがはるばる来たものだということを知っています」と母は言った。「だから、それは私たちすべてを通して生きながらえて来たに足る強さを有していたに違いありません。そんなに長く経ち、そんなに遠くから来たものなので、そのために喜んで死ぬのは、彼にとって正当なことだったに違いありません。さあ」と彼女は言った。

「待ちなさい」と彼は言った。「待ちなさい。あんたはどこから来なさった」

母は止まった。「お話ししましたよ。フレンチマンズ・ベンドからです」

「分かっています。どうやって?荷馬車で?車はお持ちでない？」

「おお」と母は言った。「私たちは、クィックさんのバスで来ました。あの人は、毎週土曜日に来ます」

「帰るのに九時まで待つのかね。わしの車で送ってあげるがね」彼は黒人の名をまた呼んだ。けれども、母が止(と)めた。「有難うございます」と彼女は言った。「私どもは、もうクィックさんに支払い済(ず)みです。あの人は、私どもを乗せて帰らねばならないのです」

ジェファソンの町で生まれ育った一人の老婦人がいて、彼女は北部のどこかで亡くなり、町に博物館を建てるいささかの金を残した。それは教会のような家であり、ただそこに置くために選んだ絵画を保有する目的だけで建てられたものだった。合衆国中から集められた絵画で、それを描いた人々は、見たものを愛し、それを描きたいと思うに十分なほどそこに生まれて生きた場所を愛したので、ほかの人々もそれを見ることができるようにと願ったのである。男や女や子供の絵であり、また、彼らが働き、暮らし、楽しんだ家や通りや町、森、畑、川などの絵であって、見たいと思うすべての人々が、フレンチマンズ・ベンドや我々の郡の、或いは州をも越えたフレンチマンズ・ベンドさえよりももっと小さな場所からの我々のような人々が、入場料なしで、涼しい場所、静かな場所にやってこれて、たとえ彼らの家や納屋が異なっていて、畑が違う風に営まれており、そこには異なった作物が育っていたとしても、我々と同じ人々であるところの男や女や子供たちの絵を何の支障もなく、眺(なが)められるようにというものだった。それで、我々が博物館をあとにした時は、もう遅い時間だった。バスが待っている場所に戻った時は、もっと遅くなっており、我々が出発した時は更に遅い時間になっていた。ただ、少なくとも我々は、バスに乗れたし、靴や靴下を引き取ることができた。なぜなら、クィック夫人がまだ来ておらず、ソロンが彼女を待たなければならなかったからである。ソロンが妻を待つのは、彼女が妻だからというのではなく、彼女を土曜日に町へ往復して乗せるために、彼女の卵の儲(もう)けから五セント硬貨を支払わせるためだった。また、ソロンは、彼に代金を支払っている者は誰も置き去りにしようとはしなかっただろう。それで、たとえバスが再び速く走っても、道が遂に長いヴァレー直線コースへとまっすぐに伸びた時、最後の夕焼けが天空をよぎって、放射状に広がっているのみであり、それは太平洋からアメリカを横断してずっと伸び、その名前を我々が知りさえしない博物館の男たち女たちが絵に描くに足るぐらい愛したすべての場所に触(ふ)れており、まるで大きなやわらかい、色褪(いろあ)せてゆく車輪のようだった。

そして、私は、いかに父がピートや私にぜひ言いたいと思ったことを祖父によってよく証明しようとしたものかを思い出した。それが、父が私たちが成してしまうべきだった、或いはそうしてしまうべきでなかったと考えたことか、或いは、もし父がそのことについて知ったばかりならば、我々がするのを止(と)めたいと思ったことなのか、どちらなのかは問題ではなかった。「さあ、お前たちのおじいちゃんを見なさい」と父は言ったものだ。私も、祖父を思い起こすことができた。父の祖父さえも、年老いていて、あなたがまさに信じられないほど年老いていて、余りに老いているので、私には、彼が、神と直接向かい合って話し合った創世記や出エジプト記の大昔の祖先たちのところへすっかり戻っていったに違いないと思えたのだったが、祖父も、曾祖父を除いては、彼らみんなより長く生きた。私には、祖父は、昔の南部連合の戦いを実際に闘うにさえ年老い過ぎていたに違いないと思えたのだった。もっとも、我々が多分彼は起きていると思った時のみならず、眠っているに違いないと分かっていた時さえも、彼がしたのはその話だけだったのである。が、結局、しばらくして、我々は祖父が起きているのか眠っているのかどちらが本当だったのかは決して分からないということを認めなければならなかったのだ。彼は、庭の桑の木の下で、或いは、前の玄関の日当たりのいい端っこで、或いは暖炉のそばの彼のいつもの隅で、イスに座っていたものだった。彼はイスからいきなり立ち上がったもので、それでも我々には、どちらなのか、彼が全然眠っていなかったのか、それとも、彼が「見ろ！みろ！やつらが来るぞ！」と叫びながら、飛び上がった時でさえ、全く目覚めていなかったのかそのどちらなのか、まだ分からなかっただろう。彼はいつも同じ名前を叫ぶとは限らなかった。彼らはいつも同じ側にいるとは、或いは軍人であるとも限らなかったのだ。フォレスト、モーガン、エイブ・リンカン、或いは、ヴァン・ドーレン、グラント、或いはサートリス大佐自身、それらのゆかりの人々がまだ我々の郡に住んでいたが、或いはまた、サートリス大佐の義理の母、ローザ・ミラード夫人、彼女は、大佐が帰還してくるまでの戦争中の丸ごと四年間、北部人や渡り者も受け付けなかったのであった。ピートは、それをただ面白おかしいと思った。父と私は、恥ずかしかった。我々には、その映画上映の午後まで、母が考えていることも、それが何なのかさえも、分からなかった。

それは続き物の映画で、西部劇だった。私には、それが何年も毎土曜日午後続いていたように思えた。ピートと父と私は、毎土曜、それを観(み)に、町へ行ったものだった。時には、母も行ったものだ。そこで、暗闇の中に座っている間、拳銃がパンとはじけ、パチッと鳴り、馬が駆ける。そして、連中が男をつかまえかけるように見えるたびに、全くそうできないことが分かり、次の土曜日もそれがもう少しあり、その次も、そしてその次もあり、そして間の週にはいつも、私とピートが、あれが自分のならと欲しがった悪党の真珠の把手(とって)のついた拳銃や私が自分のならと思った主人公のまだら馬について語り合うのだった。すると、ある土曜日、母が、おじいちゃんを連れてゆくと決めた。彼は、母と私の間に座り、また、もう眠っており、既に年老いているので、いびきさえもかく必要がなかった。そして遂に、あなたが毎土曜日の午後までに時計を合わせておけた時間がくると、馬がすべてやって来て、崖から突っ込み、旋回して、峡谷を荒れ狂うように上がり、遂にもう一度だけ飛び上がってスクリーンから見事に飛び出し、沢山撒(ま)き散らされたトウモロコシの殻のように、振り仰ぐ小さな顔また顔の中に駆け込んでゆく。すると、おじいちゃんは、目覚めるのだった。五秒間ばかり、彼は本当に静かに座っていた。私は、彼が落ち着いて座っているのを、感じることさえできた。彼は大層静かに、まるで固まった様子で座っていた。それから、彼は言った。「騎兵隊だ！」次いで立ち上がり、「フォレストだ！」と言った。「ベッドフォード・フォレストだ！どけろ！どけるんだ！」他人がそこに座っていようがいまいが、イスからイスへ這いながら、手さぐり足さぐりしながら、通路へと出てゆき、我々も彼を追い、つかまえようと努めながら移動し、彼は通路を上がって、ドアのほうへ向かいながら、まだ叫んでいるのだった。「フォレストだ！フォレストだ！彼がくるぞ！どけるんだ！」遂に外に出て、映画の半分をうしろに残したままだった。おじいちゃんは明かるさに瞬きし、ピートは、気分が悪そうに、両腕で壁にもたれ掛かって、笑っていた。そして父は、おじいちゃんの腕をゆすって、言っていた。「馬鹿なことを！馬鹿なことを！」そして、母がそれを止めるのだった。我々は、彼を半ば運ぶようにして、小道に連れてゆき、そこに馬車がつないであって、彼を乗せ、母も乗り込んで、おじいちゃんの傍らに座り、彼が震えを止め始めることができるようになるまで、その手をつかんでいた。「ビールを一本彼に持ってきて」と母は言った。

「ビールなどやらんでいい」と父は言った。「馬鹿なことを。町中の笑いものだ」

「おじいちゃんにビールを持ってきて」と母が言った。「おじいちゃんは、自分の荷馬車のまさにここに座って、ビールを飲むんだから。さあ！」そして父はビールを持ってきた。そしておじいちゃんが、それをしっかりつかむまで、母はビンを持っていた。そして母は、おじいちゃんの手を支えて座り、彼はビールをごくんと飲んだ。すると、彼の震えは、収まり始めた。彼は「あああ」

とまた言い、更にもう一方の手を、母の手から引きさえした。彼は、もう、ちょっとしか震えてはいなかった。そして急くように、ビンからちび飲みし、また「はあ！」と言い、今はビンを見るだけでなく、周りをぐるりと見回し、瞬きする時、その目が少々素早い動きを見せた。「馬鹿だね！」と母は、父やピートや私に向かって叫びかけた。「おじいちゃんは、誰からも逃げちゃあいなかったんだよ！おじいちゃんは、彼らの先頭を走りながら、田舎者たちみんなによく見渡すよう叫んでいたんだ。それは、彼らよりももっといい人間たちがやってくるからで、七十五年経ったあとでさえもね、なお力強く、なお危険で、なお有望なんだよ！」

そして私も、人々を知っていた。私も彼らを見ていた。彼らは、私が夜眠りに帰れるよりも、フレンチマンズ・ベンドから遠いところにはいたことがなかった者たちだった。それは、車輪のようなものだった。日没そのもののようなもので、地図に見えさえしない小さな場所が中心で、そこは、この地上で二百人の人たちも知らなくて、フレンチマンズ・ベンドと名付けられている、或いは、ともかくも名前がついていて、あらゆる方角に放射状になって出ていて、みなに触れ、それが触れるに大き過ぎるものは、一つもなく、覚えておくに小さ過ぎるものも一つもないのである――彼らがそれでもってそこを描く何かを持っていようがいまいが、男たちや女たちが住み、愛した場所、住まわれ、愛されるにふさわしいすべての小さな場所、そこが十分に静かになる以前の名前、そこを十分に落ち着かせた行為の名前、そうした行為を行なった男や女たちの名前、生き続け、耐え忍び、戦闘を戦い、そして敗北し、打ちのめされたことを知らぬがゆえに、また戦い、荒野を制御し、山々や砂漠を越え、死去し、それでも進み続けたが、それは合衆国の形状が成長し、進化していったのと軌を一にしていたのであった。私も、彼らを知っていた。男たちや女たち、七十五年もその倍もそしてまたその倍ものちも依然として力強く、なお危険で、かつなお有望であり、北部も南部も、東部も西部もみなそうで、遂には、彼らが成したり、そのために死んだことを表す名前は、ただ一つの単語、いかなる雷鳴よりも大きく響くただ一つの単語となった。それはアメリカだった。その語は、西半球を覆ったのである。

訳者解説

ウィリアム・フォークナーについて

ウィリアム・フォークナー (William Faulkner, 1897-1962) は、一九五〇年度ノーベル文学賞受賞作家として、米国を代表する文豪の一人となった。日本の戦後の文壇にも少なからぬ影響を与えている。

フォークナーは米国深南部（ディープ・サウス）はミシシッピー州の生まれ育ちであり、その人間も文学も極めて南部的であった。

彼は、青年時代には、同郷出身のイェール大学の学生で地元の有名な弁護士となるフィル・ストーン (Phil Stone, 1893-1967) や当時ニューオーリンズにいた著名な作家シャーウッド・アンダーソン (Sherwood Anderson, 1876-1941) たちに文学の手ほどきを受けた。処女作詩集『大理石の牧神』（*The Marble Faun*, 1924）は、ストーンによりボストンで出版され、第一作小説『兵士の給与』（*Soldier's Pay*, 1926）の出版は、アンダーソンの世話になっている。

この時期のフォークナーは、ヨーロッパの十九世紀末 (fin de siècle) 文学や二十世紀初期の意識の流れ (stream of consciousness) などの影響が色濃く、第一次世界大戦及び戦後の「失われた世代（ロスト・ジェネレーション）」の雰囲気も帯びていた（一時期、彼は、イェール大で学ぶフィル・ストーンの下宿先でのコネチカット州ニューヘイヴン暮らし［当地のウィンチェスター武器工場でも働いた］やカナダのイギリス空軍［Royal Air Force］入隊及び訓練［終戦となりヨーロッパ戦線へは行かず］、更にニューヨークの書店勤め［ここにのちにアンダーソン夫人となるエリザベス・プロール〈Elizabeth Prall〉がいた］などを経験した）。

しかし、フォークナーの本領は、『サートリス』(*Sartoris*, 1929) 以降の故郷ミシシッピー州北部を舞台としたいかにも南部的な作品世界において存分に発揮された。農本主義主体の米国南部は、商工業中心に近代化を進めた北部に比して後進地域であることは免れ（まぬか）難く、南北戦争の敗北による物的、精神的後遺症も、二十世紀に至るまで残存し続けたと言われる。保守的伝統を重んじながらも、諸旧弊の残る社会は、特に奴隷制度以来の人種問題も緊張や歪み（ひず）、ある種の翳り（かげ）を宿（やど）していた。

南北戦争の完敗により奴隷制度は廃止され、綿花栽培を主体としたプランテーション（大農園）体制が瓦解し、多くの没落地主も出た。フォークナーも、そうした没落旧家の長男として生を受け、まさに南部の歴史や風土の一部、まさしく南部の子であった。戦前曾祖父のウィリアム・クラーク・フォークナー (William Clark Falkner [u がなかった], 1825-89) が裸一貫で起こしたフォークナー家であり、彼は南北戦争で大佐として奮戦し、戦後も農園主、弁護士、事業家、政治家、作家として多彩な活躍を見せ、一八八九年に鉄道の共同経営者だったリチャード・サーモンド (Richard J. Thurmond) に射殺されている（サーモンドは、作品中では、ベン・レッドモンド〔Ben Redmond〕として登場している）。因みに、作家フォークナーの名ウィリアムは、この曽祖父の名を取って付けられたものである。子供の頃、将来何になりたいか尋ねられた作家フォークナーは、「ひいおじいさんのような偉い作家になりたい」と答えたものである。

　こうした背景を持つフォークナーは、現実の故郷ラファイエット郡オックスフォードをモデルとした架空のヨクナパトーファ郡ジェファソン（米国第三代大統領トマス・ジェファソン〔Thomas Jefferson, 1743-1826〕の名から取ったと言われている）の町とその周辺地域を主舞台として、「ヨクナパトーファ・サーガ」(Yoknapatawpha Saga) と称されるようになる長短の連作小説をフランスの作家バルザック (Honoré de Balzac, 1799-1850) の方式などにもよって、生み出していったのである。師のアンダーソンも、故郷の町をモデルにしてオハイオ州ワインズバーグという架空の町を創出し、連作形式の短編集を書いており、これがフォークナーに刺激を与えたことは無論である。

　このようにして、『響きと怒り』(*The Sound and the Fury*, 1929)、『サンクチャリー』

(*Sanctuary*, 1931)、『八月の光』(*Light in August*, 1932)、『アブサロム・アブサロム!』(*Absalom! Absalom!*, 1936)、『村』(*The Hamlet*, 1940) などを含む数々の諸長編、そして「エミリーのバラ」("A Rose for Emily", 1930)、「あの夕日」("That Evening Sun", 1931)、「ウォッシュ」("Wash", 1934) などを含むやはり数々の諸短編が生まれたのである。

フォークナーは、まさに深南部の土地に根付き、土霊を帯びた語り部のように、生涯をかけて意味深い諸作品を紡(つむ)ぎ出していったわけである。

フォークナーは、一九五五年(昭和三十年)八月に、米国国務省、在日アメリカ大使館の肝いりにより来日、東京、長野市、京都市を訪(おとず)れており、特に長野市に十日余り滞在して、アメリカ大使館主催の「アメリカ文学セミナー」に参加している。そこで質疑応答形式の講師をつとめたわけであり、マスコミにも報道されて、日本に馴染みの作家となった。場所は、城山のアメリカ文化センターであり、日本中から多数のアメリカ文学研究者たちが集まった(因みに、その彼らは、感謝の寄せ書きをフォークナーに贈った。その巻物[the Faulkner Scroll]は、一九八七年(昭和六十二年)十一月、やはりアメリカ大使館や当時の日本ソロー学会会長斎藤襄治氏(元立正大学英文科教授)など関係者の肝いりにより、長野市で、この当時の所有者サウス・カロライナ大学教授ジェームズ・メリウェザー[James B. Meriwether]氏自身の手から同市(山岸勲助役)への返還[贈呈]式が行われた)。

その彼は、「日本の若者たちへ」（"To the Youth of Japan"）と題したエッセイの中で、ガダルカナル戦や沖縄戦にも言及して、南北戦争に完敗した故郷アメリカ南部とやはり太平洋戦争に完敗した日本の同質体験に思いを馳せているのである。

同時代の有名作家としてフォークナーと並び称せられたやはりノーベル賞作家のアーネスト・ヘミングウェイ（Ernest Hemingway, 1899-1961）は、その国際的に華やかな行動ぶりで広く知られる。他方、フォークナーは、生涯の大半を故郷のミシシッピーで〝農夫〟として過ごした。彼が日本の読者にとって地味な存在と映りがちなのは、否めないであろう。しかしながら、その文学世界の壮大さ、深遠さ、魂を揺さぶるような情熱の激しさ、厳しさにおいて、彼フォークナーは、優れども決して劣るものではない。

本訳書について

本訳書は、フォークナーの作品世界の大まかな全体像を知ることができれば、と彼の代表的な短編小説十二編を翻訳したものである。フォークナーはもちろん長編主体の作家であるが、優れた短編も雑誌に、或いは単行本として発表した。短編を連ねて一長編の如くに仕上げている場合もあり、『モーゼよ、行け、その他』（*Go Down, Moses and Other Stories*, 1942）や『征服されざる者』（*The Unvanquished*, 1938）などがその好例である。更には、一短編小説との関連で長編を生み出している場合もある。「ウォッシュ」と『アブサロム！アブサロム！』がその一例である。連作小説を旨（むね）とする彼の文学世界においては、短編もまた重要な位置を占めているのである。

元来複雑な内容と難解な文章、凝（こ）った技巧で知られる彼のことなので、多くの読者にとっては、短編のほうが取り組みやすいという側面が確かにある。一部の専門の研究者にとってならともかくとして、多くの読者にとり馴染（なじ）みやすい短編をベースに、この作家の、作品世界の全体的な姿、輪郭が大まかにではあってもつかめることは、意味のあることだと思えるのである。

そういうわけで、フォークナーに興味を持たれている多くの読者にとり、本書が少しでも益あるものとなり得るなら、訳者の喜びは倍増する。むろん、訳者の非才はいかんとも成し難く、努（つと）めども訳出上の瑕疵（かし）は免（まぬか）れ難（がた）い。もともと長文好みで韜晦気味（とうかいぎみ）の難解な作家であることを思えば、なおさらである。御笑容下されたく――。

本訳書の全体の構成は、フォークナーの作品世界の全体像の把握、理解という趣旨からして各短編作品の扱う時代を順に追いつつ、南北戦争以前から第二次世界大戦に至る時間の流れに沿って並べたものである（作品によっては多少前後することもある）。古いインディアン社会の殉死をテーマとした「紅（あか）い葉（は）」から順に読んでいただくのが一番よいが、最も広く知られていて取り付きやすい「エミリーのバラ」などをまず読んでから、というのでもよい。むろん、別のどの作品からでも可である。

最初の「紅い葉」（"Red Leaves"）は、古いインディアン部族社会における殉死の慣習を取り上げている（『サタデー・イヴニング・ポスト』誌 *Saturday Evening Post*、一九三〇、のち『ウィリアム・フォークナー短編集』*Collected Stories of William Faulkner*［一九五〇］に入る）。次の「ウォッシュ」（"Wash"）は、成り上がりの大農園主と下働きの貧乏白人（プアー・ホワイト）の主従間の情と憎を孕んだ相克を描いている（『ハーパーズ・マガジン』誌 *Harper's Magazine*、一九三四、『ドクター・マーティーノ、その他』*Doctor Martino and Other Stories*［一九三四］に入る）。

「待ち伏せ」（"Ambuscade"）は、南北戦争中二人の子供が北軍に挑む一エピソードを扱っている（『サタデー・イヴニング・ポスト』誌、一九三四、『征服されざる者』*The Unvanquished*［一九三八］に入る）。「納屋が燃える」（"Barn Burning"）は、日雇いの移動労働者の一家を扱っているが、彼らは、後年成り上がる物質主義の権化のようなスノープス一族の初期の姿を見せている（『ハーパーズ・マガジン』誌、一九三九、『ウィリアム・フォークナー短編集』［一九五〇］に入る）。

「ビジョザクラのかおり」（"An Odor of Verbena"）は〝仇討ち〟の物語である（『征服されざる者』中の一作）。「あの夕日」（"That Evening Sun"）は、個性的な召使の一黒人女性の悲哀を描いている（『アメリカン・マーキュリー』誌 *American Mercury*、一九三一、あとで『これら十三』*These Thirteen*［一九三一］に入る）。「裂け目」（"Crevasse"）は、第一次世界大戦のヨーロッパ戦線のひとコマを普遍的なタッチで書いている（『これら十三』［一九三一］）。

「エミリーのバラ」（"A Rose for Emily"）は、フォークナーの全作品の中で最も広く読まれている作品である。南部没落旧家の末裔の一女性の悲哀をテーマとしている（『フォーラム』誌、一九三〇、あとで『これら十三』に入る）。「乾燥した九月」（"Dry September"）は、人種差別下の黒人リンチを扱う（『スクリブナーズ・マガジン』誌 *Scribner's Magazine*、一九三一、『これら十三』にも入る）。「猟犬」（"The Hound"）は、しがない一白人が犯す殺人事件を描いている（『ハーパーズ・マガジン』誌、一九三一、『ドクター・マーティーノ、その他』［一九三四］にも入る）。

「デルタの秋」（"Delta Autumn"）は、毎年恒例の狩猟行における大農園主旧家の末裔たる一老人の自然観や世代を越えて身内で繰り返される人種混交問題を含む哲学的感慨や悲嘆を物語っている（『ストーリー』誌 *Story*、一九四二、『モーゼよ、行け、その他』*Go Down, Moses and Other Stories*［一九四二］にも入っている）。最後の「滅せず」（"Shall Not Perish"）は、第二次大戦の太平洋戦線で息子を失った一家の悲しみや戦争観を描いている（『ストーリー』誌、一九四三、のち『ウィリアム・フォークナー短編集』［一九五〇］に入った』）。

なお、本訳書のために用いた原典は、次のようなものである。

The Portable Faulkner , Edited by Malcolm Cowley, The Viking Press, New York, 1946
Collected Stories of William Faulkner, by Random House, Inc., New York, 1950
Uncollected Stories of William Faulkner, Edited by Joseph Blotner, Random House, Inc., New York, 1979
The Unvanquished, Chatto & Windus, London, 1967

文中に挿入した（　）内の注も、読者諸氏に役立てば、何よりである。
原文中の斜体字の部分には、訳文の傍らに・印を連ねておいた。
最末尾に掲げる「参考図書目録」も、益するところがあれば幸いである。

あとがき

本訳書が成るまでには、以前も含めて、数々の方々にお世話になっている。九州大学教授等として日本アメリカ文学会でも活躍された野口健司先生（米文学）、白百合女子大学非常勤講師三浦朝子氏（米文学・欧米史並びに翻訳）、故エミリー・W・ストーン女史（Mrs. Emily W. Stone［フィル・ストーン〈Phil Stone〉氏夫人］）、故ウィリアム・ブーザー氏（Mr. William Boozer,『フォークナー・ニューズレター&ヨクナパトーファ・レヴュー』元編集長）などの諸氏である。以て厚い感謝の意を表したい。フォークナー研究の重鎮でイェール大学名誉教授の故クリアンス・ブルックス氏(Professor Emeritus Cleanth Brooks of Yale University)からも、かつて訳者滞米中数度にわたり得られた機会に直接、忘れられない深いご教示をいただけた。記して改めて謝意を表したい。また、この分野の多数の先達の方々に対する敬意も新たにしたい。更に、かつて訳者の本務校やそのほかの大学において、ゼミや他のクラスで、訳者とともにフォークナーその他を読んで下さった代々のまことに多くの学生さんたちに、改めて御礼申し上げたい。

青山学院大学名誉教授小玉晃一氏（比較文学）、名古屋学院大学元教授小松照幸氏（異文化）、フェリス女学院大学ＯＧで、相模原市出身の会社員松本美奈子氏の諸氏、更に医師高澤賢次氏にも感謝する。

とりわけ、英宝社社長佐々木元氏の深いご厚意に、また同社編集長下村幸一氏の取って下さった多大の労と示された数々の貴重なアドバイスに対して深甚なる感謝の意を表するものである。関係して下さった他の社員の方々の御尽力にも、心よりの謝意を表明したい。妻を始めとする家族の協力も有難かった。

二〇二二年五月　相模原にて

依藤道夫

参考図書目録

岩崎民平・河村重治郎編『研究社英和大辞典』研究社、東京、一九六〇
斎藤勇監修、西川正身・平井正穂編集『英米文学辞典』(第三版) 研究社、東京、一九八五
日本ウィリアム・フォークナー協会編『フォークナー事典』松柏社、東京、二〇〇八
『ブリタニカ国際大百科事典』(株) TBSブリタニカ発行、一九七二
氏家春生『W・フォークナー試論—語りの妙味』皆美社、東京、一九九一
大橋健三郎『フォークナー〜アメリカ文学、現代の神話』(中公新書一一三九) 中央公論社、東京、一九九三
カレン、ジョン・B (原川恭一訳)『フォークナー文学の背景』興文社、東京、一九七〇
高田邦夫『ウィリアム・フォークナーの世界』評論社、東京、一九七八
田中久男『ウィリアム・フォークナーの世界—自己増殖のタペストリー』南雲堂、東京、一九九七
仁木勝治『フォークナー論考—人間の魂の遍歴』文化書房博文社、東京、一九八二
西川正身編『フォークナー』(二十世紀英米文学案内十六) 研究社、東京、一九六六
フォークナー、ウィリアム (藤平育子訳)『アブサロム、アブサロム!』岩波書店、東京、上、二〇一一、下、二〇一二
フォークナー、ジョン (佐藤亮一訳)『響きと怒りの作家〈フォークナー伝〉』荒地出版社、東京、一九六四
フォークナー、マリー・C (岡本文生訳)『ミシシッピーのフォークナー一家』冨山房、東京、一九七五
山下昇『一九三〇年代のフォークナー—時代の認識と小説の構造』大阪教育図書、大阪、一九九七

井出義光『南部、もう一つのアメリカ』東京大学出版会、東京、一九七八
本田創造『南北戦争・再建の時代〜ひとつの黒人解放運動史』（創元新書三十）創元社、東京、一九七四
マクギル、ラルフ・E（河田君子訳）『南部と南部人、変りゆくアメリカ』弘文堂、東京、一九六六
山岸義男『南北戦争』近藤出版社、東京、一九七二
井上謙治『アメリカ小説入門』研究社、東京、一九九七
カウリー、マルカム（大橋健三郎、白川芳郎共訳）『亡命者帰る—失われた世代の文学遍歴』南雲堂、東京、一九六〇
ブラッシャーズ、ハワード・C（刈田元司訳）『アメリカ文学史』八潮出版社、東京、一九六七
清水博編『アメリカ史』山川出版社、東京、一九六四
高木八尺（やさか）『アメリカ』（東大新書四十）東京大学出版会、東京、一九六二
ヘイガン、ケネス・J&ビッカートン、イアン・J（高田馨里訳）『アメリカと戦争』大月書店、東京、二〇一〇

その他

拙著『フォークナーの世界――そのルーツ』成美堂、東京、一九九六
――『フォークナーの文学――その成り立ち』成美堂、東京、一九九七
Fowler, F.G. & Fowler, H.W., *The Pocket Oxford Dictionary of Current English*, Fourth Edition, Oxford University Press, London, 1959
Brooks, Cleanth, *William Faulkner, Toward Yoknapatawpha and Beyond*, Yale University Press, New Haven and London, 1979

Ford, Margaret Patricia & Kincaid, Suzanne, *WHO's WHO in Faulkner*, Louisiana State University Press, 1963

Karl, Frederick R., *William Faulkner: American Writer*, Weidenfeld & Nicolson, New York, 1989

Miner, Ward L., *The World of William Faulkner*, Cooper Square Publishers, Inc., New York, 1963

O'Connor, William Van, *The Tangled Fire of William Faulkner*, Gordian Press, Inc., New York, 1968

Snell, Susan, *Phill Stone, A Vicarious Life*, The University of Georgia Press, Athens and London, 1991

Spiller, Robert E., *The Cycle of American Literature, An Essay in Historical Criticism*, The Free Press, A Division of Macmillan Publishing, Inc., New York, Collier Macmillan Publishers, London, 1955

Webb, James W. & Green, A.Wigfall, Ed., *William Faulkner of Oxford*, Louisiana State University Press, 1965

Everhart, William C., *Vicksburg* (*National Military Park, Mississippi*), National Park Service Historical Handbook Series No, 21, Washington, D.C., 1954

etc.

【訳者紹介】

依藤道夫（よりふじ・みちお）

1941年鳥取市生まれ。東京教育大学（現筑波大学）大学院修了。英米文学専攻。都留文科大学名誉教授。日本ペンクラブ会員。ハーバード大学客員研究員。イェール大学客員研究員。国際文化会館会員。（他に、日本アメリカ文学会会員。日本英文学会会員。日本アメリカ学会会員。日本ウィリアム・フォークナー協会会員。国際異文化学会会員［理事］。三国志学会会員。SABR［アメリカ野球学会］東京支部会員。子規記念博物館友の会会員）＜中・高英語科教員免許、同社会科教員免許所持＞

著書：『フォークナーの世界――そのルーツ』（成美堂、1996年）、『フォークナーの文学――その成り立ち』（成美堂、1997年）、*Studies in Henry David Thoreau* 共著（六甲出版、1999年）、『黄金の遺産――アメリカ一九二〇年代の「失われた世代」の文学』（成美堂、2001年）、『アメリカ文学と「アメリカ」』共編著（鼎書房、2007年）、『イギリス小説の誕生』（南雲堂、2007年）、『アメリカ文学と戦争』編著（成美堂、2010年）、『言語学、文学そしてその彼方へ』（都留文科大学英文学科創設五十周年記念研究論文集）共著（ひつじ書房、2014年）、『多加鳥城物語』（短編小説集、文化書房博文社、2013年）、『多加鳥城物語（完結編）』（短編小説集、文化書房博文社、2015年）、『源頼朝』（1968年）

フォークナー短編小説集

The Short Stories of William Faulkner

2022年11月15日　印　刷　　　2022年11月30日 発　行

著　者 © ウィリアム・フォークナー

訳　者　依　藤　道　夫

発行者　佐　々　木　元

発 行 所　株式会社　英　宝　社

〒101-0032 東京都千代田区岩本町2-7-7

Tel.［03］（5833）5870　Fax.［03］（5833）5872

ISBN　978-4-269-82058-6 C1098

［組版：㈱マナ・コムレード / 製版・印刷・製本：モリモト印刷株式会社